甜菜女王

The Beet Queen

[美]路易丝·厄德里克 著

张廷佺 译

g before they planted beets in Argus and built the highways, there was a railroad. Along the track, which crossed the ota-Minnesota border and stretched on to Minneapolis, everything that made the town arrived. All that diminished the ı departed by that route, too.

a cold spring morning in 1932 the train brought both an addition and a subtraction. They came by freight. By the time reached Argus their lips were violet and their feet were so numb that, when they jumped out of the boxcar, they stumbled scraped their palms and knees through the cinders.The boy was a tall fourteen, hunched with his sudden growth very pale.

中信出版集团 | 北京

图书在版编目（CIP）数据

甜菜女王 /（美）路易丝·厄德里克著；张廷佺译
. -- 北京：中信出版社，2020.6
（真相四部曲）
书名原文：The Beet Queen
ISBN 978-7-5217-1659-7

Ⅰ. ①甜… Ⅱ. ①路… ②张… Ⅲ. ①长篇小说—美国—现代 Ⅳ. ① I712.45

中国版本图书馆 CIP 数据核字 (2020) 第 039114 号

甜菜女王

著　　者：[美] 路易丝·厄德里克
译　　者：张廷佺
出版发行：中信出版集团股份有限公司
（北京市朝阳区惠新东街甲4号富盛大厦2座　邮编　100029）
承 印 者：北京诚信伟业印刷有限公司

开　　本：880mm × 1230mm　1/32　　印　　张：11.75　　字　　数：278千字
版　　次：2020年6月第1版　　印　　次：2020年6月第1次印刷
京权图字：01-2020-0262　　广告经营许可证：京朝工商广字第8087号
书　　号：ISBN 978-7-5217-1659-7
定　　价：198.00元（全四册）

目　录

Part 2

Part 3

那根树枝

早在镇子种植甜菜、修建公路之前，小镇阿格斯就有一条铁路。铁轨穿过北达科他和明尼苏达两州的边界，一直延伸到明尼阿波利斯市。铁路送来了让小镇繁荣的一切，也带走了让小镇衰落的一切。一九三二年春，一个寒冷的清晨，火车送来了一个定居者和一个过客。两位乘客抵达阿格斯时，嘴唇冻得发紫，双脚没有知觉，跳下车厢时跌倒在地，手掌和膝盖被地面的煤渣蹭破了。

那个男孩十四岁，高个头，肤色苍白，个头骤然窜高，所以有些弓背。他嘴角可爱地上翘，皮肤细腻，像女孩子。他妹妹才十一岁，可个子很矮，相貌平平；显然，她这辈子也不过就这副模样了。她的名字和整个人一样中规中矩。她叫玛丽。女孩利落地脱下外套，站在潮湿的风中。从楼宇间望去，她只能看到光秃秃的地平线，偶尔有人路过。那时的主要农作物还是小麦，地刚刚翻过，表层土还没被风吹走，不像他们的家乡堪萨斯州。实际上，那时北达科他州东部的光景比大多数地方要好得多，所以卡尔·阿代尔和玛丽·阿代尔才坐火车来这里投奔弗里兹。弗里兹是他们母亲的姐姐，住在小镇的最东头，和丈夫一起经营一家肉铺。

阿代尔兄妹把手缩进衣袖，开始步行。尽管坐了一夜货车，已然寒冷入骨，可一旦走动起来，他们便感到暖和了一点。主街是条铺着木板的宽阔土路，遍地灰尘，他们一边沿着主街向东走，一边仔细辨认路边每家店铺护墙板上的店名，连银行那砖砌的窗户上的金色字母也不放过。没有一家肉铺。突然，店铺到了尽头，出现了一排房子，房子经受日晒雨淋已然发灰，或涂料已剥落，门廊上都拴着看门狗。

有几家院里种着小树，其中一棵很小，花枝摇曳，衬着灰暗的背景如同一缕亮光。玛丽看都没看一眼，迈着沉重的步子坚定地继续赶路，而卡尔却停下不走了。那棵小树清新的花香吸引了他。卡尔的脸变得绯红，梦游般张开双臂。姿势长时间不变，腾云驾雾一般飘到小树旁，将脸埋在一树的白色花瓣里。

玛丽转身找卡尔，吓了一跳，发现他竟然落后了一大截，脸一动不动地贴在花上。玛丽喊他，但他好像没听见，只是奇怪地站在树枝间一动不动。院里拴着的狗冲他狂吠，他还是不动。他甚至不知道大门什么时候打开，一个女人匆忙走出来。那女人也冲卡尔喊了几声，但卡尔根本不理她，所以她解开了拴狗的绳子。大狗迫不及待地跳着冲向卡尔。就在那时，不知是为了自我保护，还是要采摘枝上的花朵，卡尔伸手折断了一根树枝。

对这样一棵小树而言，被折断的那根算是一根大树枝，断裂处的伤口足以使其枯死。夏天树叶会落光，树液会流回树根。第二年春天，玛丽出门办事路过时，发现这棵树没开花，想起当时狗扑向卡尔，卡尔伸出树枝乱打，白色的花瓣像雪一般骤然飘落在四肢伸展的恶狗四周。接着卡尔喊："快跑!"玛丽向东朝弗里兹姨妈家的方向跑去，但卡尔却往回跑，爬进了火车的货车厢。

Part 1

Chapter 1

1932 年

玛丽·阿代尔

我就是这样来到阿格斯的，我就是那个穿着硬邦邦的外套的小女孩。

我稀里糊涂地拼命往前跑，等停下来时才吃惊地发现卡尔没跟在我身后，我四下张望寻找他，却听到火车刺耳的长鸣。那一刻，我突然意识到卡尔可能跳上了我们来时乘坐的那节车厢，蜷曲在稻草堆里，从打开的车门向外张望。唯一不同的是，他手里现在多了根散发着芬芳的树枝。我看见火车像一串黑色念珠似的驶向远方，我后来在阿格斯多次见到同样的一幕。当火车从我的视线中消失后，我低下头盯着自己的脚。我害怕了，不是因为卡尔走了以后没人保护我，恰恰相反，是我没有保护和照顾的对象，会变得软弱。卡尔个子比我高，却很瘦；他岁数当然比我大，却很胆小。他发高烧时整个人像梦游一样，提不起精神，对噪声和强光极其敏感。妈妈说他娇气，而我和他正好相反。我会到杂货店乞讨有虫眼的苹果，从乳品店后门偷乳清。那年冬天父亲刚过世，我们搬到了明尼阿波利斯。

故事就是从那时开始的，因为在那之前，要不是因为一九二九年发生的事，我们一家可能依旧惬意地生活在草原湖边一幢偏僻的、孤零零的白房子里。

我们很少见到其他人，家里就我们仨：我、卡尔和妈妈阿德莱德，其实那时我们家就跟别人家不大一样。只有奥博先生来我们家，他个子很高，胡须修得很整齐，在明尼苏达州拥有一整个县的麦地。他每周会过来两三次，都是深夜来，把车停在谷仓里。

卡尔不欢迎奥博先生的到来，我却盼望他来。因为他来了妈妈会高兴，家里就会多云转晴。我还记得，奥博先生最后一次来的那个夜里，妈妈穿上湖蓝色丝绸长裙，戴上了宝石项链，我们知道那条项链是奥博先生送她的。她把深红色的长辫盘在头顶，固定成王冠的样子，然后把我的头发轻轻地、均匀地梳了一百下。我闭上眼睛，听着她数数的声音。“你的头发不是遗传我的。”她最后说道，将我柔软的齐肩黑发放下。

奥博先生到了之后，我们陪他坐在客厅。卡尔一动不动地坐在马鬃沙发上，假装着迷地盯着地毯上的红宝石图案。像往常一样，奥博先生只对我格外亲昵。他把我抱到腿上，唤我宝贝：“来，给你扎头发用，小公主。”他边说边从背心口袋里扯出一条绿色缎带。他嗓音低沉，我喜欢他的声音，那声音与母亲的说话声不同，甚至能盖过母亲的声音。之后，我和卡尔被送上床，我一直睡不着，便听他们俩说话，说话声先是从楼下的客厅传来，忽高忽低，混在一起，接着又从餐厅传来，变得模糊不清。随后，我听到他们走上楼，关上过道尽头的那扇很大的门。我没合眼，只有一片黑暗，只有房子的吱嘎声和风吹树枝的声音。第二天早上他已不在了。

第二天，卡尔还在生闷气，直到妈妈对他又亲又抱，他才开心起来。我也很难过，但妈妈对我可没好脾气。

卡尔总是先翻看周日报纸上的漫画，所以是他先发现了头版上奥博先生和太太的照片。发生了一起谷物装运事故，奥博先生在事故中窒息而死。当然也不排除自杀的可能，奥博先生用他的土地作抵押，借了很多债。当时我和妈妈正在清理厨房抽屉，把白色的纸张裁得跟抽屉一样大，铺在里面，卡尔把报纸拿给我们看。我记得当时阿德莱德的一头红发编成了两条弯弯的辫子。她读到这个噩耗时，整个人瘫倒在地。我和卡尔蜷缩在她身旁，等她醒后，我把她扶到椅子上。

她使劲甩着头，一句话也不说，像一个受伤的洋娃娃似的浑身颤抖。然后她把目光转向卡尔。

“现在你高兴了吧!”她叫道。

卡尔一脸不高兴，转过头不理她。

“他是你们的父亲。”她脱口而出。

秘密就这样泄露了。

妈妈知道自己会失去一切，照片里的奥博太太笑容满面。除了那辆汽车，我们住的这幢白色的大房子以及所有物品都记在奥博先生名下。第二天上午阿德莱德卖了那辆车。葬礼那天，我们把能带走的东西装进厚纸板做的手提箱，乘中午的火车去了双城①。妈妈认为可以凭自己的身材和容貌在那里的时尚商店找到工作。

---

① 指明尼苏达州的圣保罗市和明尼阿波利斯市。——译者注（本书注释除特别标注外均为译者注）

但她不知道自己怀孕了。她不知道物价那么高，也不知道大萧条有多残酷。六个月后，所有的积蓄都花光了。我们陷入了绝望。

一直到妈妈从女房东那儿偷了一打银汤匙，我才知道我们的经济状况有多糟。女房东对我们不赖，至少没恶意，妈妈一直拿她当朋友。当我发现阿德莱德口袋中藏的银汤匙时，阿德莱德没有解释。几天后，汤匙不见了，而卡尔和我却有了厚外套穿，我们的架子上也摆满了绿香蕉。接下来的几周，我们都喝着脱脂牛奶，吃着涂满果酱、黄油的吐司。孩子，我想，不久将会降生。

一天下午，妈妈把我们打发到楼下的女房东那儿。女房东身体结实，为人无趣，所以我清楚地记得当时发生的每个细节，却忘了她的名字。那是冬末的一个下午。我们望着碗柜的玻璃橱门，银汤匙失窃后，女房东就把放置银制上马酒杯①和彩釉盘子的橱柜锁起来了。映在橱门上的面孔仿佛幽灵似的瞪着我们。我和卡尔不时听到叫喊声。有一次，我们头顶上响起重物摔到地板上的声音。我俩抬头看着天花板，张开双臂，好像要接住它。我不知道卡尔当时是怎么想的，但我想是那个孩子降生了，径直穿过天空中的云朵，穿过妈妈的身体，像沉重的铅块那样呱呱坠地。我对婴儿的出生过程一知半解。我做梦也无法解释空中那声拖长的尖叫，卡尔被吓得脸色惨白，向前一头栽进椅子。

以前每次卡尔晕倒，我都竭力唤醒他，可这次我放弃了。我相信他会自己醒来，这次也不例外。他看上去虚弱眩晕，但至少

---

① 一般是主人为即将离别的客人递送的装有送行酒的酒杯。

清醒了。我最多只能扶着他的头，等他睁开眼。

“孩子出生了。”他醒来时说。

我仿佛已预见到，我们的灾难已伴随着那阵哭声降临，可我还是坐在那儿不愿动。卡尔坚持我们至少得上楼看看，哪怕不进房门也行，可我仍坐在那儿，直到女房东下楼来。她告诉我们：第一，妈妈给我们生了一个弟弟；第二，房东在我们的床垫下发现了她祖母的一个银汤匙，这件事她不再追究了，但我们四个星期后得搬出去。

那天夜里，我坐在妈妈床边的一把椅子上，抱着裹在薄羊毛毯里的孩子，灯也没关就睡着了。卡尔蜷曲在妈妈脚边。妈妈睡得很熟，红发凌乱地散落在枕头上，颜色很亮。她的脸色苍白，脸颊凹陷。但她一开口说话，我对她便没了怜悯之心。

“我应该让他自生自灭。”她呢喃着。睡梦中，她发白的嘴唇紧闭。我本想把她摇醒，可孩子正蜷在我怀里。

“我可以把它埋在后院的空地里，”她低语道，“那个地方都是荒草。”

“妈妈，醒醒。”我说，但她仍在说梦话。

“我不会有奶水，我太瘦了。”

我低下头看着孩子。他的脸圆圆的，呈乌青色，眼皮肿了，几乎睁不开眼。他看上去很虚弱，但当他扭动身体时，我学着女人们的样子将小指放在他嘴里安慰他，他的吸吮很有力。

“他饿了。”我告诉妈妈。

但阿德莱德翻了个身，把脸转向墙壁。

阿德莱德的乳房里乳汁丰盈，孩子刚开始根本喝不完。阿德莱德不得不喂他。母乳湿透了她淡绿色的毛呢内衣，形成一块深色的斑。她动作里透着绝望，似乎承受不了这胀痛。她拒绝给婴儿取名，却没有完全不理不顾。她把衬裙剪成一片片尿布，将睡衣改成一套婴儿服，但她经常任他哭号。有时孩子哭得太久了，女房东便气喘吁吁地跑上楼来。她看着我们处境绝望，好心地把其他房客付钱后吃剩的食物拿给我们。但她的决定仍然没变。一个月后，我们还是得搬走。

那天我们出门寻找新住处，春天的云朵飘在高空，天气暖和。妈妈日常的衣服几乎都改了给婴儿穿，只剩蕾丝、丝绸、上好的山羊绒这些面料的好衣服。她穿着黑外套和奶油色花边的黑裙子，戴着精致的线织手套。她的头发一丝不苟地绾成光滑的发髻。我们走过砖砌的人行道，照着窗户上贴的广告，寻找廉租房、条件差点的房子或酒店。我们什么都没找到，最后坐在商店外的固定椅子上休息。那时小镇的街道更友善。没人会在意一群穷人聚在一起，暂时卸下重担，说说自己潦倒的人生。

“我们可以回去找弗里兹，”妈妈说，“她是我姐姐，会收留我们的。”

从她的声音里我听得出这是她最讨厌的事。

“您可以把珠宝首饰卖了。”我向妈妈建议。

妈妈警告似的看了看我，把手放到喉部护住胸针。她很珍惜奥博先生这些年送她的物件。只有我们恳求她，她才会拿出来展示一番：一串精巧的石榴石项链，一个缟玛瑙的白胸针和一对水滴状的珍珠耳饰，一把西班牙木梳，还有一枚镶着上好黄钻的戒指。我想，她也不肯变卖这些东西来救我们。虽然艰难的现实击败了她，她变得软弱，但仍旧固执。我们在商店门口坐了将近半小时，卡尔注意到远处的音乐声。

“妈妈,”他央求着，“是集市!”

像往常一样，妈妈一开始拒绝，但那不过是做做样子，他俩谁都知道。果然不一会儿，卡尔便连哄带骗地拉着她去了。

几条街之外的露天市场上正在举办一场“孤儿义卖会”，这场义卖是为圣杰罗姆[①]收容所无家可归的孤儿举办的。入口处挂着耀眼喜庆的红色横幅，上面有手写的金色大字。用厚木板隔成的摊位就设在冬天残留的枯草地上。修女们或穿梭在卖天主教肩衣和圣章的柜台之间，或静静地站在货架后面。货架上摆着念珠、装有圣像卡的鞋盒、小小的圣人雕像和常见的玩具。我们兴奋极了，看着随行杂物包、运气游戏、糖果和各种宗教用品。在一个售卖叮当作响的金属制品的摊位前，妈妈停了下来，从钱包里抽出一张一元钞票。

“我要买那个。”她告诉摊贩。小贩顺着她手指的方向，从盒子里拿了一把镶有珍珠的折叠刀，递给卡尔。妈妈又指了指一条金银两色的珠链。

“我不要。”我说。

妈妈脸红了，但迟疑了一会儿，她还是买下了那条项链，接着让卡尔帮她戴上。她让我抱着婴儿。

“抱好，扫兴的小姐。”妈妈说。

卡尔大笑起来。他牵着妈妈的手，从一个摊位逛到另一个摊

---

① 基督教牧师，神学家和历史学家。他将大部分《圣经》译成了拉丁文。

位，最后来到正面看台，他立刻拉着妈妈找座位。我抱着婴儿，跌跌撞撞地跟在后面。地上散落着小广告，树干上和斑驳的墙上贴着海报。妈妈捡起一张更小的纸。

纸上写道：奥玛大师今天中午为您展示飞行特技。下面是一个男人的照片，他身材干瘦，蓄着八字胡，橙色的围巾在风中猎猎作响。

“看看吧，求您了！”卡尔说。

就这样，我们便坐在口瞪目呆的人群中间。

飞机像昆虫似的在我们头顶低飞、旋转、嗡鸣、滑翔。我不像其他人那样激动地伸长脖子惊呼，或者倒吸气。我只是低头注视婴儿，他刚从新生儿没日没夜的睡眠中醒来，时不时专注地盯着我看。我也注视着他。我可以从他脸上看到一个不同的我——更大胆、急躁、坏脾气。他对我皱皱眉，还没意识到自己的无助，唯一让他不安的便是此刻飞机降落、朝着人群的方向滑行时发出的噪声。

此刻回想起来，我不敢相信自己竟毫无预感。奥玛大师从飞机上跳下来时，我几乎没抬头；他鞠躬并开始演讲时，我也没鼓掌。他问谁有勇气乘他的飞机时我心不在焉。我想，他要收一两美元才会让别人享受那个待遇。不过，我根本没注意，也没料到即将发生的事。

“我！”妈妈喊道。在阳光下，她高举着皮夹子。

没向身后看一眼，没说一句话，事先没给我们暗示，也没任何迟疑，妈妈从大看台边上的人群中挤过去，走到飞机旁的空地上。这时，我才第一次看奥玛大师。和海报上的照片一样，他让人感觉很时尚，橙色的围巾在颈部打了个结，有点小胡子。我想，他里面肯定穿着满是油渍的白毛衣。他黑黑瘦瘦，在飞机的衬托下显得个头极小，与海报上相比，眼前的他更显老。他扶我妈妈在乘客座位上坐好，便跳上操控台后面的驾驶座，拉下头顶的墨绿色太阳镜。接着他们准备起飞，那一刻显得极其漫长。飞行员与刚刚帮助他转向的两个男人交换了信号。

“开！关！连接！”

“远离螺旋桨！”奥玛大喊，两个男人飞快跑开。

螺旋桨鼓起一阵风，飞机向前猛冲，掠过小树，飞向蓝天。奥玛大师低空绕场一周，我看到妈妈红色的长发挣脱了头绳，像一道弧线在空中飘起来，最后缠在奥玛的肩上。

卡尔看着奥玛表演特技，看着他驾驶飞机轰鸣而过。他震惊而痴迷地凝视着天空，一句话都没说。我不忍心看飞机，转而打量着卡尔的脸色。我身体紧绷着，等待飞机坠毁。

围观的人群散去，人渐渐走光了，飞机的引擎声也几乎听不到了。这时，我才敢抬头仰望天空，奥玛大师的飞机载着妈妈平稳地飞离露天集市。很快，飞机只剩下一个白点，然后消失在灰白的天空中。

我抓起卡尔的手臂晃了晃，但他挣脱了我的手，冲到看台边。“带上我啊！”他倚在栏杆上大叫。之后，他注视着天空，那架势就像要把自己也抛上天。

我感到心满意足。这让我诧异，但它确实是我在阿德莱德飞走后最初的感觉。唯有这一次，她没有厚此薄彼，而是把我俩一起抛弃。卡尔双手抱头，埋在厚厚的羊毛袖子里哭了起来。我移开视线，不再看他。

看台下的人群像起伏不定的波涛一般涌动。头顶上，薄薄的云朵分散开来，像平纹细布一样遮住天空。我们注视着田间地头暮色渐浓。修女们开始整理念珠和祈祷书，一个个小摊前的节日彩灯也亮了起来。卡尔拍着双臂，跺着双脚，呵着热气暖和手指，但我不觉得冷，怀里的婴儿使我感到温暖。

婴儿醒来了，他很饿，但我没法给他安慰。他用力吸吮我的手指，我的指头已发白起皱，吸不到乳汁的他放声大哭。有人围过来，几个女人向我伸出双臂，但我不相信她们，将弟弟抱得更紧。我也不相信坐在我身边对我轻声说话的那个男人。他很年轻，脸庞瘦削，胡子拉碴，满面愁容。我最难忘的便是他悲伤的神情。他告诉我，他妻子刚生了一个孩子，她的奶水足够喂养两个婴儿，所以要我把弟弟交给他，让他带回家给妻子喂奶。

我没回答。

“你妈妈什么时候回来呢？”他问。

他在等待。卡尔茫然地坐着，望着天空不言不语。周围一堆爱管闲事的人纷纷给我出主意。

“亲爱的，把孩子给他吧。”

“别这么倔。”

“让他把孩子带回家。”

“不。”我不会听别人的命令，也不听他们的建议，甚至用脚踢一个胆大的女人，因为她试图抱走我弟弟。这群人接连受挫，先后离去。只有那个年轻男人没走。

最后是怀里的婴儿说服了我。他大哭不止。他哭得越久，这个伤心的男人坐得越久，我的防备也就越发脆弱，最后我差点哭出来。

“那我和您一起去，”我告诉这个年轻人，“等他吃饱，我再把他带回来。”

“不，”卡尔突然尖叫起来，“别把我一个人留下！”

他激动地拉扯我的手臂，孩子从我怀里滑下来。这个年轻人抓住我，好像要扶我，却把孩子抢到他怀里。

“我会好好照顾他的。”他说完，抱着孩子离开了。

我想挣脱卡尔，但卡尔和妈妈有一点很相似，那就是害怕时比什么时候都固执，我没能挣脱。那个年轻人消失在夜色中，婴儿的哭声也渐渐听不见了。最后，我在卡尔身边坐下，任由严寒侵入身体。

一小时过去了。又一小时过去了。彩灯熄灭，月亮升起，被云朵遮住了，模糊不清，我终于肯定那个年轻人在撒谎，他根本不会回来。但他满面愁容，不会伤害任何人，所以我更担心自己和卡尔。我俩现在无依无靠。我站起来，卡尔也跟着站起来。我们一句话也没说，走回出租屋。我们没有钥匙，但卡尔出人意料地展示了一手绝技。他用妈妈给他买的那把薄刃刀撬开了锁。

冰冷的房间里有一股淡淡的干花香味，有妈妈撒在行李箱里的干花香味，有壁橱里混着丁香花的柑橘皮的浓烈香味，有妈妈每晚用来滋润肌肤的薰衣草精油的气味。她甜美的呼吸似乎还留在房间里，还有她丝质衬裙的沙沙声，以及她走路时脚后跟轻快落地的声音。我们沉浸在思念中，躺在妈妈的床上哭泣，盖着妈妈的被子，紧抱着彼此。我的脑子里就如同进了冰一样。

我用脸盆里的水把脸洗干净，然后叫醒卡尔，告诉他我们要去弗里兹姨妈家。他不抱希望地点点头。我们吃光房间里仅有的食物——两块冷煎饼，然后把东西收拾进一个厚纸板做的小手提行李箱。卡尔提着行李箱，我提着被子。最后，我在妈妈用过的抽屉深处摸了摸，拽出一个圆形的小纪念品盒。盒子上包着蓝丝绒，锁得紧紧的。

“我们得把这些卖掉。”我告诉卡尔。他犹豫了一下，眼神里流露出决心，接过盒子。

天亮前，我们悄悄溜出房子，步行到火车站。野草丛生的调车场里有几个流浪汉，他们对每列火车去哪儿一清二楚。我和卡尔找到想乘的那列火车，然后爬了进去。我俩铺开被子，靠在一起，紧紧蜷缩着，头枕着手提箱，卡尔胸前的口袋里放着妈妈的蓝丝绒盒，盒子夹在我俩中间。我坚信小盒里藏着宝贝，火车行驶时盒子哐当作响，这声音给我慰藉，因为我相信盒里放着玛瑙项链和上等黄钻，可以帮我们渡过难关。那时我怎么也想不到盒子里放着的不过是别针、纽扣和明尼阿波利斯一家当铺的一张沉默无语的赎货凭证。

那晚，我们一直待在车上。火车时而变轨，时而刹车，轰隆隆地奔向阿格斯。我们一直不敢下车找口水喝，或是去垃圾堆里找些吃的。我们下了车，可没想到火车那么快就又开了，幸好我们在最后关头抓住了车身的横档。手提行李箱和被子却弄丢了，因为我们上错了车厢，这里离原来的车厢太远。夜里寒气逼人，我和卡尔被冻得睡不着。卡尔很难受，所以当我提出轮到我看管妈妈的盒子时，他没同我争。我把盒子放在套头毛衣里，紧贴着我的胸口，丝绒盒并没有让我觉得有多暖和。尽管如此，当我闭上双眼，想象着玛瑙和黄钻在黑暗中熠熠闪亮时，我还是感觉好受了些。我的心变得坚硬，化为多面体，好似发光的魔法石，这样我就能清楚地看到妈妈了。

她还在飞机上，翱翔在闪烁的群星之间。突然，奥玛发现燃料即将耗尽。他根本没有对阿德莱德一见钟情，也全然不在乎她的死活。他只想救自己的命，所以无论如何他都要减轻飞机的负重。他设定好飞机后便从驾驶座起身，把妈妈一下从座位上拽起来，将她推下飞机。

整整一夜，她都在寒冷中不断坠落。她的外套被风吹开，黑色连衣裙紧裹在大腿上。红色长发像火焰一样向上飞扬，她像一支没有热度的蜡烛。我的心结了冰，我已不再爱她。所以天亮前，我已然可以接受她摔到地面上这一结局。

火车在阿格斯停下来，这时我又冷又沮丧。跳下车时我那冻得麻木的膝盖和掌根被擦伤了。疼痛使我清醒，我聚精会神，浏览着张贴在窗户上的标识，一心想尽快找到姨妈的店。毕竟我们好几年没来过姨妈家了。

卡尔岁数比我大，他跑丢了可不是我的责任。可我也确实没帮他，我一个人跑到了小镇的尽头。在明亮的浅粉色花朵映衬下，他满面红光，就好像被妈妈抚摸时那样，一想到这些我就受不了。

我停下脚步，热泪突然涌上来，耳朵也开始发烫。因为心里不好受，我忍不住哭了起来，当然我知道那无济于事。我转过身，仔细朝四周看，幸亏我这样做了，因为刚刚我一个劲往前跑，已经跑过肉铺了。肉铺仿佛突然出现在眼前，门口有一条没铺过的短车道。一面墙上画着一头白色的猪，猪身上写着“科兹卡肉铺”几个字。我沿着两侧种着矮冷杉树的车道朝肉铺走去。店铺看上去还没装修完，但生意很好。似乎是因为忙于接待顾客，所以姨妈和姨父顾不上肉铺的装潢。我站在店前宽大的门廊上，如同乞丐一般四处打量。头顶上方的墙上钉着一排麋鹿角，我从麋鹿角下走过。

门口通道很暗，我的心怦怦直跳。我已失去了很多，忍受过悲伤和寒冷，所以我敢肯定，我看到这样的情景是完全合乎情理的，虽不真实，但可以理解。

狗又一次朝卡尔扑去，花瓣从卡尔手里的树枝上纷纷落下。但这一次，花瓣落在了我周围，落在了店门口。我嗅着消失在外套上的花瓣，品尝它们融化在我嘴里的淡淡甜味。我没时间去想这一切是如何发生的，因为它们在落下的瞬间就消失了。我对玻璃柜台后的男人说出我的名字。

皮特姨父个儿很高，金发，头戴蓝色牛仔布旧帽，与眼睛的颜色一个样儿。他是个屠夫，不爱笑，此刻这样的微笑算得上很亲切了，他的微笑中充满希望。“你说什么?”他问道。我告诉了他名字，但他还是没认出我。最后，他惊讶得睁大眼，叫来了弗里兹。

“你妹妹的女儿来了!”他冲店里喊道。

我告诉他只有我一个人来了，是坐火车来的。他用双臂一把将我抱起，走进厨房，姨妈正在厨房里为我那漂亮的斯塔表姐煎香肠。我尽力向弗里兹和皮特讲述我是如何突然出现在他们家门前的，在我说话的当儿，表姐正坐在桌边紧盯着我。

姨父和姨妈充满善意地看着我，但满腹狐疑，认为我肯定是离家出走了。但当我告诉他们奥玛大师的事，告诉他们妈妈如何高举着钱包，告诉他们奥玛大师怎样扶着她坐进飞机时，他们一下变得严肃起来。

“斯塔，把前门的玻璃擦一下。”弗里兹姨妈说。斯塔不情愿地从椅子上站起来。“现在就去。”姨妈说。皮特姨父重重地坐下，把下巴搁在交握的双手上。“接着说，全说出来。”他说，所以我把发生的一切都告诉了他们。我边吃边说，说完后一杯牛奶和一根香肠也下了肚。之后我累得直不起腰，姨父将我抱起来，我只记得靠在他的怀里，然后什么都不记得了。那一天，我从白天睡到晚上，一直睡到第二天早上才醒来。

我仰面躺在床上，想看清楚房间里的摆设。过了很久，我才想起这些东西都是斯塔的。

我余生的每个夜晚都将睡在这个房间里。房门的镶板是漆成暖色调的松木做的，窗帘上印着舞者和音符的图案，房间一整面墙几乎被一张高大的橡木梳妆台占据，梳妆台镶着精致的花饰，有许多抽屉。梳妆台上有一个许愿井形状的木质台灯，门后挂着一面穿衣镜。我正打量着周围的一切，这时斯塔进来了。她身材高挑，相貌无可挑剔，金色的发辫垂到腰际。

她坐在带脚轮的矮床边缘，双臂在刚发育的胸前交叉。她比我大一岁，比卡尔小一岁①。自我们上次分别之后，她长高了许

---

① 原文如此。斯塔生于1920年（由第五章可知，1950年时斯塔30岁），卡尔生于1918年，玛丽生于1921年（由《那根树枝》可知，1932年时卡尔14岁，玛丽11岁），所以这里正确的年龄差应是“她比我大一岁，比卡尔小两岁”。

多，但这并没使她的身材变得干瘪难看。斯塔微微一笑，她低头看着我，露出坚固闪亮的白色牙齿，一只手轻抚着垂在肩膀一侧的金色发辫。

“阿德莱德姨妈在哪儿呢？”她问道。

我没回答。

“阿德莱德姨妈在哪儿呢？”她又问了一遍，语气很平静，“你是怎么来的？卡尔在哪儿呢？”

“我不知道。”

我说话时露出痛苦的神情，以为她会就此作罢，可这恰恰说明当时我根本不了解她。

“她怎么会不要你了？卡尔在哪儿呢？这是什么？”

她从我的一堆衣服里拿出了那个蓝天鹅绒盒子，放在耳边摇了摇：“里面是什么？”

她没料到我会气愤地一把将盒子夺走。然后，我从床上下来，紧紧抱着衣服走出房间。走廊里开着门的那个大房间是卫生间，用处真不少，时常烟雾缭绕，这里很快就成了我的避难所，因为它是唯一一扇我可以当着表姐的面关起来的门。

来阿格斯后，一连几周我醒来后都很迷糊，总以为回到了草原湖，什么也没发生。接着，我看到松木梳妆台上的深色花边，看到睡在我上铺的斯塔垂下的手臂。新的一天开始了。我嗅到香肠机里飘出的热乎乎的胡椒味，我听到切肉的锯子和切片器有节奏的嘎吱声，还有风扇搅动空气的声音。弗里兹姨妈正在卫生间里抽辣喉的总督牌香烟，皮特姨父正在外面喂白色的德国大牧羊犬。夜里，牧羊犬被拴在店内看守装钱的帆布包。

起床后，我穿上斯塔的粉色裙子，然后走到厨房等皮特姨父。我做好了早饭。我十一岁就会煮好喝的咖啡，会煎鸡蛋，这让姨妈和姨父感到惊奇，却让斯塔愤怒。这成了我每天早晨的必修课，为的是让他们越发离不开我。

我打算成为对他们来说必不可少的人，这样他们就不会将我送走。我是故意这么做的，因为我很快发现，除了早餐我做不了别的。我到阿格斯的第二天，刚醒来就受到斯塔的质问，在那之后我就一直想把我认为的宝贝送给他们——藏着妈妈珠宝的那个蓝色天鹅绒盒子。

我尽可能郑重地完成这件事。当时，斯塔是见证人，皮特和弗里兹则端坐在餐桌旁。那天早晨，我把头发打湿，梳理整齐，然后走进厨房，将盒子放在姨妈和姨父中间。说话时我的目光在斯塔和姨妈之间不停地移动：

“这些应该可以支付我的食宿。”

弗里兹跟母亲长得很像，但容貌特征过于鲜明，反而显得没那么漂亮。她皮肤粗糙，卷曲的短发染成了浅灰色。她水灵的眼睛像绿松石，这双不可思议的眼睛让顾客惊艳。她胃口很好，吃得很多，但长期抽烟的习惯使她像菜豆一样蜡黄枯瘦。

“不用给我们钱，”弗里兹说，“皮特，告诉她，她不需要付钱给我们。坐下，别提这个了，吃饭吧。”

弗里兹的话很直率，又像开玩笑，皮特的反应迟钝些。

“来，坐下吃饭吧，别再想钱的事，”他说，“你不了解你母亲……”他语气诚恳地补充道，但后面的话却咽了回去。在弗里兹姨妈的注视下，所有东西似乎都会蒸发，仿佛一切都被卷入她那直勾勾的蓝色眼眸中，甚至连斯塔也没说什么。

“我想把这个给你们，”我说，“一定要给你们。”

“她一定要给。”弗里兹姨妈叫道。因为门牙缺了一块，姨妈的笑容看上去有些俏皮。“可别说一定要给了。”她说。

但我不肯坐下，我从放黄油的盘子里拿起刀开始撬锁。

“行了，”弗里兹说，“皮特，帮帮她。”

皮特站起身，从冰柜上拿了一把螺丝刀，然后坐下，把螺丝刀一端伸进锁眼里。

“让她打开吧。”锁弹开时弗里兹说。皮特将小圆盒推给我。

“里面肯定是空的，我敢打赌。”斯塔说。她打这样的赌胜算不大，但过了一会儿我打开盒子后，发现她猜对了。盒子里没有任何值钱的东西，她大获全胜。后来我们成长的过程中她也一直占我上风。

别针，外套上掉下的几粒金属纽扣，一张明尼阿波利斯的当票，当的是一枚戒指和一条石榴石项链，没换到几个钱。

厨房里一片沉默，连弗里兹也不知所措。斯塔得意扬扬，差点从椅子上站起来，但她还是忍住了没说什么，直到后来才自鸣得意。皮特一只手捂着脑袋。我站起身，一言不发，感到天旋地转。要不是斯塔还在那儿，我想我可能会崩溃，就像在出租屋时那样，任凭眼泪流出来。但斯塔还在这，所以我得忍着。

吃饭时，我坐得离斯塔很远，好让她的手肘戳不到我。我脑子里一直在琢磨着怎么报复她，也早就想好要怎么对她下手。斯塔从来都不懂我，等她回过神来时为时已晚。我一年年长大，变得比任何戒指或项链都更重要。与此同时，斯塔也出落得楚楚动人，但却如树上的花朵般柔弱，可以被任何路过的男孩摘下，芳香消失了便被抛到一边。

我把珠宝盒放在与斯塔共用的梳妆台上，再也没打开看一眼。我没有沉浸在追忆和遐想中，而是继续生活下去。然而，我依然不能不做梦。一到夜里，卡尔、妈妈和小弟弟便会出现在梦里，还有嘴里塞满谷物的奥博先生。他们无处不在，想告诉我他们这样做是有原因的，但我用手堵住耳朵不想听。

我不再信任过去。他们四个人就像一块逐渐褪色、无法理解的图案，无法给我带来任何安慰。

卡尔之夜

那天早晨，卡尔再次躺在火车车厢里，那一刻他决定一直躺到死为止。但火车不听他的，并没有一直开下去。才驶出阿格斯不到十英里，卡尔所在的这节车厢就和火车的其余部分分离，停下来不走了。那天他打了个瞌睡，醒来后看见铁轨旁有两台一模一样的银色谷物输送机。临近傍晚，他很渴，又冷又饿，等死等得很不耐烦。看到一个男人摇摇晃晃走进来时他高兴极了，他终于有理由不再一味等待死神的来临。

卡尔一直钻在干草里，干草是从成捆的草里散落下来的。那个男人坐在离他不到两英尺①的地方，没看见他。卡尔仔细打量这个人。刚开始，卡尔觉得他很老。他的脸晒成了棕色，像皮革似的，眼周皱纹层层交叠，都快看不见他的眼睛了，他的嘴唇薄薄的。他穿着破旧的军装，像打火石那般结实。点燃烟头时，燃烧的火柴在他眼中映出两团小小的火焰。他吐出一圈烟圈。他沙黄色的头发有点长，刮过的胡子冒出了胡茬。

卡尔看着他小心地把烟抽到只剩纸烟头，然后才出声。

"喂?"

"啊!"那男人跳起来，踉跄后退，然后站稳，"他妈的

① 1英尺约等于0.3米。——编者注

什么……”

“我叫卡尔。”

“吓我一大跳，”男人看着暗处的卡尔，突然哈哈大笑，“原来是个孩子啊，”他说，“天，别傻待在那儿了，过来。”

卡尔走出来，站在从门外射进来的明晃晃的阳光下。他睡过的干草粘在外套上，从他的头发里冒出来。他一头干草，盯着那个男人，一脸悲伤，男人反倒变得温和起来。

“你是个女孩吧？”他说，“原谅我刚刚的话。”

“我不是女孩。”

但卡尔还处在变声期，对方不相信他。

“我不是女孩。”卡尔重复道。

“你说你叫什么名字来着？”

“卡尔·阿代尔。”

“卡拉①啊。”男人说。

“我是男孩。”

“是啊。”男人重新卷了一支香烟，“我叫圣安布罗斯②。”

卡尔谨慎地点点头。

“我没开玩笑，”男人说，“我姓圣安布罗斯，名叫贾尔斯。”

卡尔坐在贾尔斯·圣安布罗斯旁边的草捆上。他饿晕了，他得眨眨眼才能看清东西。不过，他发现这个人并不像他原先以为

---

① 男人将“Karl”听成了“Karla”，后者通常为女性名。

② 历史上确有其人，罗马人，米兰大主教，四世纪最具影响力的基督教教会人物之一。

的那样老。实际上，卡尔坐近时，发现对方的脸是因为风吹日晒而显得苍老，其实他岁数并不大。

“我来自草原湖，”卡尔鼓起勇气说道，“我们以前在那儿有一栋房子。”

“然后房子没了，”贾尔斯说，透过缕缕烟雾看着卡尔，“你上顿饭是什么时候吃的？”

吃这个字眼让卡尔张不开口，馋得直流口水。他一声不响，看着贾尔斯。

“给你。”贾尔斯从夹克的口袋里拿出一个用报纸包着的方形东西。他打开报纸。“好东西，是火腿！”他说。

卡尔双手捧着火腿，狼吞虎咽地吃完了，贾尔斯看着他，连烟都忘了抽。

“看你这副吃相，我这火腿给得值了，”卡尔吃完时他说道，“本来打算让你给我留一大块，但我真没忍心说。”

卡尔将报纸叠起来还给贾尔斯。

“没关系。”贾尔斯将报纸随手扔在一旁。他伸手捡起卡尔带进车厢的那根树枝，几朵枯萎的灰色花朵还挂在茎节上。“用来赶蚊子还不错。”贾尔斯说。

“这是我的。”卡尔说。

“是吗？”贾尔斯边说，边用树枝抽打空气，“现在不是你的了，就当交换吧。”

紧接着发生的事让卡尔后来感到很羞愧，可他无法控制自己。这根树枝让他想起朝他扑来的那条狗，想起它狂吠的嘴，想起玛丽呆立在街头，想起自己用尽全力折断那根树枝去打那条狗。想到这儿，他眼泪夺眶而出。

“开个玩笑而已，”贾尔斯说，他轻轻晃了晃卡尔的胳膊，“把它拿回去吧。”贾尔斯抓起卡尔的手，让他握住树枝。卡尔把树枝紧紧握住，但仍止不住地流泪。他感觉自己的心融化了，洪水四下泛滥。他哭得上气不接下气。

“别哭了。”贾尔斯说。他用一只手臂搂着卡尔的肩，男孩靠在他身上流泪，断断续续哭了好久，好不伤心。“你要学会坚强，男孩可不能这样。”贾尔斯说。但卡尔一直哭，直到把所有的悲伤发泄得一干二净。

卡尔醒来时已是黄昏。他几乎什么也看不清。空气里充斥着一阵沉闷而单调的轰隆声，仿佛是暴雨或冰雹倾泻而下。卡尔伸出手去找贾尔斯，害怕他消失，好在他没走。

“是什么声音?”卡尔边问边用双手摸索贾尔斯粗糙的军绿色夹克。贾尔斯呢喃道：“外面在装运粮食呢，睡吧。”于是他又安心地躺下了。

卡尔看着眼前黑漆漆的一片，听着装运粮食时发出的雪崩似的哗啦声，心里好不激动。他打算和贾尔斯一起坐火车，偶尔跳下车看看喜欢的小镇，偷点吃的，也许会去找一栋废弃的房子住。他想象着他们在一起时的情景，他们会遇上狗和警察，会竭力摆脱农场主和店员。他想象着他们一起做烤鸡，一起睡觉，在摇摇晃晃的车厢中紧紧蜷缩在一起，就像他们现在这样。

“贾尔斯。”他低声说。

“嗯?”

卡尔等待着。以前他曾在公寓后面的小巷里抚摸过别的男孩，但只是为了好玩。这次不一样，他不确定自己是否有勇气，但那一刻他的身体里充斥着奔腾的声音。他抓住机会，伸出双手，触碰着贾尔斯的背。

“你想干什么?”

卡尔将手伸进贾尔斯的夹克，贾尔斯转过身来。

“你知道自己在干什么吗?”贾尔斯低声问。

卡尔感受到贾尔斯唇间的呼吸，扬起嘴唇亲吻他，然后将手伸进贾尔斯的衣服里，慢慢向他靠近。贾尔斯翻身将卡尔压在身下，按在干草里。贾尔斯进行下一步时，卡尔先是一阵颤抖，继而一股热流传遍全身。

“你不是女孩。”贾尔斯贴着卡尔的头发低语，亲吻着卡尔的脖子，开始用一种新的方式抚摸他全身，动作有些粗鲁，但很小心。黑暗中，卡尔的身体绷紧，很是难受，随后突然放松下来，但身体还是抽搐了好一会儿。卡尔清醒过来后，双臂紧紧抱着贾尔斯，但那一刻已过去。贾尔斯轻轻松开卡尔的手臂，重新平躺在卡尔身边。他们就这样肩并肩躺着，两人盯着装载谷物发出声音的地方。卡尔很清楚自己的感受。

“我爱你。”卡尔说。

贾尔斯没回答。

“我爱你。”卡尔又说了一遍。

“噢，天哪，这不是什么大不了的事，”贾尔斯说道，他并没有恶意，“这种事难免的，没必要纠结，好吗?”

然后他转过身，背对着卡尔。过了好一会儿，卡尔起身跪坐在一边，问道：“贾尔斯，你睡着了吗?”没有回应。卡尔感受到贾尔斯缓慢的呼吸，贾尔斯的身体很放松，进入梦乡后双腿会不自觉地抽动。

“浑蛋……”卡尔低声咒骂，贾尔斯没醒。卡尔又骂了一遍，声音更大些，贾尔斯还是没醒。黑暗中，卡尔的思绪一片混乱，以前发生过的一切变得颠三倒四。又一次，阿德莱德的长发挣脱了发绳，缠在飞行员瘦削的肩上。他看着她飞向天空，然后想起她给他的那把刀。他掏出刀，这是他离开明尼阿波利斯后第一次拿出来，接着他用手指试探性地碰了碰刀刃。

“很锋利。”他提醒自己。他一次次刺向黑暗，差点刺进贾尔斯夹克破洞的羊毛里。但贾尔斯仍然没醒，过了一会儿，卡尔将刀折叠好，放回口袋。

轰隆声戛然而止。贾尔斯动了动，但没醒。透过墙板间的缝隙，卡尔看到提灯晃来晃去，划着弧线，然后不见了。有一节车厢的车身突然剧烈晃动，这股力量沿着轨道传到另一节车厢，直到他们所在的车厢也开始晃动，之后才慢慢加速。

“也只好这样，”卡尔说着，重复着贾尔斯的话，“也只好这样。”

说这几个字时，他的心仿佛裂开了一道口子。他眼泪唰唰地往下流，但他依然无法抚平内心深处的失落。眼下，这种失落感将他吞噬。树枝还在，上面仍然有淡淡的香味。他拾起树枝，站在黑暗中。他再也不想呕吐，不想尖叫，不想趴在谁的膝头痛哭。所以当车轮向前滚动时，他站起来，机警地皱着眉头，如同鹿一般轻盈敏捷地向前一跃，从行进的车厢里笔直跳了出去。

Chapter 2

1932 年

斯塔·科兹卡

那天早晨，玛丽表妹搭乘早班货运火车来到我家，身上只带了一个破旧的蓝色盒子，里面尽是别针和纽扣这些不值钱的东西。爸爸抱着她穿过客厅，走进厨房。我那时已长大，爸爸不会再那样抱我了。他把表妹放到凳子上，随后妈妈说“斯塔，把前门的玻璃擦一擦”，所以我没听到她后来对他们撒的谎。

那天早上过后，爸妈让她睡在我的床上。我不答应，说可以让她睡在矮床上。妈妈说“天哪，小气鬼，你也可以睡矮床呀”，最后我蜷缩在矮床上凑合了一夜，可那床对我来说实在不够长。我的两条腿悬在床外，冻得冰冷。第二天早上我不待见玛丽，这怎么能怪我呢？

此外，她在阿格斯醒来的第一个早上还抢走了我的衣服。

吃早餐的时候，她发现那个蓝色盒子里装的都是些没用的东西，这对我来说是个好消息，而且我也早料到会是这种结果。要不是觉得我这个表妹可怜，那天我是绝不会允许玛丽和妈妈在我的衣柜里胡乱翻找的。“这件你穿正合身，”妈妈举着我最喜欢的一件衬衫说，“试试看！”玛丽就穿了，然后把衬衫放进了她的抽屉里。她的抽屉是又一件让我不高兴的事，我不得不腾出两个抽屉给她用。

“妈，”她俩翻找了好一会儿，我突然想到，也许往后的一个学期，我只能换着穿那三套一模一样的套装了，“妈，早就够了，别再翻了。”

“什么话呢，”她总是那样说话，“你表妹现在连根线头都没有。”

然而，她那时已拿走我一半的衣服，可以说她已经有一柜子的衣服了。而且妈妈越发喜欢打扮这个可怜的孤儿，还乐此不疲。但玛丽并不真的是孤儿，尽管她假装自己是个孤儿，以博取同情。她妈妈还活着，即使她抛弃了我的表妹。其实我很怀疑玛丽被抛弃了，我倒觉得玛丽是自己逃跑了，因为她无法理解阿德莱德做事的方式。不是每个人都知道该如何充分利用自己的美貌，但阿德莱德姨妈知道。她一直是我最喜欢的人，我特别希望她能来我们家。但她不常来，因为我妈也不能理解她的行事风格。

“你想勾引谁呢？”阿德莱德穿着毛领长裙出现在晚餐桌上时，妈妈会这样讽刺她。爸爸涨红了脸颊，只顾着低头切盘子里的肉，没多说什么。但我知道他和妈妈一样，他们都对阿德莱德不满。妈妈总说自己把阿德莱德宠坏了，因为她是家里最小的孩子。她也这样说我，但我并不觉得自己被宠坏了，一丁点也没有，因为我还得干活，我得跟别人一样清理鸡胗。

我讨厌星期三，因为那天是杀鸡的日子。农场主会把鸡装在薄木板条做成的简易笼子里送过来。克努特负责杀鸡，他把长刀的刀刃刺入鸡脖子，一只接一只。杀完鸡，拔光毛，开膛破肚之后，鸡胗归我清理，一咖啡罐又一咖啡罐的鸡胗。我至今还会梦到当时的场景：我负责把鸡胗里外翻个个儿，放进盛满水的锅里清洗。鸡胗里的沙子和硬种子会沉到锅底，有时会有小块的金属和碎玻璃。有一次，我找到一个亮晶晶的东西。“妈！”我攥在手心里叫着，“我找到一颗钻石！”所有人都激动地围住我。妈妈把这枚闪光的石头拿到窗前。当然，这块石头并没在玻璃窗上留下一丁点儿划痕，我还得把剩下的鸡胗清理完。但有那么一会儿，我确信这颗钻石让我们发了财，这之后我又发现了另一颗。牛眼钻，爸爸说要当作遗产留给我。

遗产的事其实真的只是个玩笑，至少爸爸是说着玩的。这块东西其实是牛眼中坚硬的圆形晶体，如果对着光，会看到它像猫眼石一样富有光泽，因此我把它叫作牛眼钻。这种钻石十分易碎，所以它既不能用来做戒指，也不能做任何珠宝，因而自然分文不值。爸爸把它当作护身符，随身携带。店里没有顾客时，他会把牛眼钻放在手里把玩，我还发现玩纸牌时爸爸偶尔也会摩挲它。我很想要，有一天我问爸爸能不能把它给我。

“不行，”他说，“这是屠夫的幸运石。以后留给你，好吗？”

我觉得我当时一定惊讶得合不上嘴，因为爸爸对我一向有求必应。比方说，门店前的香肠柜台上放着一个小玻璃糖果盒，里面的糖我想吃就吃。我以前常带根汁汽水味糖果到学校，送给我喜欢的女同学。不过我倒从不嚼口香糖，因为有一次我听到阿德莱德姨妈生气地对妈妈说，只有流浪汉才嚼口香糖。那时妈妈正在戒烟，所以围裙口袋里总会放口香糖。她俩在厨房争吵时，我就在她们边上。“你也是个流浪汉！”我妈妈说，“真是乌鸦骂猪黑!”然后她拿出嘴里的口香糖，揉在阿德莱德长长的卷发上。“我要杀了你!”阿德莱德姨妈愤怒地破口大骂。在孩子眼中大人这样的举动可不是小事，但我不怪阿德莱德姨妈。如果我的头发因为粘了口香糖而被剪掉一截，我也会发疯的。我从不嚼口香糖，但店里的任何东西，只要我想要都可以拿，或者只要我开口，东西就会直接送到我面前。所以，当爸爸拒绝把牛眼钻给我时，可想而知我会有多震惊。

虽然当时还是个孩子，但我也有自尊心，所以我再没提起那颗牛眼钻。但玛丽·阿代尔来了两天后又发生了一件事。

那天晚上，我们等着大人来掖好被子、道晚安。我睡在自己的床上，她睡在矮床上。她睡那张床，身高正好，腿不会悬到床沿外面。她睡前做的最后一件事，是把阿德莱德的旧珠宝盒放在我的五斗橱上。我什么都没说，却挺难过的，我猜爸爸也感受到了。他可怜她。那天晚上他走进房间，给我掖好毯子，亲了亲我的额头，对我说“做个好梦”。接着，他也弯下身亲了亲玛丽，但他却对玛丽说:“送你个宝贝。”

那是我想要的牛眼钻，那块屠夫幸运石。当我越过床沿，看到她手里那块微微发光的水晶体时，我真想朝她吐口水。所以当她问我这是什么东西时，我假装睡着了。自己猜去吧，我心想，没说一个字。几周后，她熟悉了小镇的路，便找了个珠宝匠，在幸运石的一端钻了个孔，把石头用首饰绳穿起来挂在脖子上，真当这是什么宝贝似的。后来，她又有了一条金链子。

先是住我的房间，随后拿走我的衣服，接着又抢走我的牛眼钻。但最可恨的是，她还偷走了塞莱斯汀。

塞莱斯汀是我最好的朋友，她住在距离小镇三英里①开外，和同母异父的齐佩瓦族哥哥姐姐住在一起，姐姐岁数比她大很多。那时，从保留地来这儿的印第安人还不多，塞莱斯汀的妈妈便是其中之一。她妈妈可能叫丽吉娜，姓什么不清楚，原本在达奇·詹姆斯家里做女管家，那时詹姆斯还是个单身汉，后来俩人结了婚，还是丽吉娜当家。我听人说他们婚礼后一个月塞莱斯汀就出生了，丽吉娜把其他三个孩子也带了过来，达奇·詹姆斯婚前并不知道他们的存在，但他们相安无事。詹姆斯离奇死亡之前，他们一直住在一起。他在我家肉铺的冷冻柜里冻僵了，但店里的人都不愿提这件事。

不管怎样，其他孩子都没有被正式收养，仍以喀什帕为姓，只有塞莱斯汀姓詹姆斯。塞莱斯汀很小的时候父母就相继去世了，她的姐姐在她的成长中起了至关重要的作用。塞莱斯汀会法语，有时她在学校里讲法语，为的是看起来比我们高贵，但更多时候她被人嘲笑，因为她块头大，衣着古怪，净穿布料粗劣的衣服。那些衣服都是她姐姐伊莎贝尔从阿格斯的廉价商店淘来的。

塞莱斯汀个子很高，但身形并不臃肿，像我妈妈所说的，她仿佛雕像一般美。没人告诉塞莱斯汀该做什么，我们到处走，想去哪儿玩就去哪儿玩。例如，妈妈从不让我去墓地里玩，但去塞莱斯汀家的路上，我们还是去了墓地。墓地就在达奇·詹姆斯家的土地上，那儿是因传染性咳嗽和流感而夭折的小孩的坟墓。那些孩子被遗忘了，只有我们还记得。他们小小的木质或铁质的十

① 1英里约等于1.6千米。——编者注

字架已经倾斜，我们把十字架扶正，甚至用菜刀在木制十字架上重新刻好他们的名字。我们从牛轭湖[①]边挖来紫罗兰，移栽到墓地里。我们忙这忙那，把墓地变成我们的地盘。我们喜欢在炎热的午后坐在那儿，惬意极了。夏天的风摩挲着墓地里高高的草丛，蚯蚓松动着脚下的泥，河滩上的燕子成双结对在空中飞来飞去。真是个好地方，不那么让人伤感。不过当然了，玛丽非得毁掉这一切。

我低估了玛丽·阿代尔。或许是我太轻信她了，因为在初夏的一天，是我提议一起去找塞莱斯汀。我让玛丽坐在我自行车的把手上，但她太重了，我控制不住车头。

“你来骑。”我在半道上把车停下。她从车把上摔了下去，然后一下子跳起来，把自行车扶住。我体重也不轻，但她的双腿似乎不知道累。拉塞尔·喀什帕，也就是塞莱斯汀那个印第安哥哥，在路上撞见了我们。“哟，你今天又在使唤谁啊？”他说，“她看起来比你可爱多了！”我了解他，他这人总爱说反话，但玛丽不知道。我能感到穿着我旧背心裙的玛丽越发骄傲，她一直骑到塞莱斯汀家，到那儿后我跳下车，径直走进屋。

塞莱斯汀正在烤东西，像个大人似的。她姐姐任由她做喜欢的糕点，不管她会往里面放多少糖。塞莱斯汀和玛丽一起和面团，玛丽也喜欢做吃的，我不喜欢。所以当她们称量、搅拌、给烤箱

① 随着流水对河岸的冲刷与侵蚀，平原地区的一些河流会越来越弯曲，最后导致河流截弯取直，由取直部位径直流去，原先弯曲的河道被废弃，形成状似牛轭的湖泊，这类湖泊被称为牛轭湖。

定时、取出冷却架时，我就坐在餐桌旁，在蜡纸上擀面团，然后切成好看的形状。

“你打哪儿来的？”干活时塞莱斯汀问玛丽。

“她从好莱坞来的。”我替她回答。听到这话塞莱斯汀乐了，但当她发现玛丽并不觉得有趣后，就立刻不笑了。

“说真的。”塞莱斯汀说。

“明尼苏达州。”玛丽回答。

“你爸妈还在明尼苏达州吗？”塞莱斯汀问，“他们还活着吗？”

“他们死了。”玛丽毫不迟疑地说。我还没来得及说出实情，塞莱斯汀就已开口了：

“我爸妈也死了。”

后来，我才明白塞莱斯汀为什么要问这些问题，毕竟她那时已从我这儿听说了玛丽的故事，也清楚其中的细节。玛丽和塞莱斯汀望着对方笑了，她们的眼神就如同在人群中久别重逢。突然间，我发现她俩长得真像，这也很奇怪。当然，这一点只有她俩在一起时才看得出来，她们不在一起时根本没人会注意到这一点。塞莱斯汀的头发是深红棕色，没有光泽，皮肤是橄榄色，眼睛是闪亮的黑色。而玛丽的眼睛是浅棕色，稀疏的头发是深色的。正如我说的，她们俩坐在一起时，你会发现她们惊人地相似，但不是因为体格。玛丽矮小而健壮，塞莱斯汀却是个高个儿。她们有其他相同点，比如举止，比如谈吐，比如都有一股狠劲儿。

她们继续搅拌、称重，我能看出她们比刚才更亲密了。她们站得很近，肩并肩，有说有笑，赞美对方正在做的一切，这一切都让我恶心。

“玛丽明年秋天要去圣凯瑟琳学校上学了，”我打断她俩，“她得跟那些小女生一起上课，就在我们楼下。”

我和塞莱斯汀都上七年级，也就是说我们的教室在学校的顶楼，在合唱队里我们会戴上特别的蓝色贝雷帽。玛丽还小，没必要太在意她，我一直尽量这么提醒塞莱斯汀。但我却弄巧成拙，我并不知道玛丽上周去利奥波德修女那儿参加了入学测试。

“我和你们一个班。”玛丽说。

“什么意思？”我问，“你才十一岁！”

“修女让我升一级，”玛丽说，“到你们班上课。”

这消息让我惊讶不已，我继续埋头做饼干，说不出一句话。她很聪明，我知道她擅长利用别人的同情达到自己的目的。但聪明到可以跳一级，这是我没料到的。我把心形、星星形、男孩和女孩形状的锡制饼干切模压进面团里。女孩形状的饼干又矮又胖，和玛丽一个样。

“玛丽，”我说，“你不打算告诉塞莱斯汀，你从你妈妈衣橱里偷拿的蓝色小盒子里装了什么吗？”

玛丽直视着我。“什么都没有。”她说。

塞莱斯汀盯着我看，就好像我疯了一样。

“本来应该是珠宝，”我对玛丽说，“红宝石和钻石。”

我们盯着彼此，随后玛丽似乎暗自决定了什么。她冲我眨了眨眼，把手伸进裙子，从胸口拽出系着首饰绳的牛眼钻。

“那是什么？”塞莱斯汀立刻提起了兴趣。

玛丽把她的宝贝拿给塞莱斯汀看，阳光透过它落在玛丽的手心里，光影斑驳，微微发红，好不奇妙。她俩站在窗前，轮流摆弄那块牛眼钻，我则被晾在一旁。我坐在桌边吃着饼干。我吃掉了小女孩的双脚，小口咬掉她的双腿。我两口吃掉她的两只胳膊，然后是她的脑袋，剩下那不成形状的身体，最后也被我吞进肚子里。我边吃边观察塞莱斯汀。她不漂亮，但头发浓密，泛着红光。她的裙子长及膝盖以下，但仍然能看出她壮实的腿。我喜欢她粗糙的双手，我喜欢她站起来跟男孩对着干的样子。但不仅如此，我喜欢她，是因为她是我的。她属于我，不属于玛丽，玛丽从我这儿抢走的东西已经够多了。

“我们出去玩吧。”我对塞莱斯汀说，向来都是我说什么她就做什么。尽管极不情愿，她还是过来了，把玛丽一个人留在窗边。

“去墓地玩吧，”我小声说，“我要给你看一样东西。”

我担心她不愿意和我去，担心她选择和玛丽待在一起。但她早已习惯跟在我身后，这种习惯不会轻易就改掉。她出了门，让玛丽留在那儿，等着将最后一批饼干拿出烤箱。

我们从后门出去，走向墓地。

“你想干什么?”塞莱斯汀问。这时我们走进了一片隐蔽、茂密的草丛。有了野李子树遮挡，屋里的人看不见我们。这儿只有我俩。

我们一言不发地站着，空气里飘浮着厚厚的灰尘，还带着一丝白色紫罗兰的芬芳。塞莱斯汀扯下一根草，将柔软的那头衔在嘴里，眉毛下的两只眼睛紧盯着我看。

要不是塞莱斯汀一直那样盯着我看，我或许不会做那样出格的事。但她穿着长得过头的裙子站在那儿，嘴里嚼着草。烈日当空，就在那时我终于想到该给她看点什么。我的乳房很柔软，老是会痛；玛丽的乳房却不这样。

我一颗颗解开衬衫的纽扣，脱下衬衫。我的双肩很苍白，瘦削又僵硬，仿佛一对张开的翅膀。我脱掉内衣，托着自己的胸。

我的嘴唇很干，万物都静止了。

塞莱斯汀像兔子似的大声地嚼着草，咀嚼声打破了寂静。她犹豫了一会儿，然后转身就走。她把我扔在那儿，任凭我袒胸露乳，没再回头看我一眼。我眼看着她消失在灌木丛中。接着，一阵微风拂过，如同一只手轻轻抚过。这阵风让我做出近乎疯狂的举动，开始慢慢地转圈，挥舞双手。我仿佛听见地下传来的音乐，身体随之舞动。我旋转得更快，也更疯狂，我抬起脚。我开始踢踏双脚，在他们的坟墓上起舞。

玛丽·阿代尔

雷雨云越压越低，斯塔上身一丝不挂。我不禁在想，她还要在那儿跳多久希米舞。我听见塞莱斯汀走进楼下的厨房，砰的一声打开烤箱门，所以我下了楼。我站在厨房门口，看着她用刮铲将饼干一个个从烤架上铲下来，一个也没弄碎。她没抬头看我，但她知道我在那儿，她也知道我一直在楼上看着斯塔。我敢肯定她都知道，因为我说话时她眼皮几乎没抬。

“天一下就黑了，”我说，“雷雨要来了。”

“斯塔的妈妈会急死的。”塞莱斯汀一边说，一边拍掉手上的面粉。

我们出门找斯塔，但还没走出院子，她就回来了。她从我们身旁径直走过去，跳上自行车，然后骑走了。因此那天下午，我淋了大雨。还有一英里路就到家了，可雨突然倾盆而下。我步履艰难地从后门跑进去，身上的雨水不停地滴在亚麻地毯上。

弗里兹拿着条厚毛巾向我跑来，用力把我的头发擦干，差点把我的脑袋拧下来。

“斯塔，出来跟你表妹道歉！”她大喊，喊了两次斯塔才过来。

第二年秋季开学的第一天，我们一起出门，两人都带着厚厚的奶油色写字板，一样的铅笔盒，里面装着新铅笔，都穿着蓝衣服。斯塔的新衣服是浆过的，而我的衣服洗过太多遍，一点也不挺括。我穿着斯塔的旧衣服，却并没觉得有什么不好，因为我知道真正心烦的是她。她眼睁睁地看着我抢走她穿不下的衣服。姨妈把这些褪色的衣服改小给我穿，衣服的边也被缝得参差不齐。她觉得这些衣服被我穿过之后就毫无价值了，成了破布，我并没有如她所希望的那样将这些衣服珍藏起来。

我们一起走在土路上。当几棵矮松树挡住弗里兹的视线时，我和斯塔才分开走。更确切地说，斯塔开心地大喊起来，迈着长腿向一群女孩跑过去。这些女孩都穿着崭新的衣服、白色的长袜和没磨损的新鞋，彩色的丝带系成松松的蝴蝶结，从背部垂下。我远远地落在后面，但我不介意一个人走。

然而，当我们在学校铺满石子的院子里成群结队地闲逛时，当我们被催着排好队时，当塞莱斯汀开始和我说话时，当斯塔嘲笑我、说我是乘货运火车而来时，大家突然对我很好奇。我很受欢迎，在阿格斯，我只是个新来的。每个人都想和我成为朋友，但我只想和塞莱斯汀好。我找到她，拉着她的手，她的睫毛像柔软的画刷，遮住了她的黑眼睛，头发长得可以扎马尾了。她很健壮。因为常和哥哥拉塞尔比摔跤，她的胳膊十分粗壮，个头也比一个月前长高了不少。她比八年级的男生还要高，差不多和全校最高的利奥波德修女一样高了。

我们排队跟在老师后面，走在石板铺成的楼梯上。年轻的雨果老师脸圆圆的，是多明我会①的修女。接着她按照名字的字母顺序给我们排座，我坐到了第一排，坐在斯塔前面，这让我很满意。

当然，斯塔的座位很快就换了，她总可以往前调，因为她自愿清理黑板擦，清洗黑板，拿彩色粉笔将书本上的诗句用漂亮的字体抄写在黑板上。我很快就过气了，这让斯塔松了一大口气。课间围在我身边的女孩现在都坐在旋转木马上围着她，听她说八卦，看她抚弄自己长长的麻花辫，眨巴着蓝眼睛吸引高年级男生的注意。

学年过半，我却意外地使班上的同学对我刮目相看。我并非刻意这么做，或是一心想要引起奇迹，但在寒冬一个冰冷刺骨的日子，奇迹就这样发生了。

那年三月，雨整夜地下，还未落地就结成了冰。地上的水流冻结成冰，铺满整个操场，屋檐下挂着厚厚的冰，檐下的水滴在半空中就冻成了冰，我们沿着光滑的大街一路滑到学校。早上课间休息时，我们正要从衣柜里取出外套和靴子穿上，雨果修女便赶来提醒我们今天不能玩滑梯，滑梯结冰了，很危险。但当我们站在那个高高的钢制滑梯下面时，却觉得不让玩滑梯很不公平，

---

① 又译“多米尼克派”，天主教托钵修会的主要派别之一。

因为结冰的滑梯变成了一大块透明的黑色冰面，比以往更像滑梯了。扶手和台阶都结了冰，隐约泛着光。滑梯底部像一把打开的玻璃折扇，如果有学生现在敢去玩滑梯，那么脚会先着地，然后会一直滑到学校院子的正中心。现在就连院子的边缘都结了冰。

我是第一个去玩滑梯的，也是唯一一个。

我踏上滑梯的梯级，塞莱斯汀跟在我身后，她后面跟着几个男生，再后面是斯塔和她的闺密，她们清一色穿着做工讲究的黑胶鞋，手上不是普通学生那种露指或连指手套，而是大人戴的分指黑手套。滑梯扶手的顶端弯成一个漂亮的弧形，男孩和胆大点的女孩会借着弧形增加滑行的动力，甚至在下滑前来一个翻滚的动作。但那天滑梯太滑，太危险了，我不敢直起身，只紧紧抓着扶手。那一刻我意识到，如果我以这个姿势滑下去，一定是头先着地。

从上向下看，滑梯比我想象的还要陡，还要光滑，还要危险。但我忽然有了妈妈偷银汤匙时的勇气。我心想，自己穿着这么厚的冬衣，结冰的操场对我而言不过是块硬纸板而已。

我松开手，以惊人的速度向下滑去，但最后全力撞上冰面的不是被厚厚的冬衣护着的肚子，而是我的脸。

有那么一会儿，我失去了知觉，之后坐了起来，但仍不太清醒。模糊的红光中，我看到有人朝我这儿跑来。第一个过来的是雨果修女，她抓住我的肩膀，解开我的羊毛围巾，用她粗短的手指检查我面部的骨头。她还拨开我的眼皮，敲敲我的膝盖，转转我的手腕，看是否有哪里失去了知觉。

“能听到我说话吗?”她大喊，用她的男式大手帕擦着我的脸，手帕立刻染成了红色，“如果听得到，就眨眨眼!”

我只是睁着眼，血流到衣服上。整个操场鸦雀无声，让人害怕。我意识到我没跌破脑袋，也没人往我这儿瞧。所有人都挤在滑梯尾部，甚至站在我身边的雨果修女，这会儿也背对着我，还有几个虔诚的学生跪了下来。我按捺不住好奇心，摇摇晃晃站起身，蹒跚着挪过去。我挤进人群，看到了眼前的景象。

滑梯下那片透明的灰色扇形冰块被我的脸撞裂了，而冰面上留下的白色痕迹竟很像哥哥卡尔的脸。

他紧盯着我，两颊向内凹陷，眼睛像两个黑洞。他痛苦地紧抿嘴唇，前额的头发分成湿漉漉的几撮，像他平常睡着或发烧时那样。

围在我身边的人渐渐散开，雨果修女温柔地领我离开。她把我带上楼，安置在学校医务室的简易小床上。

她低头看着我，双颊冻得通红，像擦得发亮的苹果，棕色眼睛似乎充满炽热的感情。

“神父要来了。”她说完，很快就离开了。

她一离开，我就立刻跳下床，径直走到窗户边。滑梯下围观的学生更多了，利奥波德修女正支起三角架和其他摄像设备。真没想到卡尔的头像会造成这么大的轰动。不过他一直有这样的魅力，人们总会注意到他，陌生人会给他钱，却忽略了我，就像现在这样，明明是我受伤了，大家却忙着去看他的头像。我听到神父迈着不紧不慢的脚步踩得楼梯嘎吱响，而雨果修女在迈步疾走，于是立即跳回小床。

神父打开后门，他庞大的身躯费了点劲儿才挤进门。他眼神犀利，盯着我一个劲儿地看。神父只有在惩戒或死亡这样的特殊情况下才会被请来，我不知道他此刻为何而来。

他向雨果修女示意，于是她离开了房间。

他拉过一张椅子坐下。我身体躺平，似乎要接受他的检查，长时间的沉默让人尴尬。

“你有没有祈祷见到上帝？”他终于开口。

“祈祷了！”我说。

“你的祈祷得到回应了。”神父说。他十指交叉，做出教堂尖顶的形状，然后咬了咬象征尖顶顶部的那根手指，目光比之前更加犀利。

“基督最后的激情①，”他说，“基督的圣像的确在冰面上显现了，就像当年显现在维罗妮卡圣女的手帕上一样②。”

我终于明白了他话中的含意，所以对卡尔的事只字未提。当然，圣凯瑟琳学校没人认识我哥哥，对他们来说，冰上的肖像就是上帝之子耶稣。

只要操场上的冰不融化，我就是班上的特殊人物，老师、斯塔的朋友，甚至男同学都会来找我，看我青肿的眼眶和脸，这些伤痕象征着我的荣耀。但我依旧只和塞莱斯汀要好，自那次摔跤后，我们的感情更好了。有一天，报社派人来拍照，我坚持说除非和塞莱斯汀拍合照，否则我不会配合。最后，我俩站在滑梯下，在寒风中拍了一张合照。

《阿格斯哨兵报》的头版标题就是“一个女孩的不幸造就了

---

① “激情”指耶稣生命最后的短暂时期，自进入耶路撒冷开始，至被钉在十字架上结束。

② 传说圣女维罗妮卡去加略山时与耶稣在耶路撒冷相遇，她用面纱擦去耶稣脸上的汗水和血水，面纱被还给维罗妮卡时，上面印有红色的耶稣图像。

奇迹”。

一连两周，冰上的圣像都被一道警戒线封锁起来，附近的农场主驱车从几英里外赶来，跪在圣凯瑟琳学校的铁丝栅栏外面。一串串念珠，甚至一两美元被挂在栅栏的红色板条、纸花和小丝带上。

后来有一天，太阳出来了，天气忽然转暖。卡尔的脸，也就是耶稣的脸，融化成涓涓细流，流遍了整座小镇。他在排水沟里发出回响，消失不见，涨满水沟，汇聚在地下室。他似乎不见了，但也可以说他无处不在。在大地被春天火辣辣的太阳炙烤前，在干旱暴发前，我都能听到他在河里低语、轻叹。

塞莱斯汀·詹姆斯

当玛丽从滑梯上摔到冰上时，我正好看到她的背影。她灰色的厚羊毛外套被风吹得鼓起来，像一只大钟罩着她的白色底裤，不过，她的蓝围巾没被风吹乱。撞到地面之前，速度快得让人感觉她似乎并没有在移动。就在她落地的那一刹那，周围的一切似乎又快速动了起来。玛丽翻滚了两次，脸上满是血。雨果修女朝她跑过去，尖叫声四起。斯塔摇摇晃晃地走到旋转木马旁，假装晕血，好让别人关注她。她倒在旋转木马的铁质底座上，用微弱而具有穿透力的声音在呼救，像个受难的圣人，仿佛就是凯瑟琳①本人。

---

① 287—305，四世纪初的基督教圣人和著名学者，本是异教徒的她后来转信基督教。相传，由马克森提乌斯皇帝派来的诸多异教徒哲学家在凯瑟琳的劝说下转信基督教。后来，马克森提乌斯皇帝判处凯瑟琳死刑，试图将其绑在肢刑架上肢解，但肢刑架的轮子裂开，后改为斩首。

斯塔实际上比外表看上去要强壮五倍，打起架来我都不是她的对手，所以我没去看她。雨果修女用她的大手帕和玛丽的蓝围巾按在玛丽的前额，领着她上楼。我走下结冰的楼梯，跟在她们后面。但到了医务室，修女不让我跟进去。

"回去吧。"她的声音微微颤抖，双眼在坚毅的亚麻色眉毛下闪耀着奇异的光芒。"那可能不会持续很久，"她说，"跑着去修道院！叫利奥波德修女带着照相机赶快过来！"

我被她说糊涂了。

"冰，那张脸，"雨果修女急不可耐地说道，"快点，马上去！"

于是我开始跑，修女的话很奇怪，不像老师该说的话，倒像农场主说的。我既兴奋又慌乱，连修道院的门铃也没按，就径直跑进门厅，对着有回声的楼梯大喊。那会儿，我从学校院子里的空气中感觉到玛丽摔倒创造了某种奇迹。

我扯着嗓子大喊："奇迹！"在修道院喊奇迹，就像在人满为患的电影院里喊失火一样，这些身着黑色羊毛修道服的修女们突然都冲了下来，仿佛一阵雪崩。利奥波德修女怀着急切而兴奋的心情，最后一个奔了下来。她肩上背着三脚架，手里提着遮光板、闪光灯、照相机，仿佛等待多年的那个时刻终于来临。

学校操场上一片混乱，一群人围在滑梯的尾部。后来，他们当时凝视的那张脸被编入中西部的教义问答书中，名为《阿格斯的显灵》，书上的插图就是利奥波德修女拍的一张照片。玛丽在书中被称为"阿格斯的一个弃儿"，结冰的滑梯是"一条纯洁的通往神圣荣耀的道路"。有一点他们没写，那就是玛丽摔倒后，有人看到利奥波德修女接连好几夜都跪在滑梯脚下，裸露着手臂，用干蓟草鞭打肘部以上的部分，血淋淋的。那之后，她被送到某个地方去康复。

不过，那天我趁乱溜回了学校大楼。走到楼道时，神父刚好从医务室出来。他在沉思，始终没抬头看，所以没看到我。他一走进楼道，我就立刻溜进医务室。我心里一紧，因为神父出现在病人身旁意味着大事不好。

但我看到玛丽坐起来了，所以刚开始我以为她并无大碍。

“你遇到神父了吧!”她立刻拉着我的手臂问。她看上去有些精神错乱，可能是因为突然成为全校的焦点，也可能是因为身体受伤。她头裹绷带，看起来有几分像修女，只不过眼窝伤得很明显，青一块紫一块的。

“他们说那是奇迹。”我告诉她。我以为她会大笑，但她却紧紧抓住我的手。她眼里泛着光，因此我开始怀疑起来。

“这是一个信号，”她说，“但并不是他们想的那样。”

“我不明白。”

“那是卡尔。”

她从没提过卡尔，但我从斯塔口中知道卡尔是她哥哥，当年乘着西去的火车走了。

“你躺下吧，”我告诉玛丽，“你的头撞坏了。”

“他是来告诉我，”她大声说，“他不会放过我的!”

她整张脸扭曲起来，像神父那样在苦苦思索着什么，但她想的不是我，甚至也不是她自己。她只是愣愣地望着远方，眼里泛着光，一动不动。我看得出她十分恼火。

雨果修女让我离开医务室，我走下楼，走进阴冷的寒风，和大家一起看那张神奇的脸，只不过在我看来这并没什么神奇的。我注视着冻土的形状、裂开的冰面、冰下的石子，以及灰扑扑的雪。我和其他人都是从同一个角度看过去，别人能看到那张面孔，我却看不到，哪怕我在那儿跪到膝盖发麻也没看到。

那天夜里，雪地上的圣像成了拉塞尔和姐姐伊莎贝尔谈论的话题。

“你朋友会让我们这个小镇出名的。”伊莎贝尔说。我们一家人全靠她活着。她跟农场主们一块干活，还给他们煮饭，有时甚至跟男人们一起打谷子，以此来养活我们。“女孩若想被封为圣徒，则不需要达到那么高的要求。”这时伊莎贝尔说。伊莎贝尔长得人高马大，看起来很忧伤，又很淳朴，每年都会担任圣凯瑟琳学校大游行的旗手。我妈妈也很壮实，尽管我继承了爸爸的肤色，但也在迅速长成妈妈那样的体格。

“我敢打赌，斯塔都快有杀掉小玛丽的念头了。”拉塞尔说着，发出尖厉的笑声。斯塔一直拿他的印第安人血统开玩笑，所以他很喜欢看到有人能灭灭斯塔的威风。

“他们在给玛丽拍照，要刊登在报上。”我告诉他。伊莎贝尔很惊讶，但拉塞尔不会，他打橄榄球时触地得分，已上过好几次报纸，人们说他虽然是印第安人，但他的人生不会就此停滞不前，他最后会成功的。他日后的确如此，不过那取决于你从什么角度看他了。

第二天早晨，趁着还没开始上课，拉塞尔和我一起去我们学校看冰面。那天夜里，有人在那一小块神圣的地方四周围起矮板条和铁丝栅栏。拉塞尔跪在栅栏外为自己祈福，还说了几句祷告词，然后沿着结冰的路面推着自行车，往他的中学走去。他竟然也看到了。他走后，我一个人跪在滑梯下，眯着眼睛，挤成了斗鸡眼，想看到那张脸。修女们一直忙着在学校院子里搭建圣坛，准备一场特殊的弥撒。我开始后悔没让拉塞尔给我指一指鼻子、嘴巴和眼睛，那样我也能看到基督了。即便是现在，我想问修女，但最终还是没能鼓起勇气。我站在七年级的队伍里，看到玛丽、斯塔、弗里兹和皮特第一批领受圣餐，只好假装被那块撞得稀烂的地方深深触动了——我看到的只有这个。

拯救

明尼阿波利斯的一间小木屋里，一个年轻的妇女坐在房间里读报，她把报纸翻来翻去，发出沙沙的声音。她的丈夫坐在房间对面看着她，儿子正躺在他怀里。

“还有这个广告。”凯瑟琳·米勒说。

“你为什么还要找他们?”丈夫马丁问她。

她放下报纸，冷静地注视着他。她的眉毛修成细长的弓形，这似乎让她的眼睛透出灵气，浅棕色的头发盘在头顶。

“你知道原因的，”她来回翻动着报纸，“马丁，当心警察，拐骗小孩可是犯罪。”

马丁无话可说，他低头看着怀里的婴儿。小家伙困倦不已，眼神迷离，嘴巴也张着。马丁把孩子抱紧了些，熟睡的婴儿对他那么信赖，这让他心满意足，他没注意到妻子突然紧张起来。她屏住呼吸，把那篇文章快速扫了一遍，然后放下报纸。

她坐在那儿，报纸放在腿上，注视着她的这个儿子犹大。犹大这个名字取自守护圣徒犹大①，圣徒犹大主管那些注定失败的事业、难以实现的愿望和人们最后的希望。她想起那天夜里，他

---

① 亚勒腓之子，因在波斯传福音致使当局不满，遂遭钉十字架处决。

们埋葬了自己的儿子，那可怜的孩子才出生三天就夭折了。

她很少回忆那个夜晚，只是让它安静地藏在内心深处的某个角落。现在她却禁不住想起那个夜晚，当时四周一片寂静，天空是春天特有的深蓝。她的乳房发胀，疼得受不了，她的脑袋因痛失爱子而变得一片空白，每根神经都在颤动。她怎么都睡不着。

这种莫名的疼痛时不时向她袭来，她觉得自己会被痛苦淹没，或者被逼疯。她甚至拒绝使用止痛药。她不想借助任何东西来减轻痛苦，不想吃鸦片酊，连威士忌也不想喝。但那晚马丁出门后，她忽然想喝点。她跌跌撞撞地走到放酒的橱柜前，迅速给自己倒了一大杯。屋里又黑又冷，她个子高挑，身穿玫瑰图案的法兰绒睡衣，但现在看起来有些邋遢，她站在那儿独饮这杯酒。透明的液体在她体内燃烧。她又倒了一杯，慢慢喝下，任由身体慢慢发烫起来。出乎意料的是，威士忌起作用了，至少分散了她的痛苦。她轻飘飘地走回床边，倒头就睡，身体隐隐作痛，越发严重，这种痛苦现在似乎是身外之物，不再是内心之痛。

因为疲倦，她睡得很沉，所以没听到马丁回来的声音。马丁一走进卧室，刚把婴儿放进小床，她就听到了婴儿的啼哭，但她内心不去想。即使精神恍惚，她也深信这哭声只是某种可怕的幻觉。她感到马丁的手在触碰她的乳房，正在解开被甜甜的乳汁湿透的胸罩，而她想把他赶走。马丁低声安抚她，好像她是一只吓坏的野兽。等她安静下来，马丁便将婴儿放在她胸前吃奶。

随后，她还是不由自主地任由孩子吃奶，尽管她觉得这一切是那么地不真实。她的头脑现在不清醒，但知道这个婴儿不是她的，虽然身体大小和她失去的孩子相仿，但这个婴儿的年龄更大，吮奶也更熟练。

那一刻，如果马丁抬头看看她脸上的表情，就会发现她压抑了许久的情感一下子显露无疑。单单望着小家伙就让她感到温暖，这孩子一头深红色卷发，真是个奇迹。

“你看上去好像猫儿逮到了小鸟一样。”马丁微笑着说。

“我太开心了。”

“我也很开心，”马丁小心翼翼地说，“他是我们的孩子了。”

“我知道。”

她大声念出那则寻人启事，那则启事和广告放在同一版面，上面说阿格斯的科兹卡一家正在寻找一个刚足月的男婴，还开出丰厚的报酬。新闻里还描述了男婴母亲那不可理喻的行为，科兹卡一家也在寻找孩子的母亲。

凯瑟琳·米勒念完这则寻人启事，便将报纸折好放进抽屉，抽屉里还放着孩子刚来那晚所穿的衣物，包括一顶浅蓝色小帽、一条用外衣布片做成的厚毯子，还有件奇怪的绿格子婴儿连体服。那晚，这孩子就穿着这件连体服来到她身边，拯救了她。

Chapter 3

1932 年

卡尔·阿代尔

我落在一堆高高的枯草丛里。天刚大亮，我双腿痛得厉害，身下的地面冷冰冰的。时间渐渐过去，阳光渐渐有了热度，穿透我的衣服，暖烘烘的。疼痛让我时而挺直身体，时而蜷缩成球。任何轻微的动作都会让疼痛加剧，我只好直挺挺地躺在地上。

我幻想着贾尔斯发现我跳下车后会回头找我。我似乎看到他在摇晃的车厢中醒来，他会等火车行驶缓慢时跳下车，过来将我拥入怀中。我相信，既然我大难不死，必会有人相救。

我的救命恩人是沿着铁轨来的。她拖着一辆破旧的二轮板车，铁制车轮发出尖锐刺耳的声音，这个声音正好在穿过我头顶时停下了。赶车人块头很大，巨大的身影投在我身上。我张开嘴，沙哑的喉咙却发不出一个音来。她蹒跚地跨过低矮的铁路路基。头上裹着的那条白围巾，把她的皮肤衬得更加黝黑。耳垂上垂着两只银色的镜子似的耳环，在我眼前摇晃闪烁。她蹲下来看我，钳子一般粗糙的手指灵活地翻开我的眼皮。而后，她撬开我的下巴，给我灌了一大口威士忌。威士忌像一条火蛇顺着食道流下，使我的五脏六腑都搅在一起，大脑里仅有的一点意识被点燃了。

“脚。”我说。

她弯下腰靠近我。

她用手指试探性地碰了一下，可我疼得立刻躲开了。

她裹着头巾和毯子的身影在黄昏的天色下微微泛蓝，而后她忽然消失了。一阵车轮的滚动声从远处传来，之后我又睡着了。醒来时她已回来，将我带到了有火的地方。钩子上的壶里烧着水，正冒着蒸汽。我看到一把刀、几袋面粉、一些晒干的豆子和带泥的菜根。她把我放在一堆芦苇上。

“你要做什么!”我在她怀里挣扎。

很多天过后，我才知道弗勒·皮拉杰会说话，但她几乎不说。她只和我讲过她的名字，不过我曾听到她独自一人时哼着小曲，或是自言自语。

她用马背上的毯子盖住我，又往我嘴里倒了更多威士忌，直到我咳嗽才停手。她巧妙而小心地切开鞋面的皮革，脱下我的鞋，接着脱下我的袜子。我求她用那把刀把我的脚也给砍下来，但她用大腿牢牢夹住我的双脚，我的身体弯成弓形，痛得眼前一黑。后来她告诉我，她刚用手碰了我一下，我就晕过去了。

趁我不省人事的时候，弗勒·皮拉杰忙着替我揉捏和正骨，她一边摸着自己脚踝的骨头，一边将我错位的骨头轻轻敲回原来的位置。而我以为是面粉的东西其实是石膏粉，她取了些石膏粉，为我的脚打上石膏，她发现我旁边有一根树枝，就用这根树枝做成细条为我固定脚踝。铁轨方圆一英里能够找到的只有这一根，这还是我从阿格斯的苹果树上折下的。

她用防水布和毯子将我裹起来，用酒把我灌醉，但那一夜我却迟迟无法入眠。天色渐渐由黑到灰，由红转粉，随后太阳喷薄而出。弗勒已把二轮板车推到了路基外芦苇丛生的泥沼旁，沼泽地像小湖一样深。放眼望去，香蒲是周围长得最高的植物。极目远眺，四野一片荒芜，天地间只有我们两人。弗勒把火拨旺些，用平底锅烤着面包，还用沼泽里的水煮了咖啡。我一边啜着甜咖啡，一边仔细打量她。

她的脸看着很年轻，又大又黑，但轮廓很好看，甚至可以说是精致。嘴唇略厚，嘴角微微上翘，鼻梁挺拔，像个公主。她是印第安人，属皮拉杰家族，四处漂泊。她靠贩卖货物为生，弄到什么卖什么。她的板车上挂着几口锅，还有几个布袋包，里面有几个针线包和一些彩线，最上面叠放着几条印花裙子。她还回收不成套的盘子、修补过的杯子和二手餐叉。她还会收购教会学校的学生手工织成的白蕾丝，再用白蕾丝换取带浆果的肉干和桦木镜框。

我想告诉她我是谁，想把我所有的事都告诉她。但就在我要开口的那一刻，天似乎要塌下来了，大地与天空的距离越来越近，压得我喘不过气来。

"我好难受。"我快窒息了。

弗勒用力拍打我的胸部，贴着我的心脏听了一会儿，然后起身开始把板车上的东西扔下来。我得了肺炎，睡在寒冷的货车厢里的人很多都会得这病，每个长期流浪的人也几乎都会被感染，最后要么你战胜它，要么被它战胜。弗勒把石块放进火堆里烤热，但芦苇的烟太呛人，她劈开几块枕木放到火里，把火烧旺，烤得石头滚烫发红。

太阳西沉。风吹草丛沙沙作响，声音显得格外大，鸭子在巢里低声地嘎嘎叫，还有麝鼠的声音，我似乎听到它们涉水而行、捕食昆虫。就连天上积聚的云团，也似乎发出嘶嘶声，时卷时舒，慢慢染上黄昏的色彩。

弗勒把滚烫的石块放进泥沼旁的湿泥里，热与冷相遇，发出嘶嘶声。她把运货的两轮板车的车厢放到上面，又在车上放了一把椅子。这把椅子曾被绑在她那些货物的最上面。她两三下把我的衣服脱光，用一条干毯子将我裹住，然后把我放在车厢上的椅子上，仿佛坐在帝王的宝座上。接着，她用绳子把我绑在椅子上，把毯子像披风一样围系在我的肩上，毯子一直拖到了地上，我从头到脚被裹得严严实实。

这样，我就被封闭在了闷热的圆锥形空间里。

我是这个世界的最高点。我毫无意识，我的脸朝西，太阳刺眼的余晖照亮了我的脸。我透明的肌肤折射着阳光，像一座灯塔，我想象在夜幕来临时自己像一盏发光的红灯笼，那沙沙作响的白纸里，裹着一颗发光的心。我身体的轮廓呈黑色，我仿佛是一个信号灯。我的心整夜都在忽急忽缓地跳动，不停地呼唤他们回到我身边——贾尔斯、玛丽、妈妈，甚至那个逼走妈妈、毁了我生活的婴儿。

我的身体散发着热气，吸引动物聚集在四周。我看到臭鼬红色玻璃珠般的眼睛，听到浣熊叫个不停，看到成群的麻鸦落下，黑压压的一片，比夜色还要深，还看到昏昏欲睡的鹰。火堆与芦苇丛间冒出一头熊，夜色最深时，最大的动物也被火光和车轮声吸引而来。

弗勒将我放下来时天还没大亮。我浑身湿透，四肢无力，但呼吸顺畅多了。夜里不知什么时候我的烧退了。她用干毯子裹住我，把我放回草堆上。她在我身上盖了很多干草。然后，她把自己也盖在我身上，简直要把我压垮，起初我还觉得冷，肺部又憋闷起来，但她的体温很快传递到我身上。

我情况好转后我们便出发了。弗勒的板车装有特殊的槽轮[①]，她把马项圈穿过槽轮后套到自己脖子上，然后拉着车往前走。我们走得很慢，耳朵里塞着香蒲，用来隔绝车轮刺耳的吱嘎声。我坐在车顶的椅子上，双脚伸在板车外，椅子上绑着伞为我遮阳。我们沿着铁轨前进，我俩的耳朵都塞着香蒲，所以我担心火车来了我们听不到。幸好弗勒穿着钉鞋，鞋头钉着压扁的易拉罐，火车来时会引起这些金属片的共振，弗勒有足够的时间把板车推到一旁，等候火车通过。

我不知道我们要去哪儿，可我并不在意。我们路过许多个农场，有的在铁轨边，有的离得远。每一次弗勒都用力将板车拉下铁轨，穿过农场或沿着小路往前拖，然后到达一个院子。你可能会认为院子里的狗会让她头疼，或者农场主们会将门锁上。然而，我们每到一个院子，狗都会跑出来热烈欢迎我们。孩子们听到声音，也争抢着向我们围过来，手里攥着五分镍币。接着是妇女们，她们有些犹豫，拖着酸痛的双脚，脸被蒸汽蒸得通红，双手也因洗衣而变得粗糙。弗勒向她们展示水牛角做的纽扣、玛瑙做的成对小鹅、动物爪子做成的胸针。最后，男人们也来了，来买斧头或几捆麻线。弗勒的顾客都很谨慎地靠近她，带着些许恐惧，好

---

① 即开有槽口的轮，主要用于间歇性传动。

像她是一个女巫，或是一个注定要流浪的圣人。

他们看着我，觉得无论怎样我都像弗勒的俘虏，没皮没脸地靠她活下去。我不知道我在他们眼中是什么，一个呆头呆脑的男孩，无知的傻瓜。

有时我们在工具房或谷仓过夜。有一次，一个脖子上有个鹅蛋大肿块的男人邀请我们睡在他亡妻的房间里。我们从未待在同一个地方超过一天，每次天一亮，她便将东西一件件收拾到车上，我坐在车顶。她套上马项圈，沿着铁轨，拉着板车往前走。

我们从一个农场到另一个农场，路上我有很多时间可以思考。最初几天，我偶尔会拿出妈妈给我买的那把手柄上镶着珍珠的折叠刀。我紧握着它，眼前出现了妈妈无聊地扫着地或绾起长发的情形。她绾头发时很少照镜子。我看到她雪白的手臂内侧，她一边咬着发卡一边皱起眉头，然后手指便准确地把发卡固定在头发上。那会儿，我特别想念她，于是就在弗勒的伞下尽情地哭了起来。不一会儿我哭累了，就开始幻想一些场景自娱自乐。例如，我和妈妈终于再次相见，我却板起脸不理她，这让她万分痛苦，抑或她感到震惊，试图想明白为什么我那么狠心。

“我永远不会原谅你。”我喃喃自语，有时会大喊出声，这样心里才感到痛快。

我所幻想的场景变得越来越残酷，她开始哭起来，双手捶打床垫，她光滑的皮肤也被她挠破了，甚至成把地扯掉长发，最后那些充满愧疚和懊悔的暴力行为吓坏了我，她这才停下。我慢慢相信，她并没有真的抛弃我。因而我自然而然地认为她是被那个穿着白毛衣、戴皮帽、系着橘黄色围巾的男人偷走了，这一切并非她所愿。

一天，我们停下来等火车通过时，我突然意识到这一点。我回想起妈妈是轻轻地吻了我之后才挥着手，将乘飞机的钱交给了那个瘦骨如柴的巡回飞行表演者。太阳很大，但她的嘴唇冻得冰冷。我看到她咬紧牙关，她从没坐过飞机，做这个决定前她一定很害怕。尽管她的动作看上去很大胆，但从钱包里抽出钞票时，她的笑容太灿烂、太空洞。她只想冒一次险，打破单调乏味的生活，她害怕的神情和冷冰冰的吻可以证明这一点。自然，她拿出钞票时奥玛被她迷住了，然后爱上了她，开始偷偷计划与她远走高飞。引擎发出巨大的轰鸣声，但仍然可以听到她的哭喊，无论她怎么请求，他只是不停地飞。

即便现在，我和弗勒坐在铁轨边，疾驰而来的火车带起的风朝我们扑来时，妈妈仍然是那个男人的俘虏。

我要去救她。等我能走路了，就算追到天涯海角也要找到那家伙。清早，我站在他家门口，他正在擦掉胸口的肥皂。他一开门我就揍他，不给任何警告。在我和弗勒的行走过程中，我已用无数方法杀死过那个飞行员无数次。每一个结局都是妈妈踩着他的尸体向我奔过来，她紧紧抱住我，她温暖的双唇吻着我，恋恋不舍。

我不确定是一周还是两周后，我们来到了弗勒居住的保留地。我们每天走的路不会超过一二英里，因为沿途齐整地分布着农场，需要不时绕道。赶路的那段日子，风吹裂了我的脸，雨使我的皮肤变得粗糙。如果是寒夜或雨夜，弗勒会用毯子和油布将我包裹住。有时早上醒来，我发现自己蜷成一团，温暖地依偎在她身旁，但我从未触碰过她的肌肤。当我认为我会一直活在她的庇护下时，突然有一天，我们到达了最终的目的地。

那一天，弗勒拉着板车离开铁轨，沿着牛车压过的两条车辙前进。我们渐渐远离农场，来到空旷的大草原。我们走了好久才看到人烟。我们路过一间间低矮的由泥砖砌成的小屋，屋里住着齐佩瓦人，或是模样更加凶狠的带有法国和印第安血统的混血儿，他们留着杂乱的黑色络腮胡和长长的胡髭。那儿还有板房，配有水井、谷仓和干净的纱门。我们走近时，门嘎吱一声便开了。从纱门里走出来几个妇女，她们身着家居便服，头发又卷又短，上面绑着薄薄的发网。虽然打扮和弗勒的并不相同，但她们都是印第安人，用同样的语言跟弗勒流利地交谈着。

沿着小路走了几天，我们进入小山深处，来到一处聚居点。这地方不大，有几间木板房，还有两栋规模较大的建筑，看起来像学校，又像办公楼。我们沿着一条蜿蜒的小路向前走，来到教堂前。弗勒把板车停在山脚下，抱着我径直走到刷着白漆的房子的后门。

“这是什么啊！”开门的修女叫了起来。她胖胖的，很温和，衣着十分整洁。我浑身发臭，熏得她用手掩住嘴巴。

弗勒没多说什么，但仍像捧祭品一样将我抱着。过了一会儿，修女把门打开，示意我们进去。她摇了摇走道上的小铃，另外几个修女聚拢过来。

“是她捡到我的，”我说，“我是从西去的火车上掉下来的。”

她们睁圆眼睛看看我，然后转身讨论是否该把我留下，是否要告知修道院院长，或禀告神父，还讨论我是不是印第安人，或者是不是某个危险人物。实际上，她们的讨论没有任何意义，因为她们窃窃私语时，弗勒已经把我放在一堆锃亮的油毡布上，然后自己从后门出去了。

我已被遗弃了好几次，所以那时我已无所谓了。我坐在地板上等待着，脑海里回想起自己做过的三件事，这些事让我的生活越来越糟。第一件是跳上离开阿格斯的火车，第二件是遇到贾尔斯·圣安布罗斯，第三件是跳下火车。最终我都会陷入孤苦无助的境地。所以这次我没动，只是坐在那儿，等着下一个接管我的人出现。我不介意睡在神父的杂物间的草垫上，也不介意痊愈后在教堂的院子里做苦工。我在这儿一直住到修女们凑足钱把我送回明尼阿波利斯，到火车站接我的是另一群修女，我们转了整整一大圈，先来到圣杰罗姆收容所的红旗下方，又路过为举办“孤儿义卖会”而装了许多彩色小灯泡的树林，然后绕过看台往前走，最后抵达一所砖砌的孤儿院。孤儿院门窗很多，我在那儿栖身了一年才去神学院上学。

我向来很听话。我喜欢照片上的自己，穿着黑长袍，看上去有些瘦弱；喜欢神学院的绿草坪和教堂的白砖，它们把我衬托得更帅气。当我在草地上来回踱步、研读每日经文时，周围会有好多双眼睛盯着我看。我在经文里遇到了干瘦、贫苦、睡在灌木丛中的流浪汉。他们如幽灵一般，浑身臭汗，风尘仆仆。在他们眼里，我是纯粹的黑色火焰。他们无法拒绝我。我很清楚，只要我不停地阅读书页上的经文，只要我在最黑暗的角落站定，只要我闭上双眼装出和神灵交流的样子，他们就会过来，强迫我像动物一样去崇拜他们。我会崇拜他们，我会不停地燃烧，直到完全被圣恩感化。

阿格斯鸟瞰图

一天，弗里兹姨妈邀请玛丽去她的办公室。她的办公室有一个镶金边的黑色保险箱，六排架子上塞满了分类账簿，遍地都是老式加法计算器用废的白纸带，卷曲的纸带像浪花一样。玛丽坐在灰色不锈钢书桌旁，长长的白纸带缠在脚踝上。弗里兹姨妈在抽屉里翻找了一会儿，拿出别针、纸和更多白纸带。她的手肘旁有一个立式烟灰缸，头顶上橡木柜里的收音机发出杂音。办公室盆栽的叶子像一张张钞票般舒展着，永远不需要浇水。晚上她打开荧光灯，荧光灯发出嗡嗡的低响，引来许多棕色的飞蛾。

这间办公室是玛丽最喜欢的地方。她决定将来读中学时也要像弗里兹姨妈一样学记账。她渴望坐在晒干的植物之间埋头算账，度过寒冷的夜晚。每个月的最后一个晚上，弗里兹要把账单送出去，玛丽总是在加法计算器发出的“嗒嗒嗒”的按键声中安然入睡。

“你现在也不小了，我觉得你可以自己解决这件事了。”弗里兹姨妈说。她找出一张卡片递给玛丽。这是一张明信片，玛丽仔细盯着明信片上的照片，然后才翻过来看背面的文字。照片上是一个穿西装的站在树下的男人，下面是一排绿色的艺术字：佛罗里达州杰克逊维尔最大的橡树。背面是几句简短的话：

我现在住在这儿，我每日思念孩子们，他们好吗？

阿德莱德

玛丽抬起头，正好看到弗里兹姨妈在吐烟圈，那两个细细的烟圈带着鄙视的意味。她又低下头看了看卡片，弗里兹在等玛丽的反应，但玛丽竟一点感觉也没有。

“嗯，”弗里兹问道，“你打算怎么办？”

在弗里兹姨妈的大声询问中，玛丽听出了在这件事上姨妈是站在自己这边的。毕竟，弗里兹是阿德莱德唯一的姐姐，阿德莱德也抛弃了她。“我还不知道。”玛丽说。

“也是，当然不知道，”弗里兹说，她猛然把烟拿开，“我真想用马鞭抽她一顿。”

窗前摆满盆栽，玛丽从中摘下一片枯叶。

“如果你想的话，可以给她回信，她是你妈妈。但当你进我家门时，我已经不过问阿德莱德的事了。”

弗里兹姨妈说话时，玛丽偷偷瞄了她一眼，恰巧和她的目光对上了，玛丽没法把视线移开。

“不要回到她身边，这是我唯一的要求。”弗里兹说。

玛丽心中紧绷的弦似乎断了，她笑起来，突然不再紧张和担忧，反倒有些尴尬。

“我不可能回去的，”玛丽说，“对我来说，你更像妈妈。”

弗里兹又从烟盒里掏出一支烟，她的黄皮肤泛出金色。她斜眼看着自动打火机：“为什么我不戒掉呢？抽烟简直是自杀。”

“烟味也难闻。”玛丽说。

“这话是斯塔说的。”

玛丽大笑。

“抽完这包就戒烟。”弗里兹姨妈承诺道。

“那抽完这包就戒啊。”玛丽附和。

弗里兹姨妈拿起一支绿色的钢笔，上面写着“科兹卡肉铺——致力于生产最佳肉制品”，然后她开始翻阅装订成册的分类账簿。玛丽晃动双腿，抖掉脚踝上的白纸带。

“我把这张明信片拿走了。”玛丽说完，拿着明信片离开了。

玛丽没有特意去留意这张明信片，但内心深处却一直没有忘记它，有时她想象自己写了一封长长的回信，信里充满悲伤和对阿德莱德的憎恨。后来有一天，她从街角的杂货店不假思索地为母亲选了一张明信片。明信片的正面写着“北达科他州阿格斯鸟瞰图”。阿格斯的建筑在照片上像是棕色的点，街上空无一人，绿树亭亭如盖，被单调的棕色田野包围。玛丽模仿弗里兹姨妈的笔迹，在背面写了回信并署上弗里兹的名字，回复的内容让她自己都感到吃惊。不消说，弗里兹姨妈肯定也是又惊又喜。

“你的三个孩子都饿死了。”玛丽写道。

她写好地址，拿着卡片到邮局买了张邮票，舔了舔，贴在右上角。随后她松开手，任由卡片落入邮箱中，她做这些时，以为自己满不在乎。可那天夜里，也就是那个月的最后一天，她听着弗里兹姨妈按加法计算器的声音入梦时，仿佛看到阿德莱德拿着她寄的明信片，盯着它，审视明信片上的每个细节。阿德莱德努力寻找她女儿，但她没找到。女儿的影像太小了，根本就分不清。女儿直勾勾地看着她，其实这个女儿没死，而是安然无恙地躲在阿格斯的鸟瞰图里。

玛丽的明信片转了两次地址，又在奥玛大师票务代售点耽搁了几周，终于辗转到了奥玛手中。那时他刚遭遇事故不久。他把明信片放在口袋里，要不是正在住院的他只能望着阿德莱德，没其他东西来分散注意力，他会把这事忘得一干二净。他用灼伤的手费力地取出明信片，翻来覆去地看了几遍，最后又放回口袋里。

奥玛尽量不挪动身体，连呼吸也是浅浅的。他的胸部缠着绷带，脸因肋骨的阵阵疼痛而变得惨白，腿骨折了，臀部以下固定着夹板。全身上下只有眼珠可以转动，他的目光从阿德莱德那被盖在医院床单下的脚尖移到腰窝，再到她左边脸颊上高高的颧骨，而后视线又移回来。她头顶上方开着一扇小窗，窗外是佛罗里达靛蓝色的天空。天气闷热，胶制窗帘后有人在呻吟，离病房更远的地方有水不断涌出的声音，这些都让他纳闷儿，水会不会流干呢？他张开嘴巴，竭力发出声音，却不知该对阿德莱德说什么，她活着时他就不知道对她说什么，更不用说现在了，眼下她大概和他一样，离死亡不远了，甚至可能走得比他早。

虽然她就在他身边，但他无法触摸到她。他的双手像是软绵绵的棒槌，上面裹着一层又一层的纱布。意外发生时，仪表板上火花飞溅，可他并没有把手移开。现在回想起来，事故发生时他在大声尖叫，但阿德莱德没有叫。现在他想到自己竭尽全力不让飞机俯冲时，坐在旁边的阿德莱德吓坏了，全身冷得像块冰。

他奇迹般地控制住飞机并成功降落，没让两人摔得粉身碎骨，虽说目前的情况也够糟糕了。当时他们在露天集市上空进行飞行表演，围观的人很多。所以事故发生后，有很多观众飞奔着去找医生、找冰块、找夹板、找绷带、找担架和盐。他记得人群的骚动，记得鳄鱼摔跤手的咆哮声，记得摩天轮转动时悠扬的音乐声。他大叫着阿德莱德的名字，但周围的陌生人只是激动地睁大眼睛看着他，什么都没说。

他还不知道她到底伤得有多重，她醒来时头脑是否正常，或者究竟能否醒过来。她只是颈背处添了条疤痕而已，伤得没有看上去那么严重，这一点他并不知道。而他自己得终生忍受膝盖疼痛，一辈子跛着脚。此刻奥玛觉得对阿德莱德而言，任何时刻都会成为生命的最后一秒，他永远无法确定是哪一秒。

一个护士大步走进来，弄得几个便盆叮当作响，而后便转身离开。窗帘后的呻吟声变成了单调的低声咒骂。阿德莱德的手抖了一下。他差点想喊护士回来，但没喊出口，他担心抖动是病情恶化的标志。他继续望着阿德莱德。阿德莱德突然开口说话，这可把他吓了一跳。

"我应该给玛丽买一台缝纫机。"阿德莱德说。

她的声音似乎是从颧骨后面看不见的地方发出的，悠悠地飘向奥玛，吸引着他。他俯身靠近她。

"如果玛丽学会缝纫，那就有一技傍身了。"

她噘起嘴巴，这让奥玛回想起无数个她数钱的夜晚，哪些要留作日常所用，哪些付房租，要吃得好些还是素些，要存多少钱作为日后的修理费和煤气费。每到这时，她总是噘着嘴思考，这些阿德莱德很拿手。自从和阿德莱德在一起后，他们的钱总能剩余一些，她存在备用账户里不让他取用。

奥玛伸手想摸阿德莱德。肋骨痛得他倒吸一口气，但她似乎没注意他。

“看着我。”奥玛说。

她蓝灰色的眼睛盯着墙壁，漂亮的眉毛皱着，一副傲慢的样子。

“存的钱足够买一台胜家牌缝纫机了。”她说。

然后她闭上眼睛，这次真的睡熟了。她眉头紧蹙，好似怕别人扰了她的好梦。奥玛把手收回来，又生气又嫉妒。阿德莱德从不愿对他提起以前的生活，也不愿谈及她的孩子。

苍蝇纷纷朝蓝色纱门上撞，空气闷热。奥玛知道，眼下阿德莱德梦中的人不是他，而是玛丽或那个男孩。以前他才是阿德莱德梦中的人，对于这点他毫不怀疑。他只是一个无证飞行员，除了一条黄围巾和一架用打包钢丝固定起来的飞机，他一无所有。可她为了和他在一起，抛弃了孩子，抛弃了全部的生活，这让他很得意。从她精致的衣服和珠宝可以想象她过去的日子很滋润。

现在飞机送去修理了，可能已重新喷了漆，他在圈子里出了名。他也不再酗酒。

他想，这一切得感谢她。她的手仍然一动不动，他注视着她的手，等着它们无力地垂下来，但他一直没等到。她手背关节红肿，好像刚才拼命敲门把手敲肿了似的。他看到她在睡梦中，握紧拳头，越握越紧。虽然阿德莱德只是紧紧攥着空气，但奥玛却觉得喉咙里发不出一点声音。

他一直坐在阿德莱德身边，直到确定她已脱离生命危险。然后他站起身，从口袋里掏出那张从阿格斯寄来的明信片，放在木质床头柜上，好让她一醒来便可以看到。

Part 2

Chapter 4

1941 年

玛丽·阿代尔

路面上奇迹般地结了一层黑冰后，洪水暴发了。木板四处漂浮，各种垃圾废物缠绕成团，被冲到树上，夹在树枝之间。洪水退去后，人行道上棕色的水蛭晒得跟葡萄干似的，后院和水沟里残留的河泥散发着腐烂的甜腥味。土地干了，但洪水留下的痕迹却清晰可见。牲畜围栏的稻草堆里出现了古怪的蜗牛尸体，皮特车库里的环状霉印高达半墙。刺鼻的霉味让斯塔头痛欲裂，她头上敷着冰袋，在昏暗的卧室里躺了好些天。

有好一阵子，我仍是人们眼中那个让奇迹降临的女孩，肉铺的顾客和邻居会停下来摸摸我，仿佛我体内充满了神圣的电流。我也希望自己拥有神圣的力量，期待不寻常的事再次发生。但他们的抚摸并没使我的生活有任何改变，没有好运，没有转机，也没有突然降临的神恩。再之后也没有什么特别的事发生，因此旁人不再触摸我。我又变成了一个平凡的女孩，随着年月的增长，我在镇上居民的眼中甚至连平凡的女孩都不如吧。

我清楚自己相貌平平。我的脸很宽，肤色苍白，长相不只是普通，而是不起眼，但我的眼睛除外。我自认我的五官中最好看的就是眼睛了，我的眼球是浅棕色，略微偏黄。自从上次滑倒后，我的眉毛再也没长出来，但这倒更能凸显我的眼睛。我头发稀疏，但黑得像柏油浇在了头上。虽然我学着斯塔用啤酒和鸡蛋洗头，但我的头发依旧很稀疏，只能编成铅笔粗细的两条辫子。几年来，我一直捡斯塔的旧衣服穿，将衣服加宽、改短，然后我再穿上看是否合身。那时我毫不在意外表，即使我浑身散发出灌肠桌上的白胡椒味，那又怎样呢？至少我拥有店铺，拥有皮特、弗里兹和塞莱斯汀，虽然塞莱斯汀时常嫌我邋遢。

我说话总是很唐突。我为人固执、情绪阴郁、喜怒无常，无端发脾气。尽管经过思考，我还是会说错话。在学校时，我一说话孩子们就会转身离开，或者露出吓坏了的表情，这让我很苦恼。但我不会道歉，而且我也实在没理由去道歉。明尼阿波利斯的看台上、货车上和阿格斯操场上的种种经历对我影响颇深，让我变得与众不同。我很有自己的想法。临睡前，有时我会向窗外看，阿格斯的夜景很像寄给妈妈的明信片上的景色。那画面很小，只是地球上经线和纬线的一个交叉点，不管是冰河期的冰川，还是一场洪水，都可以将它毫不费力地抹去。

我生活的小镇以及周围的一切对我来说越发无关紧要，但塞莱斯汀不一样，她对我尤为重要。对我来说，很重要的还有皮特和弗里兹，甚至斯塔，尽管我在她心中没那么重要。我们从未喜欢过对方，只不过是相互忍耐罢了，一直忍耐到习惯对方的存在为止，这种感觉只有同住一个房间的两个人才能体会。一个又一个夜里，我们在梦中交流，在梦中搏斗。大脑在梦中释放的频波在我们周围振动。但一到天亮，我们又幽灵般地和平相处了。

和塞莱斯汀相比，或许我和斯塔走得更近，虽然平日里斯塔的一些做法让人难以忍受，比如精心保持苗条的身材，用刻意的嗓音说话，抬起一边眉毛示意我闭嘴，真受不了她。只有塞莱斯汀来店里时我才松一口气，她学还没有上到一半就辍学了，在电信公司找了一份差事。这份工作似乎让她成熟了，但我和她相处依旧很放松。

那些日子里，瘦瘦高高的塞莱斯汀格外漂亮。她脱掉长裙，穿上定制的西装，挎一个挂肩皮包。她大步迈入厨房时，像男人一样帅气，她的声音低沉而有穿透力。现在她也和弗里兹姨妈一样，抽总督牌香烟。我们并肩而坐，一起听语音信箱，听她抱怨上司。离开时她还会在走道上点燃一支烟，抽完后才坐拉塞尔的车回去。出门时，她还叼着烟。

我曾经总幻想着塞莱斯汀的身高能匀给我一些，但我到十八岁就不长个儿了，现在也很矮。有一阵子我很沮丧，因为我发现如果是我当柜员，就只能透过玻璃柜台接待顾客，而不是在柜台上。

这间店面是我完美的家。房子只建了一层，地板由混凝土浇筑而成，地底下埋着热水管供暖。厚厚的墙上涂满灰泥，灰泥上刷着光滑的有光泽的白漆。由于门道是圆的，房子看起来仿佛是在小山中挖出来的洞穴。阳光透过厨房的纱门照射进来，格外刺眼；但透过厚窗玻璃照进屋里的阳光却如水一般柔和。顾客们喜欢在纱门旁聊天，在那儿，如果朝弗里兹的花园和宽敞的后院看，可以看到牛羊在围栏投下的阴影中走来走去，在沉重的枕木中时隐时现。

皮特把成串的香肠端来给顾客试吃，顾客们将香肠夹在苏打饼干或是白面包里，细细品尝风干烤肠、熏烤香肠和瑞典烤肠的风味。客人们身材高大，他们中有德国人、波兰人或是斯堪的纳维亚人。他们的手很粗糙，喜欢评头品足，有时因为牙疼，有时因为假牙的基托不合适，他们咬香肠时小心翼翼的。他们灰白的毛发不知从身上哪个部位冒出来，双手畸形而粗糙。在宰杀的日子里，就算他们浅色的眼睛抬头看到斜槽里的猪被割破喉咙，他们也完全不会将视线移开，说话的声音也丝毫不会颤抖。

有时，我在店里等顾客上门。但大部分时间我都和弗里兹在大房间里切猪肉，或把猪肉做成肉糜，或将香料涂抹在猪肉上。斯塔除了帮忙处理积压的延期订单外什么也不愿做。十八岁那年的杀猪日，一切都变了。我坐在不锈钢桌前将煮熟的猪肉切成块，弗里兹则站在电锯旁。我在尖锐的电锯声里隐约听见弗里兹的惨叫，或者我感应到了。我回头时弗里兹已跪倒在地，脸色如甜菜一般，呼吸困难。我拼命拍打她，她用手拼命拍打地面，但仍然无法吸入足够的空气。她颓然倒下，失去知觉。她吸气时身体不时颤抖，我们才知道她还活着。

皮特把她抱出门，送上救护车，救了她一命，我才突然意识到她不能动弹时有多脆弱。她就像别人随手画的火柴小人，像卡通人物那样瘦削，她倒在皮特怀里，瘫成一团。那天后半夜，我到医院陪护，她戴着氧气面罩，已清醒过来。我坐在床边，看着她的手指缓慢摩挲着床单的花边。我从她的动作中看明白了一切：她想知道究竟发生了什么，她在感受那单薄的床单的质地，她在惊讶自己还活着。

回家后，弗里兹戒了烟。她时常坐在餐桌旁，坐在阳光照进纱门的那一侧，嚼着口香糖，或是酸酸的水果糖，或者小口咀嚼黄油吐司来克制烟瘾。在戒烟和休息数月后，她的脸色由蜡黄转为桃花色，最后变成玫瑰色。她变胖了，头发也从一种仿佛被过氧化物漂白过的浅色变为深棕色。她从前性格冷酷，一根筋，很难相处，现在倒温和了许多。一夜之间她成了一个身体壮实的女人，但却不让人感到害怕。她开始意识到之前忽视了斯塔和我，便拿起年轻时钩织了一半的羊毛毯。以前织好的方形图案变形了，羊绒线的颜色也变暗了，但她在此基础上又用颜色鲜亮的羊绒线织了一圈，新织的图案更复杂，这样一来，新旧两部分界限分明。织好的带图案的羊毛毯堆在她脚边。

“你可以把它们放进你的嫁妆箱。”一天下午她对我说道。

“我没这东西。”我回答。

于是那条羊毛毯就给了斯塔，但我不在乎。我想要的不仅仅是一条羊毛毯。即便在那时，我也早已明白了自己生命的形状——既不是黑暗中一条充满爱的隧道，也不是一大片空地。

我没选择孤独，谁会这么选择呢？但孤独却好似天意一般向我袭来，那种感觉是一个已婚女人无法想象的。即使是现在，当我看到已为人妻的女孩时，就好像是一条野狗透过窗户看到屋内的家犬一般，偶尔也会羡慕她们有规律的日复一日的生活，却又不屑于她们那种卑微的快乐，只要得到主人的一丁点爱抚即可满足。我曾有过一次心动的时刻，但那不过是浪漫的遐想。婚姻不会让拉塞尔·喀什帕幸福，或者说婚姻对他而言根本是不可能的。即便是在他的适婚年龄，他也绝对不适合结婚。

那时他第二次从朝鲜战场回来。一天夜里，塞莱斯汀得知她哥哥在战争中受伤的消息。塞莱斯汀大半夜过来找我，一直在敲窗户，后来我终于醒了。斯塔没什么动静，但她夜里会失眠，所以我可以感到她的愤怒正在黑暗中慢慢积聚，随时可能爆发，所以我示意塞莱斯汀到厨房去。我开门让她进来，她立刻给我看拉塞尔受伤的消息。我径直走到壁橱前，挑了皮特的两个厚壁小杯子，往里面倒入威士忌。第一杯我们喝得很急，第二杯就慢了，然后我们去外面抽烟，看夜里的寒星。塞莱斯汀花了一段时间才平静下来，不再胡思乱想。

我们很快得到消息，说他会康复。我寄了一张明信片到他所在的弗吉尼亚州的医院，祝他早日康复。明信片上写着“希望我们很快就能在阿格斯见到你”。这样的话算不上私密。虽然如此，我还是盼望他回信，即便托塞莱斯汀给我带一个口信也好。但拉塞尔不懂礼貌，不考虑别人的感受。虽然拉塞尔在中学时是橄榄球明星，毕业后又立了战功，但他在社交上却比我更迟钝。这一点我知道得太晚了，所以我以为他回到阿格斯时会到店里来看我，但他没有，连一声招呼或问候都没有，他的消息我都是听别人说的。我听说他凯旋归来后，政府将他列为战斗英雄，安排他在阿格斯国家银行工作。

时值夏日，一个闷热的白天，我第一次见到了从战场上回来的拉塞尔。那天我刚好去银行存一周的营业款。我料想我有可能会遇到他，但我没料到他跟之前简直判若两人。我以为还会见到那个身形健硕、声音温柔、眼神轻佻、头发蓬松的他。

空气湿热，云层压得很低。青色花纹的大理石、黄铀柱和丝绒的等待隔离线一直伸展到他坐着的笼子似的柜台前。踏上大理石之前，我停下来让电扇吹走身上的热气。

我站在他面前时，他终于认出我来。

“我收到你的卡片了。”他说。

“嗯，算算时间也该收到了。”我回答。

之后我们没再多说什么。他接过我装着钱的帆布袋，我呆呆地站在原地，惊讶地看着他。他脸上有些长长的伤疤，向上延伸至两侧太阳穴，歪歪斜斜地穿过头发，跟爪子似的。他忙着数我的钱。见到他让我不知所措，并不是因为他长得丑；恰恰相反，这些疤痕让他的脸显得严肃而深沉，让人不安。这些骇人的疤痕让他如雕刻一般精美，让人心动。我低下头，即使在那儿我也并不安全。我看到他的手很瘦，肌肉线条分明，他曾经是机械师，如今变成了银行职员，一根手指上还戴着一个粉红色的胶套。

他用那只手指压着数好的纸币，这样可以点得更快。我无法移开自己的目光。

“您的收据。”他的声音解除了魔咒，使我惊醒过来。

我茫然地转身离开，甚至没说再见。

我想，我似乎爱上了好友塞莱斯汀同母异父的哥哥了。或者，我爱上了他的疤痕和手指上的胶套。

因此，我决定好好了解拉塞尔。

有一天，我让塞莱斯汀带她哥哥来家里吃晚饭。

“为什么?”她问。

“因为他是你哥。”我说。

“哦，他不会来的。”她告诉我。

“那就随他吧。”我尽量掩饰心里的想法，但塞莱斯汀还是察觉到了。

“那我尽量说服他。”她承诺道。

拉塞尔来吃晚饭了，但他表现得很没教养。他总是注视着门外，望着我身后，看着牲口棚和沉重的栅栏大门。棚里什么都没有，但他却目不转睛。我好几次都不由自主地转过身往院子的方向扫了一眼。他让皮特感到很不舒服，餐桌上谁也没说话，皮特起身离开，回到杂物间。不一会儿我们听到他在摆弄已经坏了的引擎，还对着引擎没好气地咒骂。

皮特走后，塞莱斯汀、斯塔、弗里兹、拉塞尔和我一起坐在屋外的松木椅上。这些椅子都是皮特做的，供弗里兹和客人户外休息。我用威士忌调了一壶冰镇鸡尾酒。我们四个女人谈天说地，握着冰酒杯的手也变得冰凉。我们的谈话像翻腾的海浪，把拉塞尔的沉默拍打得粉碎。他一动不动地坐着，夏日骄阳的余光正炙烤着熏制室屋顶的稻草。

“你真了不起!”我对他说，心里有点生气。

那晚，他终于第一次看了我一眼。为了这顿晚餐，我特地用棕色眉笔描眉，仔细将辫子盘到头上，围上黑色雪纺围巾，这样我五官中最漂亮的部位就能被凸显出来。我那双猫眼般的浅棕色眼睛正含情脉脉地看着他，但那些甜言蜜语我却不怎么会说。

拉塞尔把头转开，完全没被我的魅力打动。他注视着斯塔，可我才是那个应该被他用那种目光注视的人。我终于明白，如果他心仪这里的谁，那个人一定是斯塔。今晚斯塔的话比往常多，脸上泛起少见的红色。她刚洗过的长发垂在颈间，柔顺光亮。但当她注意到拉塞尔·喀什帕在看她时，她昂起头，紧抿红唇。她从袖子里扯出一条白手帕，沉下脸，让他明白斯塔·科兹卡可不是他所能奢望的。

我知道大部分女孩一定很鄙视这样的男人，明知道这个女孩喜欢他，他还要盯着别的女孩看。但我没有鄙视他，我只是恨不得杀了斯塔。

“我来给你算命，”我倾身靠近她，推着她雪白的手臂，“我去拿扑克牌来。”

斯塔明明很喜欢算命这种消遣，却装出一副很讨厌的样子。每次算命斯塔都表现得十分嫌恶，似乎在宣告这是世间最上不了台面的游戏。但当扑克牌摊出来时，她立马仿佛着了魔似的俯身看牌。她咬着嘴唇，忍不住偷窥那些牌，每次都是这样。就这样，我走进屋，从厨房抽屉里拿出一副扑克牌，然后把牌一张张摊在她椅子的宽扶手上。

“这是红心 J，”我说，“这是对子。你抽的下一张是什么？”我没再往下说。她抽到的是一张黑桃 Q。

“这是什么意思？”斯塔忍不住好奇地问，脸立刻红了。我坐直身体，慢悠悠地喝了一大口冰镇鸡尾酒。

“是什么？”斯塔追问。

“嗯……”我面无表情地回答道。

“快说啊。”她说。

我犹豫着，又喝了一口酒，一直摇头，摇到她不耐烦为止。

“我希望你会喜欢别克车。”我只说了这么一句话。

“老天！”斯塔快要气炸了。塞莱斯汀不喜欢看我们争执，便进店去拿冰块。拉塞尔伸长脖子想要看牌。斯塔站起身，要我给她个解释：“这是怎么回事？魔力失灵了？”

“坐下来，”我说，“你最好坐下来听。”她坐下来后，我说，“我希望你喜欢别克，因为我看到你生命将尽时坐在一辆别克车上。”

她张大了嘴，气得低声嘶哑地嘟囔着，然后将面前的扑克牌全部扫到地上。“你可真像个老巫婆！”她大喊道。

“你们俩怎么老是吵来吵去，”弗里兹看着我们，有点心烦。她已习惯我俩天天斗嘴，但拉塞尔不了解情况。

“那就是说，”他说，“斯塔以后开别克。那我呢？”

他将落在草地上的扑克牌捡起来放在我手中。我一本正经地将扑克牌摊在他椅子的扶手上时，他忍不住笑了起来。牌发好后，他和我一起静静地研究这些牌。塞莱斯汀从店里出来，手里捧着装满冰块的红色塑料大碗。

“你们在说什么啊？”她问。

“说命中劫数呢。”弗里兹说。

“你老是预测别人会死，会倒霉或离婚。”塞莱斯汀坐到弗里兹旁边，点了一支总督牌香烟，吐出浓浓的烟圈，“难道你不能算点好的吗？比如，拉塞尔，平安归来。难道你预测不了这类好事吗？”

“牌里说了什么？”拉塞尔问。

“一个女人。”我注视着他的眼睛回答。

“只有一个吗？”塞莱斯汀大笑，然后又止住，我猜她是想起我盛情邀请拉塞尔来吃饭的事了。她突然站起来往每个人的杯子里加冰块，以此来掩饰自己。

“不管她是谁，”拉塞尔说，“但我知道一件事。”

“什么事？”我问。

“我不会娶她。”他说。

我的心凉了半截，但我很快恢复过来。这可难不倒我。

“你说对了，”我说，“你不会娶她，但你会欠她一大笔钱。”

“是吗？”他看起来很担心。

“我说的没错吧，”塞莱斯汀坐下来，“你就不能预测点好事吗？”

“这个很好，”我将牌拿起来，“他以后得用短裤来抵债。”

拉塞尔大笑，威士忌使他放松下来。每个人都有些醉了，脑袋开始变得不清醒，甚至连斯塔也喝醉了。我们笑着，并不为什么事，甚至没注意到太阳下山后蚊子在围着我们转。

“把驱蚊的蜡烛点起来吧。”弗里兹突然说道。没人听到，她又大声重复了一遍。不过我们真的需要烛光照明，现在光线太过昏暗，几乎看不清。我不记得是不是我点的蜡烛了，但我清楚地记得接下来发生的事，斯塔大胆地提出要求后，拉塞尔掀开他的衬衫，给我们看他身上的伤疤。

我走到他身边，想看得更清楚。我弯下身，感受到他的体温。他的伤疤太深了，像地里犁出的沟，整个胸膛就像是被失控的拖拉机耕过一般。我伸出手，他没说什么，于是我摸了摸他。

在场的每个人都醉醺醺的，但看到我的举动，大家都吃惊得说不出话来。

“天啊，她太过分了！”斯塔尖声嚷嚷着表达不满，打破了沉默。

我感觉到拉塞尔的身体动了动，但没等我移开手，他就将我的双手轻轻拿开，叠放在了一起。

“好孩子，上帝祝福你。”他说，我们又大笑起来。我拼命摇头，使自己保持清醒，但那样只是让我更难受了。那晚我很快就上床，昏昏沉沉地睡了过去。

醒来时我疲惫不堪，似乎做了很多梦，却又都不记得了。我像一场高烧刚退。我只清楚一个念头：我再也不会为了爱情而失去自我，爱情将与我再无干系。

皮特和弗里兹出门去领菲尼克斯和艾尔帕索等市的商会发的宣传册。医生说弗里兹的肺需要热带沙漠气候那种干燥而温暖的空气，她不该在北达科他州过冬，哪怕一个冬天都不行。皮特立刻打算送她南下，但弗里兹不愿意一个人离开，所以皮特决定陪她一起去。这一切来得太突然，我们还没讨论过店铺的未来，也没讨论过斯塔或者我的未来。

所以之后的那天，我坐下来准备跟弗里兹商量这事。她正在用紫红的毛线织东西。受她的影响，我也时不时拿起钩针织些什么，但我并不觉得做编织是一件放松身心的事。我经常用力过猛，将毛线扯断，而且最后做出的东西也没什么弹力，根本没法用。

“我想问你一件事，”我说，“关于这间店。你们搬到南部去，是不是要把它卖了？”

她惊得一下子扯紧了针脚。“我们想着店铺你可以继续开下去。”她告诉我。

“那好，我会的。”我答道。这件事看似安排好了，但最棘手的还不是怎么处置这家店。“斯塔呢？”我问，“她怎么办？”

弗里兹眉头紧锁，看着她手里的紫色编织物的面积一点点变大。“她可以在店里卖些杂货，”她说，“如果她愿意待在店里的话。”我们都知道斯塔对这间店没兴趣。我知道她恨这儿，实际上她想搬到法戈市，一个人住一套现代公寓，做迪朗德瑞希百货店的服装模特。她幻想自己能在男帽柜台工作，在那儿遇见一个有前途的年轻人，然后嫁给他，而他会在县法院旁沿铁路建的那条大街上给她买一幢大房子，离埃兰德公园不远。每年冬天，她可以去山脚下溜冰。她会穿上一件粉蓝色紧身衣，外面搭配一条短连衣裙，衣服袖口、衣领和裙子下摆上有长绒兔毛。在她旋转时，裙子下摆像喇叭似的飘逸开来。我之所以知道这些，是因为在某个气氛友好的晚上，斯塔告诉了我这些，并说这是她的梦想。

“斯塔想去法戈，”我告诉弗里兹，“去百货公司工作。”

弗里兹点了点头说：“也不是不可以。”

所以那年秋天，一切就这样发生了。斯塔为搬去法戈做准备。弗里兹和皮特把东西装进他们大大小小的行李箱，而我没什么特别的事可做。事实上，斯塔离开前的那晚，我也没做什么特别的事。我只是像往常那样清洗了准备室的不锈钢桌，用的是我们常用的强力乳状洗洁剂。但洗洁剂好像过期了，我的手不太舒服。

不知什么原因，斯塔为此事多少有点烦心，但她不愿提起。我不知道她心里怎么想的，因为自从她搬到蓝山镇后我们便没什么联系了。那晚，我们像往常一样睡在各自的单人床上，斯塔睡觉时喜欢将窗帘拉紧。我喜欢拉开窗帘，让月光照进来，但那是她的房间，我得听她的。半夜，客厅尽头的火炉吵醒了我。夜里，火炉发出狂野而有节奏的噼啪声，这声音在白天几乎注意不到。火炉发出的声音常在半夜吵醒斯塔。我知道是火炉的声音，所以就闭上眼试着再次入梦。但斯塔做不到，她没法入睡。她咬紧牙关，手臂绷直，祈祷能尽快入梦。但由于她太想睡着，反而更难以入睡。如果感觉到她夜里睡不着的话，我往往睡得更香。可那晚我被吵醒后就再也睡不着了，因为斯塔跟我说起话来。

“我的天，我的天，”她压低嗓门小声说道，“玛丽，我知道你没睡。”

我听到她的声音既紧张又压抑，但我只是轻叹了口气，假装在梦里睡得更沉。我想或许她听到了墙后面老鼠的声音，或许在做出这个重大决定时，她和她那些男朋友们发生了激烈争执，又或许因为她的头发。为了给迪朗德瑞希百货店的经理留下深刻印象，她新烫了小卷发，把刘海也烫卷了，还稍微染了染。或许她现在突然觉得这个新发型不适合自己的脸型。

但她想对我说的不是这些。

“玛丽，”她尖叫了一声，“醒醒。”

就这样，我睁开了眼睛。屋里一片漆黑，只有一点亮光。一开始我以为是她把窗帘拉开了，但屋里的光却来自我身上，确切地说，是来自我的双手，此刻它们正发出惨淡的蓝光。

我好奇地抬起手，蓝光立刻变弱，慢慢消失。我晃了两下，光亮又马上变亮，仿佛线路接触不良一般。蓝光渐渐暗淡，无论我怎么动，都不再发亮，房间重新陷入一片黑暗。我的双手不再发光时，斯塔才敢跳下床，跑到房间另一边，将电灯打开。她吓得牙齿打战。

“我真开心，终于要离开这个鬼地方了。”她低语道。

她小心翼翼地挪到能够到毯子的地方，将毯子拿到客厅的沙发上，在那儿睡了一夜。而我仿佛感染了斯塔的失眠症，彻夜未眠。

不知道过了多久，厚重的窗帘下泛出灰蒙蒙的白光，皮特起床了，我听到他关掉院子里的灯、然后将狗放出去的声音。很快，等皮特和弗里兹搬去亚利桑那州后，我也要像皮特一样，每天这个点起床，做他日常所做的事。我要检查冰柜和熏制室的温度，检查保险箱是否锁好，还要打开后门让克努特进来。他每天七点开工，为尚未到店的男工们泡咖啡。

我想象着，在白天和黑夜，万籁俱寂时，我独自一人做着皮特的活儿。我会检查每一处门锁，拉下店前的卷帘门，检查恒温器和湿度计。对于如何经营这家店，我也有自己的想法，例如更换门面招牌，不时在《阿格斯哨兵报》上刊登广告，往血肠里多加胡椒等。在这间卧室里，我怎么喜欢就怎么来，我会按照自己的喜好拉开窗帘睡觉，或者干脆把破窗帘拆掉。全身镜和许愿灯也见鬼去吧，斯塔可以把它们带走，就像她带走阿德莱德的蓝色丝绒小盒那样。我看见她把盒子藏在手提行李箱里。

斯塔离开后，我竟然很想念她，这是我没想到的。好几个星期，由于听不见她均匀的鼻息声，我总是睡不踏实，半梦半醒。我有时被自己的梦弄得不知所措，现在周围没人能帮我从梦境中抽身，因而这些梦会显得过于真实。有时我被困在暴风雪里，有时身陷果园，被吓得不轻，有时被困在捕兽笼里。

接连好几个月，我都在做同一个梦：我走进一幢摇摇欲坠的木屋，这地方我从没住过，但却非常熟悉。房子内部有很多空荡荡的小房间，有些藏在房子深处。我在房子里游荡，我没有迷路，但也不清楚自己究竟在哪儿，直到我走进一间熟悉的房间，我会在这个房间等一个人。每次都是如此。我小心地走进最后那个房间。我跨过门槛，沿着白漆斑驳的墙向前移步，地板在我脚下咯吱作响。这个房间空荡荡的，没有窗户，但有很多门，这些不甚结实的门朝各个方向开着。

每当他进入房间，我总觉得他脚下的地板会裂开。他迈着沉重的步子朝我走来，向我伸出手，地板往下塌，但并未劈啪作响。他嘴唇突出，是弯的，眼睛和头发像烧焦的黄油一样发棕；头上长着角，角上分了许多叉，像一只年幼的雄鹿。

我对他的渴望越发迫切，我渴望他带着急促的呼吸缓缓地朝我弯下身，渴望他修长而光滑的大腿，渴望听到那些与门框并不相配的门在我们摆动身体时发出有节奏的碰撞声。

孤儿义卖会

卡尔急急忙忙穿过锻铁门进入露天集市，之后走到了人群边上。他在等别人看到他。穆伦神父、波那维多神父、艾瓦罗修女、玛丽·托马斯修女、厄休拉修女和乔治修女都来了。像往常一样，他们每人负责一个游戏、跳蛋糕舞、出售编织物或没什么大用的东西。每个人都忙着收票或从烟盒里找零。他们没人一眼认出卡尔，于是卡尔买了一杯柠檬汁，坐在他们的视线内。

他懒洋洋地坐了大半个小时，两脚在春天干燥的草地上换来换去，一根接一根地抽烟，又把烟头在椅子的金属框架上捻灭。他的头发像黑皮鞋一样油光锃亮，牙齿很白。他很会向女人推销东西，因而也算赚得盆满钵满了，他这身新衣服和随身带的一大叠钞票定会让神父们大吃一惊。实际上，他们怎么也没想到他会变得这么糟糕。

“过来！过来！就你，那个穿得像黑帮的家伙！”

有人笑出了声，卡尔回过头，那是一个神学院学生，胖胖的，红头发，在照看最近的一个亭子，是个钓鱼亭。只消看一眼，卡尔便知他不招人喜欢。他太清楚这种乐呵呵的虔诚又自以为是的人，平时卖卖奖券、给神父擦擦皮鞋。

“请大家帮助孤儿。”那男孩咧嘴一笑。他的长袍领子紧，把白皙的脖子勒得鼓了起来。他约莫十六岁，和卡尔一样有着长长的睫毛，但他的睫毛是深红褐色。他深红色的头发很蓬松，从前额向后卷，这副样子让卡尔顿感熟悉，像极了阿德莱德。怎么这么巧，卡尔皱了皱眉。仔细端详了一下，他发现二人有更多相似之处。大理石般的肌肤，突出的颧骨，画中人那样完美的弯眉。要不是婴儿肥，他简直就是阿德莱德的翻版，几乎过于相似了。

卡尔的脸木了下来，这儿带来的回忆使他不安。他坐的地方离当年阿德莱德坐飞机飞走的地方不到二十英尺，他仿佛又看到了奥玛的飞机消失不见的那片明亮天空。他听见襁褓中的弟弟不停大哭。

那个偷走弟弟的年轻人肯定住在附近。因为他是天主教教徒，所以他一定参加了这个“孤儿义卖会”。他可能也将他的孩子培养成了天主教教徒，而这个孩子很可能在圣杰罗姆收容所读书。

卡尔从手里的一卷钞票里抽出一美元，站了起来。

当卡尔拿着钱走近时，男孩露出了笑容。

“先生，今天钓鱼吗？二角五分可以钓三次呢。”

卡尔把钱放下。

“你叫什么名字？”他问。

“犹大·米勒，”男孩回答，“您要钓几次？”

“你有多少鱼？”

犹大把篮子挂在鱼钩上，然而把它向上甩到画着蓝色涟漪的墙后方。“小鱼小鱼河里游，”他熟练地哼着，“快来快来咬我钩。”

“停，别哼了。”卡尔叫道。

犹大脸红了：“先生，我得用唱歌的形式告诉修女该为你准备男孩的奖品还是女孩的奖品。犹大将篮子从墙后拉回来。篮子里已有一个奖品，是一张色彩鲜艳的圣心卡片。

“扔回去，礼品太小了。”卡尔说。

男孩笨拙地拎着渔篮：“可这是一张神圣的卡片。”

“就是一张废纸，”卡尔回答，“我希望钱花得更值。”

提到钱，犹大合上了放钱的烟盒。

“难道您不是天主教徒？”男孩反问。

卡尔低头看了看。烟盒上的白色猫头鹰守护着里面的纸币和零钱，犹大修长、白胖而敏捷的手指按在烟盒的两端保护着钱。卡尔觉得自己仍和多年前一样讨厌这个弟弟。

“你也是个废物。”卡尔说。

犹大·米勒四处张望，希望有人来帮他。他站在摊位边上，一动不动：“快过来！”他冲附近路过的一个女人和孩子喊。他伸长脖子往卡尔身后望，想吸引他们过来，但对方只是微笑着看了他一眼，继续往集市中段走。修女和神父也没注意到这里。犹大转过身，敲着墙面上的浪花。

“修女，能过来一下吗？”

“真是没错。”卡尔说。

“什么没错？”犹大问。

“你。”卡尔回答。

“犹大，什么事？”墙后传出一个女人的声音。

卡尔凑近男孩的脸问：“你知道你是谁吗？”

犹大的脸憋得通红，他咬住下唇，几乎哭出来。他双手紧张地攥着装满钱的烟盒。

“我是废物。”他低声说。

“犹大？”刚才那个声音再次问道。

卡尔大笑：“跟你妈妈一样，你知道我是谁吗？”他让阳光照遍自己的脸，期待地看着犹大。男孩想都没想就做出了回答。

“你是恶魔。”男孩答道。

卡尔摸了摸脸上的小胡子，又大笑起来。

“穆伦神父也这么说我，麻烦你转告他一声，卡尔·阿代尔回来了，向他问好。”

Chapter 5

1950 年

斯塔·科兹卡

寒冬时节，大雪吹进公寓门廊的黑色细纱门里，但我还是喜欢坐在那儿看外面的街道。法戈市中心的宽阔大街上四处可见步行去医院上班的护士，从大教堂出来的步履轻盈的修女，还有在亲人的搀扶下蹒跚而行的长期病患。

我日子过得还不错，虽说我和一位已婚医生纠缠了三年才意识到他永远不会离开他妻子。那是很早以前的事，我离开了他，然后吉米出现了，才帮我从这段感情中走出来。当时我很感激吉米，但后来却发现没法甩掉他。每隔一晚，他就会坐在豪华汽车内，在我家门外等我。只要我为迪朗德瑞希百货店走秀，他必定从阿格斯开车赶来。要是我上了新闻，他便会将那些模糊不清的新闻照片剪下来保存，有我穿舞会礼服的照片，也有穿外套的照片，上面的纽扣有盘子那么大，甚至连我穿成套泳装的照片他都有。吉米锲而不舍，总能让我很开心，但他属于阿格斯，他在那儿有一家牛排餐厅。我的理想伴侣还没出现。

我比以前更注重保养。我比几个年轻的服装模特大十岁，不再是最抢手的。我不知道我的模特生涯还剩几年，这些年岁月的痕迹越发明显。我保持身材苗条，腰围和费雯·丽一样，只有二十二英寸①半，我还坚持在多萝西路德洛礼仪夜校上进修课程，那儿教会我最重要的两点，第一，坐姿要挺拔，第二，无论如何绝不能皱眉。我还学到一招，无论晚上是单独用餐，还是和女性朋友玩扑克牌，都应该在前额贴上创可贴，拉紧皮肤，保持皮肤光滑。抬头纹比手掌纹更让女人显老。我还买了一个金属研磨器，将杏仁磨成粉，和冷藏的面霜调合在一起敷在脸上。泡完澡后，我会用棉花沾醋来清洁面部。冬天出门必定戴小山羊皮手套。

这些是靠着毅力坚持下来的。我赚了不少钱，买了台电视机。但我已经三十岁了，我的成就不应仅仅如此。有人曾对我说我本该去好莱坞发展，现在我不得不同意这个说法。在能抓住机遇的年纪我错过了好莱坞，现在唯一能改变我命运的，就是找到理想中的丈夫，所以我一直在寻找。我睁大眼睛，但我的理想伴侣始终不肯出现，不知不觉又过去了几个月。如果我已找到那个他，又或者我已去了好莱坞，或是在迪朗德瑞希百货店升了职，那封信就无关紧要了，我会把它转寄给玛丽，而不会拿来作为搪塞吉米的借口。

当时我正坐在公寓门廊里。那是冬天的一个星期六，阳光明媚，我正等着吉米开汽车来接我。我们要去溜冰，我担心他会做出什么浪漫的举动。也许在那个晚上，当我们围坐在油桶旁烤火、喝热可可时，他会问那个问题，或从厚厚的格纹夹克衫里拿出一个珠宝盒。我在想怎样才能婉拒但又不回绝他，只是想再争取点时间。碰巧的是，在吉米来之前，邮递员先到了。

---

① 1英寸约等于2.54厘米。——编者注

我听见信封被丢进信箱的声音，于是下了楼。平常我的信不多。这封信显然是转寄到我手中的，用黑色油性马克笔重新写了地址，一看就是玛丽瘦削的字迹。我经常对玛丽说她的字像是女巫写的。我的字近乎完美，至少修女是这样夸奖我的。这封信的字迹很陌生，并且是寄给科兹卡家的。由于爸妈还没有常住地址，所以玛丽把它转给了我。

亲爱的科兹卡太太：

他还是个婴儿时，我就一直保存着这些报纸广告。现在是我坦白他身世的时候了。我向费罗神父请教过此事，费罗神父要我写信给您，把情况告诉您。当时我失去了自己的孩子，此后一直没能再生育。所以当我丈夫把犹大从露天集市抱回来时我就留下了他。我曾想过将他送回去，但又得知他的亲生母亲乘飞机走了，所以我抚养了他。六年前我丈夫离开了人世。这孩子将在一星期后接受神职。他会成为执事，以后会做神父。神职授任典礼将于二月十八日在圣保罗大教堂举行。他并不知道自己是被领养的，如果您愿意，现在是告诉他的时候了。费罗神父认为我该写这封信，所以我写了，您可以回信给我。

他的母亲

凯瑟琳·米勒

我读第一遍时并没看懂写的是什么，于是又读了一遍。我刚要读第三遍时，吉米到了，他把车停在外面，在按喇叭。虽然我跟他说过很多次，但他还是不愿按门铃，约会时也没有丁点礼貌。他老是说我居住的支路车位不够大，停不下他的大车，而大街很宽，有些地方没有路牙，总有空间停车。吉米就是懒，连从车上下来，把车锁好，再走半个街区来按门铃也不愿意。他可以整夜跳舞、打牌，踮着脚尖用华尔兹和八字舞的舞步溜冰，他只是不愿下车来按门铃罢了，这叫人生气。那天我比平时更暴躁，感觉出门就不顺利。

我把信放下，跑出来阻止他按喇叭。我把溜冰鞋系在一起、背在肩上，两只鞋撞来撞去。如果跌倒了，鞋底的冰刀一定会割伤我。吉米越过副驾驶座，为我按下车门把手。这又是一个问题。他不懂得如何礼貌地为女孩开门，他会自顾自地走进餐厅，让我跟在后面。即便如此，他还是比我那个已婚医生强得多。

“你要我说几次？先停好车再来按门铃！”我说完后坐在副驾驶座上。

“斯塔小蛋糕！”他喊道，然后便发动引擎，试图盖过我的声音。

“吉米，别跟我说停车位！”我尖叫道，“也别再叫我小蛋糕。”

这又是一件让我生气的事，他总是用他喜欢的点心来称呼我：甜派饼、松饼、甜甜圈。难怪他越来越胖。这些甜点的称呼让我感觉自己也像发酵的面团一样，膨胀、甜得发腻、松软不堪。

“过来点。”他拍拍身边的汽车座套。

我气得想给他一巴掌，但听到这话又立刻坐过去，靠在他身边。这是他制服我的方法，让我在最后一分钟不由自主地怒气消散。一靠过去，我就放松下来，觉得很舒服。和吉米在一起我可以做自己，这一点我很确定。既然他并不欣赏我所坚持的任何事，也不认可我在提升个人修养和魅力方面所做的努力，那我干脆做回我自己，做回屠夫皮特的女儿斯塔·科兹卡。我从没让吉米忘记我是个模特，自己养活自己。

我们开车到摩尔海德，去体验那儿的溜冰场。有人已在那儿搭了一间取暖的小棚屋，屋里水汽弥漫，在雪的反射下仿佛是环礁湖。长椅上有小孩的冰刀尖端留下的划痕，上面还刻着姓名首字母和被箭射穿的心。我们系好鞋带，把靴子放在墙角，沿着斜坡走进溜冰场。放眼望去，溜冰场一片清澈的深灰色。我看见冰下延伸着几英尺的裂缝，落下来的棕色橡树叶在漂浮。我们勾住彼此的手臂，手牵手，开始来回溜冰，在椭圆形的溜冰场上溜了一圈又一圈。

“斯塔,”过了一会儿吉米说道，他有些犹豫，但最后还是说出口了，“我们结婚吧。”

我慌了，我不想这时给出明确答复。或许是出于直觉，出于一种强烈的自我保护意识，我突然明白早上邮递员送来的那封信是什么意思了。真奇怪，我竟在这时候突然领悟了。我确实领悟了，这般突如其来，让我倒抽了一口气。

吉米停下来，惊奇地看着我。

“你这是答应了？”他问。

“我不知道，等一下,”我说，“那事我想明白了。”

吉米紧紧抓住我的肩膀以保持平衡，一动不动。

“你知道玛丽的那个小弟弟吗？被他们弄丢的那个？不……你

不知道。”我挣脱开他的手，往前滑，“什么都别说，让我想想。”湖边的雪堆得像易碎的大石块。雪下得很大，地上积了厚实的一层，投下蓝色的影子。

“是那个婴儿。”我大声说。我知道与那个婴儿有关的一切，不过那些事并非玛丽告诉我的，她从不提来阿格斯之前的生活，我是偷听妈妈在厨房的谈话知道的。她的朋友路过，来陪她坐坐，喝点淡而无味的咖啡。她们你一口我一口地抽烟，嚼着很硬的糖霜蛋糕。她们聊天时我常常站在外面偷听。她们不停地谈论阿德莱德姨妈，谈论孩子的父亲怎么没娶她，谈论她为什么抛下孩子一走了之。她们猜测这个婴儿命运将会如何，那个年轻男人把他从玛丽怀中抱走，对他而言到底是福还是祸？那个男人到底有没有老婆呢？

现在，这些问题终于都有了答案。我收到的那封信可以解开疑团。

“想明白了吗？”吉米跟在我身后。他碰了碰我的手臂。

“我知道我该做什么了。”我转身面对他。

“什么？”

“我要去明尼阿波利斯，他将在这周被授予神职。”

吉米一脸若有所思的样子。

“听我说，"我说，“现在有件很重要的事，我得好好想想……”我朝刚才我们滑冰时他向我求婚的地方挥挥手。“……整件事。不过现在我得收拾行李。”

吉米没有生气。他很失望，而且一头雾水。我突然主意已定，决定远行，也许是这些让他担心，也许那听上去匪夷所思。不管怎样，他只是轻吻了一下我的脸颊便让我下了车。我迫不及待地重读那封信，调整我的工作安排。我要坐火车去，带一个小旅行包，住在酒店里。我没打长途电话给凯瑟琳·米勒，也不想让她知道我要来。我只是想在那个孩子的神职授任典礼上偷偷混进人群。等我看过玛丽失散的小弟弟之后再决定做什么，寻找合适的时机表明我的身份。我会拿这一切大做文章。

我收拾好行李，做了一些安排，然后预订了车票。临行前的那天夜里，我兴奋得睡不着。即将发生的事太有意思了，就像我闲暇时读过的悬疑小说里的情节。除了阿德莱德的蓝色丝绒盒之外，这封信是唯一的线索，说不定能解释以前发生的一切，解释玛丽为何会在多年前的那个早春突然乘火车来到阿格斯。我把丝绒盒也放进行李，并没有什么特别的理由，只是觉得这样做合适。我在盒子里放了一张阿德莱德的照片，跟里面的旧典当票、脱落的纽扣放在一起。如果那孩子想知道他妈妈长什么样，我可以给他看照片。玛丽的双手在黑暗中会发出蓝光，这封信曾在她手中，但她的手却没有因信的内容而异常发抖，想到这一点我不禁颤抖起来。

那时的明尼阿波利斯是个好地方，靠着明尼苏达州的粮食和铁路所带来的巨大财富而建立起来。宽阔的大街两边是崭新的人行道，到处都是绿树，一点也不像法戈。即便靠糖、大豆和小麦大赚特赚时，法戈看上去仍像一个四周都是养牛场的小镇。这儿是真正的大都市，福希大厦高耸入云，是这座城市的地标，方圆数英里内都是高级住宅区。我住的酒店房间里摆放的都是质量上佳的厚实家具，还有绣着蕨类植物的窗帘和镶有长方形镜子的精美梳妆台。

因为前一天夜里失眠，所以那天晚上我睡得很沉。时值深冬，天刚蒙蒙亮我便醒了，第一缕光透过窗帘上的图案射了进来。我很清楚自己在哪儿，要做些什么。我要到酒店的咖啡厅喝杯黑咖啡，乘电梯登上福希大厦的顶层，然后去逛百货店，之后我刚好还有时间乘出租车去大教堂。

黑咖啡盛在一个精致的杯子里，杯底垫着餐巾纸。可我却没走进福希大厦的电梯门。电梯操作员问我："女士，要上去吗?"但我突然感到眩晕，摇了摇头。原本打开的铁艺电梯栅门在我面前关上，门上是闪亮的大厦雕刻。为了聚焦视线，我盯着栅门上那镀黄铜材质的纹章上高高耸起的雕刻，它那沉重的尖顶散发着光芒。百货店之行更糟。我早该料到看一看橱窗里腰肢纤细的模特会对我产生什么影响。她们的眼睛用细毛刷涂成深黑色，嘴唇像是刚喝过水一样湿润。她们戴的帽子上装饰着小小的刺绣图案，手里的皮包式样我从没见过。更难想象的是，她们裙子上的排扣不在衣服正中，而且裙子的下摆很长，比我们店里订购的式样都要长。

"怎么会这样?"我不自觉出了声，"有谁规定衣服都要这样吗?"

我走进店里，发现衣架上全是这类衣服，女营业员穿的也是同样的款式。相比之下，我的裙摆太短，腿露得太多，呆板过时。我脱下手套，抚摸着这些裙子。我看中一条黑底条纹的裙子。

"有什么可以帮您吗?"

我以为是橱窗里的模特变成活人了，这位女营业员简直太完美了。她的发型是手推波浪卷，在法戈做不出这种式样的，还有她身上的新款服装！我恨不得在地毯上找个缝儿钻进去。

“我就看看。”

她眼神呆滞，表现得很不在意。我敢肯定她不是为了销售提成而工作的，要么就是她很有钱，卖衣服只是为了消遣。我一言不发地拿起那条裙子。她接过衣服，转过身，等我跟她走。我跟了上去。我穿上那件衣服，走出试衣间，看着三面相连的大镜子里的自己，十分激动。但当她出现在我身后时，我好像是她的翻版。

“您是来明尼阿波利斯旅游的吗？”

“不是。”我说。

她还没来得及开口，我就晃了晃裙子，然后说：“这件我买了。”

她没有微笑，连一句赞美的话都没说。我回到试衣间脱下衣服，小心地挂了起来。吊牌在袖口下方，我带的钱不够买。我本可以开一张银行汇票给她，但金额实在太高，不是我能买得起的。我穿着吊带裙不安地站在试衣间里，没法正常思考。我盯着吊牌价格反复看，似乎这样就能凭我的意志力改变上面的数字，但那瘦瘦的黑色花体字书写的数字根本没有变化。我慢慢穿上衣服，走了出来，真希望那位女营业员已经去喝咖啡休息了，但她还站在柜台那儿等我。

“小姐，要包起来吗？”她语气平淡，有些不耐烦了。

“我改主意了。”我告诉她。

“哦。”

“我想看看有没有更正式的裙子。”

“当然。”

她转身去招呼其他顾客，我趁机溜走了。

雪中的大教堂很是可爱，很多车已提前停在街区的路边。我跟着其他人走上石阶，今天他们也有家人或朋友领受神职。大门在我们身后关闭，激起一阵声响，天花板也好像震得往上弹，变得更高更巨大了。蓝色、绿色和金色的光圈从圆形的彩色玻璃窗照进来。教堂一楼坐满了人，我从后面的楼梯走上摆放管风琴的二楼。还剩几个空位，长凳边上有几张折叠椅。我屈膝行礼后找了个有阳光的位置坐下。教堂供暖不足，但我的身子在阳光下似乎慢慢暖和起来。不一会儿，我听到管风琴发出呜呜声，不远处一位年长的修女正在拨弄开关，让气流通过管风琴。

她开始弹奏，弓起的小脚快速踩动低音踏板，音乐越来越响亮。我刚拿了一本弥撒书，翻开，那些即将领受神职的年轻人就依次进场。他们身穿白袍，每人手中都拿着一支点燃的白色长蜡烛和一条圣带。我想看清他们的脸，但距离实在太远，这是我没想到的。我没想过该如何认出犹大·米勒。他们在主教的祈祷椅①边围成一个半圆形。接着，主教进场了，跪下祈祷。教堂里弥漫着白色的菊花、剑兰和康乃馨的芬芳，人们身上散发出樟脑球味、发油味和香水味。圣徒们的脚边挂着白色丝绸的大蝴蝶结，架子上成排的彩色蜡烛摇曳发光。

主教走到座椅边，缓慢而讲究地穿上法衣。我依次打量那些

---

① 用于礼拜时跪着祈祷的一种可折叠的椅子。

年轻人。那个男孩应该十八岁上下，可能个头不高，跟玛丽一样，或许是红头发，或许长得像跟阿德莱德从一个模子里刻出来的，但更英俊帅气。不过也有可能长得像他父亲。我从没见过他父亲的照片，也从没听别人描述过他父亲的外貌，只知道是个有家室的人。

接着仪式开始了，主教开始布道，我意识到这自己这次前来不仅充满戏剧性，甚至可能充满危险。我意识到这很可能会毁了犹大·米勒的前程。

主教穿着精美的长袍，头戴法冠，用拉丁文向在场的会众布道。我们看着深绿色封皮的弥撒书。

在基督里满有尊荣的父神，和恩主基督。

我翻到背面，和主教一起诵读。

蒙上帝的恩典，承罗马教廷授权，教宗根据逐出教会的处罚规定，有终极的决定权，任何即将接受神职者不得有下列情况：或行为异常，或按照规范被逐出教会，或曾被上级逐出教会，或受禁令之处罚，或曾被停职，或为非婚生，或声名不佳，或被规范视为不适合接受神职的其他情况，或属于其他教区……

主教继续列举种种不可接受神职的情况，但我心中只有非婚生这个词。开始诵读诸圣祷文时，神职候选人伏身在地。我习惯性地跟着诵读那些余下的文字，乞求摆脱通奸的恶念，免受雷电、暴风雨这样的天谴，免受地震、瘟疫、饥馑、战争和坠入地狱这样的苦难。

即将被任命为执事的人都站了起来，走上前，到主教身旁跪着围成半圆。我仔细打量那些人，但还是认不出哪个是玛丽的弟弟。主教依次将手放在他们的头顶，但没喊他们的名字。接着，主教让他们抚摸《福音书》[①] 祷告，之后仪式便结束了，他们排好队退回原来的位置。既然千里迢迢来了，我希望至少能解开我心中的疑团，可他们看起来差不多，没有特别之处，而且都很陌生。最后我从人群里挤过去，走出大教堂，来到外面洒满阳光的宽阔台阶上。

空气清新、冷冽，耳边全是各种日常的声音，我身后的音乐低沉而庄严。我从皮包里取出蓝盒子，将它打开。也许我需要刷新一下我的记忆，也许我能从阿德莱德的照片中看出某个特点跟其中一个年轻人相似，但这儿没有和她长得像的。盒式项链坠那么大的照片上，她盘着头发，眼神里没有畏惧，眉毛像翅膀一样弯弯的。我把纽扣推到一边，打开折起来的当票。

当票的纸已泛黄，上面写着一个简单的地址、编号和一段描述，字很小，写得很仔细。

一枚有瑕疵的镶嵌在黄金里的钻石。品相不错，一条维多利亚式金银丝嵌石榴石项链，每颗石榴石都有独立底座。

① 包括《马太福音》、《马可福音》、《路加福音》和《约翰福音》。

我想象着那年代久远的项链和戒指，想着它们戴在阿德莱德身上和我身上的样子。除了一条人工养殖的珍珠串成的项链，我没有任何首饰。

我走到路边，招手拦了一辆出租车，我坐进车后才决定要去哪儿。仿佛我早就打算好了，我把当票上的地址念给司机听后，便靠在龟裂的皮椅上。

我们行驶了几英里，街道越来越破旧，灰色的雪堆在路两边，形成两道冰墙。我开始怀疑我这样做会不会太疯狂了。还好，当铺还在，看上去仿佛一个洞穴，里面的物品一直堆到跟窗户一样高。我下了车，但并没给司机全部车费，我请他等我一会儿，然后走进当铺。招牌上写着“约翰当铺”。

店里的昏暗向外蔓延，我站在门外等眼睛适应过来。里面很冷，泛着一股酸味，照相机零件和破损的乐器随意堆放着，一个身穿几件外套、显得非常臃肿的年轻男子掀帘走了出来，双手撑在柜台上。

“当东西还是赎东西?”

“赎戒指和项链。”我把当票交给他。

他抿紧嘴唇。“一九三二年，”他看着当票上的字迹哈哈大笑，“这是老约翰先生收的，他已经去世了。”

他把当票还给我，但我没接。

“拜托了，”我说，“我相信如果你找的话，一定能找到的。它们对我很重要。”

他摸了摸胡子，没忍心拒绝。“你等等，”他叹了口气，“还有一盒典当的东西从没整理过。”

他从一堆报纸底下拖出一个扁平的铁盒，放到柜台上。盒子被分成很多小格，每格里都放着一些小物件，比如珠宝、战争勋章、坏手表、领带夹等。

他把所有的戒指跟其他东西分开，却怎么也找不到那枚钻石戒指。他在剩下的那堆东西里翻找着，把一条虬结成一团的发黑、纤细的项链轻轻推到一边，他用手指在柜台上把它展开。

“可能是这条吧。”他用脏兮兮的指甲刮着项链。

“这条？”我很失望。

“这儿曾发生过火灾，很多东西都沾上油和灰了。不过上面肯定是红宝石，也许打磨干净后就能看出来了。”项链太脏了，我不想碰，于是打开蓝丝绒盒，让他放了进去。我开了一张银行汇票，幸亏当时没买那条黑裙子。我把丝绒盒放在皮包最底下，然后走出当铺。

回到法戈后，我把项链送到一个宝石工匠那儿。他将项链清洗后，修补好镶嵌部分，然后送了回来。当我看到放在白色棉布上的项链时，简直不敢相信自己的眼睛。上面的石头发出红宝石的光泽，堪配皇室贵族。我戴上项链，在卫生间的镜子前转来转去，照了很久。珠宝让我显得与众不同。如果穿上白色蕾丝镶边的低胸礼服，就能完美地衬出那条项链。那一整晚，我做晚餐、看电视时都戴着它。但临睡前我将项链取下放进了抽屉，那儿还放着米勒太太的信，还没回复。于是我在桌前坐下，用最好的信纸给她回信。

亲爱的米勒太太：

您的信从阿格斯转寄给了我，已经收到。在我看来，他是您的孩子，应由您决定是否告知他身世。他是我的表弟，他在阿格斯还有一个姐姐。他还有一个哥哥，但谁也不知道他哥哥的近况。我目前在法戈的迪朗德瑞希百货店工作，是那儿的时装模特。我的父母在北达科他州的阿格斯镇东头开了一家肉产品公司，生意挺好的。别无其它，我签上我的名字。

您诚挚的

斯塔·科兹卡敬上

1950 年 2 月 19 日

我在信封上写好地址，贴上邮票，将信放进信封。尽管已是午夜，但我当时或许就应该立马出门寄信，因为第二天早上我又犹豫了。我要考虑的事已经够多了。

接下来的好几天，信一直放在梳妆台上。后来一天晚上，趁吉米还在来我公寓吃晚餐的路上，我收拾各类物品上的罩子，清理百叶窗和台灯。看到那封信时，我将它顺手塞到了针织亚麻布下。我需要室内的一切东西各就其位。

斯塔的婚礼

在嘈杂喧闹的波尔卡舞曲《六个胖公爵》的音乐声中，吉米·博尔的兄弟和表兄弟们挤在雷琴咖啡馆里，商量怎么把新娘从结婚舞会劫走，把她藏在哪儿，让吉米去找。因为喝了太多杜松子酒，他们什么都说好却又什么都没达成一致。一想到吉米大喊："斯塔在哪儿呢?"他们就忍不住大笑，脸涨得通红、眼珠往外鼓，像要爆炸似的。一想到吉米气愤地跳进贴着厕纸、喷着剃须膏的林肯牌汽车，在三月寒冷的夜里发动引擎去寻找新娘时，突然闻到加热器发出令人作呕的气味，他们就笑得快岔气了。

"是林堡干酪的味道!"吉米的一个表兄弟就说了这么一句，另一个表兄弟便笑得前仰后合，撞上了卡车的栅板。

"他来了。"吉米的兄弟看着舞池，点头暗示。

吉米旋转着过来了，高个子，胖墩墩的。头发打着卷儿，嘴唇边的山羊胡很精致，这总算让他看起来不至于无趣。他脚步轻盈，是个跳舞的老手。斯塔在舞池里被他拖着，时而向前，时而后退，眼神呆滞，似乎要投降了。

"那科兹卡夫妇呢?你们觉得他们会生气吗?"吉米的兄弟说。表兄弟们打量着皮特和弗里兹，这对夫妇最近晒黑了，人也胖了，看上去和和气气的，呷着啤酒，还朝跳舞的客人频频点头，似乎并没有丝毫怒气。新郎和新娘眼下正在跳华尔兹。项链在斯塔的脖子上熠熠闪光，人造钻石在支撑起头纱的冠状头饰上闪闪发亮。她的礼服很特别，裙摆巨大，层层叠叠的，衣领上缀着珍珠似的珠子。这几个男人挤作一团，似乎看到了斯塔脸上发出的柔和的红光，看到了她若隐若现的可人之态，但这一切只不过是她戴的面纱和他们身上的酒精在起作用。事实上，斯塔的笑容冷淡，由于紧张和疲倦，她朝吉米身后看去时，眼神像刀锋一样锐利。

吉米的一个表兄弟看着她，轻蔑地哼了一声。

“这女人可真漂亮。”他不怀好意地说道。吉米的兄弟耸耸肩，噘起嘴。

“她一向自以为了不起，”他说，“以前天天吊吉米的胃口，现在明白自己找不到更好的了。”他眼神模糊，眨眨眼，没有向谁看，“今晚，她和吉米就互不亏欠了。”

这支舞结束后，斯塔把头纱缠在一只胳膊上，沿着走廊奔到洗手间。吉米的表兄弟看到后不约而同地站起来。吉米那个急性子兄弟领头，一个个醉醺醺的，摇摇晃晃地穿过舞池中的人群，朝斯塔刚刚经过的那条走廊奔去。那条走廊通向女洗手间，再往前便是用泥土夯成的停车场。

事情就这样发生了。斯塔一踏出洗手间就被掳走了，但谁都没看见。当吉米和那些女服务生跳完舞后来寻找他的新娘时，她已沿三十号公路往北走了很远。斯塔坐在吉米兄弟的汽车后座上，夹在两个表兄弟中间，听着他们讲黄色笑话，闻着他们租来的西装外套上的汗臭味儿，被他们恶心得直想吐，说不出话来。

反正他们也不和她说话。寒冷的星光下，笔直的公路看起来很光滑。他们刚喝下的一品脱酒很快化为酒气散发出来。他们的口气里带着甜腻的杜松子酒味，这让斯塔难以忍受。有那么一会儿，斯塔想告诉他们她快吐了，必须让她下车，但她一开口说话，就发现自己声音低沉嘶哑。她猛地侧身，越过一个表兄弟结实的小腹，伸手去够后门的把手，这时几个男人才突然注意到她的存在。

“哎呀!”

“抓住她!”

“快一点!”他们的喊叫把斯塔逼回到座垫上，他们还笨拙地伸手按住她。斯塔蜷缩着，强烈的憎恨如一股电流从头顶传到脚底。她瞪着眼，在他们几个人身上来回扫视，恨不得用眼睛融化他们骨头上的肉。

“我们把她带到哪儿去呢?”吉米的兄弟开着车，终于想到这个问题。

“我不知道啊!”其中一个表兄弟回答，其他人跟着哈哈大笑，终于笑到没有力气了。接着他们安静下来，在思考着什么。

“我们今年冬天去冰钓吧。”其中一个说。接下来的半小时里，他们都在商量去哪个湖钓鱼，拖谁的钓鱼小屋过去。斯塔打了个盹儿，因为她心里认定他们一定会带她回去的。但他们尽兴地在夜里飙完车时，几乎忘记了他们中间还挤着斯塔。他们开车来到保留地一个没围栅栏的荒芜之地，院子里只亮着一盏小灯。

吉米的兄弟把车开到灯光范围内，停在一间摇摇欲坠的木屋前，这儿没门牌，但这些男人都熟悉这儿。

“哦!”一个表兄弟叫道，赞叹吉米兄弟的机智。

“赶紧让她下车，”吉米的兄弟指挥着后座的两个表兄弟，“把你的外套给她，这鬼天气真冷!”

一个表兄弟从车上跳下来，把斯塔抱下车，然后回到了车里。斯塔突然害怕起来，蜷缩在那件西装夹克里，但夹克上那位表兄弟的体温很快就消散了。吉米的兄弟按着喇叭、闪着车灯将车开走了。风像利齿一样撕扯着她的面纱，寒意从裙底涌上来，蔓延到手臂。

斯塔想尖叫。

“一群浑蛋!”她低吼。

车尾灯看不见了。风寒冷刺骨，快达到暴风雪的程度，斯塔在停车场上的汽车之间艰难地走着，来到那扇朴素的木门前，敲了敲门。没人答应。她站着等了一会儿，身后突然吹来一阵强风，将她的裙子吹起来盖到头上，像一把被风掀翻的伞，吹得她跌跌撞撞栽进那扇门。

她闯进一间小小的印第安酒吧，在那个寒冷的晚上，酒吧里坐着七个安静喝酒的老男人和两个大嗓门的女人，还有拉塞尔·喀什帕，他整晚都和那两个女人在一起。酒吧大门忽然打开，那十位顾客和一位服务生只见一张白色的网骤然张开，一个白球似的东西被刺骨的寒风吹进屋，朝他们冲过来。白球里的东西穿着高跟鞋，鞋跟又高又尖，双腿像剪刀似的动个不停，划出致命的弧形。一个老头的夹克被撕开，老头吓得连连后退。白球很是吓人，被大风吹得东倒西歪，发出怪异的低吼声，顾客吓得四处躲闪，以免被伤到。但这时门终于砰地关上了，风也停了。礼服渐渐垂下来，两只手臂露了出来，拼命把裙子一层层压下去，将礼服弄平。最后，弄坏的礼服下露出了一张脸。

“这他妈的是女王啊!”在一片惊奇和沉默中，一个女人说。

“闭嘴,”另一个挽着拉塞尔手臂的女人说，“她是个新娘。”

的确是个新娘，现在，每个人都看出来了。她站定了，虽然蓬头散发，但还算正常，只是那张脸松垮、愤怒、扭曲。她一言不发，剧烈地颤抖着。

Chapter 6

1952 年

卡尔·阿代尔

作物与牲畜大会的女士们、先生们，今天我要向诸位展示一个奇迹——

我就是这样开始推销的。

我们每个人都是这片风沙侵蚀区和扬起的砂砾下的幸存者。珍贵的表层土也随风吹走！女士们、先生们，一切皆因犁地、耕种而起，阻止这场噩梦的唯一方法就是停止耕种。

但……

我突然停下。

你们会对我说，可我必须得犁地种地啊。以后不必折腾了！这块防水布下面的东西就是我对大自然发出的祈求的回答。先生们——

我拉动绳索，把防水布扯下来。

空气播种机!

紧接着我开始介绍这台机器。我指着上面的细管解释说，这些细管会将种子从盒子传送至地表，在机动风箱的作用下，每粒种子都会被轻轻吹入土壤。我告诉他们，气力式播种机不会破坏土壤，有利于保持水分，减少表层土的损耗。

接下来便是常见的提问环节，随之而来的是惯有的质疑。我一面回答这些问题，一面分发传单，并尽可能展示气力式播种机的运作过程。突然，我在人群里看见一个人，他的眼神渴望而又戒备。

我们两个都去了明尼阿波利斯大会。那人一头浓密的金发，有着灰色的大眼睛，身体瘦弱，态度随和。他向我询问有关播种机的操作过程和耐用性的问题。他说他喜欢播种机这一理念，创新是他追求的目标。

“我叫华莱士·费弗，在阿格斯做买卖。”他说，“我想做更多的宣传，好让我们的小镇出名，进而推动农业发展，这就是为什么我对你的播种机感兴趣。”他继续说。

我告诉他这类机器很有前景，并给他看了图表和农场报纸上的农机专栏，但我说这话时，脑子里想的却是怎么又是阿格斯。似乎我到哪儿，这个微不足道的小镇名字都会跳出来。我总是在和阿格斯的居民握手，读到的都是阿格斯的离奇事故、灾难、阿格斯圣阿德尔伯特医院出生的多胞胎这类新闻。我不知道会不会有一天从这些新闻中读到妹妹的名字，就算读到也没什么。我不会给她打电话，不会去找她，甚至不会写一封信。时间过去太久了，但我仍然对她的事着迷、好奇，这种心态让我总是遇上这些巧合之事，也或许正是这一点促使我邀请费弗一起喝一杯。

而且，推销员总是尽可能地结交朋友。虽然他和我并非同类，但他不难相处。

我们走出会议室，穿过大厅，走进酒店幽暗的酒吧。

“我请你喝一杯吧。”服务生端来酒时，我掏出一张五美元放在桌上，服务生拿走应付的钱，将找零留在桌上。我并没有将零钱收起来。

他谢过我，慢慢喝了一口，之后便不再说什么。一开始我觉得不太自在，后来我也故意等着，没接他的话。很明显，我们想通过喝酒拉近关系。

“你来自明尼阿波利斯?”他问我。我们之前聊到他来自阿格斯，但这个话题现在更像在打探我的隐私。

“这个嘛……我来自好几个不同的地方。”我回答。

“什么地方呢?”

我没有马上回答。被人问起过去，这让我不自在，但我总得透露些什么，不让他对我失去兴趣。

“圣杰罗姆收容所，”我说，“一座专门收容私生子的天主教收容所。”

他显然没想到我会有这种出身。“不好意思，”他说，“那太不幸了。”

我摆了摆手。

他便没什么可说的了，却仍旧一副洗耳恭听的样子，尽管我尽量与他人保持距离，一般很少谈论自己，但此时却把从未告诉过别人的事跟他说了。

“我有个妹妹，”我说，“和你住在一个镇子上。”

他仍在等我往下说。显然，他认识阿格斯镇的每个人，这时我意识到自己说得太多了。如果我告诉他玛丽的名字，他回阿格斯时便会告诉玛丽他见过我，他显然期待我说出妹妹的名字。我本想给他一张名片，但现在得更谨慎些。

“不过，我不知道她是谁，”我改变了主意，“或许只是随口说说，收容所里经常发生这种事。其他小孩假装看过你的档案，然后跟你编故事，要么就是修女在编故事……”

“可你还是信了。”他坚定地直视着我。当一个人允许他自己那么近距离地观察你，且你们四目相对时，就意味着你们之间的距离大大缩短了。现在轮到我说点什么来进一步拉近彼此的距离，我把握住了这个机会。

“去我的房间一起吃晚餐吧。”我提议。

起初他只是直勾勾地盯着我，之后眼神里充满惊讶。那时我们已匆匆喝下了三杯酒，先前他执意放在桌上的五美元也被服务生拿走了，服务生还找了零钱。三杯酒下肚，我开始感到放松。我看着他站起身的模样，知道他也跟我一样。

“咦，不好，”他在座位下面翻找着，“我的小册子丢了。”

我注意到，他的臀部瘦削好看，但身材不够强壮，也算不上结实。我的相貌胜过他。我练举重和游泳，即使出差的途中，偶尔也会跑上一英里。我也很注重自己的心理健康。我与人打交道总是遇上挫折，也许正因如此，我从不会与人交往甚密，以免给自己带来麻烦。

“来吗？”我问。

他找到了小册子，站起身，对我一笑，露出紧张的神色。然后我们一起走过铺着地毯的走廊，上了两层楼来到我的房间。这是个单人间，床占了大部分空间，床上铺着鲜艳的橘红色床单。费弗不敢看我的床，径直走到窗边去看窗外的风景，窗外是个停车场。

写字和用餐兼用的桌子抽屉里有菜单，我是真饿了。我们独处一室，我并不在乎会发生什么，结局无非两种，是福或是祸。并不是费弗没有吸引力，而是他突然的紧张让我感到无趣。尤其是他的装模做样，让我很尴尬，比如刚才我准备再次拿钱买酒时，他伸出手阻止我，抢着要付钱。

我坐在床边打开菜单。我知道自己渴望什么，只是现在时机未到。

“童子鸡肉吧，”我说道，“虽说这家的鸡肉又干又硬。”

他也放松下来，在床边的一把小椅子上坐下，拿起一张菜单。

“上等牛肉肋条，我点这个。”

“好了，就这么多。”我打电话告诉服务台。在等候晚餐车到来时，我从手提行李箱中拿出一瓶酒，给他倒了一小杯。

“你只有一个水杯吗？”将杯子举到唇边之前，他礼貌地问我。

“我不讲究的，”我拿起瓶子喝了一口，“可不像你。”

在楼下时，他说话反应快，人又大胆。但在我说这话时，他脸就红了，一言不发，只顾着转杯子里的威士忌，然后露出期待的神情。

所以我什么也没说，只是将他手中的酒杯拿走。

“晚餐就要来了。”他轻声说。

但他却朝我靠过来，我抓住他的肩膀，把他拉向我。然后，我们两个倒在鲜艳的床单上。

服务生敲门时，我们已回到原来的位置，穿好了衣服，唯一的不同是现在我们共用一个玻璃水杯。事实上我喜欢用玻璃杯喝水。

服务生将餐车推进来，拿了小费便离开了。或许他认为我们是歹徒，正在密谋什么，或者他早就看出了玄机。费弗狼吞虎咽，明显放松了许多。他把肉切成小方块，快速放进嘴里。我猜或许是因为事情没他想的那么糟，又或者既然事情已经发生了，他便可以抛诸脑后，假装无事发生，然后平静地回到阿格斯，告诉妻子大会是何等成功，把明尼阿波利斯的纪念品送给她，好让自己不那么愧疚。

“我从没做过这种事。”他说。

我转过身去切盘子里不太大块的鸡肉，又想起刚才他克制的欲望和期待的眼神。他肯定结婚了，至少我是这样认为的。他戴着一枚婚戒式样的戒指，似乎被人照顾得很好：衣服熨过，光鲜亮丽，还上过浆。

“你家的女人怎样?”我忍不住问，语气里有一丝嘲讽。

他抬起头，不解地摸着下巴。我拍了拍他的手。

“啊,”他说，“我订过婚，很久以前的事了。”

“我猜也是。”

接着他化被动为主动，或者说他想这么做。

“你呢?”他反问我。

“我?”

“你知道我的意思。”

“你指女人吗?” 他点点头。我告诉他我认识很多女人，关系很亲密，尽管实际上我无法忍受与她们有肌肤之亲，那让我感到莫名的慌乱。

“但我和女人之间不会有爱情和婚姻。” 我告诉他。

他觉得很有意思。

“为什么不让我帮你找你妹妹呢?” 他问道。这话突如其来，出乎意料。当他用那清澈而忧伤的眼神望着我时，恐惧感再次降临，我感到一片黑暗，感到我脚下的地板猛然塌陷，我一直往下掉，不知会掉到哪儿。或许这一切都是真的，毕竟他笨手笨脚，没什么经验。或许他真的想要了解我，虽然这种可能很糟糕，让我感到不适。

“我吃好了。” 我说着，推开了盘子。我想做点什么来摆脱这种感觉，所以用力把餐车推出了门。我回到房间，跳上床。我必须停止这种不断坠落的感觉，因此跳了起来。我在空中跳跃着，觉得自己很傻，很轻。我像个会毁了弹簧床的孩子。

“别跳了,”费弗很吃惊，餐叉上的肉都掉了下来，“控制一下自己。”

“去他妈的控制自己!” 我嘲笑他那柔弱的样子，“我有个绝技要表演给你看。” 其实我不知道我有什么可表演的绝技，但当我在弹簧床上跳跃、快要撞到天花板时，我突然有了灵感。我在镇上看过肌肉发达的男孩们跳水。他们一跃而起，身体旋转，准确地在空中翻转，最后用脚趾将水劈开。我也可以这样做。我用力跳起，然后屈体抱膝，转体，回旋。我到现在仍然认为，如果不是费弗突然喊叫，我完全可以双脚落到床上。他大声提醒我当心，叫声分散了我的注意力。我屈体抱膝的时间过长，落到了床脚处的地板上，床脚那儿那么狭小，似乎不可能掉个人进去，但我的确掉进去了，背也扭伤了。

一摔下来我就知道糟了。我还有知觉。

费弗刚俯下身，我就说："费弗，别碰我。"

他知道不能碰我，知道要给医院打电话，知道安静地坐在我身边，知道不让勤杂工动我，就在那等着医生拿担架上来。更可笑的是，那时我一直在担心的既不是我的脖子，也不是我可能终生瘫痪。不知为何，我并不害怕瘫痪，没有任何恐惧。我看着费弗，他也凝视着我，完全被吓到了，眼神毫无保留。我明白，只要我愿意，我可以让他陪我一辈子。但我根本没去想这事，当时我的脑子里只想着妹妹。

"她叫玛丽，"我大声说，"玛丽·阿代尔。"

注射的药物开始发挥作用，黑暗中温暖包围着我。我意识到当时落在了一个单薄的壁架上，要是我摔下来没有什么能接住我。

华莱士之夜

夜鹰从他的车灯前掠过，张开尖尖的喙捕捉昆虫，投下小小的三角形影子。水沟飘出潮湿的气味，有时他还能看见一望无际的黑乎乎的犁沟间泛着水光，跟镜面似的。明尼阿波利斯有条公路通往阿格斯，临近阿格斯的那段路上有零星的灯光，就像遥远的海面上下锚的船只。华莱士第一眼看到的是阿格斯水塔顶上闪烁着的小小的红色指示灯。

他将车驶出公路，开上一条狭窄的土路，很多中学生情侣会在这儿幽会。他的朋友罗纳德·洛夫捷克警官迫于一些学生家长的压力，周末晚上会来这儿巡逻。在这个星期六的晚上，路上空无一人，看不到一个人影。远处那弯弯曲曲、坑坑洼洼的车辙上也看不到小情侣们闪烁着的车灯。他任由车子轻轻颠簸，直至停下，然后关闭了引擎。

夜曲开始在他周围演奏。蟋蟀叽叽吱吱，新生的小麦沙沙作响，栖息在排水沟和低矮的防风林里的鸟发出短促而刺耳的叫声。华莱士身体往下一滑，半躺在座位上，呼吸着柔和甜美的夜风。方向盘的曲线像一块光滑的骨头，他把手指轻轻搭在上面。他头顶的夜空没有月亮，只有繁星点点。

他还不想回到他那才建了一半的空房子里，更不愿细想在明尼阿波利斯经历的一切。他闭上眼，却睡不着。他太警觉，太清醒。他让自己想点别的，尽力忘记卡尔。

华莱士负责好几项工作，其中一项就是游泳池，这真是个麻烦。游泳池是公共事业振兴署精心规划的项目，但对阿格斯来说太大了，也过于豪华。现在管道已经朽烂，底端已出现裂痕，过滤系统已毫无用处，而装饰更衣室墙壁的珍贵的手绘壁画也在剥落。那些蓄意破坏公共财物的家伙还把栅栏搞坏了。

游泳池真够他头疼的。他想到国家银行，他是银行董事会成员，负责审定银行的投资。他尽量去想他见过的最后一个股票投资组合，但微风中弥漫着一股味道，他知道快要下雨了。他思绪游离。他看到了卡尔的手，他的黑发，还有医院洁净的床单上他那憔悴的面容。突然他身后亮起车灯，照得他睁不开眼。

那辆车的车门被重重地关上。他车前座那儿灯光刺眼，有人弯腰探进他的车窗。

"华莱士·费弗!"

"罗恩[①]!"

"你在这儿做什么?"

"我……"他在这儿到底做什么呢?"……在想事情。"

洛夫捷克直起身体，华莱士在前排的座位上摸索着，抓起一叠从大会上拿来的小册子，抱在胸前，然后从车里跳出来。

"看这个。"他说着，拿出其中一本。洛夫捷克看上去一副被人耍了的样子。他解下绑在腰带上的手电筒，然后把光打在小册子上。

"哦，上面写的是'甜菜'。"

---

① 即罗纳德·洛夫捷克。

“这就对了！”华莱士回答，将一只手臂朝茫茫夜色和广袤而寂静的田野挥过去。

“罗恩，这些地，你看到的所有土地，都会种上甜菜。”

华莱士抓住洛夫捷克的手臂，用手指轻敲那精美的纸质小册子：“听我说，砂糖已成为全球的主要食物。你喜欢糖，我也喜欢糖，那糖总得由某个地方生产，为什么不能是这儿？这可能意味着阿格斯会面貌一新。糖会为阿格斯带来财富，带来一辆新的警车，甚至是对讲机！”

洛夫捷克警官转过身，低头看着小字，看着甜菜的图片。

“看起来不错吧?”华莱士问，声音忽然大了起来，“一块粗壮的白色甜菜根茎，等着被转化成 $C_{12}H_{22}O_{11}$，也就是糖。想想看，罗恩，如果这儿所有的地都种上甜菜，建成甜菜炼糖厂，那就会有大笔资金流入阿格斯。你的监狱就可以装上新窗户，阿格斯就可以建两个新游泳池。当风吹过堆成小山的甜菜时，人们会捏起鼻子不想闻那味儿，但脸上却忍不住露出笑容。罗恩，他们清楚要靠什么吃饭。”

这些想法开始涌入华莱士的脑海。

洛夫捷克警官摇摇头，又低头看着小册子，在手中翻了翻。他轻轻拍了下华莱士的肩膀。

“华莱士，你真是片刻不消停。你甚至还有修建情人路的打算。”

华莱士跳进车里，发动引擎，他加大油门，发出一阵轰隆声。

“那可真是翻天覆地的变化啊！”他喊道，开车驶入黑暗之中，“这条路会成为阿格斯的一条重要支路！”他想象着，在他眼前，被探照灯照亮的甜菜炼糖厂的烟囱朝天上喷出臭烘烘的烟雾，升起两道白色的烟柱，就像童话里的奥兹王国那样。

Chapter 7

1953 年

塞莱斯汀 · 詹姆斯

“我一整夜都在和机器人杀手搏斗。”玛丽自言自语道，虽然我一直在她身边干活。

这一年距离总统遇刺、世界陷入混乱还有整整十年，但玛丽的想法实属超前。近来杂志上流行的机器人已和其他东西一起，在她脑海中生根发芽。核武器，太空旅行，人参。整个小镇都为用甜菜炼制出来的糖而疯狂，但玛丽认为糖并不健康。她开始谈论饲养蜜蜂，但她最喜欢的话题还是机器人。

“机器人没有感情，”她悲观地说，“你不能指望他们仁慈。”

“你什么时候指望起那些普通士兵了?”我对她说，“他们的仁慈在新兵训练营流汗时就消失了。”

我是听拉塞尔说的，他知道这些。他刚从退伍军人医院出院，从朝鲜战场回来后，他就一直住在医院里。现在总算回家了，再也不用当兵了。但他比以前更加伤痕累累，所以有人说要把他列为北达科他州功勋最为卓著的英雄。我觉得这很愚蠢，仿佛他这辈子都是为了挨枪子儿。现在，他必须等州议会的某个官员在纸上记下每个退伍军人的伤口数，算算谁贡献的血肉最多，然后给他们打分。

长时间的服役使他习惯等待。前不久，我们才听到他姐姐伊莎贝尔的坏消息。她嫁给了一个苏族人，搬到了南达科他州。我们听说她要么是被打死的，要么是出了车祸，总之死得很惨。但除了死讯，再没有其他消息，她丈夫没来过信，我们也不知道她是否有孩子。如果有，那她的孩子也没传来任何消息。得知姐姐死讯的那个周末，拉塞尔赶到南达科他州，但葬礼早就举行过了。他回到家告诉我，伊莎贝尔就像从地球上消失了，没留下任何踪迹，也没有任何遗言。

拉塞尔要么整夜待在酒吧，要么闷闷不乐地待在屋里摆弄工具箱，玛丽知道后便雇他修理店里的厢式货车和电机冷却系统。现在，他整天跛着腿进进出出，从头到脚油腻腻的，新添的条条伤疤看上去就像动物身上的斑纹。他连续几小时修理冰柜，手被冻伤红肿了，但他的精神似乎比之前好了些，对生活有了些兴趣。

拉塞尔日益好转，而斯塔的状况却越发糟糕。我们不是直接从她口中得知的，而是从顾客的闲谈以及我们自己的观察中得知的。有人听说她回到了普黛克餐厅的厨房，嫌弃丈夫吉米煎炸食品的方法。普黛克餐厅煎炸食品时都是先蘸上面糊，然后油炸，这是本地人最爱的煎炸方式。但斯塔想把那儿变成一间高档餐厅，“四星级的”，我们的顾客听到她大声地说。他们眼见吉米红着脸，跺着脚趾尖细的小脚冲出厨房。他坐到柜台边，拿出一整盘挂糖衣的肉桂卷，讲究地掰开吃了起来，怒气不减。他一生气就吃甜食，所以胖了不少，连卡座都挤不进去了。

然而斯塔仍旧瘦得跟牙签一样，仍旧那么尖酸刻薄。为了永葆美貌，她比以往更注重打扮。她花几小时做一次头发，还花钱护理皮肤，结果她的皮肤就像塞了填充物和防腐剂。

所以呢，拉塞尔有战后抑郁症，斯塔像被腌在泡菜坛里似的[①]，而玛丽则有一百万个古怪离奇的想法。她前天夜里还梦到了我刚提到的机器人杀手部队。

“他们朝我冲过来，”她说得起劲，“手指射出致命的射线。”我们坐在厨房后面玻璃门廊下的塑料椅上，地上铺着水泥砖。花园里爬满了茂盛的相互交错的攀缘植物。我认为她的想法匪夷所思，我也是这样告诉她的。

“当然，”她答道，“一般人想不到。”

“你的确不一般，”我对她说，“我觉得没有什么可以让你更开心。”

我不知道她是否听进了我的话。过去几年里，她似乎变得更有分量了，不是指体重，而是内在的言行，变得比以往更加坚定，不喜欢的话她不会去听。现在，她走在许许多多的花盆和温床间，试着按自己的想法种植花草。

这儿的土壤掺杂了咖啡渣和蛋壳碎片，很有营养。用碎骨头做的肥料让她的月季深红油亮。生菜小小的叶球用吊袜带扎紧。西红柿的粗茎耷拉着，根部用干猪血和橡树叶覆盖。文竹和细葱像头发一样被风吹得到处都是。玛丽把手边能用的东西都用上了。她弯下腰，把西红柿的茎固定在细钢条上，这些钢条可能是她从

① 泡菜一般带有酸味，这里暗指斯塔越来越“尖酸”。

建筑工地上捡来的。

我们停下手边的活儿准备吃午餐。这时，艾德里安喊着说来客人了。这个男孩在别人需要帮忙时随叫随到，据说还是我的表弟。

“别一个劲儿围着西红柿转，”出门时我提醒玛丽道，“准备做肝肉香肠了。”已经混合好了的香肠馅放在大钢盆里，可现在得有人去清洗牛肠衣，然后将香肠馅装进灌肠机的漏斗里，最后将灌好的香肠扎成环形。

“知道了，知道了。”她说，可我并不知道她是在回答我，还是在安抚面前的西红柿。我穿过大厅，来到外边的柜台，站在外面的顾客是我们的老同学——华莱士·费弗，他现在是商会主席，依旧单身。他正透过厚厚的玻璃专心地看着里面的牛排，好像它们会突然离开垫在下方的绿皱纹纸。柜台里的灯照亮了他的脸，在他的眼睛和鼻子下方投下紫色的阴影。

“今天要买点什么呢？”我问道。华莱士是我们的常客，但已有好几个星期没来了。

“下午好，塞莱斯汀，”他说，“我想见见玛丽。”他朝我四周看，但无论是顺着大厅看，还是透过玛丽办公室的窗户看，都没看见她。

“她在后头呢，”我告诉他，“忙着绑西红柿的藤。”

他看起来既失望，又松了口气。“没关系，我下次再找她聊。”他说。我问他事情是否很重要，但他只是一边用指甲轻敲柜台玻璃，一边小商人般地微笑着。

“我可以看看那块肉吗？”他问道。

费弗必须把肉拿到近处看看，仿佛那是从箱子里取出的珠宝。我将那块红色牛排放在一张蜡纸上，仔细看过之后他点头表示可以。

“把它包起来吧，”他说，“再来四分之一磅的长角切达干酪。”

我把他要的干酪切好，将两样东西一并包在白色包装纸里。我很好奇他来找玛丽干什么，于是我问他是否需要叫玛丽出来。

“不，”他挥手表示不必，“不用，别叫了，就是这事。”

他拿出《阿格斯哨兵报》给我看。广告占了整版：“盛大开业。”上面写着：“火焰虾餐厅”“斯塔家”。广告还提到了“用餐愉快”“氛围淡雅”“食物精美”，并附上了一份菜单。

“是不是光看着就觉得美味？”华莱士说，“你知道的，斯塔的餐厅真是为我们小镇增光添彩。”他兴奋得说话声都变了。玛丽正拿着线团穿过大厅，也听到了他说的话。

“什么事啊？”玛丽问。

“玛丽！”华莱士朝她微笑着说，并从西装夹克的内口袋里掏出一张小小的白色信封递给玛丽。他解释说：“镇上每家店都会收到这封信，可你的斯塔表姐嘱咐我说一定要确保你收到了。”

“这确实是她的风格。”玛丽说。她打开了信封，我看见里面装了张请柬，上面印着凸起的字。玛丽把信递给我，斯塔在信里诚挚地邀请我们参加“斯塔家”一星期后举行的开张宴会。信末是斯塔写的密密麻麻的小字，提醒参加的男士穿西装、打领带，女士衣着得体。斯塔这是变相地告诉我们，她根本不欢迎我们这些社会底层的穷亲戚朋友。她向我们发出邀请，不过是想借机展示她富有的新生活，从而羞辱我们。

我对着小小的米色请柬寻思，玛丽则在看报纸上的广告。

“斯塔家。”她把“家”说得跟“糖”一样押韵[①]，报纸上的广告和菜单似乎并没让她觉得有什么了不起。华莱士一离开，就有位顾客把斯塔餐厅背后的故事告诉了玛丽，我和玛丽站在柜台边时，玛丽又将故事告诉了我。她说，斯塔和吉米终于离婚了。这本是秘密，现在已成定局，他们已经分居。吉米分得房地产中介公司、废料场、仓库和出租仓库，甚至还分得蹦床酒吧——这是他为吸引年轻人开的，以及他的迷你高尔夫球场。斯塔则分得房子和餐厅。她关掉了普黛克餐厅，重新做了内部装潢，还更换了包括厨师在内的所有员工。玛丽说所有员工都是大老远从明尼阿波利斯雇来的。最后这一点显然激怒了玛丽，她说着便黑了脸。

“这么贵，”我看着广告上的价目表问，“你觉得谁会去‘斯塔家’吃饭呢？”

玛丽回答不了，也想象不到。客人讲的故事使我想起一件事，这几周普黛克餐厅的外观的确有了很大的改变。

我看到工人们撕掉普黛克餐厅船尾桅杆上的彩色塑料旗帜，放下救生艇，最后漆上深酒红色油漆，覆盖了以前蓝色和白色的航海装饰。尽管如此，还是看得出船体、舷窗和桅杆，这些都不能动，否则会对建筑底部造成结构性破坏。现在，从小镇边上走向餐厅时，你看到的不再是一艘欢呼着靠岸的小船，它成了一艘阴郁到几乎让人害怕的大船。这是斯塔的黑船，在左右摇晃的紫

① 原文“Chez”是法语词，读作［ʃeɪ］，意为“在……家”，而玛丽按英语发音读为“切兹”，与“Pez”（音似“佩兹”，一种糖果名）押韵。

杉树丛中起锚，准备起航，仿佛要去收集灵魂。

我这个想法很奇怪，但当我和玛丽经过普黛克餐厅，第一次看见它的变化时，她坚持认为那看起来像艘亡灵船。

现在，玛丽将请柬扔进垃圾桶，又转身回去灌香肠。显然，她不打算去斯塔那盛大的开业宴会了，但我跟在她身后，将请柬从垃圾桶里捡了出来。

“不想看看里面是什么样子吗？”我问。

“什么里面？”玛丽正在整理放肠衣的盘子，解开打结的不透明肠衣，准备灌肠。

“斯塔那儿。”

“干吗浪费钱？”

我没答话，想看她是否会继续说下去。

“那地方让我起鸡皮疙瘩。”她说。

“肉铺也能让有些人起鸡皮疙瘩啊。”我转过身来说。我不喜欢玛丽这种态度，她从不去理解自己不喜欢的事物，她这种态度让我生气。我揭开灌肠机的盖子，开始用扁平的铲子将混了肝脏的馅料装进灌肠机。玛丽将肠衣的一头固定在喷嘴上，然后用围裙擦了擦手。

“不管你去不去，”我说，“我都要去看看。”

过了一星期左右，在开张当天，玛丽改变了主意，问我什么时候出发。

“晚餐时。”我回答。

“那我们开店里的卡车去吧。”

我不愿坐着低矮的栗色厢式货车出现在斯塔的停车场，卡车的每扇门板上还用粗体字写着“肉铺”二字，但不值得为这样的小事跟玛丽争论。所以我们那晚碰头，穿着最得体的夏装。拉塞尔迅速坐上驾驶座，玛丽坐在副驾驶座。我只得爬到后面，蹲在他们身后，时刻留心，以免勾破长袜的膝部。

拉塞尔穿着崭新的灰色西装，这是我给他买的，因为他的两件军装被县博物馆要去了。军装现在穿在裁缝店的一个模特身上，与一张照片和一张罗列了拉塞尔所获勋章的清单一起放在陈列柜里。拍那张照片时，他刚从二战的德国战场回来，还没上朝鲜战场，那时他的疤痕比现在更有吸引力。玛丽将花白的头发梳成法式髻，穿着铁蓝色的连衣裙。连衣裙材质是光亮的塔夫绸，肩上还系着镶有水钻的蝴蝶结。这条裙子的颜色不适合玛丽，裙子收紧的上身和巨大的收裥裙都不符合她的风格。这是女士们在商店年终清仓时捡便宜常犯的错误，玛丽这条裙子很可能就是这么买来的。而我呢？别人一直建议我穿柔软的定制服装，因为我个头高，骨架宽。我现在穿的是粉红色的褶边衬衣，外面套一件棕色的西装夹克，搭配夏款针织短裙。除了玛丽，我想我们的穿着还是挺体面的。玛丽正弓着背，用报纸擦鞋面，然后对着座椅间的手套盒咕哝着什么。她不喜欢拉塞尔开车，但我说服了她，让他开，我不确定为什么，可能是因为我太要面子，而男士开车是惯例。我还是希望别开厢式货车去，我不想与优雅的环境格格不入。

“我的蓍草签哪儿去了？”玛丽抬头盯着我们问，一只手仍在地图、太阳镜和一堆送货单里翻找着。

这些蓍草签据说能预测短期内发生的事。但我觉得即便用了蓍草签，也不一定能预测出那天夜里会发生那么多事。最近，玛丽一直都在派送特价猪肉，阅读有关心理投射[1]的书。她声称自己年幼时就有这个特异功能，当时她在学校溜滑梯时跌倒，使耶稣在冰面上显灵。这已是陈年旧事，没人记得了。对我而言，我睁圆了眼睛都看不出圣像，所以我不信这一套。我对玛丽说，连她都开始相信那些旧剪报上说的了，但似乎什么都无法动摇她坚定的信念。

“到了。”我说。我现在满眼都是玛丽那刺眼的连衣裙。拉塞尔下车了，他的五官好像都缝在一起，我已看习惯了，可别人经常会被吓到。这会儿我对自己没了自信。我个头太高，脸太宽，咧嘴笑时露出的牙齿让我看起来很凶，这点我遗传了母亲。但我知道，担心我们在其他人眼里的形象也没什么用，所以我也就不费心了。

走进餐厅时我没有畏缩不前，扭扭捏捏。我像往常一样迈着大步，对穿着蓬松舞会礼服的小个子女领班说我已预约了。

“詹姆斯？”她翻看着皮质封套的宾客簿说，“对不起，恐怕没有预约。”

“阿代尔。”玛丽报出她的姓氏，并开始拼字母。

“有，有。”女领班说道，“女士，我们为您预留了桌子，这边请。”

她领着我们穿过一扇扇软包门，门的夹层填充着弹性棉，就像疯人院房间的墙壁一样，最后我们来到了昏暗的高级包厢。

---

① 指个人将自己的思想、态度和情绪等不自觉地投射于外界事物或者他人的一种心理作用。

“我说什么来着，”玛丽说，“这地方很怪异。”

我伸出手臂想让她别说这些话，却只碰到了稀薄的空气。我似乎看到了她裙子散发出的幽灵般的光，但这里太过宽敞，到处都是阴影，对视觉有欺骗性。我们拉着彼此的袖子向前走，走在前面的拉塞尔抓着女领班的手臂。女领班在这样的氛围里走得很稳当，像山洞里的向导。我们路过的每一张桌子上都有一只碗，里面点着蜡烛，烛光闪烁，我发现很多桌子都有人坐了。大家来到这儿，或是像我们一样被餐厅的新奇吸引，或只是想体验美食。我起初以为他们都眯着眼睛在看巨大的相册，但当我们坐下后，服务生递了一本给我们，我才明白原来他们看的是菜单。

“我们的老板斯塔·鲍尔太太会亲自接待您。”女领班对我们说。

“告诉她，不必麻烦。”我还没来得及踢玛丽一脚，她就已经开口了。

女领班眉毛往上一挑，然后转身消失在餐桌之间的阴影里，一个男服务生走了过来，我们都点了苏打威士忌。但这儿实在太黑，我相信斯塔一定是遮住了舷窗，这样做太失策了，因为哪怕能有微弱的星光透进来，我们看菜单也会容易些。碗中的烛光特别微弱，靠这点光根本看不清菜单。但幸运的是，拉塞尔抽烟，不过这又不太幸运，因为当他拿着打火机靠近菜单看上面的字时，菜单恰巧被点着了。他一开始并没注意到，我们其他人也没注意到，只是觉得桌上的光越来越亮。我借着亮光赶紧点了菜。随后拉塞尔拿起被折成皇冠状的、上过浆的亚麻餐巾扑火。餐巾盖住了火焰，火熄灭了。

“没事了。”拉塞尔安慰提着一罐冰水站在我们身后的服务生。黑暗中，一小团烟雾从我们桌上升起。我知道引起的混乱必定会把斯塔吸引过来。果不其然，她很快就出现在我们面前，身穿黑缎礼服，戴着珍珠项链。她俯下身，尽量避免弄出太大动静。她低声说了句什么，我没听清。桌上的烛光让她的脸看上去变了形，像戴着万圣节的面具，如同可怕的女巫。过了一会儿我才意识到，她低声说的不是烧焦的菜单，不是冒出的黑烟，也不是我们制造的混乱，而是她那进退两难的处境。

“到后面来，”她说，“跟着我。”

可玛丽大声问：“做什么？”

斯塔想让她安静，但玛丽很固执。

“我们不会答应的。”深陷在椅子里的玛丽说道。

斯塔被迫恳求玛丽，但无论她轻声说什么，都不能说服玛丽，玛丽仍在大声问：“你是遇到什么麻烦了吗？”

“走吧，”我终于忍受不了这种僵持，“我们跟斯塔出去吧。”我将拉塞尔拉了起来，这样一来，玛丽要么跟我们走，要么得独自坐在那儿。斯塔在前面领着我们，但她穿的黑色礼服和黑暗融为一体，我们摸索着，不时撞到别人的桌子，最后终于找到一扇门，它通向明亮的厨房。到了那儿，我们不断眨眼以适应明亮的光线，然后看到斯塔换了装束。她系着围裙，站在一个开放式烧烤架前，她身后的两张长桌上摆满了翻开的菜谱和几口空锅。

一个服务生从门外跑进来。

“任何食物都行！”他喊，“客人要嚼餐具了。”

“我的天哪！”斯塔叫道，她正一手搅着一锅汤，一手翻动着一块肉，“拖住他们！给他们每人一杯免费饮料。”

“他们都喝醉了！”

“我的厨师，”斯塔喘着气，转头向我们解释，“他和助手们吃了虾塞蟹肉，全都食物中毒了。”

我本来正想点这道菜的。

“太糟糕了！”玛丽说。她的声音里带着胜利的喜悦，我感到有些羞愧，因为斯塔已被逼到绝境。她吓得紧绷着脸，汗毛竖起。她行动笨拙，不知所措，像极了玛丽梦中的机器人。即使斯塔做了许多让我们难堪的事，我也不想看她落得如此境地。但对斯塔的所作所为，玛丽是最有资格抱怨的，我觉得应该由玛丽决定接下来怎么做，于是我等待着。

“好，”玛丽说，“我们开工吧。”

斯塔如释重负，仿佛绑住她的线被剪断了。她解下围裙，把它挂在衣钩上，理顺头发，然后走出厨房。

“穿上。”玛丽命令道，把白色外套和宽围裙从架子上拿下来，递给了我和拉塞尔。“现在，你，”她向把头探进来的一个服务生说，“你出去告诉顾客，佐菜免费，全餐八折，这样他们就会闭嘴了。”

服务生冲了出去。柜台上有一大摞客人的点菜单，我逐一念出来。还好翻修餐厅的工人留下了原来普黛克餐厅的炸锅。我把温度调高。玛丽在冷冻柜里发现了一袋裹着面包糠的大虾，锅里的油一烧开，玛丽就一批批地炸大虾。每个盘子放十二到十五只，然后拉塞尔一一把它们送上餐桌。因为斯塔的广告是“火焰虾之家”，所以几乎每个单子都点了虾。

我正看着菜谱，琢磨该怎么水煮青蛙腿，怎么将鹅肝酱弄成球形，怎么做家禽冷汤，更不用说像阿尔图瓦炒鸡、圣佛罗朗坦炒鸡、莫奈酱牡蛎这样的主菜了，当然还有差点毒死人的虾塞蟹肉。但暂时没有做这道菜的食材。

“我不会做。”我沮丧地告诉拉塞尔。

他把虾炸好了，土豆也切成了丝，现在正忙着炸一大堆金黄色的土豆丝饼。

“放松些，”他戴着厨师帽，咧嘴笑着说，似乎很享受这个过程，“客人都看不懂菜单，”他说，“可能你没注意到，那该死的菜单是法文的。”

我没明白他的意思。

“客人也不知道他们点的是什么菜，”他说，“你在家怎么做，现在就怎么做。”

他说得有道理，于是我照做了。

我们做了炸鸡、烤牛肉、鱿鱼饼。玛丽做了皮特最拿手的波兰面条汤①。拉塞尔发现厨房里有几盒精致的法式薄脆饼，他在上面涂上巧克力、葡萄果酱、冰冻果子露、冰激凌。我们用了厨房里能找到的所有食材。斯塔不时来厨房看看。服务生端着一盘盘炸鸡从她身旁经过时，她看上去既颓败又松了一大口气。

我们一直忙到夜里十一点才得空喘口气。我们的员工——也是我们顾客的孩子，都发誓说不会将厨师中毒的事和我们来帮忙的事说出去。但从他们的眼神里我能看出来，他们管不住自己

---

① 用鸡肉和蔬菜熬煮而成的汤。

的嘴。

菜肴很美味，客人们酒足饭饱后满意地离开了，愿意再光顾，还说法式油炸食品虽价格不菲，但味道好、分量足，物有所值。几乎人人出门时都拎着一个白色的箔纸袋，上面用法语写着“狗狗专用”。厨房里一片狼藉，我们三个终于能坐下来休息了。

女领班把她的长袜往下捋，松开礼服的束带。她把脚搭在椅子上，和我们坐在一起。慢慢地，有男服务生和女服务生三三两两地走了进来，他们饥肠辘辘，疲惫不堪。洗碗机还在工作。每个人都开始吃剩下的菜，这边吃一点，那边尝一尝，包括拉塞尔做的甜点和剩下的土豆丝饼。

“你们挽救了今晚的开业，”刚才提着冰水壶站在我们身后的那个服务生对我们说，“她还在外面算总营业额。”

她指的当然是斯塔，她终于从厨房门走了进来。

“好吧，”她揉着太阳穴说，“我想我应该道声谢。”

“别客气。”拉塞尔回答。

“等一下，”玛丽看着斯塔说，“如果你真想谢的话，该感谢你父亲的面条汤。”

斯塔微微点头，她只允许自己做到这个地步。过了一会儿，她转过身，走出厨房。

斯塔离开后气氛轻松下来。“喝一杯吗?”女领班友好地问我们，我们答应了。有很多瓶红酒都开过了，我们喝了个精光，甚至还有香槟。女领班瘫倒在椅子上，妆也花了，还让拉塞尔帮她捶背。

天快亮了，玛丽、拉塞尔和我才终于从那艘黑船的船头走出来。外面很凉爽，灰蒙蒙的。天刚大亮，露珠让周围散发着清新宜人的气味，连停车场的砾石地都一片清新。拉塞尔懒洋洋地在卡车一侧靠了一会儿，用两只手捂着点燃了一支烟，手掌里的火苗映在他脸上。玛丽的衣服也闪着光，她的礼服像幽灵似的从平地上飘过。她在钱包里翻找钥匙，却忘了钥匙在拉塞尔那儿。拉塞尔还没来得及把钥匙给玛丽，玛丽就在包里摸到了一样东西。

“我的签。”她喊道，掏出一束扫帚杆模样的草签。

“撒在这儿，撒在引擎盖上，”拉塞尔说，“来预测一下未来。”

于是，玛丽吟唱起来，声音小得几乎听不到，然后按照邮购单上的说明撒下蓍草签。草签落下时散作一堆，各个方向都有，但玛丽热切地看着它们，仿佛那让人激动的图案已直接预示了未来。无论我们怎么一再要求玛丽，她都不肯说出看到了什么。当拉塞尔把钥匙交给她时，她也任凭草签散落在引擎盖上。我们上车后，玛丽发动了卡车。卡车开动时，草签一枝枝从引擎盖上滑落。每当有一枝滑落，我们便放声大笑，仿佛对占卜结果毫不在意。

那一夜我们把斯塔从餐厅盛大却失败的开业大宴救了出来，但之后不久，更多关于斯塔的谣言开始四下传开。一位肉铺的顾客跟我们说，厨师食物中毒的消息传了出去，之后州健康督察员从俾斯麦被派到这儿调查“斯塔家”。督查员已来来回回很多次了，他并不是每次都会佩戴徽章或拎着公文包来餐厅，没人知道他是来私下用餐，还是因为担心那些不常见的食物还有隐患。我们听说女领班和大多数服务生都被炒了鱿鱼。“斯塔家”平日里没什么生意，但这似乎并没影响到斯塔。

有一天，我到法戈的一家杂货店买几桶盐，看到斯塔也在店里。她掰开一粒青豆，闻着青豆的一头，看看是否新鲜。她身边站着一个男人，身材高大，神情严肃，戴着灰色的金属框眼镜，头发也是灰色的。斯塔举着青豆给他闻，他皱了皱眉。斯塔笑了，又跟以前一样，像个小姑娘似的，她的头发有点乱。趁她还没看见我，我很快背过身去，偷偷注视着他们。斯塔旁边的男人就像电视广告上的那种专家，会用低沉的声音冷静地提供减轻痛苦的建议。我猜此人肯定是那位督查员，斯塔的笑容让我觉得他来餐厅恐怕不再是为了公务。这个男人的出现，意味着斯塔不必再开餐厅，意味着斯塔开始新生活的机会来了。我为她感到欣慰，为她的好心情感到高兴。

当我载着腌肉的盐从市场驾车返回时，满脑子都是斯塔的笑容和她指间的青豆。这让我想到自己。未来的我是否会像她那样微笑，羞红脸，为他送上食物？我有机会体会到斯塔的感受吗？有机会体验我在书中读过的那种快乐吗？尽管我认识几个男人，可至今还未体验过这些。我想，可能是因为我太像男人了，当我挺起胸膛时，整个人会显得太壮硕，气势太强，急于掌控一切。

我开车在宁静平坦的旷野中行驶了一大段路。庄稼一望无际，空中飘浮着片片白云，车外闪过的无数根电线杆仿佛在旋转，可这些都无法使我平静下来。回到肉铺，我的心情还未平复。玛丽留下字条说她出门了，嘱咐我夜里锁好门。或许是因为我此刻奇怪、不安和孤独的心境，或许是因为玛丽竟然不在店里，所以那个男人走进肉铺时，我不在最佳状态。

他身材修长，能说会道，讨人喜欢。他穿着时髦的黑色西装和酒红色西装马甲，打着棕色领结。他在头发上抹了发油，嘴唇发红，红得像两片花瓣。他静静地站在那儿打量我，过了好一会儿才开口说话。

“你并不漂亮。”这是他对我说的第一句话。

在顾客面前，我从没沉默过，却被这突如其来的“你并不漂亮”伤得说不出话来，尽管我从不照镜子欣赏自己，只会在夜里暗自神伤。

我正站在凳子上，用粉笔更改柜台上方那块板上的每周价目表。黑香肠、瑞典香肠、猪排、牛排，我不停地写，没理他。他站在下面等着，他对女人有着猫一般的耐性。写完那些，找不到其他事可做后，我只好从凳子上下来。

“不过，美貌并不是唯一。”他的话接得很顺畅，仿佛我刚才回答了他似的。

我打断他的话。“你要买什么?”我说，“我要打烊了。”

“我敢打赌，你绝对想不到我会回来。”他说着，走到放满肉的玻璃柜台边。借着柜台里耀眼的灯光，我能看见他举哑铃练成的胸肌，他的双手细长而有力。尽管店里满是白胡椒和锯末味儿，我仍能闻到他的发油味、烟草香和刺鼻的薄荷糖味。

“我从没见过你，”我说，“我要关门了。”

“看看我，”他说，“玛丽……”

“我不是玛丽。”

“哦，天哪！你是斯塔?”

“斯塔走了，”我说，“她搬到蓝山最大的房子里住了。蓝山就是隔壁的小镇。”

他的身体变得僵硬，一只手摸着后脑勺，若有所思地捋了捋头发。

“那你是谁?”

“我是塞莱斯汀，”我说，“我是谁与你无关。”

我回家前要把账算清，把所有门锁好，还要打开保险柜上的警铃。黄昏时分，斜阳从厚玻璃窗照进来，货架和桶在金色的光线里变得柔和起来。黄昏是一天中我最喜爱的时刻，物体的形状发生着奇妙的变化，我不由得想到，虽然他说我不漂亮，但也许黄昏时分的我让人无法抗拒。正如他说的，也许我有自己的特质。

“我姓阿代尔，卡尔·阿代尔。”

他做了自我介绍，尽管我没问。他双臂交叉趴在柜台上，身体前倾，故意微笑着看我的反应。他的牙齿小小的，闪闪发亮，就像珍珠。

“有点印象，”我说，“是玛丽的哥哥吧。”

“她提起过我吗?”

“没有，”我不得不说实话，“她出去送货了，过几个小时才能回来。”

“没关系，你在啊。”

我可能吃惊得嘴巴都合不拢了。他来的时候似乎目的明确，我知道他的身份也几乎不能改变他的目的，但他究竟有什么目的呢？我搞不懂他。我转过身，假装忙着查看放钱的抽屉，但只是胡乱地点了点。我想起斯塔尝青豆时的情景，那种快乐现在似乎要降临到我身上了。我回过身看着卡尔，他眼中似乎燃着两团火，想把我看穿，那是男人风流时才有的眼神。但他比我还矮，又是玛丽的哥哥。他又说了句让人恼火的话。

“美貌并不是唯一，”他对我重复道，“你的身材……” 他顿了顿，努力掩饰自己在胡言乱语。可他脖子发红，可能在感情方面他和我一样没经验。

“如果你把发梢烫卷，”他说，试着冷静下来，“或把头发剪短，会好看一点。不，可能是因为你的围裙。”

我平常总是穿着屠夫常穿的上浆的白色长围裙，腰上系着粗腰带。我立刻把它解下来，甩一甩，扔在暖气片上。我暗自琢磨着他的话，这是他的小把戏，我不能让他占上风，我决心已定。

“好吧，”我从柜台里走出来，“我把围裙解下来了。” 等会要去法戈的市场，所以我今天还特地穿了件镶着白边的海军蓝长裙，腰部有一个蝴蝶结，穿着黑色的鞋子，戴着银项链。我一直觉得这身打扮很惊艳，不会被人看轻。我猜得没错，他睁大了眼睛，不知所措。我想该我采取主动了。

“跟我来，”我说，“我去炉边煮一壶咖啡。”

我用的自然是玛丽的炉子，但我确定她几小时里是不会回来的。卡尔没有立刻跟我进去，而是点了一支烟。他抽的烟味道很重，不是我喜欢的牌子。烟圈从他唇边吐出来。

“你结婚了吗？” 他问。

“没有。” 我回答。他把烟蒂扔在地上，用脚尖踩灭，然后捡起烟蒂问我：“该扔在哪儿？”

我指指大厅里的烟灰缸，于是他把烟蒂扔在了里面。当我们走回玛丽的厨房时，我才发现他手里拎着一只黑色箱子。我们走到厨房门口，厨房里很暗，我伸手去摸开关，想打开日光灯，这时他已走到我身后，双手搭在我肩上，亲吻我的后颈。

“走开。”我说，不想让我们的关系进展太快。得先有眉目传情、彼此爱慕，以及互诉衷情的阶段。

“为什么?”他问，“这不就是你想要的吗?”

他声音颤抖，他和我一样无法自控。我肩膀一甩，把他的手甩开了。

“我想要的?”我傻傻地重复。爱情故事总是到这儿就结束了，妈妈从来没教过我接下来会发生什么。他走到我前面，把我拥入怀里，脸贴在我的脸上。我原以为他的唇柔软甜蜜，没想到却如钢铁一般坚硬。

我从他的拥抱中挣脱出来，但他立刻跟过来。我的身体失去了平衡。他用尽全力按住我，想占上风，但我有足够的力量与他练过举重的手臂和双腿抗衡。我本可以把他推倒，但我没有，我只是越发好奇。我闻到了玉米醪的味道，这是玛丽早上打翻在厨房里的。不知何时，我和卡尔紧紧抱在一起翻滚，还撞到了桌子腿。我凭直觉活动着身体，在他的身下往上迎，而灵魂悬在上方，清楚地看着自己脸上愉悦、羞涩又放松的表情。这事并不复杂，也不像我害怕的那样痛苦，也没有持续很长时间。完事之后，他叹了口气，呼出的热气钻进我的耳朵，让人觉得耳朵里闷闷的。

“真不敢相信会这样。”他自言自语。

很奇怪，我突然异常反感他的存在。他沉重得让我无法呼吸，我觉得我或许该冲着他的脸尖叫。我推他的胸口，他实在太沉了，我把他推得翻了个身，他敞开四肢躺在黑暗中。他离我远点后我才得以呼吸。我们在黑暗中整理好衣服，捋顺头发。打开灯后，我们眨眨眼看了看周围，似乎一切都没发生过。

我们站起身，四处张望，却不敢看对方。

“咖啡好了吗？” 他问。

我转身朝炉子走去。

当我端着咖啡壶转身时，发现他已打开手提行李箱精密的黄铜装置，把箱子变成一个巨大的展示架。他神情专注，心无旁骛，和刚才在地上时的表情差不多。行李箱内衬是深红色的丝绒，绒布上放着一把把锃亮的刀。刀都被分别固定在小格子里，刀尖上戴有护套，以免戳坏绒布，骨制刀柄上系着小小的猪皮标签。

我坐下来，问他在做什么，但他没回答，只是转过身，意味深长地看了我一眼，然后拿出一把刀和一块长方形的深色木板。

“我们锯齿刃的刀，”他开始介绍产品，“可以切断木头，甚至灰泥板，或者，”他从口袋里拿出一个白色的小圆面包，“最软的面包。” 他继续演示，毫不费力地锯着软木，然后小心地用刀把面包切成两个完美、透明的椭圆形。

“这把刀可抹不了黄油，”我听到自己说，“面包会碎。”

“当然，它也可以切软皮的蔬菜，”他对着空中说，“切水果，或鱼片。”

他在试刀锋：“你摸摸。” 他边说边把刀锋对着我，我没理他。我了解刀，他那些刀都是便宜货，还抵不上那个花哨的箱子一半的价格。他继续演示，用刀切零碎布头、熟透的西红柿、玛丽冰箱里的一盒冰激凌。他一把把拿给我看，告诉我每把刀的用处。他向我展示他的磨刀器，把玛丽所有的刀都在砂轮上打磨了一遍。最后，他拿出一把多功能剪刀，边说话边在空中不停地剪。

“有硬币吗?”他问。

玛丽把零钱放在厨房窗台的玻璃罐里，我从里面拿出一分钱，放在桌上。在厨房的灯光下，卡尔用大剪刀把那枚硬币剪成了螺旋形。

我觉得，一男一女在音乐声中热吻后，大概都会做这样的事，想象一下，一对情侣被困在废弃的大厦里，男人的吻落下，女人抚摸着男人让人血脉偾张的身体。

“什么都能剪。”他把螺旋形的硬币放在我手边，然后又开始剪另一枚。我看着他手指用力，眉头微皱地享受这一切。他把第二个完美的螺旋形硬币放在第一个硬币旁。他似乎打算不停地剪下去，直到把玛丽罐子里的硬币全部剪完。而此时，我觉得自己明白什么是爱了。

“收拾好你的东西走吧。”我吩咐他。

但他只是笑了笑，咬着嘴唇，专心地看着手中舒展开的硬币，他不会让步。我可以坐在这儿，看着这个男人和那些刀，也可以报警，但无论哪一种似乎都不合适。

“我买这把。”我指着最小的一把说。

他一下子从丝绒格子里取下一把蔬菜削皮刀，放在我们之间的桌子上，我从零钱罐里拿出一美元。他啪地合上手提行李箱，而我摩挲着那把刀，刀很锋利，正好用来削去土豆上发芽的地方。但我刚回过神来他就走了。

在我看过的故事里，男人们最后肯定都会回来，卡尔也一样，我身上有让他迷恋的东西。他不知道是什么，我也没法告诉他。不到两个星期，他就像一阵风似的回来了，但仍没见到自己的妹妹。一天早晨，拉塞尔朝外面看了看，看到他大步跨过砖路朝我们家走来。

“有个傻子过来了。”拉塞尔告诉我，我越过他的肩膀往窗外看，看到了卡尔。

“我买过他的东西。”我说。

“那你去开门吧，”拉塞尔说，“我得走了。”

他带着工具从后门走了。

门铃响了两次，我打开前门，探出身子。

“你卖的刀我都用不上。”我说。

他脸上的笑容消失了。他愣了一会儿，接着很吃惊。我意识到他只是碰巧才来到这儿的。他也许以为不会再见到我，我从他的脸上看出，他这次来还有别的事。我穿着几层薄衫站在那儿，手拿一把锤子。我看得出当我请他进屋时，那把锤子让他很紧张。但他太过自信，所以不肯退缩。我为他拉开椅子，手里仍拿着锤子，他坐了下来。我刚才正在敲冰块做柠檬水，所以便走进厨房给他倒了一杯。我有点希望他偷偷溜走，但等我出来时，他仍端坐在原地，手提箱老老实实地搁在脚边，膝盖上放着一顶沾了油渍的黑色软呢帽。

“说吧。”我拉了张椅子，坐在他身边。

他没回答我，边小口喝着柠檬汁边四处张望，好像在慢慢恢复推销员惯有的信心。

“削皮刀用得怎么样?”他问。

我笑了笑。“刀身从刀柄上脱落了，”我说，“你的刀都是骗人的玩意儿。”

他还算镇静，缓缓地打量着我的客厅。他的目光扫过我的瓷器、书本、打字机、靠枕及烟灰缸，然后他眯着眼，将目光转回手提行李箱上。

“你一个人住这儿吗?”他问。

“和我哥哥。”

“哦。”

我拿起水壶给他加满柠檬汁。现在是时候了，得让卡尔承认，我就是他腹中一团缓缓燃烧的火焰，是发丝上解不开的结，是心里久久回响的名字，是追不到的梦。

“嗯，这个……”他说。

“你想说什么?”我问。

“没什么。”

我们坐了一会儿，无所事事，直到越来越明显地感到寂静，感到拉塞尔不在。于是我们放下玻璃杯，走上楼。走到卧室门口时，我接过他手中的帽子，挂在门把上，然后示意他进屋。这一次我已有了经验，我花了两星期来理解书中没讲到的东西，我所学到的东西让他惊讶。卡尔一下子沦陷了。以前，我们只是改换姿势，沉默不语，但现在却能尽情呻吟。以前，我们躲躲藏藏，但现在热情奔放。我拉开百叶窗，我们刚才做的事值得被外界观看，哪怕窗外只有桴叶槭上的松鼠。有一次他从床上掉下来，震得整个房子都在晃动。他想起身，但因为背部疼痛，没有力气，只好躺在原地。

“你可以留下来吃晚餐。”他似乎没有离开的意思，于是我主动说。

"好。"他用不一样的眼神看着我，仿佛看不透我，无法理解我。这种目光使我紧张。

"那我去煮汤。"我说。

"别走。"他拉住我的胳膊时，那光亮的指甲抓住了我，我忍不住低下头，把他的手与我的手进行比较。我有一双女人的手，但由于长期握刀，手掌上出现了深深的疤痕和掌纹，香料和卤水的浸泡让皮肤变得粗糙，有的地方坑坑洼洼，甚至一根指尖上少块肉，缺了指甲。

"我想走就走，"我说，"难道这儿不是我家吗？"

我站起身，穿上宽松长袍和毛衣，下楼在炉子前准备晚餐。不一会儿，我听见他下来了，感觉到他站在我身后的门口，感觉到他白如小牛肉的皮肤，还有那双黑眼睛。

"找把椅子坐吧。"我说。他重重地坐在椅子上，喝下我为他倒的苏打威士忌。我做饭时，手边有什么就放什么。拉塞尔总说我做的饭能带给他意外惊喜，牛油豆、大麦、炒饭、冷冻牛尾，一股脑都进了锅里。

"老天！"拉塞尔走进门，"你还在这儿？"毫无疑问，我和拉塞尔是兄妹，因为他和我都是斜眼、大嘴，一样的长脸和白牙。要不是因为他脸上有疤，而且我的皮肤比他白，我们看上去就是双胞胎。

"阿代尔。"推销员卡尔站起来，对拉塞尔伸出那只完美无瑕的手，"卡尔·阿代尔，拉齐公司的销售代表。"

"那是什么？"拉塞尔没理会卡尔伸出的手，径直到水槽下面找啤酒喝。他在部队里学会了如何酿酒，每次他打开碗柜时我都会后退，因为有时他自酿的酒遇到空气会爆炸。我们的地下室里也存满了啤酒，在最闷热的夏夜，我们有时能听到地下室的酒瓶爆炸、蹦进土里的声音。

“所以，”拉塞尔说，“你就是那个卖劣质刀给塞莱斯汀的人。”

“可以这么说。”卡尔喝了一大口酒后说。

“你卖了很多吧?”

“没有。”

“意料之中。”拉塞尔说。

卡尔看着我，想看出我到底告诉了拉塞尔什么。但因为他压根儿不了解我，因此什么都没看出来，我脸上没什么表情。我把汤盛到他的碗里，在桌子对面坐下。我对拉塞尔说：“他手提行李箱里都是刀。”

“打开看看。”

拉塞尔一向喜欢欣赏工具，于是那只手提行李箱再次打开，变成了展示架。我们吃晚餐时，拉塞尔仔细检查了每把刀的所有细节。他拿纸片试试，又拿他自己的裤子和手指来试。卡尔不停地朝我看，每当我们的目光相遇时，他都会露出祈求的神情，仿佛是我强迫拉塞尔进行这些试验的，仿佛拉塞尔手里削的不是苹果，而是卡尔的心。这种感觉让我不舒服。在爱情杂志中，坠入爱河的男人不会摔倒，也不会在地上打滚或躺着装死，但卡尔偏偏就是这么做的。那天晚餐后不久，我跟他说他必须离开，这时他突然像一尊雕像似的倒在地上。

“你干什么!”我跳起来，紧紧抓住拉塞尔的手臂。我们还在厨房里。在柔和的暮色里，拉塞尔已经好几瓶酒下肚，神志不清，卡尔喝得更多。我们低头看，发现卡尔醉倒在桌子底下，不省人事，脸色苍白。我拿来一面镜子，放到他的八字胡旁，看见他呼出的气体在镜子上形成一层淡淡的白雾，这才松了口气。

第二天早上、第三天早上，甚至第四天早上，卡尔还是没离开。起初他装病，第一天夜里爬到我身边，躲避刺骨的严寒。第二晚和第三晚也是如此，直到我熟悉了他的这些把戏。

后来他待惯了，觉得没必要拘束，开始穿着内衣坐在桌边。他整天无所事事，半把刀也没卖出去。我每天出门上班前，最后一眼看到的总是他在消磨时间，像树叶一样自言自语。每天打烊回家时，他就像一件家具，占用着家里的地方。只有这时他才穿好衣服，梦游似的站起身，走过来拥抱我，领着我上楼。

“我不喜欢现在这样。”拉塞尔旁观我们的恋情两周后对我说，“我要离开一阵子，等你厌倦了那个蠢货我再回来。”

于是拉塞尔离开了。每次家里情况不妙，他都会去保留地，跟他同父异母的哥哥伊莱待在一起，住在一间用裸女挂历当墙纸的老房子里。他们一起钓花鲫鱼，捕麝鼠，星期六晚上喝个半醉，看墙上的挂历打发漫长的时光。我不想让他去那儿，但我还没准备好和卡尔说再见。

我习惯了卡尔的存在，两个月都没心思管别的。玛丽对我说，我和她哥哥之间的事是我的私事，但我注意到她瞪着我时，眼神犀利。我不怪她。卡尔只找她吃了一次晚餐，那本该是他俩的大团圆，却搞砸了。他们互相指责，争吵起来。玛丽用牡蛎罐头砸他。卡尔说，牡蛎罐头是从他背后砸过来的，给他留下了一个鹅蛋大的包。玛丽没对我说过这事，但那晚之后，我和玛丽上班的时候关系变了。她不直接同我说话，都是让他人传话给我，我甚至听见一个工人说，玛丽说我背叛了她。

这段感情也让我不胜其烦。或许是因为玛丽，或许与她无关，我厌倦了回家时听到卡尔沉重的呼吸声，就连他的抚摸也开始让我感到压抑。

“也许我们应该趁着还相爱，结束这段感情。”一天早晨我对他说。

他只是看着我。

“你是想让我求婚吧。”

“不是。”

“就是。”他边说边沿着桌边挪动。

我出门了。第二天早晨，我再次要求他离开时，他向我求婚了，但这次我有办法威胁他。

“我要打电话给州收容所，”我说，“你是个疯子。”

他向我靠过来，一根手指绕着耳朵快速转动。

“那就把我送过去吧，”他说，“我爱你爱得发疯。”

卡尔这话让我意识到，他读过的故事不比我少。他的女人用电锯把牛肉切割成牛排，回到家已筋疲力尽，他对爱的幻想在女人回家前就停止了。

“不只是你的问题，”我对他说，“我也不想结婚。你在身边我睡不好，我一直觉得很累。白天我老是找错钱，夜里睡觉也不做梦了。我这人喜欢睡觉时做梦，可现在我每天早上醒来都得看见你，我忘记自己夜里是否做过梦，甚至不知道自己有没有睡着，每天我一睁开眼，就看到你呼着热气压在我身上。”

他站起身，胸口紧贴着我的胸口，沿着我的后背向下抚摸，吻我的嘴唇。我根本无法抗拒。我将他重重地推倒在椅子上，急切地坐在他的大腿上。但我一直知道，自己正指望着听到卡尔从书上学来的情话呢。

我想，他们也会把被湿床单包裹着的我送进收容所。

“我真像某种动物。”亲热过后，我说。

“哪种动物？”他懒懒地问，我们躺在厨房的地板上。

“一头大笨母牛。”

他没听到我说的话。我站起来，捋顺衣服，然后开车去店里。尽管我一整天都在招待顾客，在熏制室照看火，向厂商订购产品，切猪头肉，将肉从挂钩上取下，但我却无时无刻不在想着怎么应付现在的情况。

“我要回家了，”下班时我告诉玛丽，“我要赶他走。”

所有员工都走了，我和她站在后门，我知道她又会说些奇怪的话。

“我了解他，”她说，“你要是这么做的话，他会自杀的。”

我没看她，而是看着角落里的火炉，我觉得她说的话不可信。

“他不会自杀的，”我回答，“他不是那种人，而你……”我现在生气了，“你不知道自己要什么！你嫉妒我和卡尔，却又不想让我们分开。你很矛盾。”

她解下围裙，挂在挂钩上。要不是她如此自负，如此铁石心肠，她可以向我倾诉她孤身一人的感受，可以告诉我她曾向拉塞尔示爱却被他拒绝后是多么受伤。

但她转过身，已狠下心。

"结束了打电话给我,"她说,"我们开车到布兰奇餐厅。"

每当晚上生意太忙而无暇做饭时,我们就到布兰奇餐厅吃饭。我知道要她说这话可不容易,于是又开始心疼她。

"一小时后,我会打电话给你。"我回答。

如往常一般,我回到家时,卡尔正坐在厨房餐桌前。我做的第一件事是拿走他放在沙发旁的手提行李箱,他原本是想着顾客蜂拥而入时方便展示。我把箱子拎到厨房里,放在地上,然后一脚踢到他面前。皮革摩擦过油毡地面,发出尖锐的声音,不过刀嵌在丝绒衬垫里,箱子里没有任何声响。

"你认为我现在会对你说什么?"我问。

他坐在攒了一天的脏盘子、半满的烟灰缸和面包屑前面,穿着西裤、深红色马甲和拉塞尔的一件衬衫。我本来有些犹豫,但看到那件衬衫后,我不再犹豫。

"滚。"我说。

但他只是微笑着耸耸肩。

"我还不能走,"他说,"好戏还在后头。"

我走近一步,让他没法躲避我的眼神,但又不敢站得太近,以免被他抓住。他弯下腰,在鞋底上擦燃火柴,点了一支烟,吐出刺鼻的雾。我因为紧张而发抖,但表情还是很坚定。他把幸运牌香烟抽得只剩烟头,然后才开口说话,这时我结巴了。

"别和我分手,我是孩子的父亲。"他说。

我盯着他的前额,完全没听见,或者说没明白他在说什么。他哈哈大笑,像遭遇持枪抢劫的银行柜员那样举起双手,我像看陌生人一样细细地打量着他。他比我好看,有漆黑的眼睛、红色的嘴唇，还有电影演员般白皙的皮肤。他喝酒、抽烟，但看不出来。他的牙齿仍然如珍珠般雪白，尽管他的手指已被缭绕的香烟熏成了焦黄色。

“真服了你！你是我见过的最蠢的女人。”他放下手臂，又点上一支烟。“我把你肚子搞大了，”他突然说，“你自己都不知道!”

那一刻我知道他说的都是事实，我看上去一定很蠢。

“过不了多久，你就会生下我的孩子。”我还未恢复平静，他就用更加镇静的语气告诉我。

“放屁!”

我一把抓起他的手提行李箱，高高举起，越过他的头顶，砸到纱门边。箱子撞开破烂的纱眼，重重地摔在门廊上。他沉默了很久，慢慢才明白过来。

“你不爱我。”他说。

“我不爱你。”我回答。

“那我的孩子呢?”

“根本就没孩子。”

他终于肯动了，退到纱门边，但他没出去。

“走啊。”我说。

“还不能走。”他的声音充满绝望。

“你还要什么?”

“要个纪念品，我没什么能让自己想起你的东西。”如果看到他落泪，我一定会心软，所以我匆匆抓起离我最近的物件。冰箱顶上的一本书，那是我在某个比赛中赢来的，但从没看过。我递给他。

“给。”我说。

他拿了书，再没别的借口不离开了。他小心翼翼地走下台阶，慢慢地走过草地，走到马路上。我站了很久，从纱门看着他渐行渐远，直至消失。我知道他会一路走到阿格斯，或许会在三十号公路搭上巴士或便车，一路往南。我把头伏在桌上，想着心事。

没那么难过后，我便打电话给玛丽。

“我把他赶走了。”我在电话里说。

“等我十分钟，”她说，“我去接你。”

“等等，”我说，“我需要休息一会儿。”

“为什么？”

“我怀孕了。”

她没说话，我听着电话那头的缄默，听着她最后将电话从耳边拿开，挂断。

言情小说里从不提孩子，所以我也没这方面的准备。我没预料到自己会双腿无力，脚踝浮肿。那些狂热的恋爱故事中，从没提到过八月的某个炎热的晚上，我会孤独一人，辗转难眠，不知所措。我想肚子里的孩子能感到我在思考。孩子不停地剧烈闹腾，我知道肯定是脐带连接处疼。我害怕孩子已经出了问题，或许孩子头脑不正常，像他父亲一样，或许孩子会像在我棍棒之下丧命的病羊。有上百万个糟糕的、不好的可能。我躺在黑暗中，忧虑难安，这时地下室的瓶子开始一个个爆裂。拉塞尔酿的酒在地窖里爆炸，孩子在我腹中翻腾了一整夜。伴着玻璃崩进土里的声音，我不停地做梦，又不停地醒来。

玛丽之夜

玛丽挂断塞莱斯汀的电话后，拿起皮特放在冰箱顶上的撬棍，然后回到工具间，撬开上个月从佛罗里达运来的木板条箱。

箱子放的时间太长，上面堆着钻头、晾衣夹，还有些坏灯泡。玛丽把这些杂七杂八的东西移到窗台上，然后撬开质地粗糙的松木板上的钉子。虽然暮色降临了，但借着光线玛丽还能看清楚。直到撬开木箱的两侧她才停下来。箱子里是一个柜子。她将几盏灯打开，屋里一片明亮。

柜子由深色木头制成，小巧典雅，铸铁柜脚和抽屉拉环很精致。每个抽屉都是弧形设计，琥珀色的木头材质，顶层装有铰链。玛丽打开后，移去填充物，取出了缝纫机。她后退两步，陷入了沉思。缝纫机像一只黑色的小型机械龙，一侧的利齿好像在撕咬着什么。过了一会儿，她收好缝纫机，合上盖板。她关上电灯，回到厨房，拿起了电话。

她拨打的是斯塔的号码，这是另一个镇上的号码，因为斯塔刚卖掉餐厅，和她搞科研的丈夫搬到了蓝山。

“你要干吗?”斯塔听出是玛丽的声音后便问道。

“我不是找你要东西的，”玛丽回答，“事实上，我这儿有你的东西。”

斯塔没说话，琢磨那东西可能是什么，最后她不得不问玛丽。

“是缝纫机。”玛丽回答。

“我已经有缝纫机了。”斯塔说。

“我知道，”玛丽答道，“但你姨妈又送了你一台。”

斯塔愣了半天，才明白玛丽口中的姨妈是玛丽的母亲阿德莱德。斯塔回想起阿德莱德是多么喜欢缝纫，她仍记得阿德莱德给那些过时的衣服镶上毛领、大蝴蝶结和其他时髦的装饰。

“我让路易斯去拿。”斯塔说。

“我把它放在后屋了。”玛丽回答。

然后她挂断电话，把撬棍放回冰箱上，站在亮堂的日光灯下，日光灯发出微弱的嗡嗡声。

屋外一片寂静，只有狗链发出的微弱的叮当声，响个不停。狗沿着墙根刨骨头时弄断了西红柿藤蔓，空气中飘着藤蔓的酸涩味。每到晚上这个时候，玛丽总是唤狗进屋，看会儿书，然后上床睡觉。但今晚不同寻常，处处都有神秘的迹象。

她想起塔罗牌，按照吉卜赛人所指导的那样，将它们放在床垫下，以感应梦境。她有一块占卜板，一位顾客曾向她演示如何将鸡蛋打进一罐水中，并从蛋黄中读出预言。但没有哪种方法可以重现那天的辉煌：她的脸撞到冰面上，然后冰面像魔镜一般呈现哥哥的脸。她此刻站在干净的油毡上沉思，希望今夜有征兆出现。

一头公牛在畜栏里呻吟。院子里玫瑰簇簇，参差不齐，一阵清风吹来，簌簌作响。飞蛾扑打着纱门。

玛丽关了灯，走到屋外，踱来踱去。在栅栏外，后院就像个迷宫，散布着畜栏、储物间和旧货车车厢，还有鸡圈，那里满是锈迹斑斑的设备。皮特姨父曾捡回来许多东西，比如巨大的铁制浴缸，他用来烫猪毛，现在被废弃在杂草丛中，积满含铁的雨水，成了蚊子的温床。浴缸的另一边是弗里兹姨妈的防风林，有桑树、常青树、野生李子树和雪松。树周围的草凉凉的，层层叠叠，绿得浓烈。玛丽静静地站在那儿，呼吸着针叶和阔叶的香气，想起了卡尔。

她又看见很久以前他伸手折树枝，将树枝上的白花拉到面前、嗅着淡淡的花香。她看见他闭上眼睛，沉醉其中，张开嘴唇。随后，她也看见塞莱斯汀，塞莱斯汀的嘴很深，张开双臂想抓住什么，身体比卡尔消失前抱过的那棵树还结实。

院子里微弱的灯光在玛丽身后亮起。常青树看上去黑漆漆的一片，有些吓人。玛丽想到林子里可能有流浪汉、猫头鹰、臭鼬和老鼠出没，然而她还是迈进了疯长的草丛里。迈出第一步时，她觉得双腿越来越沉重。迈出第二步时，她眼皮都快睁不开了，不过她依旧在交错的枝丫间向前猛冲。

土又湿又凉，玛丽坐在草地里。恍惚间，她觉得时间过去了很久。她刚躺下时，李子又绿又硬，桑葚还看不到，草地翠绿柔软。后来月亮升起了，星星像珠光亮片一样旋转，鸟儿飞动起来。季节交替更迭，塞莱斯汀的孩子出生了。

是个女孩，体型比玛丽当年失散的弟弟大很多，同样充满活力，都长着一头亮闪闪的深红色卷发。

她盯着玛丽，她有一双新生儿特有的灰蓝色眼睛，目光没有焦点，但很坚定。玛丽觉得孩子的眼神透着和自己一样的执拗。夜色越来越深了，也越发温柔。躺着时，玛丽听到野李子成熟了，变得饱满圆润，风吹过后，李子从纤细的枝头掉落。睡梦中，她听见它们掉进又高又脆的草丛，在她周围落了一地，煞是好看，可惜就这样浪费了。

Chapter 8

1953 年

斯塔·科兹卡

餐厅食物中毒事件发生后的几周，我悄悄嫁给了路易斯。路易斯辞去州健康督查员的工作，调到县里工作，这样我俩就可以一直离得很近。路易斯卖掉他在俾斯麦的房子，将科研设备全部搬到我在蓝山的房子里。蓝山的房子是栋复式小楼，殖民时期的风格，装有百叶窗。吉米把房子装修成了这种类似展厅的风格。尽管我和路易斯才结婚两个月，但我觉得我们一直都生活在一起，这大概是他最近对我悉心照料的缘故。在搬家和事业失败的双重刺激下，我的神经衰弱越发严重。幸好，我们的房子有一个大花园供我调养身体。我种了许多观赏性的灌木、多年生的草本和藤本，忙得不亦乐乎。

因为离婚，我不再去教堂。路易斯安慰我，说这从一开始就无关紧要，但离开教堂还是让我耿耿于怀。多年来，圣凯瑟琳学校对我都有着重要意义，宗教本身影响深远。尤其是现在，我只依赖路易斯和自己寻找答案，这种想法以前从没有过。我不知道自己是否喜欢这种感觉，但我努力让自己坚强，去接受突如其来的变化。也许正因为如此，那天清晨，看见表哥全身湿淋淋地睡在我精心栽培的铁线莲下时，我并没有惊慌。我一开始没认出他来，毕竟二十五年没见过了。他腋下夹着一个手提行李箱，手里还拿着一本小书。

他睁开眼。

“你好啊，斯塔。”他躺着向我打招呼，我猜他是从后院的围栏底下爬进来的。“你可能不认识我，”他摇摇晃晃地站了起来，清理了身上的树叶，“我是你表哥卡尔呀。”

我听说他做了推销员，四处游荡。现在看来，他四处闯荡，没少吃苦。衣服的领口和袖口都磨破了，没戴帽子。他相貌非常英俊，甚至过于帅气，让人看了不安。他嘴唇很红，像是宿醉后的潮红。他的眼睛半睁半闭，有眼袋，很疲惫。耳边耷拉着一撮又一撮抹了发油的黑发。

他衣着褴褛，看起来行踪可疑，甚至有些危险，但我对他有那么点兴趣。我想如果他攻击我的话，我大声喊叫就行。路易斯在离我十步之内的车库里，正在喂养他的昆虫样本。卡尔说话时，我紧紧握着手中的小泥铲。如果他袭击我，我就用铲子做武器，击碎他的头骨。我戴着白色帆布手套，正好可以隐藏指纹。我和路易斯可以将凶器和尸体埋在大丽花下。过去几周，为了舒缓神经，我读了好几箱推理小说打发时间。

“卡尔·阿代尔，”他重复道，“我是你表哥，你不记得了？我是来参加推销会的。今天到这儿时还很早，怕吵醒你，所以在这里打了个盹儿。”

我觉得失踪多年的表哥突然登门是件好事，尽管他是从围栏底下钻进来的。他的到来肯定又会成为这儿的新闻，仅次于我的离婚和闪电似的再婚。我的精神状况、法式餐厅，还有这件事，所有关于我的是是非非，似乎足够作为蓝山和阿格斯一个月的饭后谈资。我越想越头疼，放下了泥铲。

“很高兴见到你，”我保持应有的礼貌，“好久不见，希望你能和我们一起吃顿午饭，好吗?”

他点头答应，并环视我的花园。“不错。”他说。他的声音紧绷着，我听得出是因为嫉妒，嫉妒我繁花盛放的花园，嫉妒我铺着瓷砖的露台，还有那被称为豪宅的家，这可是蓝山最大的房子。路易斯继承了肥沃的农场，之后租了出去。即使关掉餐厅，我们照样可以把物业打理好。

“说说你的情况吧。”我指了指他的手提行李箱和手上那本厚厚的小书，那本书很眼熟，黑色的封皮上绘着红宝石。他稍稍打开胶水糊住的衬纸，翻开书，我便知道为什么那本书看起来眼熟了，那是本《圣经》，是那种常见的、便宜的《新约》。

“这本书里有空白页，可以记录家里的事，”他看着封面说，“出生、死亡、婚姻。”

他似乎在自言自语，所以我没答话，只希望他别向我推销那本书。

“我们坐下吧。”我说，但他好像看穿了我的心思，因为他没合上书，也没跟我走，只是忧郁地看着封面。

我想他是在准备推销说辞，所以我挽起他的手臂。

“你一定累坏了，”我说，“总是在外奔波。”

“是的，”他附和道，久久地看着我，眼神中流露出感激，“斯塔，能再见到你，我太高兴了，很久没见面了。”

“是的，很久了。”我热情地回答他。不过实际上我从不想他，这些年我从没有想过他。我怀疑他一定以为我好忽悠，想把东西推销给我，所以才来找我。当然，我也只是怀疑。

这时路易斯走进花园，他看人时目光真挚，但别人离开后便马上忘得一干二净。他目光犀利地打量起卡尔，卡尔迟疑地笑了笑："我是斯塔的表哥，很久没见了。"但路易斯没理他，径直走到堆肥那儿去采集更多的样本。

"他在做什么呢？"卡尔好奇地问。

"挖蚯蚓。"

"干什么用呢？"

"看它们如何分解有机物。"

路易斯会与我分享他的每个想法。他新的工作职位是负责县里的技术推广，所以要采集这个地区的害虫和益虫，并统计数据。蚯蚓是益虫，所以路易斯正在它们的栖息地进行试验，看看在土壤里添加什么可以吸引它们来分解有机物。

"蚯蚓能带来腐殖质。"我一本正经地说，因为他的注意力已经开始分散。他正仔细地打量我们的房子，草坪上放着白色的铁艺休闲桌椅，灌木丛修剪得整整齐齐，花朵娇艳欲滴。然后他转过来，慢悠悠地看着我，眼神里没有胆怯。我没以前那么苗条了，但路易斯说只要我开心就会很好看。不管怎样，我知道我的气色还不错。

"我变了吗？"我问完，突然觉得自己有些忸怩作态，只好自问自答，"我当然变了，谁会不变呢？"

"但还跟以前一样漂亮。"卡尔说。我转过身，路易斯很少夸我，他经常沉浸在抽象思考中。卡尔的话有点言过其实，我忍不住说了让我后悔的话。

“我都有白头发了，到处是皱纹，岁月不饶人。”

“哪里，”卡尔说，“你比以前更漂亮，有一种成熟的美。”

“是吗？”我像一只装傻的孔雀，满足着自己的虚荣心。

“是的。”他说。

说完这句话后，我们沉默了好一会儿，但我们之间的距离似乎更近了，于是我又主动开口。

“凡有血气的，尽都如草。①”我几乎不敢相信这是自己的声音。我听到自己说出从未说过的话，这让我感到奇怪。我们站在那儿，有些不自在，看着草坪。我注意到院子里的草叶片很薄，修剪得短平，和公墓里的草是一样的鲜绿色。

“我去准备午餐。”我打断自己的遐想。

我让表哥看着路易斯从腐叶土里拉出一条蚯蚓，自己去做了几份三明治，火腿沙拉馅。我的水槽下有一个绞肉机，我正在把绞好的肉和酸豆、蛋黄酱拌在一起，这时卡尔走上台阶，站在纱门前，轻轻敲了敲门。

“我能用一下卫生间吗？”

“当然。”我回答。

我让他进来，他把手提行李箱放在门边，随手把书搁在厨房的柜子上。他的动作漫不经心，我却觉得他是有意的，他在故意引起我的兴趣。他上楼后，我拿起那本书，仔细看着封皮上颜色暗淡的红宝石。它是一本《新约》，它还让我想到了别的。我凝

---

① 出自《旧约·以赛亚书》第40章。

神回想，之前究竟在哪儿见过这本书。我想了好一会儿，终于想起来了，去年在圣凯瑟琳社团举办的抽奖销售活动中，送出了这样一本《新约》，当时获奖者是塞莱斯汀·詹姆斯。

卡尔下楼时我对他说："真是太巧了，我以前的一位好朋友也有这么一本。"

他拿起书，在手上掂了掂，然后交给我。

"这本送你，"他说，"把空白的地方写满。"

说完，他提着皮箱出去，和路易斯一起坐在草坪休闲椅上。我一开始不明白他是什么意思，后来才想起他说过这本书里有空白的地方，可以记录家庭大事，于是我打开了它。

封面上果然盖着圣凯瑟琳社团的印章，上面还写着日期：一九五二年五月四日，署名正是塞莱斯汀·詹姆斯。

"哈！"我说道，就像二流犯罪小说里的侦探。但随后，我开始为这样窥探别人的隐私而感到羞耻。于是我迅速合上书，继续搅拌玻璃碗中的食材。我早已不把塞莱斯汀·詹姆斯当朋友，但我不知道该如何处理这本书。我们很久没联系了。我将拌好的沙拉抹在面包上，沿对角线切成三角形，然后端出去。路易斯已用花园里的水龙头洗好了手，显然是卡尔告诉他午餐快好了。他们正坐在花园的白色铁椅上，矮桌和他们的膝盖齐平。这一幕很滑稽，但我已渐渐学会不再一遇到滑稽的事就笑出声，大笑是我神经衰弱的症状之一。

"今天天气很好，"我说，"阳光真柔和。"

我将托盘放在桌上，托盘上放着午餐，但没水罐和杯子，所以我折回屋里去拿。我出来时发现他们已经开始吃了，这惹恼了我。

“你们两个男人怎么这样！”我大叫。

“你说得对。”路易斯放下三明治，把盘子递给我。然而，表哥卡尔一刻也没停。我看着他拿起一个三明治，送到嘴边，用洁白的牙齿咬下。一口，再一口，三明治迅速变小。我注视着他，心想他对塞莱斯汀做了什么？或许他威胁她了，为了得到那本书。或许他将她击昏了？还有那只手提行李箱，里面是不是藏着塞莱斯汀的其他东西呢？

路易斯清了清嗓子，用我熟悉的幽默语调说：“斯塔，你把客人看得太紧了吧？”

我低下头看自己的盘子，忍不住悄声说：

“我表哥这吃相，一看就知道他不是个正经的主儿。”

“没有呀，”路易斯赶紧转移话题，“斯塔种的喇叭花总能引来蜂鸟。”我朝卡尔笑笑，但他吃得更快了。我想他根本没听到我刚才小声说的话。

“是的，”我接着说，“蜂鸟绕着喇叭花飞，将喙伸进……叫什么来着？”

“子房。”

“对，雌蕊的子房。”

卡尔吞下最后一口三明治，向我们微微点头。这时我突然发现卡尔坐的那把椅子锋利的椅脚正陷进潮湿的泥土里。很明显，卡尔椅子下的土壤很软，可能是因为地下有蚯蚓。卡尔正慢慢下沉，他的腿已经低于桌面了，但他自己好像没注意到，反倒朝我拘谨地笑了笑。

我回以一笑，我们继续安静地吃三明治。这时，我突然意识到卡尔为什么会出现在我的花园。

他抢劫了塞莱斯汀，我们是他的下一个目标。他藏在铁线莲下窥视我们，目的是了解我们的生活习惯，以便顺利地从我们这儿偷东西。还有，刚才他上楼不是要用卫生间，而是去把我的珠宝盒洗劫一空。我闭上眼，仿佛看到他撬开小锁，将我的银质胸针、钻石吊坠、旧石榴石项链全部装进他的口袋。还有我的胸针、戒指和紫水晶。

“二位，我回屋一下。”我轻声说，说完便起身离开。

路易斯似乎有所察觉。他微微皱眉，盯着桌上厚厚的蕾丝桌布。但我可以肯定卡尔偷了东西，我得进屋打电话。

“最大的蜂鸟，”我走远后听见路易斯对卡尔说，“有整整九英寸那么长，生活在南美洲。”我知道路易斯是想用自然界的奇事吸引卡尔的注意。等我打完电话回来时，卡尔正听得津津有味，他的身子又明显下沉，胸口已与桌子齐平，双臂抱在胸前。

“真可怜，”我盯着卡尔说，“有些人就是管不住自己的手，竟然拿别人的东西。”

“说得没错，”我的丈夫认真地回应我，“我解剖工具箱里的小剪刀不见了，还记得吧？”

“路易斯以前是老师，”我告诉表哥，“在中学教书。”

“你知道小剪刀去哪儿了吗？”路易斯问。

卡尔睁大眼睛，耸耸肩。他的嘴里塞满三明治，说不出话。

“女生们拿去修指甲了！”我丈夫告诉卡尔。

这时波什警长沿着石板路来了。他身材短小，尖下巴，声音深沉奇特。播放龙卷风警报时，我们经常在大喇叭里听到他的大嗓门，那声音仿佛从天而降。在成为警长之前，他曾是一名植物学老师，所以他和路易斯有很多共同点。他俩都是蓝山真菌学会的成员，这个学会之前在我家地下室召开了第一次会议。他今天穿着浅棕色制服，手拿一张纸，而不是装满干木耳的面包袋，他一本正经地执行公务，这让我感到有些奇怪。

卡尔看见警长眼睛睁得更大了。卡尔的表情更让我觉得他心里有鬼，他伸出手说："请坐我的座位吧。"

"不用了，谢谢您，"警长严肃地回答，示意卡尔坐回他的座位，"我们接到了报警电话。"

卡尔从低陷的椅子上孩子气地抬起头，一副难过的样子。

"我去拿证据。"我说着，预备起身。

"等一下，"路易斯喊，"到底怎么回事？"

"您妻子打电话给我，"警长觉得奇怪，声音小了些，"她告诉我这儿闹贼。"

我指着卡尔，冷冷地瞪了他一眼："他偷了塞莱斯汀的《新约》，刚才又洗劫我的珠宝盒，拿走了项链、胸针，能拿的全拿走了，东西就藏在他口袋里。搜他的身！"我催促路易斯和警长，"你们搜一下就知道了。"

"举起手来。"波什警长用低沉的声音命令道。他走到卡尔身后，开始快速搜身。

"对不起，"警长走到卡尔面前，卡尔的脸色已苍白如纸，"您可以把手放下了，"警长的脸红到了衬衫敞开的地方，"恐怕有些误会。"

紧张的气氛持续了好久。我小心地盯着这三个男人，他们也小心地盯着我。

“没有误会，”我终于说道，“我去把那本书拿来。”

“我想这是个误会。”波什警长又说了一遍，这次口气缓和了许多，我知道我犯下了严重的错误。更糟的是，我知道更糟的事就要发生了。我低头看看卡尔，他的椅脚一直往草地里沉。

“停，停下来。”我慢悠悠地命令道。

“斯塔，请坐下吧。”路易斯说。

卡尔仰头紧盯着我，我没法移开目光，虽然我现在要弯腰才能看清他，因为他已陷得太深。空气似乎凝滞了，飞蛾般轻盈的小鸟在喇叭花里盘旋。我听到了一个声音。我想问问路易斯是否也听到了，但这时表哥朝一侧倾斜身体，拎起旁边那个看上去很重的手提行李箱。他把箱子拖过铁线莲丛、提到膝盖上。他坐在那儿，两只手臂抱着箱子，或许是要打开它，或许是打算离开。但这时出事了。

箱子太沉了，压在卡尔的大腿和膝盖上，他的双脚开始陷入泥土里，泥土瞬间覆盖了他的膝盖。我吓呆了，说不出话来。我已经背叛了他，现在只能眼睁睁地看着他连人带椅子继续往下陷。箱子已沉了下去，草坪已经碰到了他暗沉的深红色衬衣。他还在往下陷。

我看着他，心想，太迟了，除非他说出那句可以治愈一切的咒语。

“是我的错，”我惊呼道，“我犯了大错。”

但他的嘴巴已被泥堵住，耳朵里也满是泥土。那双温和忧郁的眼睛已经被掩埋了，只有苍白的前额还在地面以上。大地顿了顿，然后他身体的其余部分全都陷进了土里。我最后看见的是他的头顶，那抹了发油的头发里隐约出现了一个白色的十字架。地面微微颤动，吞没了他，原来他在的那块地方什么都没有了。

我盯着平静的草地看了很久，然后抬起头。路易斯和警长都盯着我，似乎在等我向他们解释这一切。

“我们临死才清醒，我们都将受审判①。”我说。

然后，我走到那棵挂银器的树下，我的手镯、戒指、旧硬币都挂在树上，我伸出手去抓。树叶在我上方摆动，闪闪发光，但锋利的边缘却没什么光泽。它们不断落下，堆成小山，如同下了一场树叶雨。我站在那儿喃喃自语，一个人说了好多，路易斯将我的话一一记录在纸上。

我仔细描述了这棵树，树上每片叶子都代表着我的背叛，树根在地下往四周伸展。无论去哪儿，我都得踩着死者的尸体，尸体层层交叠，像婴儿一样蜷缩着，等待号角吹响，等待大喇叭里的那个声音响起，等待着写有数以百万计的名字的小册子被打开。

“你不在小册子里。”我告诉路易斯，“你和你的标本埋在一起。”

---

① 基督教认为，每个人死后都会受到审判：“按着定命，人人都有一死，死后且有审判。”（《希伯来书》第9章第27节）。

拉塞尔之夜

整个夏天，拉塞尔不紧不慢地为自己盖了一间钓鱼小屋。到了秋天，他将小屋拖过两片田地，放在河岸上。流经阿格斯的那段河水流速变缓，深度更深，随后便蜿蜒向前。等到河水结了冰，变得像黑钢板一样结实时，他便将小屋移到冰面上，用螺旋钻凿出了一个洞来。他去得越来越频繁。

时值十二月，一个寒冷的下午，他的拖网卡在过去洪水泛滥时留下的一堆泥石里，他一用力便被拖了下去，顺着陡坡滑下，掉进一个网状的盘根错节的粗枯藤里。他扑腾了一阵便放弃了。奇怪的是，这张网竟非常舒服。当他整个人放松下来时，这就像为他定制的吊床。他将手伸进粗布长夹克，摸索着藏在棉毛内衬里的一瓶四玫瑰牌威士忌，猛灌了一口。

他对着手指呼热气，将酒瓶放回口袋。天再怎么冷，拉塞尔也不愿戴手套，他宁愿双手越来越粗糙，反正他再也不用点现金或找零钱给顾客了。他需要一双长满茧子的手去拧紧螺钉，去摸散热器盖，去卸车轮螺母，周末还要把鱼处理干净。他抬头看了看头顶的云，喝了一口酒。可能要下雪，但风还算暖和。上下班时间不固定的工作也有好处，他可以在那儿躺一下午，想喝就喝个大醉，不过他并不是个酒鬼。过了一会儿，他从枯藤里起身，回到小屋。

塞莱斯汀已发现这个地方了，所以他不在时会把门锁上。几星期前，他回到小屋时发现屋子被人动过，虽然变动不大，但可以看出有人来过。虽然没什么证据，但他觉得一定是她。他起初只是觉得房间有点不对劲，后来才意识到是被人收拾过。塞莱斯汀焦躁不安时最爱打扫屋子。装着钓鱼用的东西的咖啡罐整齐地排成一排，之前他用来防止小屋被吹跑的一个沙袋破了个洞，沙子从里面漏了出来，而现在那个洞也用布基胶带打了补丁。他总是把胶带放在钓鱼箱里，现在胶带被放回了原位。拉塞尔注意到一罐斯特洛牌固体酒精被打开用过之后，又放回了架子上，和其他罐子放在一起。他的小电炉被挂回挂钩上，水壶和咖啡壶很干净，保持着他习惯的样子。虽然塞莱斯汀为他做了这些，但他还是不情愿她来。他知道她不断过来是希望和他谈谈，但他想再躲一阵子。

现在锁仍挂在门上，塞莱斯汀不可能在屋里，但雪地上有她凌乱的脚印。

他拿出钥匙，开了锁，走进带有淡淡鱼腥味的小屋。今天小屋里很暖和，不用开暖炉，贴着焦油纸的墙将暖气留在屋里。在小屋的中央，两天前他在冰面上凿出的洞还没结冰，洞里一片漆黑。他用咖啡罐把洞里的雪泥舀出来，倒在门旁，然后给鱼钩装上鱼饵和很大的晃来晃去的假鱼饵。那假鱼饵被打磨得很光亮，像女人的银耳环。他打开靠在墙边的编织躺椅，坐下来钓鱼。他的眼睛已完全适应屋内暗淡的光线，小屋里只有一扇窗，还是他从废弃的鸡舍上卸下来的，宁静的微弱日光从小窗漫射进来，洒在木墙板上。

他的左腿曾螺旋形骨折，满是弹片留下来的伤痕，原本就是瘸的，刚刚他又从河岸上摔下去，因此开始发痛。他一只手轻揉那条受伤的腿，另一只手压在被他卡在椅子板条间的钓竿上。他盯着渔线和红白相间的浮标，脑子里什么都不想，只要塞莱斯汀闯进他脑子，他便立刻将她赶走。除了看到她明显怀孕的那天，他再没回过家，也再没和她说过话。

那是七月，他听说她的男友走了。但他并没急着离开保留地回去，过了几天才在夜里搭便车回到阿格斯。他趁塞莱斯汀熟睡时溜进自己的房间，他想第二天起床做早餐，给她个惊喜。但第二天当他走出房门、走进狭窄的过道时，才发现她已醒来，起床了。

他还穿着宽松的长秋裤，看见她时，有些不好意思，低头嘟囔了几句。塞莱斯汀只穿着吊带裙，肚子向外凸起。

她一时没认出他来，惊叫起来，然后突然脸一红，微笑着低下了头，想告诉他这个惊喜。

“我没打算这样告诉你，不过你快做舅舅了。”

拉塞尔没答话，从她身边走过，径直走进卫生间。他仔细地把门反锁，注视着棕色斑点的油毡地面，突然莫名其妙地感到头晕。他像狗一样拼命甩头，又用清水洗脸，希望能清醒些。塞莱斯汀在外面使劲拍门。

“拉塞尔，别这样，”她说，“我结过婚了。”

“那是你的葬礼。”他回答，那是他们说过的最后一句话。

从卫生间出来后，拉塞尔走下楼，连忙在冰箱的架子上翻找，希望赶在塞莱斯汀或那个推销员进厨房前，打包好午餐，离开这里。

事后，玛丽告诉拉塞尔，卡尔早已离开了，但他仍旧不愿回来。似乎有什么东西阻止了他。

手里握着的鱼竿突然从手心滑了出去，浮标被往下拉。他的手指捏紧渔线，等了几秒，然后缓缓将线收回，希望鱼继续咬着鱼钩不放。线把他的大拇指摩擦得发热。他成功了。肯定是条大鱼，他想，可能是一条饥饿的来自北方的鱼，他得费些力气才能把它拉上岸。他时而收线，时而放线，慢慢消耗鱼的体力，最后才将鱼拉了上来。鱼离开了水，没他想象的那么大，已经没了力气，在网里几乎不再挣扎。原来是一条满嘴尖牙的细长梭子鱼，带着漂亮的深绿色斑纹，摸着很冻手，还是条鱼苗。他小心地将鱼钩和人工鱼饵从鱼嘴里取出，然后把手弄湿，把它放回冰下的河里。拉塞尔重新放了渔线，坐回椅子上。他的体温和无色的阳光温暖着整个屋子。他把手指放在膝盖上揉搓取暖，希望不要再钓到这条鱼了。他静静地坐着，等待鱼儿上钩，脑海里又浮现塞莱斯汀的模样，她穿着吊带裙站在阴暗逼仄的走廊里，肚子像船头一样圆滚滚的。这一次，他没把她赶走。

他还在想着她，这时突然觉得胸口一紧。

很快，胸口传来一阵缓慢的刺痛感，手臂上的神经抽动着，全身绵软乏力。之后他感觉不到痛了，只觉得威士忌仿佛扩散到了全身，涌向他的大脑。他惊讶地环顾四周，几星期前来这儿的那天，他看到东西被动过，每样东西都有点扭曲。而现在，他感受到了相同的异样。似乎光线本身受到了干扰，就像产生了北极光。疼痛一下子爆发，像弹簧一样忽紧忽松，直到最后急剧收缩，最后萎缩成一个黑色的按钮。

那天傍晚五点，塞莱斯汀从河岸上下来时，正好在拉塞尔摔倒的地方摔了一跤，但她很快爬起来，从雪地中找回手电筒。到达冰面时，她差点扭头回去了。太阳快落山了，要是他在的话应该会开灯，但小屋里一片漆黑。借助手电筒的光，她突然发现门锁已被打开了。

她走过河面上被踩得紧实的积雪，然后打开门。手电筒照在拉塞尔身上，她看见他瘫坐在躺椅上，一动不动。起初她以为他是拿着钓竿睡着了，但马上就注意到渔线断了。她走进屋子，抚摸着他的背，喊他的名字。他身体发抖，猛抽了一口气，她抱住他，将他拖下椅子，让他躺在沙袋上。过了一会儿，他睁开了眼睛。

“我去找人帮忙。”她低声说，她的声音在小屋中回响。随后一切缓缓移动，像梦魇一般。她往外狂奔，但一切都将她向后拽。冰、大雪、杂乱的灌木、田野，甚至空气。等她跑到车边时，好像已经过去了好几个小时。

Chapter 9

1954 年

斯塔·科兹卡

我从没结过婚，但我确实有个女友，阿格斯的人都叫她“费弗死去的可怜甜心”。透过玻璃看去，照片上她的脸长长的，脸色苍白。那张照片镶在抛光的黄铜相框里，照片里的她注视着我的客厅。客人们会询问我收藏的喜姆娃娃①、架子上的礼品汤勺、冰铃②和水晶铃铛，但他们不会问我任何“死去的可怜甜心”的事，只是在欣赏我的收藏品时，他们会在她的照片前驻足，好像在向她致敬。

其实，我不认识照片里的那个女人。

这张照片是我多年前在明尼苏达州的一个小型农场拍卖会上买来的。她的照片装在盒子里，放在一堆空罐头、针垫、黄油碟和有裂纹的花瓶之间，我出价五美元把它买下。不管她是谁，她突出的下巴、干裂却年轻的双唇和整齐的卷发都足以使她成为阿格斯传奇的一部分。我为她编造了不少足以乱真的小故事：她得

① 产自德国的瓷像娃娃。

② 一种扁形的金属铃铛，形状类似锅盖。

了脑炎。那个年代，如果你周围有马，得这种病很普遍。她昏迷不醒，最终与世长辞。她的双脚也是修长的，与下巴相称，她个子高。

有了这位死去的可怜甜心，我就不用结婚了。我穿梭于女人之间，可以和阿格斯的寡妇单独共进晚餐，有的男人还酸溜溜地暗示我，说我吸引了他们太太的目光。小镇上的人早就觉得我永远都不会把那张照片从客厅的墙上取下来。

“他忘不了她，为她着迷。”人们这样说。

我住在一个地势平缓的山谷里，这儿没有树，种着甜菜。这儿的气候并不温和，可以说是极端恶劣。不过，我喜欢暴风雨和各种糟糕的天气，因为遇到这样的天气，我就有理由赖在床上，读读间谍和犯罪小说，偶尔打个小盹儿，听听风声。那声音就像一只大手在拍打我的房子，砰！砰！房梁和看不见的钉子被吹得吱吱作响，不停摇晃。这地方离镇上很远，从阿格斯一路向北，除非必要，几乎没人来，但我从不后悔把房子建在这儿。这儿景色优美，我能看到灰色与棕色相间的荒凉的地平线。我在这儿建房，原本是希望能带动更多人过来建房，但后来发现仅有的几位邻居之前一直住在这儿。离我最近的邻居是塞莱斯汀和她的孩子，她哥哥不幸中风，现在只有她们母女二人一起生活。

但现在，请允许我自我介绍一下。

我叫华莱士·费弗，是商会、甜菜推广组织、乐观主义者国际组织、哥伦布骑士会、公园委员会和不计其数的组织的会员。除了支持B大调钢琴俱乐部和管理镇上的游泳池以外，我将甜菜引进了这个山谷。虽然甜菜还没能成为经济作物，但它和美国玉米一样，都能提炼出纯度较高的白糖。

不少人反对引进甜菜这个提议，这是必然的。农学家们重视周期性规律，对创新半信半疑，而我追求改变。为了说服他们，我和农业合作社搞好关系，挨个拜访各个地区的农场主。我喝过黑刺李杜松子酒、荷兰杜松子酒和叫不出名字的私酿酒。在镇上，我处心积虑地参加各家兄弟会，因为他们的成员手握实权，像雄鹰兄弟会、驼鹿兄弟会、吉瓦尼斯俱乐部，还有麋鹿兄弟会等，我得成为他们的一员。这样一来，我消息就灵通了，逢人就握手致意，我们分享秘密。我告诉他们，甜菜不是普通的农作物，它是自然与技术的完美结合。甜菜根就像原油，需要加工，因此需要炼糖厂。它能带动地方产业，人人都会受益。

1952 年，在明尼阿波利斯的日用品、农作物和牲畜大会上，我接受了甜菜这个点子。听众中很多都是推销员，但没人比得上卡尔·阿代尔。

卡尔·阿代尔的吸引力就像呼吸一般自然地深入我的骨髓，我却没意识到这一点。一切就这样发生了。我坐在吉瓦尼斯俱乐部，吃着顶级肋排和另一个男人刀叉上的童子鸡肉，真是疯了。不过我感到诧异，仿佛云层被吹开，本性终现，原来我是同性恋。

遇见他之前，我从不知道为什么，我只知道像费弗家族一样从不满足。我们家族来自鲁尔山谷①，也许从那时起，就对白色的生甜菜带有家族记忆。到了美国，我们不停搬家，总是抱怨生活不如意。最后，我们自作自受，父亲的事业破产，姐姐们成为

① 位于德国中西部，德国主要的工业区之一。

终日喝酒、打发时间的农妇。我去明尼阿波利斯前是家里的顶梁柱，是家里的特例。

卡尔跳上弹簧床开始疯狂跳跃，我吓了一跳。我本想找些共同话题，我问起他妹妹，这戳到了他的痛处。但当他把他妹妹的名字告诉我之后，我就不怪他了。读小学时我就认识了玛丽，她冷酷无情，我亲眼见过她慢慢折磨斯塔·科兹卡，像扯羊毛毯上的羊绒线一般扯着斯塔的神经，搞得斯塔精神崩溃。那时斯塔的精神病发作过一两次。玛丽很精明，人人都知道她既能把东西搞到手，还能把东西守得住。这一点我多少明白，可卡尔并不明白。

卡尔在床上弹跳时，手都能碰到天花板了，但我完全没想到他会受伤。我担心他弄坏东西，比如压坏床垫里的弹簧，或者把床弄散架。可是随后的一幕却永远定格在我的脑海里，直到现在都清晰可见：卡尔穿着黑色紧身裤，弓着背，领带飘在空中，酒店华美的锡制天花板上倒映着他的身影。

然后他撞了上去。

别人出事时，我会保持冷静，施予援手。他背部受伤了。我想，得固定住。我知道固定得不错。牵引治疗，打上石膏，承受着难以想象的痛苦，但他却咬紧牙关，眼珠滴溜溜地转，似醒非醒地对我笑。

“你还没走啊。”他打量着我。

“那当然。”

医生不准我碰他，我只能看着，想通过眼神传达一切。但我错了，卡尔似乎很厌恶我的同情。后来药物发挥了作用，他昏睡过去，我只好坐在边上。我在那儿看了好几个小时，直到半夜才回自己的房间。虽然已经很晚，我还是翻看了电话簿，寻找明尼阿波利斯和圣保罗市的花商，看有没有商家在那个时间点还能送鲜花。

接下来的几天里，卡尔不是哼着小调，就是整天盯着天花板，完全沉浸在自己的世界里，似乎对我不怎么理睬，对周围的环境也不怎么好奇。他几乎不和我说话，但我在医院交到了别的朋友，直到今天，我还和在那儿值早班的护士保持联系。她认为卡尔精神不正常，因为他竟然那么享受住院。

“再见。”一天早晨我走进病房，对他说。他在单人病房住了一个星期，除了我之外没人来看他。我拿着帽子，手臂上搭着薄外套：“我得回家了，要不然整个阿格斯的人都会好奇我出什么事了。”

他气色很好，刚刮了胡子，皮肤红润，头发也梳了，好像打上石膏不过是一个恶作剧。

“一路顺风。”他翻着手上的杂志说。

我走出病房，想想自己的傻样就来气。我想我们再也不会见面了。

阿格斯的那栋房子只建了一半，我得把它建好。修房顶时，我便住在地下室，我想把房顶修好，不过并不着急。工程进展得很慢，但等到可以居住时房子真是无可挑剔。墙面抹的灰泥真材实料，落地窗是保温隔热的，架子是嵌入式的，我还安了灯泡，以便更好地展示那些藏品。地毯还没铺，厨房电器还未接电源，衣橱还没用砂纸打磨好。即便这样，我还是搬了进来。我拿进去的第一件东西，就是我那“死去的可怜甜心”的照片。她在照片里比我买下那张照片时显得更年轻、更热切。我把照片放在客厅的架子上，照片里的她注视着没装修的白色客厅，注视着刚涂上底漆的墙壁、简易的塑料椅和落地窗。

“严格说来，”我告诉她，“这一切都是你的。”我用蔬菜汁代替酒，敬了她一杯，便继续干活。

出于自我保护，我很善于隐瞒事实，甚至忘掉事实。大多数时候我把卡尔给忘了。然而，当我去卡尔妹妹的肉铺买排骨或炖肉时，我就控制不住自己，险些说出他的名字。我想告诉她卡尔的事，我想撕下她自命不凡的面具。但我害怕她冷漠的态度、冰冷的眼神，也不喜欢她接待顾客时装模作样的耐心。我经常光顾她家，不过是因为她家店铺有阿格斯最新鲜的牛排。每一次，我都希望接待我的是塞莱斯汀，虽然她长得很高，令人生畏，而且还在顾客面前双手叉腰，但她记得住每位顾客的名字，能记住他们喜欢什么、不喜欢什么，以及每周买过什么。她会问我是否喜欢上周买的自制醋焖牛肉，或者为什么不买鲱鱼了。我喜欢和她聊天。后来发生的事是我绝没想到的。

某个春日的黄昏时分，我刚从肉铺回到家，突然电话响了。

“阿格斯怎么样?”电话里的声音说。

我回答这儿很好，虽然农场主们像往年一样盼着下雨。我等着电话里的声音通报自己的姓名，不过其实他一开口我就知道是卡尔。

“我现在改卖刀具了，”他告诉我，“质量很好。明天早上我会路过阿格斯，在那儿停留。也许会去找你，找玛丽。你跟她提起过我吗?”

“从没提过!”我太震惊了，在向他描述阿格斯的路线时我结结巴巴，几次哽住。那整夜我都没睡，一直在打扫屋子。

第二天深夜，他出现了。他没有来的时候我松了一口气，也感到失望。我本来已经放弃了念想，所以很早就关掉了门廊灯，也换上了睡衣，外罩一件带夹层的丝绸吸烟服，穿着带穗拖鞋。当他按响门铃时，我从楼上的窗户向下看。我知道，不管来者是谁，都比卡尔来要强。

漆黑的身影难以辨认，但借着门廊下的灯光，我看见卡尔站在那里，眨着眼睛。

“见到你真好,”他终于开口，“我就站在这儿吗？你不打算请我进去?”

“进来吧!”于是，他走了进来。

我不知道他是怎么到这儿的，他并没开车。几天过去了，除了推销手提行李箱里的刀具外，他此行似乎并没有明确的目的。我问他在哪家公司工作，他只是冷冷地看着我，其实我并不怎么在乎答案。他住着我的房子，穿着我的衣服，用我的毛巾，给自己烤面包，与我做爱，这就足够了。我以前从未想过向生活祈求什么，但现在我知道了。

不过，我祈求的和所期待的是两种截然不同的人生。因此两星期后的一个下午，卡尔不辞而别，连张字条都没留，我一点也不惊讶。

我以为他终于去找玛丽了，但当我去玛丽那儿买晚餐用的肉时，并没看到他去过的迹象。我回家接着准备晚餐，因为他似乎很爱吃我做的肉糜卷。要做这道菜，我得先把碎牛肉、猪肉、奶油、荷兰芹和培根卷在一起，再放入烤箱用温火烤。我还把土豆压成泥，把南瓜沥干水分，融化了一点奶酪配土豆。我一边仔细搅拌着食物，一边不时看看烤箱，打发时间。现在是温暖的黄昏，但屋内的热气让人难受，不过这也帮我分散了注意力。最终夜幕还是降临了。

最后我用铝箔纸将所有食物包好。我的厨房有一扇玻璃门，门外是一个砖砌的院子，有两张红杉木的折叠休闲椅。我打算搭一个藤架，种些葡萄、紫丁香和月季。我把轻薄的编织毯子拿到外面，紧紧裹住自己，非常舒服，我躺在院里的休闲椅上，夜色渐渐将我包围。我播好种子的那片草地往西三十英尺便是田野，地里种的当然是甜菜，这种矮矮的作物叶子厚而粗糙。田野上空悬着一轮明月，好像辽阔天空中挂着的一口大钟。

让我感到意外、也让我最为震惊的，是卡尔的去向。

一星期过去了，肉糜卷只剩下干巴巴、黑乎乎的一小块，我拿它喂野狗。那狗脾气暴躁，白毛参差不齐，有着老鼠一样蜷起的小尾巴。这条狗住在院子边上，我经常看见它在灌木丛和甜菜地里乱窜，追赶白尾灰兔。有时它会直接跑到厨房的玻璃门外，我能感觉到它呆滞而不带感情地盯着我。我转过身，恰好看见它饿扁的肚子。它吃完我丢给它的食物后就会消失。

有时我觉得这只狗似乎是个内奸，最终带我朝那座房子走去，本来我自己绝对不会去那儿的。一天黄昏，我开车回家，车头灯正对着这只母狗，它在路边朝着詹姆斯家跑。我担心它被车撞到，于是把车停在它前面，想捎带它一程，但它怎么也不肯上车。于是我只好放慢车速跟着它，径直来到塞莱斯汀家。这条狗跑上她家泥泞的车道，然后就在房子后面消失了。我很着急，它神神秘秘的，我还以为它下了一窝崽。我关掉车灯，下车尾随它到了后院。我擅闯民宅了。拉塞尔曾经告诉我他有一把枪，里面装满猎鸟用的子弹，就挂在后院门的上方。我沿着墙根小心翼翼地挪动，蜷曲在从后窗里射出的黄色的正方形灯光下方。这些臆想中的子弹仿佛击中了我，我感到火辣辣地疼。我听到屋里的声音，起先模糊不清，后来声音高了，是卡尔的声音。

听到他的声音，我的大脑停住了。

“真舒服!”他在屋里说。我听到了脚步声。卡尔走到后门，把烟蒂扔进草丛，一缕淡淡的烟雾在潮湿的空气中袅袅飘来。卡尔走下台阶，蹲在外面，胳膊肘支在膝盖上，又点了一支烟。我伸出手就可以摸到他。虽然他的身形模糊不清，我还是看得出他只穿了一条内裤，而且那很可能是我的，他总是随便穿我衣柜里的衣物。

门砰的一声关上，是塞莱斯汀进来了。她站在他身后的台阶上。从我这个角度看，她像纪念碑一样矗立着。她穿着一件白色胸罩，还有一条半身吊带裙。衬裙薄薄的布料色彩鲜艳，她的胸罩略尖，面料僵硬。她伸出手，手里有一把小剪刀。她替卡尔剪指甲时，卡尔将香烟叼在嘴里。

“怎么给我修指甲?”他问。

“你昨晚把我抓疼了。”她回答。卡尔突然大笑一声，伏在塞莱斯汀肩上，将脸埋在她的头发里。

“小心点。”她将剪刀放在台阶上。

我一直盯着剪刀锋利的刀刃。

“进去吧，”过了一会儿，塞莱斯汀对卡尔说，“这儿蚊子多。”

“它们不喜欢烟的味道。”卡尔从身边台阶上的一盒香烟中又取出一支，点上。

他说得没错。现在他正将蚊子全都赶到我这边，真是雪上加霜。一开始我觉得我能忍受它们在耳边嗡嗡作响。那声音钻进我的耳朵，蚊子越聚越多，好似一团云，嗡嗡声也越来越大。有几只蚊子落在我身上，又来了几只，开始疯狂地吸血。我不敢赶它们走，担心自己一挥手，长长的干枯野草就簌簌作响。

“你说得没错。”塞莱斯汀说，她坐在卡尔身旁的台阶上。

“你也来一支吧!”卡尔递给她一支点燃的烟，更多的蚊子在烟雾的驱赶下飞到了我这儿。

“那是什么?”塞莱斯汀问。

“什么?”卡尔继续吐烟圈。

“别说话。”

我甩了甩头，想赶走蚊子和别的昆虫。它们到处都是，停在我的眼睑、太阳穴和脖子上，在我腰部露出的一小块儿皮肤上吸血。

“别……”她挣开卡尔搂着她的手，“那边好像有什么，我听到声音了。”

我痛苦地斜眼看着他们，憎恶他们，紧咬着牙。我看不见卡尔的手，塞莱斯汀拍了一下她的吊带裙下方，应该就是他放手的地方。

当她拍吊带裙时，我无意识地拍了下自己的脸。“听到了吗?”她站起来，“像回声一样。”

“再抽一支,"卡尔笑道，“不然蚊子会来。”卡尔又点了一支烟给她，她坐了下来。我一心想着自己的不幸，备受煎熬，差点忘了他们。这时那条狗顺着院子对面的灌木丛偷偷钻进后院。

“嘿，”塞莱斯汀说，“原来是这条狗，它又来了。”

她从门廊的台阶上下来，穿过杂草，温柔地唤它，想把它引到身边。机会来了，就在塞莱斯汀去呼唤狗时，我站起身，穿过杂草走出后院。我从卡尔身边经过时，他看到我，震惊得脸都僵了。

土地辽阔，天空让人舒心，落地窗外的风景是我唯一的港湾。最初几个星期里，时间过得很慢，我一度以为它停滞了。日子一天天继续，了无新意地重复着，还好有几件新鲜事让我得以解脱。一天，那条狗回来了，像以前一样饥肠辘辘，我喂它吃了一罐烟熏三文鱼。现在它对我放松了警惕，时常在我身边打转。又一天，我正在给银白槭覆土、护根，盼着它能扎根。它走过来，用头蹭着我的腿，想让我抚摸它。它皮毛干燥，出奇地干净。我抚摸着它，心中的忧伤突然决堤而出。我把我的脸靠在它的脖子上，它身上混合了青草、泥土和雨水的气味，还有淡淡的臭鼬的气味。可以肯定，它的一生比我艰难多了。它安静地站在那儿，没有走开。

过了几个月，我听到塞莱斯汀怀孕的消息，没人知道孩子的父亲是谁。当然有各种猜测，他们说很可能是肉铺的顾客，也有可能是住在附近的人，像我这种。似乎除了我之外，没人知道她和卡尔好上了。

我远远地看到过塞莱斯汀几次。我没法避开她，她上班得经过我家。我只看到她的侧面，轮廓分明，似乎瘦了许多。但我们只见过一次面，那是圣诞节前不久，就在镇上。她很高，裹着格子花呢外套，肚子很大，似乎孩子随时都会出生。

圣诞节后，严冬来临，气压下降。到了一月，暴风雪倏然而至。我整天躺在床上，或阅读，或小憩，偶尔在年历上随手记两笔。那晚我听见风声渐紧，暴风雪在屋顶肆虐，于是我拉紧被子，把自己紧紧裹住。那条狗睡在我床脚，这算是件幸事。因为要不是它发出呜咽声，叫得人心烦，真不知道塞莱斯汀会发生什么意外。那会儿越发猛烈的暴风雪刚好威力减弱了，塞莱斯汀趁着那个间隙拼命往医院赶。

塞莱斯汀快生了，真的快生了，但暴风雪减弱只是假象，它依旧在肆虐。大雪纷飞，她那辆别克冲进了雪堆。我家门廊的灯光在纷飞的大雪中依稀可见，所以她便往我这儿走。我家四周的田野几乎被狂风吹得什么都不剩，不过这倒是件幸事。要不是塞莱斯汀能轻松地从雪上结的那层薄冰上走过来，她的孩子可能就会出生在那块地里了。塞莱斯汀走到我家院子的栅栏旁时，风雪最猛烈。她说她在窗户底下求救，快喊破了双肺。但想想！风声那样大，我没听到她的叫喊，就算我听到了也会以为那只是风声。打那之后，每逢暴风雪，我会不时走到窗边，望着窗外，四下看看，仔细听听声音。当我在阅读历史读物时，塞莱斯汀和她的孩子很可能会在我的窗外丧命。如果那样，我早上就会发现她们母女俩紧紧依偎在红色的防雪栅栏旁，就像我时常在那儿见到的笨野鸡一样。它们被大雪吹过来，羽毛鲜艳，闪耀着温暖耀眼的光泽，似乎不太可能被冻僵，因为那火一般的颜色会一直温暖着它们。

但这条狗不停地走来走去，对着空中，似乎想咬什么，我被吵醒了。过了一会儿，我打开门去一看究竟。那会儿，我没看到塞莱斯汀，只看到了雪。就在我准备关上门不让风刮进来时，我看到了她。她还在挣扎着往前走，我一把接住了她。我们一路跌跌撞撞，穿过门，来到客厅，撞得架子上一排玻璃铃铛叮当作响。客厅铺上了地毯，刚装修好，有一块蓝色的粗毛呢小地毯，墙面涂成了深蛋壳色，让我既自豪又开心。深蓝色的天鹅绒沙发刚送到，上面的透明塑料包装还没拆。塞莱斯汀稳住身体，站起来，格子花呢外套和农场主穿的裤子让她显得块头很大。她立刻看上了我的沙发。她腰间系着一个棉睡袋，她往后躺下，解下睡袋，像鸟巢一样把它打开。这时我才想起她有身孕，这时我才注意到她装饰着花卉图案的宽松长袍下，像小丘一样隆起的肚子。

“把我的防雪裤脱了。”她命令道。

然后她闭上眼，发出一阵急促、低沉的喘息声，像是池塘边一群被惊起的鸭子。她的表情舒缓了些，睁开暗淡无神的双眼。这时，我才看出她非常痛苦。

“来得太快了，”她说，“又来了。”话说完不一会儿，她又发出痛苦的声音。我迅速脱下湿透的拖鞋，跑上楼给两人找来干爽的羊毛袜。我下楼时看见她双眼紧闭，脸色铁青，全神贯注。她已把防雪裤脱下，只穿着宽松的长袍躺了下来。

“拿床单来。”她趁着下一次宫缩还没来的间歇告诉我。

我跑进屋去取干净的毛巾、冰袋和急救箱，将新床单的包装拆开，然后将床单和这些东西放在沙发边上。她微微点头，在她的鼓励下，我继续准备一些必备物品。我把水烧开，把我最好的一副大剪刀消了毒，把放衣服的篮子拿来做婴儿床，用热水把毛巾浸热，再拧干给塞莱斯汀擦脸。这时她正使出浑身的劲儿，时而绷紧肌肉，时而摇晃身体，时而跪在沙发旁，时而平躺在沙发上。风太可怕了，吹得木头吱吱作响。屋里倒还有电，但电话线却断了。

塞莱斯汀大声哀号时，我正将一条滚烫的毛巾从盆里捞出来。

“天哪！——天哪！——天哪！——”

她一连哀号了三声，听起来像为情所伤或垂死的人发出的惨叫。我赶紧跑进客厅，来到塞莱斯汀身旁。

“我感觉头要出来了！”她喘息道，“不行，头又缩回去了。”

那一刻，我突然镇定下来。或许是因为她惊愕的神情与卡尔发现自己忽然跌到了酒店地板上时的样子像极了，但她的表情更扭曲。那好像也给了我力量，我跪到沙发的另一端扶住她的腿。

她闭上眼，没有大喊，只是低声呻吟。在我听来，她低吟不是因为疼痛，而是在使劲儿。婴儿的头出来时她吼了一声，然后继续使劲，稳住，继续使劲，就这样过了很长时间。后来她如释重负，声音低沉，婴儿滑落在我手中。

她睁开用来制作模型的黏土一般的蓝眼睛，一片茫然。我没想到她会如此健康，充满活力。此刻我还没意识到要拍拍她，但她已准备就绪，蓄势待发，吸了一口气，立刻变成粉红色。当我把她抱给塞莱斯汀时，她的皮肤已变成红色。我在脐带上夹了一个衣夹，然后把脐带剪开。

又过了一会儿，我才打通急救电话，救护车直到第二天早上才来。

“你抱抱她，”塞莱斯汀把婴儿递给我，“我要以你的名字给她取名。”

这话让我有些吃惊，我把婴儿抱过来。小家伙睡得很沉，但沉着的小脸蛋似乎表明她脾气挺倔。我细看她宽大的嘴巴，又小又尖的下巴。我眼里只有她，虽然知道不太可能以我的名字为她取名，但还是因塞莱斯汀的提议而喜不自胜。

“你的中间名是什么?”塞莱斯汀问。

我告诉她是霍尔斯特，这名字比华莱士还要难听。

“还是我来抱吧，”塞莱斯汀说，“我要好好想一想。”

第二天一早，扫雪机来清理过后，救护车把塞莱斯汀和孩子送到圣阿德尔伯特医院。我也开车跟了过去，帮她们填写住院的所有表格，帮她们在空荡荡的产科病房安顿下来。然后我开车回家，吃了个三明治，坐在客厅里。狗蜷缩在我对面的椅子上，它已学会了如何满足地打盹儿，此刻它正满足地打着盹儿。前一天夜里发生的一切对我来说意义深远，我不想让它就此消逝，所以我没开电视，也没看书，以免注意力被分散。

一阵电话铃唤醒我。我迷迷糊糊地走到安装电话的小壁龛旁，将听筒放在耳边。被积雪覆盖的电话线发出噪声，那头传来塞莱斯汀的声音，之后那头的声音顿了一下。

“华莱士特①。”她只说了这四个字。

但华莱士特·达琳很快就不随着我的名字叫了，因为玛丽替她取了一个小名：多特。我们抱着孩子去圣凯瑟琳教堂受洗时，连塞莱斯汀也叫她多特。我没说什么，但对我而言这孩子永远叫华莱士特。作为孩子的教父，我很高兴可以在教会档案中为她登记全名和出生日期。可在填写父母一栏时，我顿了顿，我必须积聚全身的力量，才能平静地说出她父母的名字。

---

① 华莱士是男名，华莱士特是女名。

华莱士特出生后不久，塞莱斯汀和卡尔在南达科他州的拉皮德城举行婚礼。我打听到了她乘坐的公交时刻表，发现她在一家酒店过夜。是度蜜月吗？我不敢再往下想，我也没去想卡尔是否会回来。他们的结婚照也许会登在《阿格斯哨兵报》的婚姻专版上。目前看来，他们的婚姻只是到这个程度而已。

圣器室在教堂的后面，隔着门和彩色玻璃，里面很潮湿，而且阴冷得可怕。

“用不着脱外套。”神父对我们说，他拿着器皿大步走进去，“也别把孩子的襁褓打开，可别把孩子冻感冒了。”他微笑着打开圣洗池子的盖子，并用手指轻轻敲碎圣水上的浮冰。

“等等!”玛丽惊叫，“您可不能把冰水倒在婴儿头上。”她盯着神父的眼睛，眼神毫不客气。

“当然不会,”神父从口袋里拿出一小瓶水，“我们只用一点点，表示祝福，再把她的头擦干，重新包好。”

玛丽满意地点头，于是神父便开始问问题。他抱着被裹成长方形的婴儿，问婴儿希望得到上帝的哪种恩赐。

“信仰。”我们说。

“信仰可以带来什么?”神父问道。

“永生。”

然后神父祈祷，把圣衣披在婴儿身上。我们一起背诵《使徒信经》① 和《天主经》②。神父抱着华莱士特，换了只胳膊抱她，

---

① 又称《宗徒信经》，是传统基督教四大信经之一。

② 新教称为主祷文。

她醒了，绿色羊毛贝雷帽下的一双眼睛注视着我们。

“华莱士特·达琳，”神父问，“你是否拒绝撒旦？”

“是的，我拒绝。”玛丽和我大声回答，我们的声音在寒冷的空气中回荡，响亮而庄严。我忍不住想到卡尔，他那纤细的黑色胡须、单薄的身体和嘴里吐出的缕缕烟雾。

“撒旦所做的一切呢？”神父继续发问。

“我拒绝。”我的声音拔高了。我感觉玛丽在看我，有些恼火。

“撒旦的种种虚伪呢？”

“我一定拒绝。”

这回玛丽的声音盖过了我，我的声音很小，后来什么都不说了。塞莱斯汀伸出手，从神父手里接过婴儿的羊毛衣。神父用手指蘸了圣油，在她胸口画了个十字。神父问孩子的信仰，我们回答了他。在塞莱斯汀的坚持下，神父把婴儿交到我手中，我抱着她。

“华莱士特·达琳，”神父问，“你是否愿意接受洗礼？”

我回答：“她愿意。”

神父用蘸了水的指尖在她头上画了一个十字，水滴了下来。华莱士特一片茫然。又滴了几滴，她气得紧绷着脸。神父用象征纯洁的白布轻拂她的脸庞，她张开嘴。神父点亮了玛丽手中的蜡烛，她尖叫了起来。

神父又念了一段祷文，玛丽吹灭了蜡烛。华莱士特依旧在号啕大哭，仿佛永远停不下来。

塞莱斯汀之夜

孩子出生后的头一个夏天，塞莱斯汀带着她一起去上班。一整天，小家伙要么呼呼大睡，要么吮着手指，要么睁大眼躺在铺着毯子的旧购物车里，看妈妈忙来忙去。有时候，塞莱斯汀转过身来，与女儿那有穿透力的目光相对，塞莱斯汀不禁喘不过气来。她会放下手头的香料、香肠绳子和刀，腾出手来抱抱女儿，等待着她牙牙学语。

小家伙全身开始扭动，想挣脱出来，于是塞莱斯汀把她放下来。多特出生后，塞莱斯汀的睡眠明显减少了，常常疲惫不堪。但她每分每秒都感到莫名的兴奋。日常的东西和事务都变得有些陌生，她仿佛正在经历一场格外真实的梦。多特出生了，她甜美可人，气息中散发着塞莱斯汀的母乳香味，头发淡香怡人，细腻的皮肤红彤彤的，这一切改变了塞莱斯汀的日常生活。

有时，塞莱斯汀看着婴儿酣睡，或在黑暗中抚摸她，她总能感到一股激情。这种激情比卡尔带给她的更为强烈。她待多特如情人一般，挤出时间与她相处。白天她经常放下工作，跑去店铺后面的房间照顾孩子，有时手指上还带着生肉的血腥气；晚上，无论她是在看小说、打电话、做饭，还是只是坐着，都会把熟睡的多特放在身边的小洗衣篮里，多特的小肚子一起一伏。

多特熟睡时，塞莱斯汀的内心非常平静。她对多特的爱萦绕在那洁白、起伏的被单上。

一天夜里，多特睡过了吃奶的时间，塞莱斯汀在黎明将近时被奶水胀醒。此时多特像小树獭般抓着塞莱斯汀，睡得很沉，饿了也没有醒来。她深吸一口气，吸出乳汁。柔和的月光从窗户斜照进来，这时塞莱斯汀看到在多特的头发里有一只小小的白蜘蛛正在结网。

一只脆弱的小东西，颜色几乎是透明的，有着细长的腿。它行动很快，身体仿佛在不断颤动，喷出看不见的丝，把丝织成韧性十足的一股。塞莱斯汀出神地看着，这蜘蛛已慢慢结好了一张网，那是它错综复杂的家，塞莱斯汀不忍心将其摧毁。

Part 3

Chapter 10

1960 年

玛丽·阿代尔

多特出生后，连续三年冬天都异常寒冷，积雪很深，饥肠辘辘的野鹿离开荒野，跃入我家的牲口棚。无法赶它们上装载坡道，便只能送进待宰通道了①。但它们满身马蝇，肋骨凸起，连皮也干瘦得如纸一般，这样的鹿肉毫无用处。我的果树也在劫难逃，积雪太厚，野兔啃食树干和枝条，树皮被啃得光秃秃的。本该在春天抽枝发芽的果树，全死了。我在防风林见到了更多巨大而脆弱的野鹿骸骨，河边散发着死鲤鱼的腥臭味。有位老人独居多年，人们发现他时，他的尸体正蜷缩在晾衣绳下，身上压了一层厚厚的积雪，怀里夹着许多毛巾。

似乎老天想弥补先前的过错，一月天气就转暖了，绵绵密密地下了一整月的雨。距多特出生的那个严冬已过去五年，我这才开始思考自己为什么不愿亲近多特。

一开始是因为名字。如果塞莱斯汀想以某人的名字命名多特，那个人该是我。我不喜欢“华莱士特”这个名字，这名字以后肯

① “装载坡道”和“待宰通道”象征野鹿的两种命运，前者指被运往他处，后者则指被宰杀。

定会给她带来麻烦。于是，我照着她的中间名“达琳”给她起了一个小名，也就是“多特”两个字，读起来顺口多了。

当然，塞莱斯汀从不承认多特的大名有多糟。每次我跟她讲“华莱士特”这个名字取得不好，身材高大的她都只耸耸肩，低头看着我，说这名字别具特色。因为怀上多特并为她取名是塞莱斯汀做的第一件与众不同的事，所以她小气得很。别人跟她讨论多特的名字或其他事时，她从没真正听进去。给多特喂奶、换衣服，或轻拍背部让多特打嗝，都是她的特权。只有她才可以为多特换尿片，给她洗澡，替她剪软软的小指甲，甚至连小家伙上下汽车都只能由她抱着。我只能坐在一旁，看着她一件件做完。我只能等着，等待时机，等待的过程很煎熬，因为每次见到多特，我都感到震惊，即便如此，我还是坚持了下去。我确信多特与我心有灵犀。我了解多特心中那些不被她妈妈接受的想法。

比如，只有我知道，她注定不是个婴儿。

和我一样，她对婴儿期不耐烦，想立刻长大。塞莱斯汀却从没注意到这点，因为对她而言弱小无助的多特是快乐的源泉。塞莱斯汀会因多特长得太快而伤心。多特一天比一天强壮，她在购物车般的婴儿车里乱跳，一跳就是好几个小时，直到筋疲力尽，她的小腿甚至长了肌肉。她不喜欢平躺着，只要一被平放下来，她会立刻翻身，换成摔跤选手的蹲姿。她不喜欢睡觉，从不肯乖乖入睡，睡姿也千奇百怪，要么手脚耷拉在婴儿车外，要么全身挤在角落，好像倒在战场上似的。只有睡觉时她才会暂时消停。醒来后，她便嚷嚷着要吃的，一旦被抱下婴儿车，重获自由，她积蓄的能量便会爆发，几秒钟内就能爬遍整间屋子。

多特断奶时塞莱斯汀沮丧了好一阵子，我却暗自高兴，这是多特迈向独立的一大步。多特长牙了，一颗颗平整的小白牙忽然一起蹦出来，两颗上门牙之间有条宽宽的缝隙。她学会了咧嘴笑，伸展四肢，还能稳稳地站着。不久后，我们开始担心她在我们忙碌时扯下桌上的刀，或被卷进机器里，于是只能将她拴在安全的角落。但她解开身上的结后，跌跌撞撞地走向沸水炉或冰库这类危险的地方，拖都拖不住。我已将“科兹卡肉铺”更名为“肉铺”，这儿可不是小孩玩的地方。我常担心宰好的半头猪会掉下来砸到她，担心她会爬进牛棚，被迟钝的小母牛踩在脚下。但她和她爸爸不一样，她爸爸总能带来灾难，而她能抵挡任何伤害。罐头落下来，正好从她身边擦过，她看都不看就能安全地跨过排水的明沟。

我想，兴许是她的大嗓门吓跑了厄运。一旦她发现自己拥有的一切，就变成了一个爱提要求、难以满足的小霸王。随着时光流逝，我们会把她培养成一个自私的女孩，这点我们心知肚明。她学会的第一个词是“再来点”，她在我们的溺爱下从不满足，越长越胖。我们小时候经常吃不饱，现在却舍不得让她少吃一口。塞莱斯汀想教她学规矩，教她说“请”，但没能教会她如何正确地使用这个词。多特咆哮道：“请再来点!”眼睛瞪得像纽扣一样大。

我们亲手把她想要的递给她。她咕咚咕咚喝完牛奶，尖叫，把奶瓶一下子扔在地上，咬塞莱斯汀，用力扯下自己头上的塑料发卡，还将头发连根拔起，然后交给我们一簇头发。对她而言，自己的伤似乎不值一提，因为我们伤得更深。要是她头上起了秃斑[①]，膝盖擦破皮了，或者前额肿得发紫，我们比她还吃惊。看着她成长，我们感同身受，仿佛又经历了一遭童年。

塞莱斯汀让她读一年级前，她的体型就跟比她岁数大一倍的孩子一样，很结实，被宠坏了。她深红色的卷发修剪得整整齐齐，方方正正的脸上总带着沉思的神情，从她噘起的小嘴、深陷的眼睛和眉毛中，我看到了我哥哥的影子。她的眉毛笔直而精致，看上去就像用水平仪和浅棕色的蜡笔描过。她的头发像我母亲的。除此之外，她像极了我。皮肤白皙，骨架宽大，壮实。我可不是编的，但有一次我这么告诉塞莱斯汀时，系着硬挺的白围裙的她大口喘着粗气愤愤地说："你是她的姑妈，姑妈而已。我是她妈。"塞莱斯汀用一句话定义了在她心目中我该扮演的边缘角色，即每年给多特送条短裙或衬衫做生日礼物的人，出席她毕业典礼的人，观看她诗歌朗诵和校园戏剧的人，万一她的脚被夹了来照顾她的人。确定无疑的是，她与谁都不像，无论是外表还是内心，内心尤其不像。

但塞莱斯汀的希望落空了。我从多特一根筋和拳头紧攥的样子中看到了自己。多特是我的掌上明珠，这点我毫不否认。

塞莱斯汀第一天送多特上学时，我跟着去了。多特没上幼儿园，而班里的其他孩子早已互相认识。塞莱斯汀陪她走进教室，而我只能以姑妈的身份看着。我站在教室外，教室里坐着一群性情温和的孩子。我看到了固体胶、装着钝剪刀的盒子、

① 局部性斑片状脱发。

一沓沓彩纸和一把把小椅子。我闻到了学校特有的那种干干的、酸酸的味道，粉笔屑和地板蜡的味道，还有清洁工在洗手间地板上撒的粉色消毒粉的味道。沙姆韦老师挥舞着两条瘦弱的胳膊，两个男生便站了起来，开始分发红白相间的盒装牛奶。塞莱斯汀给老师带了一盒面包店买来的曲奇饼干，以确保班上的其他孩子欢迎多特的到来。但我知道那盒曲奇不管用，当时不管用，以后也不会管用。从我所站的地方看去，多特就像羊圈外伺机而起的狼，什么都无法阻挡她。沙姆韦老师年纪轻轻，却满脸褶子，观察力敏锐。但即便如此，她后来也管不住多特。她搂着多特的肩膀，向全班介绍"班里新来的女生"，我知道那时沙姆韦老师一定感到惊讶。多特激情满满，眼睛闪闪发光，下巴高高抬起。看着多特时，班里的男生们一言不发，而女生的脊椎骨如紧绷的弦一般僵硬。孩子们彼此之间有种特殊的感应能力。他们能看到塞莱斯汀和矮小严厉的沙姆韦老师都觉察不到的东西。那些孩子是麻雀，多特则是天上盘旋着的急切的老鹰。直到去上不同的中学，直到一切都变了，他们才能远离多特那些心血来潮的想法，而那还要等七年。

确实如此，从第一天起，多特就暴力地对待他们。她不想伤害任何人，只想让他们喜欢她。但谁都无法解释她为何用那么暴力的方法来博得他人的喜欢。

一天，多特像往常一样铿锵地走进肉铺大门，塞莱斯汀放下刀，对我说她今天会收到沙姆韦老师的字条。"为什么?"我问。塞莱斯汀不喜欢我好奇心太重。

"没什么，"她喃喃地说，"多特和一个女生有些小摩擦，那个女生的妈妈打电话给我了。”

塞莱斯汀绕过柜台，摘下围裙。我跟着她走到肉铺门口。我们向外望去，看到多特拖着重重的鞋子走在煤渣车道上，步伐缓慢，一副垂头丧气的样子。她任由头发从天鹅形状的发卡上散下来，遮住脸庞。虽然她的脸被遮着，离我们也有些距离，但我还是能看到她两眼无神，透着恐惧。我想象得出她紧闭的双唇正在颤抖。

“我去接她吧，”我主动说，“有时这样更好。”

塞莱斯汀转向我，每当她生气时，脸部的每一寸肌肉似乎都会变得僵硬，眼神暗淡无光，像蒙着一层薄膜。

“你什么意思啊？”塞莱斯汀问，“什么叫‘有时这样更好’？”

“有时姑妈去接更好。”

“有时姑妈去接更好。”她重复了一遍，将揉成一团的围裙塞给了我，然后突然大步走向门外，想让我气馁。但我管不住自己，仍然紧跟上去。不过当她质问多特时，我稍稍往后站了站。

“字条给我。”塞莱斯汀坚决地命令道，她立刻伸出手，摆出一副家长必须有的严厉姿态；而多特将双手伸进口袋，脖子通红，不愿抬头看她妈妈的眼睛。

“没有字条。”多特终于开口说。

“那你把我替你写的道歉信给沙姆韦老师了吗？”塞莱斯汀质问道。

“给了。”

“你没有！”塞莱斯汀吼起来，“你没给！小小年纪竟然学会撒谎了！”

多特抬起头看着她妈妈，我看出了她眼神里的哀求。我以为她的脸颊是因为突然伤心而通红，但事实上那也许带着挑衅意味。多特说不出话来，所以我开始为她辩解。我不忍心看她遭罪，于是灵活地从塞莱斯汀身后伸出手拽住多特的手腕，稳稳地把她拉到我面前。

“我们先回店里坐下，”我说，“然后聊聊，目前情况还不算太糟。”

“哦，情况已经很糟了，”塞莱斯汀不悦，气愤地从我们身边大步沿车道走回肉铺，“昨天你的宝贝侄女打掉了一年级同学的一颗牙。”

“拔牙，”多特纠正道，“那颗牙早就松了。”

“那个小女孩的妈妈昨晚打电话给我，”塞莱斯汀继续说，“那颗牙还没到掉的时候。”

“真的要掉了，”多特坚持道，“是她让我拔的，那样牙仙①就会给她25美分。”

“那你也不该用石头，石头！”塞莱斯汀大喊，“还有，你做了哪些好事？该把道歉信交给沙姆韦老师，信呢？”

塞莱斯汀突然停下来，挡住我们，想吸引我们的注意。

“今天是不是还发生了什么？什么坏事？”她冷冰冰地问。

“没有。”多特回答。她答得很快，甚至连我都觉得可疑。但塞莱斯汀感到疲倦了，不想打破砂锅问到底。

---

① 童话里的仙子。小孩将脱落的牙齿放在枕下，牙仙会趁小孩睡着时取走牙齿，并留下几枚硬币。

"那最好。"她从我手里拿回围裙，系在身上，"去吃点心吧，去吧。我把店里收拾一下，回家后再问个清楚。"

我和多特一起走向厨房，准备给她做个三明治和一块小甜饼，说些悄悄话。这样我才能直接从多特口中了解到"淘气黑箱"里究竟发生了什么，也正是因为这样我才去教训沙姆韦。多特撒了个弥天大谎，"淘气黑箱"并不是我想象中的用来折磨学生的工具，即便如此，沙姆韦也活该被教训，但无论如何，那天过后我就后悔了。我倒了杯牛奶、拿了些麦麸饼干放在她面前后，多特说她整天都被关在漆黑的"淘气黑箱"里，我深知自己当时该对她的话有所怀疑。

"'淘气黑箱'真的是个箱子吗?"我坐在她身边，为她被关在黑箱里而愤怒不已。

但多特嘴里塞得满满的，眼神无声地回答了我。她眼里闪着耻辱的泪光。往常她哭是为了达到自己的目的，但今天下午，眼泪一直在她淡褐色的眼睛里打转，她泪眼朦胧的样子比啜泣时看起来更可怜，更让人觉得她很无辜。她大口嚼着饼干，大口喝着牛奶，然后继续描述那个箱子：

"那个红箱子是在教室后面，在钟下方。沙姆韦老师每次都可以关好几个小孩在里面，她把你推进去后就'砰'地合上盖子。箱子很大，木头做的，里面有许多碎片。"

多特清晰地回忆起了那种可怕的感觉，便不再往下说了，至少我当时是这样想的。"里面很黑，很黑。"她轻声说，眼神绝望、冷淡。她为求安慰，把一整块饼干塞进嘴里，而在咀嚼时又伸手去拿另一块。但我很少纠正她的不当行为，实际上，我尽量不对她说“不”。这个字眼如同电击，能让她如雷神般震怒。“不”字让她身上的电压升高，只有当电流从她传到我们身上后，她身上的电压才会降低。我默许她再往嘴里塞一块饼干。我想到了沙姆韦，她惩罚学生的方式让我脊背发凉，就像读小说时那样。

“沙姆韦……那个沙姆韦……真是个女巫!”我摇晃着站起来，“这次她可跑不了了!”

我低头看着多特，她也正抬头看着我，我从她眼中看到了她对我的崇拜和天真的信任。就像神话故事里那样，我是她的教母，是她的守护者。

“你只管吃完这些点心，”我边说边拍拍她的肩膀，摆出大人威严的态度，“我来教训沙姆韦。”

多特脸上的笑容绽放开来，热烈而灿烂。我在那笑容的鼓励下愤怒地走出肉铺，跳上卡车，发动引擎。我甚至没把时间浪费在戴帽子、系围巾上。我急忙驶向学校，准备在沙姆韦开溜前截住她，不然就去她的复式公寓，或阿格斯的任何角落——其他一年级教师先放出“淘气黑箱”里的孩子，再把红铅笔削得如针般尖利后可能溜去的角落。

多特就读的圣凯瑟琳学校是我的母校。很久前，我曾在那儿创造过令人瞩目的奇迹。现在阿格斯人口增加，学校扩建后也更加世俗化。每个老师都教着更多的年级，工作日不再强制师生做弥撒。我自信满满地走过双层绝缘玻璃门，快步穿过空无一人的大厅，走向沙姆韦所在的教室。我几乎被愤怒冲昏了头脑，等不及给沙姆韦一拳。我运气不错，如我所愿，她还在教室，正准备回家。她把反光的衣橱当作镜子，把一顶亮蓝色贝雷帽固定在头发上。我看了她一会儿，便往教室后方看去，看到的一切让我怒不可遏。

正如多特所说，钟下方摆着一个光滑的箱子，箱子被漆成了不吉利的亮红色，长度像棺材，宽度却比棺材宽一倍。我走到沙姆韦身边，她立即转头，像一只受惊的啄木鸟。我猛地掀开盖子，本以为会看到里面蜷缩着几个脸色苍白的孩子，没想到却装满了玩具。

“你每晚都往箱子里装满玩具吗?”我转过身，质问沙姆韦。

“您说什么?”

我指着箱子，然后提起箱子一头，倒出了所有玩具。积木、消防车、塑料娃娃家具和颜色鲜艳的橡胶圈撒了一地。我松开手，空空如也的箱子砸在了地上。

“沙姆韦老师，你过来。”我说。

她满不情愿地走了过来，面带惊恐。

“你什么意思!”她大喊，“你是谁?”她颤抖的声音透着担心，头发惊慌地竖了起来，顶起了蓝色贝雷帽。她盯着我，缓缓地向我靠近。她脸蛋平整，轮廓分明，瘦削的脸上布满皱纹，可她年纪不大。她顶多二十六岁，眼睛周围却像老太太一样发红。她顶着一个小精灵般奇怪的发型。

我双手叉腰站着。我的腰可是标准的屠夫的腰，能抬得起重物，能把火腿搬上烟熏架子。

“你的小把戏到此为止了，沙姆韦老师。”我说。

她惊讶地咳嗽了一声。“您到底在说什么呀?”她尖声问。她往后退了几步，迟疑地微笑着。我现在想想，她当时可能只是以为我疯了，并不会伤害她，但当时的我认定她心里有鬼，所以才会露出紧张的笑容。我伸出手，抓住她那件驼色外套的衣肩，把她拖到箱子旁边。

起初，她惊呆了，膝盖都软了，鞋跟在地上打滑。但等我把她拖到箱子边上，开始把她像洋娃娃一样弯起四肢塞进箱子时，她忽然镇定下来，站稳不动了。出乎我意料的是，她既敏捷又强壮，所以我费了好大力气才把她连胳膊带腿一起塞进箱子。她非常镇定，丝毫没有大喊大叫。不过等到我一屁股坐在盖子上，喘着粗气时，沙姆韦开始使劲捶打，大声哀号。

"省省力气吧，"我对着下面大喊，无比满足，"现在你在'淘气黑箱'里啦！除非你答应以后不再那么干，否则我不会放你出来。"

沙姆韦没说话，她正琢磨着什么。即便受到了惊吓，她还是明白了我的意图。

"这不是'淘气黑箱'，"她低沉的声音传了出来，"黑板上那个才是。"

教室前部的黑板擦得干干净净，甚至不像黑板，而是一块光滑的墨绿色木板。

"沙姆韦老师，"我说，"我可不是五岁小孩，别想骗我！"

她又沉默了一会儿。

"让我出去，"过了好一阵子她才说，"否则我就报警抓你。"

"你不会报警的，沙姆韦老师，"我思考片刻后回答，"我会把'淘气黑箱'的事告诉警方，他们会吊销你的教师资格证。"

“‘淘气黑箱’是黑板上那个，没什么不对。”她回答。

我没听她狡辩。我环视教室，寻找可以压在盖子上的重物。教室里有长长的木质课桌、椅子、灭火器和锡制灰色垃圾筒。沙姆韦的书桌也在教室里，我觉得只要她能乖乖地在箱子中多待一会儿，我就能推动，甚至举起那张桌子。但我意识到自己暂时无法把她强压在箱子里，只能通过恐吓来让她听话。我捡起一块长方形的紫色积木，用力敲打盖子。

“你敢出来，我就用这个砸烂你的头!”我警告她，希望能吓住她。但我刚站起来，走到教室前面想推她的书桌时，她就跳了出来。红色的盖子向后摔到地上，她跳了出来，黄褐色的外套和尖头黑皮鞋仍然整洁，只是蓝色贝雷帽被微微压扁了。她弯下腰，捡了块类似的积木，举着它慢慢向后退到教室门口。我绕过她的书桌，捡起自己刚扔下的积木。我们以同样的速度移动，以这样奇怪的方式小心翼翼地走过大厅，穿过前门来到操场。到了操场后，我再也无法教训她。她走向放学后留在操场上玩耍的那几个孩子，混入他们中间，急切地说着什么，于是我离开了。但离开时我确信自己已替多特报了一箭之仇，给了沙姆韦一次难忘的教训，也为阿格斯所有的孩子做了一件好事，毕竟他们生命中必有一年会落入沙姆韦手中。

除此之外，我没多想，更不会想起她曾威胁要把我抓起来。但她真的报了警，把来龙去脉都告诉了警察，列了份表现不好的学生名单，还认定我就是其中一位学生的母亲。

因此，罗纳德·洛夫捷克警官第二天就来店里了。罗纳德体形高大，神色忧郁，双肩微微下垂，似乎不太敢与罪犯对峙。这几年，甜菜被引入小镇，他的工作也越来越不好做。炼糖厂的建筑工人在酒吧喝酒闹事，柏油运输工在小镇边的辅路上安营扎寨。他正想查查小学里发生的口角呢，不过，他不太想进入肉铺。以前他疯狂又无望地追求过斯塔，最后却输给了吉米，所以即便来斯塔曾经住过的地方也会让他伤心。他追斯塔时，会写信给她，送她黄色小盒子装的惠特曼巧克力。不过为了让斯塔保持身材，那些巧克力总被我和弗里兹吃了。他的出现让我想起那些巧克力，甚至想吃上一块。但他有重要的事情要办，他正皱着眉头描述沙姆韦老师那件事，没有直视塞莱斯汀，似乎担心看着她会让她觉得自己正在被指控。

“所以……”他讲完事情经过后咽了咽口水，“我想知道您昨天下午在哪儿。”

“让我想想。”塞莱斯汀答道，她陷入了沉思。塞莱斯汀没做错什么，却被怀疑是嫌疑人，我能看出她觉得这种想法挺有意思，她喜欢被问这种令人紧张的问题。我知道她正在构思一个复杂的不在场证明，但没等她开口，我就破了洛夫捷克的案子。

“罗纳德，是我干的，”我大声承认，毫不羞愧，“是我干的，但我有正当理由。”

“哦？”他只惊讶了片刻，没有深究。“很遗憾。”他的声音低沉了下来，我坚定的语气使他沮丧。他双眼湿润，神色失望，问是否可以找个安静的地方，谈谈我面临的指控。

“请便。”我带他从过道走进厨房，塞莱斯汀目瞪口呆地跟了进来。我们三人围坐在餐桌旁，洛夫捷克从衬衫口袋里掏出一本线圈笔记本，从领带上取下圆珠笔。

"好，"他说，"说说您的理由。"

"这是我作为公民的责任，"我说，"沙姆韦老师虐待儿童。"

"怎么虐待的？"罗纳德一边询问，一边迅速记录着。我把"淘气黑箱"的事告诉了他，不放过任何细节。我说话时，他挑起眉毛，频频摇头，时不时叹口气，不以为然。

"等一下，"我正描述箱子里的碎片如何刺伤孩子们的手时，塞莱斯汀打断了我，"你说的是'淘气黑箱'吗？"

"你也知道吗？"我看着她，感到十分惊讶，她早就知道却从未提起过。

"我当然知道……玛丽，"她说这话时表情古怪，"……那不是个真正的箱子，只是黑板的一角，如果学生说脏话或无礼时，老师就把他们的名字写到那个角落里。"

我蒙了，便没往下说。

"你确定吗？"

"我亲眼见过。"

罗纳德警官搁下笔。

"让我来梳理一下。"他说，不过他似乎觉得不太能梳理清楚，便只是坐着，对着自己的指关节皱眉头，等我或塞莱斯汀开口。

"好吧，"最后他还是开口了，"难道这只是场大误会吗？"

事实摆在眼前，我不得不承认这是场误会。

"呃……我试试让她撤销指控吧。"他叹了口气，不悦地起身，顺着过道走出厨房，离开了肉铺。

"你只要告诉我，"塞莱斯汀说这话时，肉铺大门的门铃响了，意味着洛夫捷克刚出门，"多特是不是对你撒谎了？这一切是不是她胡编的?”

我没法回答。我想起了多特热切的脸庞、无声的恳求，以及闪烁着的羞耻的泪光，这一切都欺骗了我。

“像是她会干的事，”塞莱斯汀说，“我正在努力让她知道什么是谎话，什么是真话。”

“好像不难啊。”我假装忙着将量好的咖啡粉倒进渗滤式咖啡壶的滤纸篓中。或许我自己也分不清谎话和真话，至少我不知道这个小插曲代表了什么。现在没法清楚地回忆起当时的一切，但我相信这个关于沙姆韦老师“淘气黑箱”的插曲使得我和塞莱斯汀第一次统一战线对付多特，而这一切都是因为我上当了。

“有了你，教她区分谎话和真话可不容易，”她边说边用手指画过弗里兹用钩针编织的台布上的图案，“反倒更复杂了。”

我一勺一勺将咖啡粉倒进咖啡壶，煮一壶浓咖啡。我不想转身，因为在把沙姆韦老师塞进玩具箱之后，我无法再为自己辩解，即使辩解了，也找不出什么可信的理由。我站在那儿，手拿勺子，不由得想到沙姆韦把事情告诉警察时的样子——她瘦削的脸颊抽动着，扁平的蓝色贝雷帽煎饼似的摊在她那小精灵般奇怪的发型上，让她看起来很正直。

“你真该看看她当时的样子!”我突然大笑起来，但在塞莱斯汀看来我不该笑。我转过身时，她已离开了。从第二天起直到夏天来临，她都拒绝和我说话，只回答“是”或“不是”。等这件事平息时已经到了暑假。

那年暑假，卡尔给多特寄了一张精致的电动轮椅，那张轮椅是他兑换了医疗器械展览会门口散发的奖券得来的奖品。电动轮椅是拆开寄来的，所以塞莱斯汀用了她七天长假的前两天来组装轮椅。

她组装轮椅时我也在场。塞莱斯汀六月一日才重新和我说话，我们都松了一口气。我知道她故意选在那天，而在那之前都只用一个词回答我的问题。六月的第一天，她打电话给我，将对多特近来的观察和她有趣的行为讲给我听，这些塞莱斯汀积攒了许久。我是阿格斯唯一能听她倾诉而不会失去兴趣的人。阿格斯人记性很好，他们一直觉得塞莱斯汀古怪，甚至名声不好，因为她生孩子时岁数大了，而且直到孩子出生那个轻浮的男人才愿意娶她。阿格斯有对邮递员夫妇，他们认真查看每封信件，有次通过熏热气打开了几封装有银行对账单委托书的信封，被抓了现行。他们到处说卡尔很少来信，还说他寄给多特的包裹都奇奇怪怪的。

火柴盒，餐盘，酒店毛巾，洗碗巾。他总会给多特寄一份他正在推销的东西的样品。富勒牌刷子、收音机天线、发型喷雾和地板清洁剂，这些东西隔几个月便通过邮政包裹寄来。即便写信，他也是写在廉价酒店抽屉里的明信片上。他还收集了好多酒店的信纸，堆得太多时便寄来一些。

可这张电动轮椅更是奇怪，以前寄来的信纸、刷子、免费广告笔和发型喷雾剂多少有些实际用途。

“这张轮椅可以前进或后退，”塞莱斯汀说，“真不赖，真不赖。”

车道上，我们仨围着这张轮椅，看着塞莱斯汀安上最后几颗铬合金螺丝钉。她弯着腰，专心致志地研究复杂的说明书，我和多特则一起坐在台阶上。在不搭理我的那段时间里，塞莱斯汀不准我给多特准备放学后的点心，不准我带她出去玩，事实上，在多特这个年龄，看不见我自然就疏远了。她可能不想我，但我很想她。多特不在身边时，我时常心不在焉、健忘、心情低落。现在，我不埋怨她们，我们的关系又恢复到“淘气黑箱”事件之前那样，我很开心。当塞莱斯汀对着外形奇特的零部件喃喃自语时，多特告诉我沙姆韦老师对她的态度有所好转，我们还一起讨论了她明年的老师雪拉费卡修女。雪拉费卡修女高挑温柔，会拉风琴，能指挥合唱团。多特希望学校组一支节奏型乐队，她想去打砂块①。

“我也可以教你吹木管乐器。”我边说边吹马唐草的空茎杆。

塞莱斯汀一组装好轮椅，多特便分心了。多特跳上轮椅，操控它，在煤渣车道上开过来开过去。塞莱斯汀走上台阶，坐在我旁边。

“不知为什么……”她欲言又止。

“怎么了？”

“我觉得，这不是卡尔送来的所有礼物中最贴心的。”

我喜欢为哥哥辩护，并不是因为他在乎我这么做，也不是因为他曾为我说过好话，只是单纯出于血缘关系。他意外地让我和多特之间多了血缘关系，或许我因此心存感激。

“我觉得这件礼物别出心裁，”我说，“确实与众不同，你看多

---

① 由两个表面分别覆以砂纸的木块组成，互相摩擦发出声音，是节奏型乐队和儿童音乐教学中流行的乐器。

特多喜欢啊!"

的确，多特很快就掌握了如何操纵电动轮椅，快速前进，边疯狂转圈边颠簸，单轮着地，在最后关头停稳。多特玩得开心，但塞莱斯汀看着那场面可不开心，甚至觉得那是不祥的预兆。

"它让我……"她在读过的言情小说里寻找恰当的字眼，"毛骨悚然，对，就是毛骨悚然，"她做出了决定，"我们不能留着它。"

"您说什么?"多特大声问。她的耳朵灵敏。

"我们要把它送给真正需要它的人，"塞莱斯汀说，"这张轮椅太贵了，不能用来当玩具。"

多特启动了轮椅，又忽然停下来："这是爸爸送给我的，是我的!"她压低眉毛，恶狠狠地瞪着我们，神情骇人。

但塞莱斯汀看起来心意已决。"对，"她又说了一遍，"我们要把它送给别人。"

"送给谁呢?"我问，心里仍觉得她应该让多特留下轮椅。

塞莱斯汀没回答，沉思了一会儿。然后她转过头来，责备地盯着我，倒好像是我疏忽了什么，好像我知道该送给谁。

"你想想，"她说，"答案很明显。"

多特跳下轮椅，把它推到后院的斜坡上。她坐上轮椅，松开刹车，让轮椅从坡上快速滑下。

"别卖关子了。"我有些恼火地说。

"拉塞尔。"她回答。

她说得对，我该想到拉塞尔。他中风瘫痪后，医护人员把他送到保留地，送去和他同父异母的印第安哥哥伊莱·喀什帕住在一起。塞莱斯汀说，他们住的小木屋塞满了动物毛皮、打猎的陷阱、狐狸麝香和各类裸女月历，糖装在打了结的袋子里，餐叉都弯了，或立在开口的罐头里，或挂在墙上钉着的钢钉上。

据塞莱斯汀所知，伊莱只离开过保留地两次。第一次是塞莱斯汀的母亲去世后的第三天，他像貂一样溜进教堂参加葬礼，静静地坐在后排，没和任何人说话，然后又悄悄离开。为了更了解伊莱，伊莎贝尔、宝琳和拉塞尔不得不像伊莱追踪猎物那样小心翼翼地跟着他。他们多次努力，终有回报，因为伊莱和所有孤独的人一样，起初认生，但后来就成了知心伙伴。他收养了一个名叫琼的小女孩，教她设陷阱、打猎，教她饥饿时如何在林中生存，教她如何避开猎场管理员。琼长大后比被伊莱收养时更野。

伊莱过于自我封闭，以至于一半亲戚都不知道他很在意拉塞尔。拉塞尔因被授予多枚奖章而名声大噪。伊莱前往圣阿德尔伯特医院，在弟弟的出院表格上潦草地签下喀什帕这个印第安姓氏，这是他唯一勉强会写的一个单词。当时，有个住在保留地外、在医院服务台工作的堂妹在场，她说自己和其他人一样感到惊讶。那是伊莱第二次离开保留地——为了接拉塞尔回家。伊莱家有两个房间，拉塞尔就住在那儿，他睡觉时身体笔直。伊莱给他洗澡、换衣服，天气好的时候把他推到未经修整的院子里，任他打盹儿，院子里有几条毛发不整、如美洲豹般瘦削的狗保护着他。

塞莱斯汀每年去看望他们几次。每次回来后，她似乎都无法释怀，这也是此次我想跟她一起去的原因。我想看看拉塞尔还能不能说话，能不能用刀叉吃饭，手能不能动。上次我去医院探望他时，我们的关系弄僵了，我一直很难过。

因为拉塞尔一直不说话，或许更糟的是他开口说话了，所以我探望他后浑身发抖。他张开嘴巴，一串串元音倾泻而出，急促的声音折磨着我。我竭力理解他发出的声音。我拿了一罐果汁给他，把报纸递给他。我指指卫生间，又把坐在轮椅上的他推到窗边。我努力琢磨，几乎穷尽了病房中的各种可能性，最后，他却情绪低沉，一言不发。他向我身后看去，陷入了我无法进入的无声世界。

他身体康复后，整个人瘦了一圈，僵直的坐姿让人不忍直视。岁月在他的脸颊和额头上留下明显的痕迹，但他的眼睛却十分漂亮，眼球乌黑，眼角上扬，这种鲜明的对比让我心碎。我知道他头脑清楚，我握住他的手。

“拉塞尔，”我说，“我真的为你感到难过。”

他低头盯着我俩的手。我的手很粗糙，厚厚的指甲开裂了，疤痕遍布。他棕色的手干涩、修长。他想把手从我的手中挣脱，却一点也动不了。我感到他的愤怒由内而外无声地爆发了出来，我甩开他的手，站了起来。我没道别，就开着卡车回去了。一路上，我为自己犯下的错感到羞愧。我假装不喜欢握他的手，或纯粹是被他吸引了，就像多年前的夏天，我抚摸战争在他胸膛留下的疤痕一样。但其实，我抓住他的手时满心激动。后来没过多久，拉塞尔就搬去伊莱家了。一晃六年了。

“拉塞尔舅舅会喜欢这张轮椅的，”塞莱斯汀把她女儿叫回来，“你和我们一起送过去，算你送他的。”

多特停了一会儿，但很快又启动了轮椅。她决定趁现在先玩个痛快。塞莱斯汀叹了口气，用力拍打着膝盖，站了起来。

“在送人之前，她要使劲折腾这张轮椅。”

“你怎么运过去呢？”我问，其实我心知肚明，用我的卡车运送。塞莱斯汀知道我明知故问，她若有所思地看着院子尽头的轮椅。

“你来开车吗？”她问我。

“我来开，”我回她，“但我从未见过伊莱。”

“还有我姨妈，”塞莱斯汀说，“她现在经常去那儿。”

“哪个姨妈呀？”

“弗勒，你知道的，我妈妈去世时，她来过这儿。”

“弗落①，真是个怪名字。”

塞莱斯汀低头看着我，觉得有些好笑。“弗勒，”她说，“在法语里是花朵的意思。”

“好啦，”我边说边准备起身离开，“别卖弄了，你知道我中学选修了簿记，没学法语。”

第二天早上，我到店里时，塞莱斯汀正在用报纸包好肉冻，再用橡皮筋扎住。我猜我们会带肉冻去，外加一根香肠，如果有烤好的单层大块蛋糕，也会一起带去。我们每次探望别人时，总由我提供带去的食物。我从杂货架上拿了几袋姜饼，回到房间，系上头巾，随时准备出发。艾德里安留下来看店，一切准备工作井然有序，没什么特别的。多特一直在外面和我的几条

① “弗勒”（Fleur）与“弗落”（floor）发音类似，“floor”有“地板”之意。

狗玩耍，临近中午才回来。她坐在我们后面。我们的送货卡车是全封闭的，看起来像厢式货车，前排座位后面整齐地铺着软胶枕头，轮椅放在多特旁边。我们就这样出发了。离开阿格斯路程还未过半，多特便坐在软胶枕头上，头压着胳膊，沉沉地睡着了。

现在想开出阿格斯可不容易。那条公路尚未完工，随处可见橙白相间的路障、油罐、反光镜和举着警示牌的工人。我们花了近半个小时才走完那段路，紧接着又是一段景色优美的小路，然后才到保留地边界。我在保留地的指示牌边停下车，告诉塞莱斯汀该她开了，必须她来开。于是她下了车，绕到车前方，坐进驾驶座。保留地的路是砂砾铺成的，褐色的灰尘在车后漫天飞扬。一路上不见城镇的高楼，只看到莫名被废弃的矮屋，只有狗对它们不离不弃。

多特爬到前排座位，坐在我和塞莱斯汀座椅中间的手套盒上，帮她妈妈转动方向盘。她浓密的头发被塞莱斯汀剪成齐耳短发，像戴着橄榄球头盔。夏日阳光下，她的头发闪着金色的光泽，伴有铁锈色和暗棕色。她刚刚把头枕在胳膊上睡觉，所以一侧脸颊还留有红印。现在她清醒了，开始没完没了地问问题、大呼小叫，她跟我们完全不一样，简直是天生的旅行家。我这辈子唯一一次旅行就是坐货运列车来到阿格斯。我从不关心窗外变换的景色，但多特却对一片荒芜、尘土飞扬、树木挺拔和房屋若隐若现的保留地景色兴奋不已，她尤其喜欢通往伊莱家的那条坑坑洼洼的路。

“看那边，”她厉声喊道，边喊边试图转动方向盘，“向左！

向右！”

沙姆韦老师学期末时教过左右的概念，多特最喜欢用到平日的生活里。但在前往伊莱家的途中，有太多的车辙和弯路，多特很快就玩腻了。

伊莱家很小，房顶盖着灰色的木瓦，房子周围是一圈狭窄的泥塘，里面全是土。车还没停稳，几条恶狗就冲了过来。多特立马越过我的膝盖，跳下车，冲到恶狗之间。她的动作一气呵成，把塞莱斯汀吓呆了。

拉塞尔离我们稍远一点，靠在纱门边，被一团阴影笼罩着。他与斑驳的光线、昏暗的房间、磨损的木板和掉漆的墙壁融为一体，以至于多特一开始都没看见他。多特也没看到伊莱一声不响地从空地旁那片昏暗的灌木丛走出来。伊莱看着多特、狗和正从卡车上下来的塞莱斯汀。拉塞尔望着妹妹塞莱斯汀时，伊莱正看着他。

塞莱斯汀提着肉冻和长而硬的熏香肠朝拉塞尔走去，露出热切的笑容。塞莱斯汀虽然迈着大步，但心里肯定无比紧张，因为那几条狗已从多特身边跃过，龇着牙围住了塞莱斯汀。塞莱斯汀停下脚步，接着突然将熏香肠往下一甩，重重地砸在体形最大的那条狗的鼻子上，同时大喊：“滚开！”

伊莱向塞莱斯汀走去，伸出手同她握手，然后大门开了，弗勒走了出来。塞莱斯汀只告诉过我，弗勒以前为皮特姨父干过活，且精神不正常，但弗勒给我的第一印象却很正常，举止自然。她站在拉塞尔身边，手搭在他肩上，也许是想让拉塞尔镇定下来，可拉塞尔似乎没注意到我们。弗勒骨架大，人却很瘦，身形像塞莱斯汀，脸长得像坐牛酋长①似的。她的眼睛细长，很是警觉，嘴巴宽大，穿着蓬松的蓝色花纹家居便服，像套了个旧沙发套。

塞莱斯汀走过去亲吻拉塞尔的脸颊，拉塞尔把头扭开，注视着树林。塞莱斯汀拉着他的胳膊，但他看着塞莱斯汀的手，仿佛在看一片不经意飘落在自己身上的落叶。

“见到你，他很高兴。”弗勒说。

多特小心翼翼地走上前去，站在拉塞尔面前，双手插在口袋里。她打量着拉塞尔，仿佛他是一个被冻结在冰里的人，或是被关在铁笼里的犯人。

“别盯着他。”弗勒说。

塞莱斯汀吸了一口气。多特不喜欢别人命令她，越是命令她，她就越发执拗、气愤。多特一言不发，转过身去，跺着脚走向卡车。

“帮我把我的轮椅拿下来。”多特命令道，于是我卸下了轮椅。她推着轮椅向前走去，下定了决心，既然一定要送给别人，那就亲手送出去。轮椅上崭新的铬合金螺丝钉闪耀着光泽，皮革发出轻微的摩擦声。

“这是给他的。”多特说着便把轮椅推到拉塞尔面前。

没人说话。

“他在这儿过得很好，”弗勒对塞莱斯汀说，“你照顾不好他的。”

“嘿！”多特喊道，“我要把这个送给拉塞尔舅舅。”

---

① 1831—1890，著名印第安苏族部落首领。

“我们不是来接他走的，”塞莱斯汀告诉弗勒，“只是送件礼物。”

听到这话，弗勒显得友好了些。她露出牙齿，可能是在微笑：“从哪儿弄来的轮椅啊？”

我管不住自己的嘴，插了句话。

“她爸爸送她的。”

“您是谁啊？”弗勒冷冰冰地盯着我，问道。

“我是她姑妈，开着一家做香肠的店。”我说。

弗勒眼中闪过一丝不悦，目光冰冷。

“进来吧。”她边说边招呼我们从她身边进屋。

我们坐在厨房里，伊莱家很小，厨房是家里最大的一间屋子。我看到隔壁房间有台老式收音机，还有两个橙色板条制成的箱子，上面摆着拉塞尔那些没被收入博物馆的战争纪念勋章。我认出了叠好的旗帜、放勋章的小皮箱以及医生从他身体里取出的弹片和子弹。墙上有一张钉子和绳子绕成的网兜，里面别着一把德国鲁格尔手枪。

塞莱斯汀取出肉冻：“您介意我把肉冻放进冰箱吗？”

伊莱有台很大的老式冰箱，占了半面墙，冰箱表面已经泛黄。冰箱门上贴着一幅旧画，是铅笔画的鹿，那幅画看上去被重新贴过好几次。

“画得不错。”我摸着画说。

“是琼画的，”伊莱说，“她上中学时画的。”

我环顾四周。琼应该不在这儿，不过架子上摆着一张小女孩的照片，我想那就是琼吧。照片前放着一个小玻璃罐，里面插着一朵用红丝绒做的玫瑰，像从丝绒裙上剪下来的。照片上的小女孩皮肤黝黑，但很漂亮，顶着一头黑色短发。她的头发是咖啡色的，她虽然咧着嘴笑，但看起来很严肃。

“那就是她。”伊莱注意到了我的目光，说道。

“您女儿吗?”

“可以这么说。”伊莱耸耸肩，举起了咖啡壶。

“我刚煮了一壶咖啡。”他说话时声音轻柔，以至于我突然很想品尝一下，于是我坐在塞莱斯汀旁边的椅子上。他倒了三杯咖啡。

我们听到了多特的声音，不大，但是能听得到。

“要是我不想把轮椅送人，我就不必送，我可以自己留着啊。”

“小点声。”这是弗勒的声音，听起来冷冰冰的。

我们随后听到了双脚拖地行走时发出的窸窣声，还有金属的碰撞声。

“我想她们正把拉塞尔架上轮椅吧。”塞莱斯汀说。

但坐上轮椅的不是拉塞尔。我们听到轮子在土路上横冲直撞，大门砰地关上，多特一下子从灌木丛中冲过去。

“你自己来拿呀。”她大叫一声，后来声音越来越小，人也不见了。

“她正向拉塞尔展示怎样使用轮椅呢!”我为多特辩解道。

“他们一见如故，”伊莱说，“你想赌多少钱呀?”

我们听着小石子被卷进轮子后的吱嘎声，还有多特的喊叫声，只见轮椅的前轮腾空而起，她整个人向后仰，突然轮椅向一侧打滑，她便迅速掉头向房子开去。

弗勒就站在窗外。

“停下，”当多特到她面前时，弗勒说，“够了。”

塞莱斯汀和我同时紧张地坐直了，警觉地相互对视。

“什么啊？”多特假装没听到弗勒的话。

“下来。”弗勒说。

之后一片寂静。我想象着多特气得鼓起脸、攥紧拳头的样子，但却听到她正细声细语地恳求弗勒，这让我大吃一惊。

“我可不可以再开一会儿？”

“不行。”弗勒说，语气很强硬。

我和塞莱斯汀推开茶杯，站了起来，准备随时冲过去。我们满脸担心，看起来傻乎乎的。伊莱满脸疑惑地看着我们。

“坐下来，”伊莱连忙说，“坐下吃点面包吧。”

这时，多特开始撒泼。她先是低声尖叫，而后震耳欲聋地咆哮，我和塞莱斯汀一起朝门外走去。

“我最好出去看看。”塞莱斯汀说，话刚说完，多特的哭声戛然而止，像被塞住了嘴。

我把杯子放在伊莱的餐桌上，走出屋子。弗勒已经离开了，拉塞尔坐在他的新轮椅上，多特颓丧地瘫坐在泥土里。塞莱斯汀俯视着他们俩，刚才还有点焦虑，现在却很满意。

“我们走吧。”我突然说。多特非常高兴，拉塞尔没有任何回应，甚至都没瞥一眼多特。多特站起身，掸了掸屁股上的灰，向卡车跑去。我弯下腰，看着拉塞尔，至少得道个别吧。

“记得我吗？”我问，却又觉得自己可笑。

“你看起来气色不错。”我说。但事实上，他已瘦得皮包骨头。他身上干干净净的，衣服熨烫过，但与四年前相比，他瘦了很多。我转身离开时，塞莱斯汀正在大声和他说话，孩子气十足。

“我是塞莱斯汀，能看看我吗？认出我来了吗？”

伊莱走了出来，慢慢地扶着拉塞尔站起来，动作温柔、娴熟。

“和他们说再见吧。”伊莱对他弟弟说。拉塞尔张开了嘴，但发不出声音，眼神迟钝。他斜靠着伊莱，像被风连根拔起的树一样在风中摇摇晃晃。我们离开了，他们一直撑着彼此，站在院子里，直到我们回到主路上。

我们默默开了二十英里。我以为多特会对拉塞尔的事刨根问底，但她似乎不感兴趣，低头睡着了。塞莱斯汀也没说话，等我们回到通往阿格斯的岔道上她才开口。

“去哪儿了呢？”她突然问。她的声音上扬，盯着挡风玻璃往外看。

“什么东西去哪儿了呢？”我问。

“一切。”

她并不是真的在和我说话，也不是在问我。她没看我，而是看着道路两边整齐的庄稼。车不断前行，无边的田野不断倒退。

“他这辈子的所有遭遇，”她说，“我们说的一切，做的一切。一切都去哪儿了呢？”

我不知如何回答，所以专心开车。我曾经把脸撞向冰面，让人不可思议，但现在我只是个普通人。剩下的几英里路，我不禁琢磨塞莱斯汀有什么奇怪的想法。我在肉铺见过无数大脑，羊的、猪的，还有小牛的，它们的大脑和我们的一样，灰色的一团。一切都去哪儿了？大脑中到底有什么呢？平坦的田野在我们眼前展开，路边的浅沟向后退去。我思绪翻腾，想象着无数闪着蓝色电光的蜜蜂，它们聚在一起，组成一个脆弱的蜂群，只要轻轻一碰就会分散开来。我想象着一阵重击，如同用木槌击打绵羊般，又想象着一阵轻抚，然后我看见蜂群刹那间嗡鸣着飞散。

谁能阻止它们飞走？谁又能捉住它们呢？

斯塔之夜

一号病房的窗户都是普通玻璃，没装栅栏，也没上锁，路易斯说。他们望着窗外开阔的草坪，时值早春，小草正由枯转绿。门廊装着纱窗。“天气暖和的时候，你可以坐在那儿，”路易斯说，“就像在家一样。”他伸出双臂搂着斯塔，凝视着她的脸。两人站在州立精神病院不远处的一栋低矮的砖楼前，但斯塔既没看窗户，也没看着路易斯。

路易斯和精神病科医生都向斯塔解释过，一号病房是间疗养所，专为那些很有希望重返社会、正常生活的病人设立。斯塔之所以被送到这儿，是因为四个月前她假装失声，从那以后路易斯和邻居们只能看她的嘴型猜意思。她渐渐喜欢上别人弯腰凑过来，察言观色。她太喜欢这种交流方式了，以至于后来真的说不出话来。现在，当她张开嘴，试着用平常的语气说话时也发不出声音了。但如果她来州立精神病院，就有可能被治好，或许能大声说话。精神病科医生也这么说。

“塔普先生，您一直在鼓励她，对她真是太好了。”

精神病科医生说这话时，路易斯和斯塔都坐在他的办公室里。夫妻俩看着医生翻阅路易斯这些年为治好斯塔的病而做的笔记，笔记都写在黑色封面的艺术家手稿本上，有几十本之多。上面记录了斯塔的梦境，她与物体和花儿的对话，以及她向路易斯说过的幻觉。这些本子似乎如同拥抱一样，只属于他们二人。看到它们堆在医生的桌子上，确实让人吃惊。斯塔现在有些害怕，路易斯则正提着斯塔那只上好的棕色手提行李箱。

她竭力想让路易斯明白自己不想住在这儿，而想回家。

“等等，”路易斯看着她缓缓嚅动的嘴唇说，“我没明白，你再说一遍。”

斯塔的面部表情更加夸张，她命令他带她回家。

“不行，”路易斯回答，他很痛苦，“要么你大声说出来，否则我不去揣摩你的意思。”

斯塔无声地告诉他自己讨厌一号病房，也讨厌他。

“走吧，”路易斯边说边叹了口气，领着斯塔走上通往入口的人行道，“我们去看看你的房间。”

斯塔任由路易斯把自己领上前门的台阶，走过双层玻璃门，两层玻璃之间似乎嵌着铁丝，最后进入走廊。走廊的墙是深绿的，地面铺着黑绿相间的拼花瓷砖。他们朝一位穿着柔软的白色家居便服和毛衣的胖护士走去。

“哪位住院啊？”护士边问边打量着斯塔，斯塔被路易斯半推半扶着，显然就是病人。“哦，对，”护士想起来了，“院方给我打过电话了，您就是塔普太太吧。”

护士从护士台后面走了出来，居高临下地看着斯塔：“塔普太太，下周您才能住单人病房，目前先和瓦尔特福格尔太太合住吧。”

斯塔后退了几步，与路易斯拉开了些距离，愤怒地嚅动着嘴唇。护士没理会她，大步走开了。

“我们把您的箱子拿到大厅来，好吗?”护士喊道。

路易斯将手轻轻搭在斯塔的肩上，斯塔慢吞吞地跟随护士走进另一条走廊，走廊的墙也是绿的。满墙的绿色让斯塔想起了水族馆，想象自己住在两旁水藻丛生的玻璃水缸里。她想把这个有趣的想法告诉路易斯，好让他记在本子里。但不一会儿，他们就到了斯塔的病房外，她看到房间四壁被涂成了芥末黄色。

她努力让路易斯明白她无法睡在那个房间。墙壁的颜色让她恶心，她也不喜欢有人同住，和另一个女人睡一间房会使斯塔想起跟玛丽住在一起的日子。那段时间，斯塔整夜失眠，只能听着玛丽的酣睡声。斯塔讨厌玛丽酣睡时的每一声呼吸。待熬到天亮，自己早已疲倦无力，无论喝多少咖啡都提不起精神。她尽力把这些表达出来，奈何路易斯正在和护士说话，在便笺上写下电话号码和看望时间。斯塔的手提行李箱已被放在床上。路易斯吻了吻她，将她的手从自己的胳膊上拿开，又把她带到床边，让她坐下。她一旦坐下，便无力动弹。墙壁那可怕的颜色让她浑身无力。

斯塔在床上坐了好一会儿，嚅动的嘴唇发出断断续续的声音。等她终于能将目光从墙上移开时，却发现路易斯已经走了，自己的最后一件衣服正被护士放进钢制衣柜。

住手！她努力喊出声来，把我的东西放回行李箱，我要离开！

“塔普太太，您得大声说出来，”护士说，“我们可不读唇语。”

斯塔闭上嘴，瞪着护士。护士只是朝着斯塔微笑。

“一个半小时后吃晚饭，”护士说，“晚饭前这段时间，您为什么不坐在这儿熟悉一下新房间呢?”

护士刚离开，斯塔便跳起来检查窗户。窗户没锁，也没栅栏，不过开不了多大，至少不能让她随意进出。她推了推窗户外侧的纱窗，想看看纱窗是否能活动。

“塔普太太，想吹吹春天的微风吗?”那位护士又闯了进来，身边是一位老太太，老太太十分温顺，甚至愿意被抓着手腕带进房间。“这是瓦尔特福格尔太太，”护士说，“您的新室友。”

斯塔朝老太太望去。瓦尔特福格尔太太像一位和善的老祖母，让人联想到杂志广告中端着一盘盘火腿，或电视屏幕里嗅着用铁丝固定的鲜花的老太太。她用一个小乌龟壳似的发卡将银发整齐地梳在脑后。她穿着旧式连衣裙，系着褶边围裙。

“我先走了，你们互相熟悉一下。”护士说。

瓦尔特福格尔太太走到斯塔身边，拉起斯塔的手。

“多漂亮的女孩啊，”她说，“希望你在这儿住得开心。”

斯塔点点头表示感谢，被唤作女孩，这让她平静了下来。她发现自己正与瓦尔特福格尔太太面对面坐在床上，瓦尔特福格尔太太从抽屉里拿出家人的照片，一张张翻给斯塔看。

“这是马基，”她说，“这是我儿子。这张照片上的小宝宝现在都四岁了。”

斯塔非常仔细地看着每张照片。这位老太太和她照片上的家人看起来都很正常。她想，也许路易斯说的没错，这儿只是安静休养的地方。休假结束她就可以再次正常说话，而不是只能嚅动嘴唇了。

瓦尔特福格尔太太说：“很高兴能和你住一间，我甚至渐渐觉得他们不会再让任何人和我同住了。”

斯塔突然对这位老太太生出一丝怜悯。尽管墙面依旧刺眼可怖，尽管长途跋涉和焦虑让她筋疲力尽，但她还是保持微笑。瓦尔特福格尔太太慢慢把照片收起来时，脸微微红了。

“吃人肉很可怕。”她的声音亲切、苍老、嘶哑。

瓦尔特福格尔太太拍了拍那沓照片，然后合上了抽屉。“我上次吃人时，狼吞虎咽！”她说。

斯塔倒吸一口气，转过了身。瓦尔特福格尔太太没注意到斯塔，她把一缕散开的银发重新扎好，捋平连衣裙。

“该吃晚饭了，一起去吗？”她问。

但斯塔一动不动地坐着。

斯塔没去吃晚饭，只是看着窗外的落日变成一片柔和的金色。她从床上站起来，从钱包里拿出一支笔和从折扣商店买来的笔记本，写了张字条。然后她穿过走廊，走到休息室，那个胖护士正伏在护士台上玩填字游戏。斯塔站在她面前，给她看那张字条。

字条上写着：请给我丈夫打个电话，我不会和自认为是食人魔的女人住在同一个房间。

但护士压根没看字条。

“对不起，塔普太太，”她说，“我不能看您的嘴型，也不能看您的字条。这是医生要求的。”

护士等着看斯塔是否会大声说话。斯塔张开嘴，竭力调动喉部肌肉，但发不出声音。她呆呆地站在护士台前，一言不发。斯塔讨厌那种可笑的场面。她把笔记本放回钱包，走到电视机前，和其他病人一起看电视。

电视正播放着《罗恩和马丁喜剧秀》，斯塔一向讨厌这档节目。她觉得坐在宽屏电视机前，看着苗条的比基尼女孩转圈简直是种折磨，笑话和滑稽短剧都不好笑，但其他病人无论看到什么都会大喊大叫，比如骑三轮车的男人撞上树后跌倒了，或者老处女戴着奇丑无比的发网。

那档节目实在太糟糕，于是斯塔开始观察病人。他们笑起来过于夸张，但除此之外，他们都和瓦尔特福格尔太太一样，似乎再正常不过。斯塔无意间发现他们都非常邋遢。男人们一两天没刮胡子了，毫无吸引力，且无论真实年纪多大，他们都面部肌肉松弛，显得很苍老。女人们就更糟糕了，头发烫得乱七八糟，衣服大小不合身，要不就是裤子和毛衣的颜色不搭。他们都吸烟，空气已经变成蓝色的了，休息室放着许多烟灰缸，不是斯塔为路易斯准备的那种易碎的用来放雪茄烟灰的雕花玻璃缸，而是满是刮痕的咖啡罐，里面装了些沙子，用来增加重量。

瓦尔特福格尔太太走了进来，坐在斯塔旁边一张裂开的塑料椅上。

“晚饭真不错，”她满足地说，“你没去真是可惜了。”

斯塔没搭理她，但她还在絮叨。

“亲爱的，我明天要去做头发，这边有所病人美容学校。”

斯塔再次环视周围女人们丑陋且不曾梳洗过的乱发，然后抑制着内心的恐惧，咬紧嘴唇，走回房间。她开了灯。她讨厌头顶上明晃晃的灯光，但房间内没有台灯。

病人美容学校！即使过得再不好，斯塔也每周必做一次头发护理。她从不会不修边幅，这是她最引以为傲的事。但在这样的美容学校，她想象不到会发生什么。烫卷的头发，灼伤的头皮，毫无美感的染色。斯塔觉得每根头发都开始隐隐作痛。

日光灯让原本难看的黄色墙面更加明亮刺眼。斯塔想，哪怕瓦尔特福格尔太太待会儿会来咬她，她也要躺在黑暗中。她关上灯，摸索到床边，陷进去似的躺在弹簧床上，铺开白色的旧棉毯，裹住双腿。毯子、枕头和床罩都散发着难闻的味道，像是药物随着病人的汗液渗进了面料的缝隙里。斯塔闭上眼，双手捂着鼻子。今天出门前，她没忘记往手腕上喷铃兰花香水。

香水中微弱的花香那么纯粹，那么自然，那么怡人。因为特别喜欢这种香水的气味，斯塔还特地种了铃兰花。

去年秋天，就在大冷天到来前，她觉得自己回到了正常状态。那时，她收到了用白色小盒装着的铃兰花种子，是她从苗圃公司订购的。因为霜降，土壤板结了，但仍然适合种花。她戴上鹿皮手套，跪在地上，用小泥铲在蓝色鸢尾花旁挖了一条浅沟。铃兰花种子看起来像是去了壳的松子，只不过更小些。说明书上写着："小头朝上种植。"这些种子会在早春萌芽，小小的叶片就要破土而出了。

斯塔躺在那儿，毫无睡意。她想象着许多铃兰花白色的根茎紧紧缠绕在一起，在地下长出新的根须，在地面上舒展着枝叶。她想象着自己抚摸它们那一串串蜡一般洁白、状似长笛的小花苞，她想象着路易斯拖着铲子走进她的花圃，粗心的大脚丫踩坏了好几朵花苞，自己则趁机闻闻它们散发出的芳香。

斯塔一直想象着自己在花圃忙碌的场景。等瓦尔特福格尔太太踮着脚尖，摸黑走进来时，仿佛过去了几个小时。斯塔还没睡着。

“睡着了吗？”老太太轻声问。

斯塔把眼睛眯成一条缝，看着瓦尔特福格尔太太脱下吊带连衣裙，叠好放在一旁，然后穿上蓝色的套头棉睡衣。她沿着斯塔的床沿摸到自己床前，两张床挨得很近。瓦尔特福格尔太太拍了拍枕头，坐到床上。气窗中透进来的光足以让斯塔看清她的一举一动。如果这位老太太真的是食人魔，那现在正是吃掉斯塔的好机会。

吃我吧，斯塔心想。她平躺在床上，就像一个被用来献祭的活人。

老太太张开大嘴，露出又大又白的牙齿。两排整齐的牙齿在走廊透进来的灯光下闪闪发亮。斯塔警觉地睁开眼，坐直身子。不过这时，瓦尔特福格尔太太却平静又熟练地从嘴里取出假牙，放进装着水的塑料杯。

“哦，你还醒着。”她注意到斯塔正盯着自己看，于是愉快地说道，声音有些含糊。但斯塔又躺了回去，背过身子，呆呆地看着床对面昏暗的墙面，久久不能入眠。她已能感受到自己身上的变化——打了结的舌头慢慢松动了。

她醒来时，太阳还没完全升起。尽管很早，休息室的电视机也已传来低沉的声音。斯塔穿好衣服，走到护士台。一个她不认识的护士和一名护工在用泡沫塑料杯喝着咖啡，看早间访谈节目。斯塔已写好一张字条。

字条上写着：我想给我丈夫打电话。

“我觉得应该可以，但可能要等到七点。”护士说。“把她带到那边去。”她吩咐护工。护工是个矮壮的小伙子，扎着一个黑色的短马尾辫。他站起身时还乐不可支地听着早间气象播报员说的笑话。他以为斯塔非哑即聋，于是夸张地做各种手势，示意她跟着自己走。沿走廊走了一会儿后，他用钥匙打开存放药物和电话的办公室，拿起听筒递给斯塔，又摇了摇头。

“等一等，”他有些疑惑，“如果你不能说话……”

斯塔一把抢过青年护工手中的听筒，放在耳边。她拨了号码，响了两声后，路易斯才从床上挣扎着爬起来接电话。她听到路易斯拿起电话的声音。还没等他打招呼，她便开口了。

“带我回去!”她大叫道，“我全好了。”

Chapter 11

1964 年

塞莱斯汀·詹姆斯

一天夜里，玛丽打电话告诉我明天不用开车去上班了。然后电话那头的她屏住呼吸，等我问她为什么，于是我便问了。

“店里着火了。”她的语气有些得意。

“什么？”我吓了一跳。

“别担心，”她说，“我没事，主要是房子被烟熏得不轻。店里全是保险损失评估员。”

“要我过去吗？”我问。

“我正要去你家。”她说。

结果，她整个十二月都住在我家。

玛丽并不担心店里的损失，因为说实话，现在肉铺的生意并没有皮特和弗里兹打理时那么好。这怨不得玛丽。甜菜种植兴起后，提供便利的一站式服务的超市渐渐流行起来，我觉得这种模式能吸引顾客，但玛丽不以为然。无论如何，这次火灾是翻新店铺的好机会。要不是火灾，她根本翻新不起。玛丽兴奋极了。还没收到理赔金，她就叫来工人们开始重新装修肉铺。熏肉室被烧出一个洞，里面的电路也烧坏了。玛丽运气好，她住的地方只不过墙面上有几处被烟熏得发黑。里屋满是烟味，锤子咚咚作响，灰泥遍地，工人走来走去，她不想住在那儿。于是她跟我说，她更愿意和多特一起住在拉塞尔的旧房间，要是我不介意，就这么安排吧。

我告诉她："我不介意。"

但事实是三天之后，我就坐立难安了。我不知道为什么，也许是因为多特和我已形成一套生活习惯，而玛丽频繁地举办读书会打乱了我们晚上的安排。她又去图书馆借了她最爱的那本书，那是一本关于手相的书，作者是切洛①。玛丽研究手相好些年了，我已厌倦了。我知道自己的掌纹代表着什么。

"没爱情，没金钱，不会去夏威夷旅游。"当她提出为我看手相时，我告诉她，"不用看了，谢谢。"

"我只想看看你智慧线的岛纹②是不是缩小了，"她对照着书说，"这可能预示着脑瘤或突发中风。"我们围坐在客厅的燃气暖炉旁。我看着蓝色火焰倒映在窗户的网格阴影③上，告诉玛丽，燃气暖炉中跃动的火焰比切洛的书藏着更多的奥秘。

"那么你告诉我，"说这话时，坐在椅子上的她为了表示强调而微微前倾，"孩子出生时，手掌就有特定的纹线。偏是那几条纹线，而不是其他的。你怎么解释呢？"

---

① 全名威廉·约翰·华纳（William John Warner，1866—1936），爱尔兰星相学家，其绰号"切洛"（Cheiro）源自于手相学（Chiromancy）一词。他撰写过多部关于手相学和占星学的书，最著名的或为《大众手相学》（*Palmistry for All*）。

② 智慧线上有岛纹预示着思想不集中，记忆力或脑部受损。

③ 用油墨在窗户上绘制多条相交的对角线而形成的阴影。

映在她脸上的火焰看起来再平常不过，却非常耀眼。玛丽最近开始每天戴不同颜色的头巾，今天戴的是白色的。她明黄色的眼睛眼角上挑，脸颊上毛细血管密布，像是用线缝合的针脚。如果你原先不知道她是女的，那光看外貌完全看不出她是男是女，别人或许会以为她就是著名的切洛先生本人。

“没什么可解释的，”我坚定地说，“只是几条纹线而已。”

但玛丽不再听我说话，她正在为多特看手相，尽管此前她已看了无数遍。但多特对此乐此不疲，现在她正让玛丽从手掌里看看自己未来丈夫的名字缩写。多特还不到十一岁，但已不止一次坠入情网。看到她疯狂暗恋却得不到回应的样子，我真于心不忍。为了吸引注意力，她练就一副低沉、洪亮的大嗓门。她像我一样，骨架大、个头高、下颌宽大，笑起来牙齿全露在外面。她太过热情，吓跑了其他孩子。为了得到男友，她撞倒他们，然后把他们的脸按在雪里摩擦。为了和其他女生玩，她把她们连衣裙的腰带和自己的绑在一起，拖着她们满操场跑，直到她们答应传纸条给她。

修女们拿多特没办法，我也束手无策。于是我做了件错事，对多特有求必应，直到一无所有。我想成为一个自己儿时不曾拥有的好妈妈，让多特不至于沦为我这样的女儿。我从多特身上看到了太多自己的影子，我了解她的感受。我比男生都高大，但从没像多特那样将他们打晕。

虽然我不赞成，但玛丽却怂恿她欺负别人、谈情说爱。

“我看到一个S,”她沉思道，“然后一个J。也就是……S. J. 。”

“不是他。”多特失望地说。她盯着自己的手掌，好像能用目光改变那些纹路。

“把作业拿到厨房去，”我说，“快点做完。”

我能感到多特在我背后做鬼脸，这是母亲的直觉。

“我来辅导你。”玛丽随即说。于是她俩进了厨房，留下我一个人。有一阵子，我听到她们边翻多特的书边发出笑声。我能肯定她们正在嘲笑我，并且我以后还会这么想。晚上，玛丽睡多特的床，多特则倒头睡在一张简易小床上。我快要睡着时，听见她俩在窃窃私语，不过我不会叫她俩安静下来，因为我知道玛丽不会听我的。

原来如此，我看着暖炉的火焰，突然明白了，这就是自从玛丽搬来后我一直闷闷不乐的原因。我就像有了两个任性的女儿，她们不听我的话，根本不在乎我。我是这儿唯一的大人，而她们在人数上压倒了我。

玛丽和多特回到房间后，我决定问问玛丽房子翻新得怎么样了，或许还能暗示她尽快搬回去住。但没等我开口，多特就宣布她有个藏了一星期的秘密要说。玛丽会心一笑，猛打手势让我来听听，很明显，多特已经告诉她了。我有些伤心，但还是努力做出迫不及待的样子。

我们都安静下来，多特大声说了起来。

“我将扮演耶稣的父亲约瑟，”她宣布，“我们最近一直在为下周的圣诞节戏剧演出排练。”

我觉得他们选我女儿扮演耶稣之父是个糟糕透顶的主意。我看了眼多特，想象她戴着长长的灰白胡子，穿着粗布长袍的样子。我在她身上看到了木匠约瑟举起木槌的影子。我叹了口气，勉强微笑一下。我不得不承认，她能演得很传神。

多特递给我一张折叠起来的油印通知，是老师发的。上面写道，学校将在十二月的第二个星期举办圣诞节戏剧演出，邀请家长们参加，同时可以带上自己的拿手好菜或甜点，演出结束后会有一个百乐餐①。通知下面有条虚线，我需要写上准备带去的菜，但虚线上已写了吉露果冻。

“吉露果冻沙拉。”玛丽注意到我的眼神后说。我看了看多特，尽量显得通情达理一些。

“我为你自豪，”我对多特说，“我当然会到场。”

然后我要求多特穿上睡衣去洗脸，她说不要，我说不行。玛丽退了一步，没参与我和多特的争论。多特又拖了一个小时，这让她既兴奋又满足。后来，她迈着沉重的脚步缓缓上楼，高唱着最爱的颂歌，“啪喽啪啪啪噜”——这是其中一句合唱。听着她在楼上走廊的脚步声，我很满足。尽管她不好对付，但我是她妈妈，是那个在圣诞节告家长书上签名的人。但我不能对玛丽这么说，会显得我愚蠢、太小心眼，谁知道我突然对她说出了更愚蠢的话。

“我猜你肯定要在吉露果冻沙拉里加萝卜吧？”

我突然发问，刺耳的声音似乎在房间里回荡。

玛丽一脸无辜，说以为自己做好带过来能省去我的麻烦。她说我太忙，所以她来做这道她拿手的沙拉。我没表示感谢，因为她越俎代庖，而且还有一个原因：她明知我不喜欢她的吉露果冻

① 指每人自带一道菜肴的聚会。

沙拉。我之前对她说过。她竟然在里面放核桃，还有碎芹菜、通心粉、洋葱和小棉花糖，最糟糕的是她还放萝卜片。

我只要想到她那奇怪的吉露果冻沙拉就来气。麦麸曲奇，单层蛋糕，炖的动物肝脏，玛丽做的都是奇奇怪怪的东西。我不想让她糟糕的厨艺影响别人对多特的看法。

但我还是冷冰冰地说："好，随你吧。"

多特洗过澡后，精力充沛，穿着羊毛睡衣下楼。今晚她无比兴奋，因为晚了一小时睡觉，宣布了自己担任主演的消息，并且我们还答应了去观看她的演出。我不忍心扫她的兴，但片刻之后她却出人意料地给自己泼冷水。

"忘了告诉您，我们演《圣驴》。"

然后她的神情突然变了。

"我讨厌驴。"她仿佛在自言自语。

"怎么了，多特？"我问。

但奇怪的是，她没再争论，而是早已转身上楼，爬到床上。

那天晚上，我留玛丽在楼下聊了很久。我仍然烦她，之所以拖着她聊那么久，其实是为了不让她打扰多特睡觉。直到她睁不开眼时，我才让她上楼，她打着哈欠，累到几乎无法从椅子上站起来。

我也很累，而且我引开了玛丽的注意力，多特就只能独自面对驴的问题。无论究竟是什么问题，都该由我帮她解决，我该跟着她上楼，好让她告诉我哪儿出了问题。但我知道，如果这么做了，玛丽一定会跟着我，然后插手多特的事。

这一切必须停止，等整个屋子都安静下来，我躺在床上想。

我决定不管怎样，即使会引起误会，我也要让玛丽在圣诞节戏剧演出结束后回她自己家。在那之前，我可以再容忍她像个小女孩似的，跟多特待在一起。她们很晚还在走廊上窃窃私语，分享各自的秘密，这些我都尽量容忍，但仅仅到戏剧演出结束为止。结束之后，我要让女儿只归我一个人。

但第二天早上，我回想这个决定时不禁有些迟疑，因为玛丽跟我说了一些我不知道的关于多特的事，不过当然了，要不是我昨晚拖着不让她睡，恐怕也已经知道多特为什么讨厌驴了。

我们到肉铺时已近中午。停业了几个星期，我们打算几个小时后开始营业。和以往一样，我们开始为老顾客准备订单，这在我看来预示着希望。眼前的翻新工作还在继续，工人们的围裙里塞满了工具，我想催他们动作快些，但他们已在尽最大的努力赶工。对我来说，他们疯狂的锤打声和刺耳的钻头声都是象征着勤劳的欢快之声，但玛丽却火冒三丈。

“吵得我心烦。”她边说边包装德式小香肠，每包香肠一磅重。

“他们越加紧干，你就能越早搬回家住。”我答道，无法抑制语气中的期待。

“哦，”玛丽仔细地看了我一眼，“我总可以住到福克斯酒店啊。”

“哦，不，”我故作真诚地回答，“别住酒店，你住我们家肯定对多特有好处。”

“我也这么想。”她眯起眼睛盯着我，那种眼神通常只用来对付想赊账的顾客。但想占便宜的是她，而不是我。她想和我住在一起，这样就可以让多特慢慢喜欢上她。这我能理解，毕竟玛丽孤身一人，但玛丽让多特喜欢她的方式令我不满。比如说，华莱士·费弗也喜欢我的女儿，但他从不会像玛丽那样插手我和多特的私事。

所以，我面无表情地瞪了玛丽一眼，她不明白我的意思。我按了收银机上的现金按钮，添加了一份订单。当我算出总额时，她转过身来，恍然大悟。

我使劲关上收银机的抽屉时，她问我："你知道昨晚她说讨厌驴是怎么回事吗？"我不想沦落到非得去问她的地步。

但玛丽并没等我发问。

"多特喜欢那头驴，多半是因为那个演驴的小男孩，"玛丽骄傲地说，"她喜欢上他啦。"

"我猜到了。"我平静地答道。但我内心觉得自己已忍耐到了极限，可能会被逼得做出让自己后悔的事。

我背过身，陷入了沉思。她已如此深入我女儿的内心，到什么程度才会停下呢？如果多特离家出走，我想她可能会跑去镇上和她姑妈住在一起，那么玛丽就大获全胜了。她会辞了我，不让我去肉铺。我得雇个律师才能将女儿赢回来。这太不公平了，我永远唱黑脸，督促多特完成作业，而玛丽却和她有说有笑，允许她晚睡，以至于她上课打瞌睡。我要想方设法让多特吃青豆，帮她洗脖子，而玛丽却看着她的手相，说一些哄她的谎话。我缺乏母爱，因而渴望做一个好母亲。我小时候多希望能有个妈妈告诉我该怎么做，而现在不管发生什么，我都会陪着多特。我一直都在，反而让她觉得乏味了。我特意做了汉堡配炖菜当晚饭，而玛丽却手边有什么就吃什么。

一星期后，圣诞节戏剧演出的那天早上，天气阴冷，天气预报说今天仍不宜出行。多特一直兴奋地转圈圈，根本停不下来。她狼吞虎咽地吃完早饭，开心地拥抱了我和玛丽。我看得出玛丽很感动，惊讶得说不出话来，才没对多特说再见，也没祝她好运。多特忘记梳头了，蹦蹦跳跳地出门，看起来又疯又傻。我才不管她刚才有没有抱我，拿起梳子就去追她，一路踉踉跄跄，最后在公交车站抓住了她。

“多特，”我说，“站好，冷静一点，不然等你上台时就没精神了。”

她的脸颊泛着红晕，眼睛炯炯有神，双手抱着一个纸袋，里面装有华莱士的旧浴袍和我的皮凉鞋，其他服装由修女们准备。寒风刺骨，我光着双腿。路面很滑，凸起的地方上面的尘垢都结了冰。我给多特梳头时，她很不安分，用手扯着身上穿的蓝色丝绒外套的线头。公交车救了她，门刚唰地打开，她就蹿了上去。

“您再见到我时，我就穿上戏服啦！”她大叫着。

公交车的变速箱不耐烦地轰鸣着，多特沿过道跑到了后排坐下，据说那是调皮捣蛋鬼的专区。不过她向我招了招手，透过积着厚厚灰尘的车窗看过去，她的小脸好似一缕纯净的光。公交车小心翼翼地驶远，她的身影也随之消失了。我回到屋里，心里已有了具体计划。

首先要打电话给华莱士·费弗，因为我车上的那个橡胶雪地轮胎已经腐朽，晚上路面会结冰，所以我需要他开车载我去。我不想坐玛丽的车，因为我打算偷偷带去一道特制的秘制沙拉。演出结束后，家长们饿着肚子前往礼堂后方，那儿的长餐桌上摆满盖着盖子的各式菜肴，那时她才会知道我带了什么菜。很快，我便决定做玛丽不敢做的事。我认为母亲心生嫉妒后有权做些出格的事。我要让所有奇怪的目光都投向玛丽，而不是多特和她的母亲。我们会吃光自己纸盘里的食物，和华莱士·费弗聊天，对周围挠头、窃笑的人们视而不见。而玛丽将会站在别处，独自一人忍受耻辱。我不在乎，我甚至不打算观看演出时和她坐在一起。

当我回到屋里，玛丽已准备好开车进城了，我很高兴她这么早离开。我打算请一天假，好好准备今晚的秘制沙拉。

“不用特意等我，”我在她出门时对她说，“你到了礼堂就找座位坐，到时候人很多。”

她朝我点点头，便开车走了，眯着眼睛透过挡风玻璃上那一小块防霜冻的塑料布看着前方。我打电话给华莱士，商定出发时间，觉得整件事会按计划进行。但当然了，生活中很多时候计划都赶不上变化，这次也是。

那一晚，礼堂拥挤嘈杂。我在一片混乱中端着盖有锡纸的平底锅，和华莱士一起走了进去。但我还没来得及像其他家长一样把平底锅放稳，玛丽就看到了我们。她今天盛装打扮，头戴黑色无檐帽，帽子上缀着一个莱茵石配扣，身穿一条崭新的人造丝绸连衣裙。衣服质地特别，我忍不住多看了两眼。连衣裙那蓝色的底料上布满了黑色的标记，就像是史前人类用木炭写成的。这些标记清清楚楚，似乎是文字，却不好理解。我忍不住倾身向前，试着理解它们。

“我给你们留了座位，”她说，“就在前排，快来，不然就被别人占了。”

“我一会儿去找你。”我将华莱士推到她身旁，让华莱士和她一起去。所幸的是，她急于占座位，没注意到我准备的一锅菜，于是我赶紧把它放到其他菜中间。我跟站在后面整理纸杯的老师们打了招呼。今晚，连沙姆韦老师也露出愉快的笑容，不过她的目光对着人群，在玛丽帽子上那闪闪发光的莱茵石配扣上停留了片刻，眼神中流露着一丝警惕。

最后，我走向玛丽为我留的座位，坐在她和华莱士中间。华莱士是多特的好朋友，玛丽心生嫉妒，几乎从不跟他说话。玛丽也怪华莱士推动了甜菜种植，因为甜菜种植引来了新兴连锁超市，而那些超市抢走了她不少生意。我们环顾四周，被周围人的兴奋感染。灯光打在由钢丝箍紧的桶上，桶闪闪发光。爸爸们卷起袖子，从边车①上搬来折叠椅，以安顿穿着毛领衣服的祖母们。礼堂前部的舞台两侧入口处，修女们戴着黑面纱聚集在一起。破旧的礼堂是教堂的多功能活动室，这里可以举办婚宴和丧宴，也可以讨论教堂预算和玩宾果游戏。那块破旧的紫色天鹅绒幕布是一所公立学校废弃的。人走过时，木地板嘎吱作响，摇摇晃晃。但墙壁用一串串金属片装饰着，闪闪发光。周围紧张忙乱的声音越来越响，忽然间又安静下来，只剩幕布后的沙沙声。在窸窸窣窣的说话声中，我们听到了多特的名字，非常开心。灯熄灭了，礼堂完全安静下来。幕布在一阵吱吱声中拉开了。灯光下站着一个小男孩，身着针织披风，头戴墨西哥大宽檐帽，去过墨西哥的人

① 一种单轮设备，可加装在摩托车、踏板车等车的侧边，将车辆从二轮变成三轮的样式。

会把这种帽子挂在墙上。小男孩悲伤地讲述了一长串关于他的驴朋友的故事，他不得不将驴卖给制胶厂，好填饱自己的肚子。他身后灯光暗淡，放着几排座位，座位上的一年级合唱团正为驴的命运唱着挽歌。

男孩拉了拉手中乱作一团的绳子，驴就踉踉跄跄地走到台上。它穿着灰裤子和网球鞋，圆桶形的身体往一侧倾斜。那纸糊的驴脑袋醉酒似的耷拉下来，大嘴巴笑得咧到了耳后根。两只黑眼睛画得一高一低，这奇怪的表情让它看起来挺骇人。

台下的家长发出“哦”“啊”声，有几位好像被吓到了。那头驴似乎不太讨喜。它的皮是染了色的粗布和毯子做的，看起来就像被虫蛀过，两只耳朵一长一短。玛丽绝对是唯一一个对这头驴有好感的人。她附在我耳边低声说：“瞧这驴，真神气!”

玛丽咬着嘴唇，平时凶悍的眼睛此刻闪着柔光。她把手套揉成紧实的一团，很像短袜。她满脸微笑地看着演出。小男孩正牵着他的驴，踏上前往制胶厂的漫漫长路。玛丽最爱的悲剧元素正在礼堂中弥漫开来。合唱团唱起挽歌，玛丽的眼睛更亮了。

戴着宽檐帽的男孩大喊道：“朋友！我们是朋友!”然后他和驴慢慢地走过舞台，边走边哭。但还没到制胶厂，约瑟就登场了。

我的心怦怦直跳，担心多特会被绊倒或说错台词，但她没出什么岔子。

她戴着长长的用喷漆制成的假胡子，头上缠着一块旧窗帘布，披着华莱士借给她的棕色毛巾布浴袍。她穿着我的凉鞋，看着就像《圣经》里面的人物。我看到她手举一把木槌。玛丽自豪地点了点头，我猜那木槌是玛丽的旧羊首门环。我不喜欢那东西。我觉得约瑟就该拿施工工具，而不是用来宣判死亡的东西。或许因为这把木槌，多特看起来比教堂里的那些雕塑还肃穆，更加充满力量。我知道，台上是我的女儿，但还是觉得那就是约瑟本人。傻笑的恶驴悄悄地靠近她，她双脚分开，脚掌着力，挡住了驴的去路。玛丽说多特喜欢这个演驴的小男孩，可我现在只能看到他的灰色长裤和破旧的黑鞋。多特抓住驴的脖子，把它举起来，男孩的腿在半空中挣扎了一下。多特放下驴，对着驴的朋友说出了自己的台词。

“先生，您要带这头驴去哪儿呢?”

“我得把它卖给制胶厂，我的家人正挨饿呢!”男孩悲伤地回答。

“或许我能帮助您，”多特说，“我和我的妻子马利亚，还有我们的儿子耶稣，想逃离希律王。如果您愿意把它卖给我的话，我的妻子就能骑驴代步了。”

“我当然愿意把它卖给您，”男孩大声说，“这样，它就不会被杀了。”

“一定不会杀它，”多特说，“我们只骑着它穿过沙漠，前往埃及。”

多特从浴袍口袋里拿出一些由铝箔做成的大银币交给男孩。

就这样，买卖成交了。“圣驴”现在归多特所有。多特想拍拍它那正在咆哮的纸糊的嘴巴。但就在这时意外发生了，我后来只希望这场意外不会在我女儿的心灵上留下永久的创伤。那驴向后退缩，难道剧本是这样写的吗？我心里纳闷儿，看看华莱士，再看看玛丽。但华莱士对我耸耸肩，玛丽眯起了眼睛，似乎早有预感。

“过来呀，我的小驴。”约瑟咬牙切齿，愤愤地对驴说。她拉住拴在驴脖子上的绳子，可能太用力了，驴头底下竟然伸出一只手，出人意料地把绳子从约瑟手中拽了回去。

我无助地举起双手，仿佛这样就可以阻止一切，但为时已晚。

观众在低声议论，几个孩子的爸爸笑得前仰后合。约瑟听到了那些嘲笑自己的声音！多特使劲把绳子从驴的手里扯回来，但演驴的小男孩又伸出手，直接把约瑟的棉线胡子拽了下来。

多特手臂肌肉紧缩，我能感觉到她有多用力。她的脸气得发红，发紫，继而发白。她把木槌高高举起！我知道接下来要发生什么。观众目瞪口呆。多特像立即要作出审判似的，干净利索地将木槌砸在纸糊的驴脑袋上。

驴前半身的道具瞬间掉了下来，驴头飞了出去，摔得粉碎。圣约瑟像个罪犯一样，洋洋得意地紧攥着木槌，鄙夷地站在那个一头金色乱发的男孩身旁，但男孩却一动不动。这成了这部戏的最后一幕。

幕布落了下来，全场一阵骚动。一个金发胖女人慌忙从过道跑向舞台，不用说，她一定是演驴的男孩的妈妈。我坐在座位上，呆若木鸡。

“快去找多特，”玛丽挎上手提包，低声对我说，“不然那些修女可要让多特吃苦头了！”

我们让华莱士看好座位，去找侧门。我们穿过幕布，溜到后台。那些还没上台的天使和牧羊人沮丧地站在一起；圣母马利亚已扯下自己的面纱，正在角落里哭个不停；木制的牛和羊被刷上了油漆，呆头呆脑的，它们的侧影看上去很困惑。

“多特呢？”玛丽的声音太大，大家都转头看着她。

“她从礼堂后门逃走了。”一个修女抿着嘴回答。

“那快派人去找啊，”玛丽说，“不能让她光脚在雪地里跑呀！”

但没人去找多特。

我抓着玛丽的胳膊，把她拉到后门外。

“你开车，我们去找她，”我说，“别担心，她肯定穿了靴子。”

我们开着车，在阿格斯街上缓缓前行，来回寻找多特。新街太多了，有时我们也不知道自己在哪儿。我们把车往回开，在玛丽家停了一会儿后，就直接回了家。我们到家时发现多特正裹着毯子坐在客厅的咖啡桌上，赤裸的双脚挨着取暖器。她穿的那双红靴子正晾在塑料垫子上。

“丫头！”我松了口气，大叫着跑上前去，但玛丽抢先了一步。

“等一等，”玛丽边说边拦住我，“她正伤心呢。”

多特无疑在隐藏什么。她坐在那儿，攥着假胡子，不知是因为寒冷还是生气，身体一直颤抖。她裹着毯子，垂头丧气，竟像个普普通通的中年人。她伤心欲绝，脸色灰白，蓝眼睛里没有一丝愤怒，看起来既冷漠又陌生。

“多特。”我张开双臂说。

她犹豫不决，不愿直视我的眼睛，不知要不要投入我的怀抱，她终于缓缓向我靠近。但玛丽挡在我们中间，跪了下来，关节响了一声，又突然冲上去，窒息般地紧紧抱住我女儿的上半身。虽然抱着多特的是玛丽，但我并不计较，因为除了多特的悲伤，我什么都感受不到。但多特突然奔向我的怀抱，像小野牛一样把玛丽撞倒在地，摔得她眼前发黑。多特随后冲上楼去砰地甩上了房门。

玛丽咣当一声摔倒在地，我愣了一下，然后立刻去扶她起来。但她没受伤，甚至似乎对多特所做的一切感到格外高兴。她推开我的手，自己站了起来。

“这才是我侄女。”玛丽理了理头巾说。

我跑到楼上。

“多特。”我一边敲门一边喊。

过了一会儿，我听到她含混地说了些什么，便推开门进去。她坐在自己的简易小床上，屋里漆黑一片，我坐到她身旁，貌似不经意地张开双臂，缓缓将她揽入怀中。多特一动不动，但紧张得像一只受惊的动物，可能随时发起攻击，也可能在饲养员的照料下变得温顺。我换了个手法，张开手掌，慢慢地抚摸着她。我先把手放在她头发上，又向下去摸她的脖子。她几乎就甩开我了，可她做不到，她已没法逞强。她急需我的安慰，被我搂紧时已无力抽身。她重重的头靠在我肩上，我闻到了眼泪的咸味和毛衣的馊味。她双肩颤抖，我感觉自己的裙子湿漉漉地贴在大腿上，这才知道她在哭。多特长长地舒了一口气，声音既刺耳又低沉。

过了好一会儿，多特才又吸了一口气，我吓得差点把她摇醒。但她现在睡着了，什么都吵不醒她。我的手臂渐渐发麻，玛丽还在楼下等我，但我没有离开多特。她刚刚睡着，时不时翻个身，更紧地依偎着我，我依旧没有离开。我一动不动。

她慢慢松开了拳头，仿佛手里的沙子正缓缓落下，她的身子没那么沉了。暖气片在墙角微微地颤动。这周，多特的房间里鞋袜成堆，一股被丢弃的旧洋娃娃发霉的内衬的味道，还有她那只宠物仓鼠藏身的木屑散发的味道。闻起来像她给垒球手套上的油，像她喷在头上的紫丁香花香水，也像积在窗户和窗台间的冰冷的沙尘。那是多特的味道，像新生的树皮，清新而苦涩。那是我无论到哪儿都熟悉的味道。

房间里安静下来，我也睡着了，醒来时已不知几点了。下楼时，我看到玛丽正坐在燃气暖炉旁，一手拿着黄油面包，一手端着一杯淡咖啡。我看了看表，已是午夜了。

“我煮了一壶咖啡，”玛丽指了指厨房，“自己倒吧。”

于是我倒了杯咖啡。我们默默地坐了好一会儿，只听得到彼此嚼面包和啜饮咖啡的声音。

“华莱士肯定留下来向那些家长解释了，”我找话说，“修女们一定会想办法让演出成功的。”

“那小子真欠揍，”玛丽说，“真是一头蠢驴！”

我也这么认为。玛丽猜他大概是新来的孩子，以前一定住那种六联式的硬纸板盒[①]。我告诉她，从人类诞生那天起，孩子们就免不了掐来掐去，但总有一天就不掐了。玛丽提到演出过后的百乐餐时，说自己找到了从未用过的秘密配方，家长们定会围在自己那盘果冻前，一边把盘子装满，一边对那盘加了特殊食材的果冻赞不绝口。从多特房间出来后，我就一直半睡半醒，有些恍惚，于是想都没想就说到了自己带去的那道菜。

“你看没看到我用特制平底锅带去的东西呢？”我问。

---

① 指一排六户的联排住宅，外形规整。

“没有。”她答道，连锅里装的是什么都没问。我拍拍她的椅子，笑了起来。

“好吧，你听好，”我说，“那道甜品是以你的名义送去的。”

“我的名义？”她来劲了。

“我在锅底贴了你的名字，”我说，“不过是我自己做的。”

玛丽安静了下来，满心好奇。

“你到底做了什么？”她问。

“吉露果冻沙拉。”

“好吧，哪一种呢？”她回道。

“螺母和螺栓做的，”我说，“还有各种各样的垫圈，为了这盘果冻，拉塞尔的工具箱被我洗劫一空了。”

玛丽的眼神一下子冷冰冰的，瞪了我好久。过了一会儿，她转过身去，朝杯子吹气，好像要把咖啡吹凉。我以为她会听懂我的笑话，然后放声大笑。我想，她什么反应都行，唯独别是当时那样。她一言不发，肩膀垮了下去，背驼了起来。我看着身穿奇怪花色连衣裙的玛丽，终于明白她伤心了。我知道她不会承认自己伤心了，其实她比我更渴望一场圆满的演出。她想走来走去，尝尝每位家长带来的拿手热菜，然后品头论足，她想炫耀自己的侄女演了主角。这是她第一次这么参与到多特的生活中来，也许也是最后一次，除非来一阵狂风将她的肉铺夷为平地。可现在，她没有理由继续待下去了。

“我要走了，”她说，“肉铺的门没锁，狗没拴。”

她披上外套，走了出去。我伫立在门口，看着她的车尾灯在黑夜里渐行渐远。我几乎从未设身处地地体会过她的心情，但现在我能体会到了。她一个人坐在卡车狭小的驾驶室里，摇摇晃晃。今夜这么冷，即使戴着花哨的薄手套，她也只能单手驾驶。她要边开车边向手心哈气，两只手就这样不断交替。从我这儿到阿格斯有三英里远，路况很差，路面结了冰，坑坑洼洼，非常危险，我望着她的车小心翼翼地驶远。红色的车尾灯在远处的路口闪了一下，然后消失了。

观鸟店

几天来，阿德莱德都沉默寡言，从卧室的小窗望向被雨水打湿的树叶时总是一副沉思的模样。她这是在警告奥玛她要发脾气了。她不是生奥玛的气，但不管怎样，她的怒气像雨水一样越积越深，奥玛挡也挡不住。每当阿德莱德情绪失控时，奥玛就退到一旁，任她拍桌子、踢东西、骂人、砸电视，只要她能平静下来，做什么都行。

天没大亮，醒来后奥玛发现阿德莱德不在床上，便溜下楼来，暗中观察她的情绪，发现她正在餐桌旁喝着可可饮料。随着岁月的流逝，她的皮肤变得苍白如纸，头发也是如此，如一圈显眼的光晕。她的嗓音依然清澈，腰肢依旧纤细柔软，四肢灵活，反应灵敏，说话铿锵有力，犀利的眼神常使来看鸟的顾客不寒而栗。现在，她身穿一件白色的宽松长袍，显得鼓鼓的，她用一支削尖的铅笔戳着盆里的一棵小翡翠木。奥玛看了一会儿，就溜上楼去穿衣服了，然后从屋后破旧的楼梯下到一楼。

屋外，草上的露水已开始蒸发，棕榈树灰蓝的叶子生机勃勃，随着晨风阵阵摇曳。几只早醒的小鸟已开始不安分了，在圆形的铁丝笼里跳上跳下，它们想展翅高飞，因翼展不同而扇两次或三次翅膀，又落到笼子的另一边。每天早上它们都要挑战笼子的极限，体验一下笼子的大小和形状，然后才老实下来，唱唱歌，吃吃食。它们的脑袋太小了，小得像表芯，虽然精准却不好使，学到的一丁点知识睡一觉就忘光了。

奥玛踏进银色的大露台。阳光透过棕榈树，洒在露台上，吸引了来参观当地景点的游客。他进去时，鸟儿都伸出爪子腾空而起，先在半空中盘旋，而后飞到固定在混凝土里的枯树枝上，磨自己的喙。铁笼有着高高的拱顶，黑色的轮廓与珠灰色的天空形成对比。院子那头，阿德莱德开始发脾气了。奥玛没回头，但阿德莱德一句话都不说，只是尖叫，这让奥玛心里很不是滋味。有时，在捕鱼船上，奥玛的朋友会把两条杂鱼穿在同一个钩子上，然后扔给海鸥。他们看着飞来的海鸥匆匆吞下杂鱼时被钩子穿住，最后糊里糊涂丧了命。这一幕让奥玛觉得他和阿德莱德也如同被恶意绑在一起的两条杂鱼，他对她的疼痛感同身受，却又无能为力。

奥玛穿过铁笼，回到喂食室。鸟儿们知道是要喂食，聚了过来，它们的眼睛如蛇眼一般明亮。它们胃口大，一天吃下的食物重量远超过自身的体重。奥玛不喜欢它们大清早闹腾，虽然它们只有这会儿看起来不是傻乎乎的。它们贪吃起来像捣蒜一样，不停地用喙啄着水果碎块和肥油。奥玛刚一转身，就听到屋里传来咣当一声，那是玻璃摔碎的声音，或许是阿德莱德把架子上的瓷器装饰品扫了下来，要不就是把厨房的酒杯架子拽倒了。不过，她从不伤害自己。玻璃便宜得很，离得最近的邻居也住在四分之一英里以外，所以没必要拦她。可漫长的等待让奥玛心焦。

为了打发时间，他开始想象阿德莱德发完脾气、恢复正常后的情形。他们手牵手，站在前院里蓝花楹花丛后面，嘲笑游客说的傻话；她玩纸牌赢了他，潇洒地摊开手中的牌；她把在门口车道上找到的一块平滑得发光的小石头放到他脸颊边；她注视着他的眼睛；她给他一块香皂；她喂他一瓣熟透的橙子；她递一份报纸给他。他想象着他们紧紧蜷缩在那张有点凹陷的旧床上，酣然入睡。

屋内静了下来，空荡荡的，奥玛起身离开大铁笼。鸟儿在他身后叽叽喳喳叫个不停，全然忘记了他的存在。天空低沉压抑，气温升高，毛毛细雨落在皮肤上，留下一丝余温。他听到阿德莱德在扫地，就停在门外等待，直到听见两次倒簸箕的唰唰声，才走进去。阿德莱德站在厨房中间，脚流着血，头发被金属发夹紧紧夹住，身上的白色长裙像蓬松的积云般垂下。二人四目对视，只见阿德莱德嘴唇惨白，满脸恐惧。她拿起一只咖啡杯，颤抖着倒满咖啡，奥玛从她手里接过杯子，以免咖啡溅出来。

Chapter 12

1964 年

华莱士·费弗

太爱多特是种罪过，正因如此，多特让她们好过。有时，多特好像集中了整个家族的缺点——玛丽的固执和粗鲁，斯塔的虚荣，塞莱斯汀时不时的冷酷，还有卡尔的不负责任。我曾一度沮丧，躲着塞莱斯汀和多特，但几个月后又屈服了。多特身上总有一种能把我吸引回来的特质。

她无所惧怕，不怕黑，不怕高，不怕任何爬行动物。她高空跳水，爬我家的梯子，在黑夜中行走，好似拥有整个黑夜。她向我展示了几罐可怖的生物——鼻涕虫、毛毛虫，甚至还有黄蜘蛛和全身布满橙色条纹的黑蛇，多特常常温柔地注视它们良久。她还养了别的小动物，夏天，她身上散发着喂兔子的苜蓿草味，还有龟粮的腥臭味。但她对这些不会说话的动物都比对她妈妈和姑妈好得多。

她让那些小动物挨饿。

我认为多特之所以会有这种个性，一部分原因在于塞莱斯汀和玛丽常常拌嘴。我有时担心多特因两个女人间的不和而变得软弱，但夹缝中的她却更加强硬。五岁时，她站在院子里，攥拳叉腰，呵斥猫。十岁时，一旦她想干活，干一整天都行。

她有时下午来我这儿，说是帮我修剪绣线菊和正在开花的沙果树，或把刚除的草屑耙成堆。甜菜生意让我的日子好了很多。自从镇上开始种甜菜，我先前买的那几亩地如今已寸土寸金，我在新建的炼糖厂有股份，所以请几天假，在家懒散几天也无妨。看着我做事时，她一直找机会摆弄工具。她喜欢锤子，任何东西都是钉锤的对象：地板、锅、桌子、墙壁……有一次，我说服她亲手做一个鸟笼，结果她做得歪七扭八，大得可以容下一群狗。我们一起修过排水管，一起用枯木搭过花架。

有次多特送了我一个硬纸板做的鸡蛋盒，我记得那是她对我最好的一次。鸡蛋盒的每个凹槽里都放着一个整洁的鸡蛋壳，蛋壳里装着一勺土和一粒“惊喜种子”。她告诉我，只要勤浇水，种子就会发芽。于是，我把盒子放在窗台上，时常浇水。有些真的发芽了，不过嫩芽营养不良，太过纤细，没等我分辨出是什么就全枯萎了。

多特离家出走会来找我，这让我感到自豪。我看到她的那一刻，她正坐在地窖的楼梯顶端，蜷成一团，筋疲力尽，昏昏欲睡。我在她身旁坐下。她赤着脚，穿着夏天的短裤，身上裹着我挂在楼下的灰色旧毛衣，那是我干园艺活时穿的。

“我要离家出走，”她说，“字条都留好了。”

“为什么？”

“我要和我爸爸一起住。”

“先别着急，”我安慰她说，“有什么事告诉华莱士叔叔，我帮你解决。”

多特睁大眼睛，眼神十分轻蔑。

“没什么，爸爸常给我寄东西，”她说，“香皂之类的小东西，还有公交车时刻表和洋娃娃戴的手表。他需要我，他可不是玛丽姑妈说的那种人。”

“玛丽姑妈怎么说他的?”

“无业游民。”

我犹豫了一下。以前的我一定会为卡尔辩护。但我立刻意识到，这些年来，我已不再护着他，这种转变不知不觉地发生了，无须我承认。

“我不会称他‘无业游民’。”我说。

她以为我站在卡尔那边。

“我早就知道，”她说，“哼，如果他是无业游民，怎么能弄到那张大轮椅呢？无业游民可弄不到那种轮椅。”

“没错。”我说着便想起了那个可笑的礼物。

多特看在眼里，半信半疑。

她终于朝我抬起下巴，说：“你知道我收集的那些火柴盒吗?都是从很远的地方寄来的，艾奥瓦，明尼苏达州，当然还有更远的地方，他周游过世界!”

她的话站不住脚，连她自己都意识到了。她扭过头去，不再直视我，见状我便知道了。

“多特，”我说，“上楼吧，我给你做个三明治，干奶酪金枪鱼三明治怎么样?”

她虽然跟我上了楼，但心里还想着去找卡尔，任何她最爱的食物都不能分散她的注意力，连神秘薄荷牌曲奇也不管用。我专为她冷藏了一箱神秘薄荷曲奇，我俩都喜欢吃冷藏过的。她叫我拿六块放进塑料袋，让她路上吃。然后，她喋喋不休地说着她要和卡尔一起做的事，说她憧憬着的美好未来。听到我问她要去哪儿找卡尔时，她才安静下来。过了很久，她终于同意让我打电话给塞莱斯汀。

我挂掉电话后对多特说：“听着，你该忘了他。”

她放下三明治，恶狠狠地看着我。

“为什么?”

我深吸一口气，心怦怦作响，我真傻啊，可我一想起卡尔就没法正常呼吸。先前很长一段时间，我不让自己想起他，那段时间里发生了些事。那些未经考量、未说出口的情感会变质，或腐烂成碎屑，或发酵成毒药。于是，我说出了一些连自己都深感震惊的话。

“他连无业游民都不如，”我告诉多特，“他害你妈妈怀孕后就一走了之。他偷了我的钱，然后跑到斯塔姑妈那儿，接受了几天救济，把她逼进了精神病院，后来就人间蒸发了。他当过推销员，但最终不了了之；他酗酒撒谎，无以为生，见人就偷，遇人就骗；他……他简直不是东西，还踹了我的狗!”

我说得上气不接下气，自己也被吓到了，又有点想吐。可我根本不用担心，因为多特的脸上容光焕发。她听我说完后一阵狂喜，好像要夺门而出，去找卡尔。

“还有，”我被迫撒了个大谎，也是唯一一个，“他讨厌小孩。”

“他不讨厌我，”她大叫着从椅子上跳起来，疯狂地跺着脚，“他不讨厌我，他不讨厌我，他不讨厌我!”

我真想用力拽住她的胳膊，给她泼冷水，终结她的幻想。我想对她说，对，他就是讨厌你，尤其是你！

当然，我控制住了自己，没那么说。塞莱斯汀到门口了，几近崩溃的她像货运列车一样径直冲了进来。这本来是感人的一幕，可我太难受，竟无动于衷。后来随着时间的流逝，我明白了所有为人父母的人早就明白的道理：做父母的有时的确无能为力。无论你多爱孩子，你都免不了犯错。有时，你不免词穷，力不从心；有时，你不免情绪失控，当众出丑。而且，你无法向一个黄口小儿解释这一切。

这一年事态频发，一件比一件更重大、更可怕。海外正酝酿大战，几位公众英雄相继过世。政府已失信于百姓，当地政府也是如此。北达科他的很多地窖没存放粮食，反而塞进去了不少导弹。城市里又兴起一大批新计划、新工程。我们的开发商们几乎用尽了常用的路名，都开始用自己妻儿的名字命名那些死胡同了。

那一年，不管外界发生了什么，对我来说，最重要的是我让多特伤心了。

单身汉在圣诞节最落寞。我通常会去别人家共进家庭晚餐，结束后就回家。圣诞节是我一年里最空虚、最感到遗憾的日子。看书只能暂时转移我的注意力。电视上放着圣诞特别节目，电影明星们穿着丝绒礼服，高唱着圣诞颂歌，乘着雪橇，裹着白毛皮大衣，我的心情更加糟糕。我真正期盼的是去看那场圣诞演出，多特在台上扮演约瑟。她亲自邀请我去的，甚至借走了我一直留着的旧浴袍当戏服。她本来可以演耶稣，这让她很骄傲，但她个子高、嗓门大，最后只演了约瑟。整个夏天，多特都在棒球场边扯着嗓子为她喜欢的棒球队加油助威，就像一只疯狂的蝗虫，不停地唱着：“喔，宝贝！嗨，嗨，嗨！”结果练就了一副大嗓门。我记得在圣诞剧中，圣约瑟的台词很少，但多特坚称有二十句台词，所以我更加期待了。演出当晚我满心欢喜，边哼着伯尔·艾弗斯唱的圣诞小曲，边开车去接塞莱斯汀。那场灾难使我手足无措。

我说的是我的个人灾难，也是我的秘密，与那个扮演驴的男孩惹得多特发脾气无关，也与多特举起玛丽的木槌报复那个男孩无关。多特本来就脾气火爆，常常惹麻烦，所以我对演出时发生的意外并不吃惊。真不知道修女们怎么会让她扮演这么重要的角色。演出的灾难发生前，我看到了卡尔，那刺穿了我的五脏六腑，惊得我呆若木鸡，那才是我自己的灾难。

我借给多特当戏服的棕色旧浴袍是关键。我竟然到那一刻才想起那件浴袍有多重要，真傻。那是给来我家做客的男人穿的，可这么多年来，我一直没想起来卡尔曾穿过它，也没想起来卡尔穿着它站在门口的样子。

卡尔出现了。

小男孩把手伸出戏服外扯掉圣约瑟的胡子时，我看到了他。我以前从未觉得多特长得像卡尔，但我错了。有那么一刹那，他懒洋洋地坐在座位上，若隐若现，身后的灯光打在礼堂中白色的木制品上。他眼睛向下看时，睫毛随之往下，然后他又抬起头，直直地盯着我。距离瞬间消失了，我和卡尔仿佛近在咫尺。

我一下子站起身来，礼堂仿佛变成了昆虫的巢，许多金色小虫子在我身旁嗡鸣，飞来飞去地采蜜。我流出了眼泪，眼镜蒙上了一层水雾。感谢上帝，没人注意到我。我从人群的缝隙间看到驴的前半部分重重地倒下，后半部分也朝前冲去。那个男孩从灰布做的驴皮里钻了出来，大喊大叫。

我扭过头去，双手轻拍太阳穴，但无济于事。卡尔仍在那儿。他清晨坐在桌子旁，坐在我对面，倒好咖啡，然后把三小勺白糖搅拌均匀，用手指往后捋眼睛两侧的黑发，用舌头舔去胡子上沾的牛奶。

幕布落下，一个修女上台宣布演出结束。观众席上响起了稀稀落落的掌声，随后观众就涌入过道。“多少吃点东西再走吧?”有人问我。我不得不答应，只好用手揉揉额头，仔仔细细地擦干净镜片。然后我穿过在礼堂后方的餐桌旁寻求慰藉的人群。

盖在菜肴上的百丽耐热玻璃盖子已被掀开，壶里的咖啡被一杯杯倒出送到人们手中。我机械地排着队，拿了些食物，还不知道拿的是什么便狼吞虎咽地吃起来，其间为约瑟的暴脾气道了几次歉。很快，人们就像往常一样开始谈论甜菜的行情、贷款利率、政府债券、修路成本。后来我咬到了一个螺丝钉，差点磕碎了牙。

“有人搞恶作剧,”正和我说话的校长说，“竟在菜里掺螺丝钉。不过不知道是谁干的，大概是哪个孩子胡闹吧。反正就是把五金器具装了满满一平底锅的那个人，就算锅底贴了名字，现在也不见了。”

“真是奇怪!”我说着便把螺丝钉轻轻推到一边。

这颗螺丝钉让我清醒过来。我是时候躲避伤害，回到家中，泡个热水澡，把幻觉浸没在浴缸里了。我四下环顾，玛丽和塞莱斯汀已不见踪影。我想，尴尬的局面过后，她们可能开着玛丽的卡车带多特回家了。我本该早点想到是多特干的，我本该早点问她为什么要把那个男孩打倒在地。可当时我思绪游离，沉浸在回忆中，我尽力把一切有关卡尔的思绪压下去。我离开学校礼堂，钻进车里，开车回家。回家路上，卡尔一直在我手心里挣扎，他的身体苍白纤瘦，声音轻柔，但我竭力压制住了他，一次都没放他出来。

回到家，我踉跄地倒在沙发上，无力哭泣，无力翻身。门铃响了，响第一声时，我还沉浸在痛苦中，不想开门。

门铃又响了一声，一定是多特。自从多特出生那晚起，我就告诫自己，一定要帮助有危难的人，要不是因为这点，我怎么也不会开门。不过，我的狗一直叫个不停，这么冷的天气，它被我拴在后院。起身时，我先站在门后理好头发，稍微振作一下精神，才开门看看多特想干吗。

“华莱士叔叔?”

再清楚不过了，多特的声音听上去很危险，像卡尔，像在索取什么。我只把门开了一个小缝。

“让我进去，外面冷。”

“不行,”我答道，“我是说，你该回家了。”

多特安静了下来，一副难以置信的样子。“我有点事要告诉你。”她把脚卡在门缝里，硬闯了进来，就像她妈妈一样，也许更像她那做推销员的爸爸。

“不行!”我又说了一遍，出其不意地一把抓住她，揪着她转向门外，“我说真的，快回家!”我几乎把她扔了出去，但随后又想尽力补救。

“孩子，对不起。”

可她紧绷着脸，面如白蜡，看起来恨极了我。那样子太奇怪了，在这寒冬里，她近乎透明，像是玻璃做的小孩。她扯下旧浴袍，在我面前站了一会儿，雪地反射的蓝光照在她身上。她完全不像卡尔，只是一个冻得半僵的小女孩，穿着泛白的碎花背心和棉线短裤。多特跳下我家的台阶，跨过扔在地上的皱巴巴的棕色浴袍，身影越发泛白。

“回来！”我大喊。而即便那时，最不可饶恕的是，我并不是真心实意地去追她。我看她朝家的方向跑去，可她家在半英里之外呢。我叠好浴袍，夹在腋下，为自己辩解道，只要我在门口的台阶上多站一会儿，站到她到家后，她就会没事的。可没过几分钟，我就冻得里外发抖，脸上失去知觉。

我跑进屋里，抓上钥匙，赶忙把车开出车库去追她。我想起我第一次开车跟着流浪狗去多特家的场景。即便那时，小小的多特就喜欢招惹别人。她蜷缩起来就像书本上的一个小问号。

我开得很慢，苦苦寻找多特，对路两旁的任何风吹草动都保持警觉，却没有找到。她可能是故意躲在前灯照不到的地方，外面太冷了。我一直开到塞莱斯汀家门口，都没看到多特。这时，塞莱斯汀家的灯亮了，透过窗子，我看到多特的身影飞快地跑上了楼。

那一年，多特对我送给她的所有圣诞礼物都没有任何表示，只寄了一封感谢信，那信还是塞莱斯汀模仿她女儿的笔迹写的。我打电话过去，塞莱斯汀逼多特来接，我温柔地问了几个问题，讲了几个笑话，但多特不冷不热。我想尽办法讨好她，我想送一条狗，但先前塞莱斯汀没要玛丽送来的狗。如果我送她一匹马，塞莱斯汀会怪罪我。送辆车呢？但她没到考驾照的年龄，不然我一定倾尽所有给她买辆小敞篷车。我可以买珍珠或钻戒给她，但多特讨厌首饰，不过她喜欢派对。下周就是多特的十一岁生日，于是我打电话问她妈妈如何庆祝。

“不庆祝，我的意思是还没想过。”

“那我来安排吧！”我说，“我来给她办个派对。”

我很容易就说服了塞莱斯汀。她从不喜欢办派对，难得举行一次也只是为了帮多特跟同学交朋友。不过到目前为止，那些派对都适得其反，主要因为她不得不邀请玛丽。孩子们都害怕玛丽，她总是瞪着黄眼睛，说话声像砾石落地一样。玛丽带孩子们玩游戏时，会时不时冷冷地吓他们一下。孩子们就像脑袋被枪顶着的人质，机械地玩游戏，不安地看看玛丽，以求她的许可。他们假装开心大笑，可玛丽对此丝毫没有察觉，塞莱斯汀几次暗示她别再吓唬那群孩子，玛丽都没有回应。至于多特，她就是玛丽的小跟班和副指挥。她一接到姑妈的指令，就一脸严肃、有条不紊地分派人员。每当派对结束，孩子们就大松一口气，赶快跑出门外，可多特却一点也不在乎。

“或许这次你可以不让玛丽带孩子们玩了，”塞莱斯汀说，“毕竟这是你的主场，她不熟悉。”

如果依我的心意，压根就不会邀请玛丽。但只有请她来，我才能把派对办起来，我自然得邀请多特的姑妈啊。不过我决定，既然得邀请玛丽，那我就把路易斯和斯塔一起叫来。虽然路易斯说过斯塔急需与人交往，但他俩最近很少社交。我跟路易斯都是狮子会的，也一起在镇政府工作，当然还因为他找到了几种危害甜菜的害虫，所以我认识他。路易斯在本地很重要，每当人们有麻烦，总会向他求助。他身体强壮，经验丰富，是照顾斯塔的第一人选。不过显而易见，照顾斯塔让他日渐憔悴。现在我每次见到路易斯，都觉得他越来越瘦弱，脸色更灰暗。他得了心绞痛，得随身带着硝酸甘油胶囊。尽管如此，他通情达理，又不乏威严，我想他应该可以让玛丽收敛些。

“这次派对是个大杂烩,”我打电话邀请路易斯，“有家人，有多特在学校的朋友，还可能会有一两个狮子会成员。”

“我好几年没参加生日派对了,”路易斯回答，“我们没孩子，自然没机会参加，不过我们很乐意去。”

“在哪儿呢?” 这是斯塔的声音，她拿起分机就问。

“亲爱的，我告诉过你，别这么做。” 路易斯说。

“亲爱的,”斯塔回答，“我知道。”

“我打电话邀请你俩一起参加多特的十一岁生日派对。”

斯塔挂了电话。

“我们会去的，斯塔一直很喜欢那孩子，到时候见。” 路易斯说。

邀请了包括多特的同学和玛丽在内的很多宾客，我才坐下来歇歇，第一次认真考虑自己刚才所做的一切——我要让玛丽和斯塔共处好几个小时，而她们已多年没在同一个屋檐下了。我想毕竟也邀请了路易斯，他能帮着掌控派对现场，不过他要是最后一刻决定不来，那我就麻烦了。离了他，我一个人可搞不定这一锅大杂烩。不过后来事实证明，就算他来了也无济于事。

虽然派对有不少潜在问题，但我依旧乐此不疲地做准备。我把派对定为夏威夷主题，要来一个室内夏威夷风情猪肉烧烤大餐，背景是《南太平洋》纪录片，餐前游戏是“给野猪贴尾巴①”。我会准备一篮皱纹纸花环，让多特站在门口迎接客人，每来一位客人就给他戴上一个花环。要做一个菠萝颠倒蛋糕②作为生日蛋糕，我从镇上的礼品店买了一个装有发条的蛋糕架，想象着生日那天蛋糕架慢慢旋转，响起清脆的生日歌，大家一起唱生日快乐的场景。我还有许多夏威夷风情饮料，把碎冰倒入罐装果汁里，插上一把小伞。我会把我在法戈订购的尤克里里送给多特。最重要的是，多特会原谅我。

一月十八日来了。十一年前的今天，天降暴风雪，但我打开了家门。今天天朗气清，温度不算太低。小镇上，阳光照耀着人行道，残留的雪一块块融化。我开车去接参加派对的孩子们，他们都满怀期待，甚至有点紧张，可能是因为他们以前参加过多特的派对吧。但这次可与以往不同。

多特有四个朋友，三个壮实的男孩和一个表情甜美、面带稚气的可爱小女孩。可当我把他们接回家时，玛丽的卡车就紧贴着

---

① 美国儿童生日派对上常见的游戏。墙上挂着没有尾巴的小猪图片，给每位儿童发一张剪成猪尾巴形状的卡纸，儿童被蒙上眼睛转三圈后将尾巴贴到小猪身上，贴得最准确的获胜。该游戏在不同国家有不同的形式，例如巴西儿童常玩“给兔子贴尾巴”。

② 颠倒蛋糕的制作顺序正好与其他蛋糕相反。制作时，先在抹有黄油和糖的烤盘上铺一层水果、鸡蛋、糖等，然后放上面层，烤好后上下颠倒即成金光闪闪的颠倒蛋糕。菠萝是用来制作颠倒蛋糕的常用水果之一。

停在后面，高高的车头像一条巨大的、深红色的食肉鱼，小女孩立刻面露恐慌。

“别担心。”他们争相下车时，我说。但刚说完，我的声音就被多特的兴奋劲儿和玛丽的粗嗓门盖住了。

“开始狂欢吧！生日狂欢!”

玛丽的脸因为激动而特别红润。她所有心思都用在了孩子们身上，几乎没注意到我。她让他们跟着她，齐步走到门口。我乱了阵脚，没来得及插手。

“全体立定!”她喊道。

她打开我家的大门，带队伍进屋，多特麻溜地跟在玛丽身后，可其他孩子拖着脚步，扭头用祈求的眼神看向我。

“别担心!”我又说了一次，这时大门被砰地关上。我现在保护不了他们，我得做最后的准备工作，赶着去买纸杯、额外用于“把衣夹投入瓶中”游戏的衣夹和派对专用吸管。

不过就算在屋里，我也无计可施。孩子们正温顺地站成一队，低着头，露出纤细、脆弱的脖子，让多特或玛丽给自己戴上花环。为了尽最大努力活跃派对气氛，我穿了一件花里胡哨的夏威夷花衬衫，一条沙滩裤，戴了一顶草帽。我给孩子们发小鸟口哨作为礼品。没过多久，小鸟的喳喳声此起彼伏，整个屋子变得像个大鸟笼。塞莱斯汀走了进来，站在客厅门口，一副期待满满的样子。不过只有我注意到了她，她看着屋子里的场景，脸色黯淡下来。

“现在你懂我对玛丽的评价了吧?”她问。

玛丽正让孩子们站成一排报数，然后组成小队。孩子们的表情就像被单独挑出来去受刑一般。

我举起双手，比了个投降的手势。

“我阻止不了她。”我说。

“我也从来都拿她没辙。” 塞莱斯汀耸耸肩。

就在我们站着不动的时候，斯塔和路易斯开着气派的银色轿车来了。他们走进屋里。路易斯一如平常稳重得体，不过看起来更憔悴了。他眼神黯淡，透着疲倦，可能斯塔昨夜不太安宁。不过听到那震耳欲聋的口哨声再次响起，他还是笑了。原来，玛丽组了一支吹口哨小队。多特接过路易斯的外套，给他戴上一个花环，路易斯亲吻多特的脸颊时，多特也热情地亲吻了路易斯，她还拥抱了斯塔。今晚，我是除塞莱斯汀外多特唯一一个没有亲吻和拥抱的人。

我相信从现在开始，用不了几分钟，多特对我的态度就会好转。我打算送她一把金丝白木制成的尤克里里，现在它正优雅地躺在盒子里，盒中附有详细的说明书和一本名叫《小岛最爱》的入门教程，多特可以学着弹奏《塔希提情歌》、《珊瑚礁的那一端》和《帕皮提摇篮曲》。

斯塔拍了拍我的肩膀。她在精神病院时瘦了不少，气色不好，我知道这点。但她现在的状态似乎比那时更差了。她的脸盘很大，皱纹密布，就像一张上好的、薄薄的信纸。虽然给人感觉病恹恹的，但她的模特骨架配上精选的时装，看起来仍令人无比惊艳。

“这派对不错!” 斯塔说，她的眼睛掠过挂在灯具上的绿色皱纹纸装饰、塑料假花、旅行海报和餐桌中央的椰子摆饰。“卫生间在哪儿呢?”

我示意她在楼上，她便迈着优雅的步子上楼。此后她一直待在楼上，直到上甜点时才又看见她。

这时，孩子们开始玩“给野猪贴尾巴”了。显然，不想让玛丽掺和进来的计划失败了。就算在自己家办派对，我也丝毫没有优势，依旧是玛丽说了算。派对开始前，我已在纸板上画好一头褐色的肥猪，然后把纸板挂到墙上。我剪了一个卷成圈的猪尾巴，在顶端扎上帽针。而现在，玛丽正手拿猪尾巴，眼睛蒙着布，挥舞着骇人的帽针。玛丽让每个孩子都退到墙边，只把多特留在身边。多特正无所畏惧地躲避着针头，借机把玛丽用力往前一推。野猪一下就被刺穿了，玛丽用力太猛，手臂都发软弯曲了。玛丽扯下了眼罩。

“下一个是谁！”她大叫着，一边把钉在纸板上的猪尾巴和帽针拔了出来。

“我。”路易斯低沉、平静地说。他从玛丽手中接过帽针和猪尾巴，戴上眼罩，自愿被转晕。孩子们慢慢靠近路易斯，似乎能觉察到他不是危险人物，像是“国王的十字架”乐队①的成员。路易斯把帽针放在身体能护住的范围之内，让他这么一弄，这游戏马上就变得有趣了，变成了游戏该有的样子。唯独玛丽失去了大家的关注，心不在焉。

我转而前往厨房，往夏威夷风情烤火腿上抹烧烤料，那只火腿足有十五磅重，已打好了花刀，上面撒了一层碎菠萝，点缀着红红的酒渍樱桃。玛丽也跟着我进了厨房。

“这条火腿够大。”她评价道。我知道她想说什么，但还是没

---

① 美国摇滚乐队，成立于1979年，是早期推动前卫金属乐发展的中坚力量。

戳穿她。

“多泽鲁德的超价商店搞特价时买的。”我说。

她凑近火腿，仔细打量，紧接着就拿起烤炉上方的刀，我根本来不及制止她，只见她从火腿正中央切下一块肉，正好毁了我摆的菠萝和樱桃图案。我惊呆了，眼睁睁地看着她把肉放进嘴里，仔细咀嚼，还不以为意地眯起了眼睛。

“是便宜的化学材料熏制的，”她终于说，“不是真正用果木熏的，而且水分太多，我打赌这只火腿能挤出两加仑水。”

我用力关上烤箱，气得咬牙切齿。要不是看在多特的面上，我会立刻请她走人。

“玛丽，”我假扮好客的主人，用柔和的声音对她说，“你还没尝过今天的特色饮料吧？那是我专门留给贵宾的。”

“没，还没尝过。”

于是我去调制饮料。我本来只是想调杯烈酒给她，但我一打开橱柜就看到爱薇可利尔特醇谷物酒，那是一个友麋会①成员带来的。要是玛丽没有破坏我精心摆盘的火腿，我绝对不会调烈酒给她。不过事已至此，我就往杯子里倒了些爱薇可利尔，掺上点夏威夷宾治②和一罐紫西番莲沙士③，这一杯足以放倒一个职业拳击手了。把酒递给她时我本想点燃插在上面的中式小纸伞，好让她看看酒有多烈。不过我忍住了，让她自己体会更好。

---

① 1868 年创立于纽约，美国重要的慈善互助会，在各大城市均有分支，成员都是工商界人士与社会名流。

② 起初用作冰激凌原料，后逐步发展为如今大受欢迎的饮品。

③ 沙士是一种产于墨西哥的碳酸饮料，原味沙士呈深褐色，味甜，不含咖啡因。

她喝了一大口。

“我先干了！”我微笑着，喝光了夏威夷宾治，把杯子倒扣在桌上。玛丽也一饮而尽，我惊呆了，但又有点欣喜。

她把空杯子放到桌上，我问她要不要再来一杯。

“我不介意。”她说这话时竟然笑了，看来这酒比我想象中更厉害。我这次依然给她多加了一份爱薇可利尔。玛丽拿着酒，走出了厨房。我跟在她身后。她脚步平稳，但进入客厅前停了下来，歪了歪头，然后把头贴在门框上，审视着派对。我慢慢走上前去看看她的侧脸，她脸上浮现出一丝让人琢磨不透的微笑，完全不像她本人。她小口抿着酒，没去玩“把衣夹投入瓶中”的游戏。她只是静静地看着站在椅子上的孩子们试着把衣夹投入瓶中。塞莱斯汀给孩子们分发花环、塑料手表、玻璃钻戒作奖品时，玛丽甚至还赞许地点了点头。

一切准备就绪，摆在精心布置的餐桌上，颠倒蛋糕金光闪闪，正在蛋糕架上缓缓旋转，可口的夏威夷宾治已倒好，这时我才把客人们都请进来。请他们进来之前，我把三个骑着摩托车的小熊蜡烛插在蛋糕上。我很快将点亮蜡烛。由塞莱斯汀和路易斯负责的派对变得温馨欢乐，玛丽只是站着旁观。我从餐厅出来时，发现玛丽倒在了刚刚倚着的门框边。我弯腰碰了碰她的胳膊。她身穿亮紫色的裙子，裙子上有许多深色的小印记，像是不经意留下的污点。我扶她走进餐厅时，才发现原来那些真是污点。

我建议拿湿海绵给她擦擦，她却说：“别麻烦了，裙子会吸水。”她笑了一声，左右晃动脑袋，把空酒杯递给了我。我接过酒杯，又调了一杯酒给她，掺了不少酒，以防她突然清醒过来。我刚把饮料递给她，她就迫不及待地喝了一口，然后直直地盯着我，用近乎温柔的声音对我说了句话。

“从现在开始，你在我这儿买火腿，给你批发价。”

“那你可要说话算数啊。”我边开玩笑，边领着她往前走。她摸到了把椅子，忽然转过头来，用一种少有的亲切眼神看着我，她眼睛的颜色变柔和了，一开始是吓人的金黄色，现在变成了闪闪发亮的琥珀色。

“我可没开玩笑，你可真傻!”玛丽的声音异常亲昵。她松动的头巾滑下前额，几乎要落在身上。她的头发露了出来，只有白白几缕，我以前没怎么见过。她向前靠在桌子上，开始和坐在对面的路易斯说话。

“我的疯表姐呢?”

路易斯吃惊地看了玛丽一眼，又不自觉地转头看向楼梯。斯塔正坐在楼梯上，透过栏杆扶手下面铁片的缝隙凝视着我们。其实我的余光早就瞥到她了。她像一头饥饿难耐的小鹿，小心翼翼却又身不由已地靠近我们。真的，她像极了一头小鹿，两颊深陷，眼神凄凉，衣服下的肋骨清晰可见。她慢慢退到上方一片漆黑的楼梯平台上，避开了我们的视线。

“来玩呀!”玛丽在椅子上扭动着，使劲喊道。

“随她去，”塞莱斯汀把手伸过两个孩子的头顶，拍了拍玛丽的后背，“现在该为小寿星干杯啦。”

但玛丽甩开了塞莱斯汀的手，吃力地站起来。玛丽的眼睛颜色变深了，成了焦糖色，好像快要沸腾的糖浆。她颤颤巍巍地走到楼梯下。

她大喊道："不管你有没有准备好，我都要来啦！"但玛丽还没来得及上楼，路易斯就已从她身旁冲过去。玛丽一个趔趄，倒在身后的墙上，正好砸到了门铃的开关，门铃叮咚直响。玛丽扭动着身体，很是开心，脸上的皱纹因此舒展开来。门铃还在响，玛丽不停地扭动身体，迈着奇怪的舞步。显然，门铃的电路短路了。孩子们全神贯注地看着玛丽，即便只是孩子，他们也觉得不太正常。我马上爬上椅子，关掉门铃电源，总算亡羊补牢。

"她醉得厉害。"塞莱斯汀察觉到了。

她跑到玛丽身边，把她拖回餐桌旁。

"你往酒里加了什么？"塞莱斯汀皱着眉头问我。

这时斯塔救了我。

"我来了！"她的喊声过于洪亮，刹那间连自己也被吓到了。不过她很快回过神来，紧紧地抓着路易斯，和他一起来到餐桌旁。他俩都面色苍白，瘦得皮包骨头，我看到路易斯摸了摸口袋，确保随身带了硝酸甘油胶囊。他们在餐桌旁坐了下来，不管怎样，我们一大桌子的人终于聚齐了。

但我们没能给孩子做个好榜样。他们将像往年一样，带着受伤的心回家。

因此我下定决心，一定要挽救这个派对，至少先让玛丽清醒过来。于是，我先上菜，让大家吃得开心。然后回到厨房，把咖啡粉放进渗滤式咖啡壶，开始煮咖啡。

就在我离开的那一小会儿，一切都失控了。

很久以后，我跟塞莱斯汀和懊恼无比的玛丽交谈后，才拼凑起当时的场景。原来，大家都在吃饭，玛丽却从口袋里掏出肉铺的火柴盒，点燃了蛋糕上的蜡烛。那不算太糟，无非就是没等到点蜡烛的时间而已。没人阻止她。她接下来做的事本来也没什么大碍，只不过她醉得厉害，她给蛋糕架上的八音盒上弦时拧得太紧，弄得蛋糕架快速旋转了起来。

我回到餐厅时蛋糕已转了起来。八音盒演奏起生日歌，但速度太快，玛丽跟不上节奏。转速越来越快，小熊表面的棕色釉面渐渐看不清了，蜡烛的火焰变成一簇，小熊蜡烛似无头苍蝇一般疯狂地追逐着彼此。

“停下！”我大喊，扑过去找控制装置。

“祝你生日快乐！”玛丽声嘶力竭地唱道。

这时，蛋糕架的弹簧折断了，转了一圈后把蛋糕甩向斯塔。斯塔步步后退，胳膊在空气中胡乱拍打，仿佛蛋糕是活的，正在向斯塔发起进攻。她把几块飞起的蛋糕从这边扔到那边，又疯狂地拍打自己的双臂，结果连仅剩的几块好蛋糕也毁了，菠萝圈砸得稀碎，蛋糕化为一团碎屑。

小熊的摩托车车轮转着转着便撞到了墙上。斯塔放声大笑，盖过了大家的惊叫声。路易斯跳起来，抓住斯塔，把她牢牢抱在怀里。孩子们惊慌失措，塞莱斯汀忙不迭地安慰他们。玛丽一动不动地坐着，像座雕像，瘦削的脸上露出邪恶的微笑。她的眼睛黑洞洞的，双手按在胸口。虽然我知道该担心路易斯，因为他在保护斯塔时从口袋里掏出了一粒硝酸甘油胶囊，但我脑子里唯一想的却是玛丽的心脏是不是骤停了，或是她中风了。我赶快跑到餐桌旁检查她的脉搏，还好脉搏平缓均匀。显然，那几杯紫色的饮料让她醉得无法动弹了。

斯塔开始发出尖利的笑声，手指向玛丽。不管玛丽心里对蛋糕的意外作何感想，她脸上都挂着恶魔般阴险的笑容。她就那样一动不动地坐着，笑容僵硬，这时，派对进入尾声。路易斯平静地跟斯塔说话，劝她一起离开。孩子们被招呼进塞莱斯汀的车，多特的礼物也一起带上，路上再打开。我站在前廊，目送他们离开，派对过后身后一片狼藉。不过就在他们从车道上倒出去，快被那装饰用的篱笆完全挡住时，多特摇下了车窗。

“华莱士叔叔！”她大喊，“今天是我过得最开心的一个生日！”

我站在那儿，直到连汽车引擎声都听不见了才进屋，开开心心地打扫蛋糕碎屑，用保鲜膜把吃剩的夏威夷风情的食物包好。

我向玛丽望去，这次我心里有些愧疚。要不是我，她今天不会如此失态。我知道玛丽很少碰烈酒。她还是坐在那把椅子上，笑容一点没变，时不时转一下眼球。我在她旁边坐了下来。

“如果你能听见我讲话，就眨两下眼睛。”

她眨了两下，我知道她还有意识。

“你还好吗？眨一下表示好，两下表示不好。”

她眨了一下。

“要不要叫救护车啊？”

她眨了两下。

“有没有别的要为你做的呢？”

她又眨了两下。

于是我就让她坐在桌旁，自己继续清理纸餐盘和礼品包装纸。大概半小时后，玛丽终于慢悠悠地开口了。

“华莱士,”她叫我，大概过了一分钟，她又说，“我今天很开心。”

我边擦手边走进餐厅，放下擦碗布，坐在玛丽对面。现在，玛丽的脸上有了些血色。

“那就好。”我说。

她点点头。说第一句话费了她不少力气。我看她昂着头，就知道她还醉着呢，只不过正在慢慢清醒。我想她明天会有很严重的宿醉，应该趁爱薇可利尔的劲儿没过去送她回去，于是我主动提出送她回家。

“不要,”她说，“我们聊聊吧。”

我把擦碗布包在手上，有点犹豫是否真的要跟她聊天。我们的关系从来算不上友好。我的全名叫华莱士特，但她偏偏起了个不怎样的绰号——“多特”，从那天起，她一有机会就伤害我的感情。她恨我，心怀嫉妒，破坏我和塞莱斯汀的友谊，明明可以很友好的时候，却非要无休无止地放刁撒泼，破坏今天的派对，无所不用其极。她的内心没有温暖，没有宽容，她是个难缠的人。

“有什么可聊的呢?”我说，“我现在送你回家。”

她探过身来，摇了摇手指。

“能聊的多了去了。”她说，“我还不想走。我的电话本上可有你的电话，我知道你打的什么算盘。”

“你在说胡话呢。”我尽量用坚定的语气说。我可不想被她激怒。

“胆小鬼。”

“什么?”

“你真是该死的双黄蛋[1]。”玛丽说。

“我不明白你在说什么。”

“你很孤独。”

我看着她，甩掉手上的洗碗布，理了理头发，推了推眼镜，又摸摸自己的下巴和脸颊，好像是为了让自己冷静下来。

“我不孤独。”我对她说，“我加入了三家兄弟会，和常人一样社交。我很吃得开，玛丽。”

她齿间发出轻蔑的声音。突然，她身子向前越过整个餐桌，一把抓住我的手，我根本来不及反应。

“你撒谎，”她说，“有时我深夜经过你家，都能看到你还亮着灯不睡觉。有几次我停下来，看了看窗子里面。”

我既生气又有点好奇。

“为什么?”我问。我试着把手抽回来，但玛丽抓得紧紧的。

“我有过一些猜想。”

我正犹豫要不要问问是什么猜想，毕竟我不确定自己想不想知道答案，这时玛丽把我的手掌翻过来，低头审视着。她嘴里念叨着什么，就好像我手掌里有一篇写好的文章似的。过了好一会儿，她终于说话了：“不好。”她放开我的手，看着我的眼睛。我很好奇，不禁发问。

“什么不好啊?”我问。

“嗨，你有烟吗?”

---

① 双黄蛋有时预示着好运或多产。

"有几支放了很久的。"我咕哝着。我已把手抽了回来，低头看着手掌。我起身从高脚橱的抽屉里拿了一盒旧烟，连同火柴一起递给她。她点上烟，颇有气势地吞云吐雾。

"你的金星丘①上有大十字纹，"她终于开口了，"而且，你没有婚姻线。"

我坐下来，仔细端详我的手掌，发现上面布满了我以前从未注意过的纹线。有小小的十字细纹，还有长长的斜线，有的发散开来，有的互相交织。

"那倒是意料之中。"我说。

"可惜了，"她说，语气不自然地上扬，"不过你俩还是可以试一试。"

我看起来肯定很困惑。

"你和塞莱斯汀。"

我不敢相信自己的耳朵。

"哦，"我说，"这个……嗯，是……"

"你到底想说什么，华莱士？"

"我想……"我说不下去了。

"你的心思我一清二楚。"

"嗯……我真是受宠若惊了，可她已经结婚了。"

"多特出生后，卡尔就没回来过，"她眉头紧锁，过了一会儿，眉毛上挑，继续说，"生活亏欠塞莱斯汀太多了。"

---

① 手掌上突起的肉称为掌丘，按五行方位分为木星丘、土星丘、太阳丘、水星丘、火星丘、月丘、金星丘和地丘等。金星丘位于拇指下方、生命线以内的部分。

她在等我开口，但我就是不说她想要的答案。她的身影在房间中漆黑一团，两只眼睛像两个大头针的针尖，发出咄咄逼人的寒光。她手扶椅背，撑着身体站起来。我俩都没动。终于烟烧到了过滤嘴。我伸手越过餐桌，接过玛丽的烟头，放进梅花状的蓝色烟灰缸。

“我们该走了。”我绕过餐桌走到她身边，趁她没站稳，一把抓住她的胳膊。

“我的外套在外面的沙发上。”她说。走进客厅后，我又帮她把手伸进衣袖，穿好外套。玛丽扣好纽扣，像在穿一件盔甲。

我们走到屋外，一言不发，打开车门上了车，路上也没说话。天色已近黄昏，路面上的阴影沿着大大小小的水坑渐渐暗了下去。我本以为今天下午这场奇怪的对话至少会拉近我们之间的距离。但是，我们都固执地不说话，一个个沉默的瞬间累积到一起后，到达肉铺时我们的关系又回到了起点。

公牛汽车旅馆

卡尔喜欢名字古怪或诱人的汽车旅馆，所以即便还在阿格斯，当他看到亮闪闪的招牌时，还是停下了车。下了车，呼吸到夜晚清新甜美的空气，他才看见原来这家旅馆其实叫狐狸汽车旅馆，字母 **F** 的灯烧坏了①。不管怎样，卡尔还是办理了入住手续。

卡尔找到房间，打开电视，冲了个澡，然后一丝不挂地躺在床上，伸直四肢。他躺着翻看电话簿，找到了他们几个人的名字。他本想到此为止，可却情不自禁地拨了华莱士·费弗的号码。电话铃只响了一声，华莱士就接了。

“喂？喂？喂？”问到第三次时，华莱士的声音有点不自然了，既紧张又困惑。卡尔把听筒拿开，慢慢放回电话机上。华莱士的声音变得很小，听起来很滑稽，卡尔挂断了电话。他想接着打给玛丽，但觉得自己光着身子跟玛丽讲话会尴尬。他本可以随便穿条裤子再打给玛丽，但他还是直接打给了塞莱斯汀。

“猜猜我是谁啊？”电话接通后，卡尔问。

---

① “狐狸”英文为“fox”，而“公牛”的英文为“ox”。

他听着电话里空洞的嗡鸣，完全没想过塞莱斯汀已辨别不出自己的声音了。隔了好一会儿，塞莱斯汀才疑惑地尖声问："哪位呀?"卡尔深受打击，但他继续讲话，不让塞莱斯汀察觉出来。

"你知道我是谁。我路过阿格斯，今晚在这儿住一宿。虽然是临时决定的，但既然来了，我想也许能去找你。"

塞莱斯汀没有搭腔，卡尔继续说：

"要么你过来找我，我们喝一杯，要么我该请你和华莱士特出去吃顿饭。"

"卡尔，"塞莱斯汀终于开口了，"你答应过会离我们远远的。"

卡尔顿了顿："我都十四年没见你们了。"

"我懒得回忆过去的事。"

"好，好吧。"

"好吧，"过了一会儿，塞莱斯汀说，"我知道你有权见她，给我点时间考虑一下。"

她想了想。

"我想你明天白天得继续赶路，那就早上见吧，"塞莱斯汀说，"我们在金花鼠餐厅吃早餐，七点半怎么样?"

"我在那儿等你们。"卡尔回答。他的语气充满期待，自己也吓了一跳。他坐起来，靠在枕头上。"记得不要迟到!"他急切地说。

但电话那头只有嘟嘟声。

他早早醒来，做好准备，他已在餐厅卡座里喝了一杯又一杯咖啡。空腹喝咖啡，又抽了几支烟，他感到紧张不安，眩晕无力。

他站起身，一句话都说不出口，华莱士特完全不是他想象中的样子。她和她母亲一起站在餐厅门口。华莱士特个子不高，结实健壮，浅橄榄色皮肤，棕红头发，耳朵上戴着两枚硕大的耳环，穿着紧身超短裙，俨然一副问题少女的模样。卡尔没想到塞莱斯汀竟允许女儿穿得这么俗气，还化了眼妆。女孩透过黑色的狭缝扫视着卡座里的顾客，她那双藏在蓝头巾下的眼睛露出急切的目光。卡尔见她们从自己身边经过，便举起手，对她们笑了笑，于是她们转身走了回来。卡尔向前迈了一步，女孩的脸沉了下来。

后来回想起这件事时，卡尔会略过她那失望的表情。他上了年纪，老道圆滑，无情的岁月在他眼角和唇边留下了许多皱纹。他习惯开车，习惯长途奔波，以至于常常看不清一臂之内的东西。

正因为如此，妻子和女儿站在门口时他看得很清楚。在卡座里坐在他对面时，她俩的脸反而一片模糊。

“不好意思，来晚了。”塞莱斯汀开口说，但脸上并没抱歉的意思。她看起来像是根本就不想来。塞莱斯汀的外套又厚又粗糙，仿毛皮的，像把几块深灰和浅灰的补丁缝在了一起。她把大衣搭在肩上，把多特挤到卡座的角落。然后母女俩瞪着他，两人的头发和皮衣让她们看起来毛茸茸的，好似巢穴里的小动物。卡尔可以清楚地辨别出塞莱斯汀那高大粗壮的身材。她没化妆，只是嘴唇中间点了一点褐色口红。她深色的眼睛像是两滴糖浆。她的颧骨和鼻子突出，披着一头硬硬的褐色大波浪头发。他想凑近把她的头发压下去，闻闻她做香肠时沾上的胡椒味。

但她的目光制止了他。他看向多特。

多特脸上化了偏红色和橙色的妆，轮廓看起来更突出。她的头发长而蓬松，像是捋平的鬃毛。她的脖子粗壮有力。

她们仔细打量着卡尔。他理了理领带，竖了竖衣领，微微一笑，想让自己看起来精神些。他把菜单推到多特面前。

“我请客,”他说，“想吃什么点什么。”他尽量不直视华莱士特·达琳，但她一直盯着他，全神贯注，眼睛都不眨一下。她皱着眉头，嘴巴微张，气息微弱。卡尔时不时看看她，挤出紧张的微笑。

他用和蔼的声音问：“你几岁了，华莱士特?”

“十四。”她回答。她的表情变了，好像刚做了一个决定。她往后靠了靠，化了眼妆的双眼向下看，仅张开半边嘴巴说：“妈妈，您没告诉他我叫多特吗?”

“叫她多特,”她告诉卡尔，“她叫多特。”

“这是玛丽给她取的小名。”塞莱斯汀解释道。她向卡尔使了一个眼色，这让卡尔好受了些。那是大人们在孩子面前才会使的眼色，就像圣杰罗姆收容所的修女们在走廊上互换的眼色。

多特看见他们使眼色，便吹了吹前额上硬硬的刘海，说：“我已足够与众不同了，不需要那个古怪的名字。”她的语气生硬、决绝，卡尔不知道该跟她说什么。

“你和我想象中不一样。”多特冲卡尔冷冷地说。

卡尔用眼神向塞莱斯汀求助，可塞莱斯汀在看菜单。

“你……”他直视着多特说，“也不是我想象中的样子。”

这有点出乎多特的意料，让她有点不安。她拿起菜单，咕哝了一句：“我来份二号套餐，外加咖啡和番茄酱。那个女服务生呢?”

他们三人都沉默不语，看着塑封套里的印刷体菜单，上面印着鸡蛋、土豆饼和吐司。女服务生好像忘记了他们的存在，于是他们就在那儿干坐着，周围是农场主、茶歇的建筑工人和其他顾客。街对面，浅褐色的新大楼越建越高，锤子的敲打声和沉闷的电锯声响彻整条大街。阳光照在柜台里的一堆糖果上，照在咖啡壶和牛奶桶上。女服务生刚开始接班，厨师是个高大的金发女人，系着橙色围裙。女厨师说了句什么，引得柜台边的几个男人冲着杯子大笑不止。伴着培根的香气，收音机里传来了播报家畜期货行情和农业报告的声音。但坐在卡座里的三人却从中找不到任何可聊的话题。

“多特身边有没有什么……男性来照顾她呢？”卡尔问这话时自己都吓了一跳，但在等塞莱斯汀回答的那一瞬间，他发现自己渴望答案。

“华莱士·费弗就像她的父亲。”塞莱斯汀说。

多特一开始假装没听见，但在她妈妈说完这句带刺的话后，卡尔好久没说话。多特便说：“我现在经常去拉塞尔舅舅家，伊莱正教我钓鱼。”

卡尔点点头，想起了拉塞尔，一个面目可憎、总爱鼓捣那一盒子工具的印第安人。而且拉塞尔不喜欢他。

女服务生终于来了。三个人都点了早餐。塞莱斯汀尽量把话题扯到肉铺和玛丽身上，但又小心翼翼，避而不问卡尔是否打算去见玛丽。卡尔也详细介绍了自己的新工作，称即便自己一开始并不懂音响零件，薪资也很丰厚。他正在一家生意蒸蒸日上的高保真音响和唱片店工作，负责供货。

塞莱斯汀破天荒地对他笑了。

“怪不得你会寄电唱机来。”

“还是最新款的呢。”卡尔说。虽然塞莱斯汀不知道那东西叫便携式立体声系统，也不知道那是质量最好的，但他依然面露喜色。

“你喜欢吗?”他问多特。多特低头看着自己的手，凝视着粉红色指甲，似乎那些指甲正在对她说什么。

“我当然喜欢。”她对着手指说。

卡尔决定抓住机会，吸引住多特。“D－O－T－T－I－E，我的女孩叫多蒂[①],”卡尔唱了起来，“你知道这首歌吗?”

多特的脸瞬间臭了起来。

“不知道,”她说，“我只听硬摇滚乐。”

“你知道吗?”塞莱斯汀有点尴尬，连忙说，“多特有一次差点离家出走，她想去找你。”

女服务生把热腾腾的早餐摆在桌上，多特低头吃起来。她吃得很快，头也不抬。每次一张嘴，硕大的耳环就摇摆一下，碰到脸颊。卡尔看着她，心想如果自己常来这儿，或许就能提升她的音乐品位了。他不需要跟她们一起生活，只要在附近定居，也不必经常见面，偶尔见见就好。他感觉自己似乎失去了这个不招人喜欢的女儿，想到这儿，他不觉冒失而大胆地问：

“这样，如果我给你寄唱片，你会听吗?”

“不一定。”多特说。

---

① 这是卡尔随口哼唱的歌曲，歌曲中的“Dottie”为女子名，常译作“多蒂”，卡尔希望借“多蒂”吸引女儿多特的注意力。

多特心知肚明，知道自己向着哪一方。她放下刀叉，眉头紧皱地看着盘子，一动不动地看了很久，塞莱斯汀只好转身，把手搭在多特手上。

“宝贝，”她说，“你说个‘会’会死吗？”

“会。”多特答道。

Part 4

Chapter 13

1972 年

塞莱斯汀·詹姆斯

“我们和死人差不多，”玛丽认为，“只不过我们能使用感官。”

我们正讨论来生，玛丽爱聊这种话题。玛丽正用手把做波兰香肠的肉和调味料拌在一起，她岁数大了，手上长满了老茧，如一双结实的兽爪。我们都在变老，玛丽的头发如老鼠毛般灰白，两侧编好的辫子紧贴着耳朵。她的背驼得像个贝壳，脸上皱纹很深，象征着她坚定的信念。她又开始发神经了，把那团肉啪的一声扔下，震起了好些白胡椒粉。每次都是我把她拉回现实。

“听起来像托尔·拜耳，”我开玩笑地说，“他看起来跟醉汉差不多，只不过他从不喝酒。”

玛丽仍能让我表现出最坏的一面，而且我总忍不住拿斯塔开玩笑。这次，我戳到玛丽的痛处了。她走到盐桶前，疑惑地站了会儿，才抓起一把盐。她走了回来，把盐撒在肉里，又开始边琢磨事情边搅拌肉馅。她暂时不会乱说死人的事了。

玛丽尽力借助想象来填补理解上的漏洞。第二天，我到葡萄架下去看她。那天是星期天，肉铺不营业，特别安静。其实现在肉铺几乎入不敷出，但我们不在乎。与那些连锁商店和折扣店不同，我们周日不营业。玛丽正坐在休闲椅上，给酸酸的蓝葡萄去梗，她觉得这种葡萄特别适合做果冻。她看见我来了，就放下篮子，从椅子底下拿出一块很普通的红砖头递给我。

“这是从窗外飞进来的，”她说，“砸碎了玻璃。”

我知道她不会请装玻璃的人来，只会自己用胶布把碎玻璃重新粘上，以和日渐破损的店铺门面相配。跟我和玛丽的状态一样，肉铺的生意也在走下坡路。但我不在乎，现在，这儿成了房地产商眼中的黄金地段。等玛丽把这儿卖了，我俩都打算靠这笔钱生活。我一直坚持要玛丽给我发退休金。

“但愿你抓到了那个捣蛋的孩子。”我对她说。

“根本不是孩子干的。”

我告诉自己别和她理论，但还是控制不住，就像我无法左右人类成功登月的历史一样。

“肯定是有人把砖头扔进来，然后跑了啊。”我说。

“没人扔砖头。”

“那你说是怎么回事呢？”

“这是个预兆。”

“什么预兆啊？”

“灾祸。”

我一点都不惊讶，玛丽眼中从未有过好兆头。她进去洗肠衣了，我负责把架子上的葡萄摘完。我不再去想她说的关于红砖头的那几句话，不想再听她那些不可思议的话了。

但那天夜里，一件对我来说不同寻常的事发生了。我做了个梦。

我梦见斯塔站在她前院的那棵花楸树下，身后的橙色浆果耀眼夺目，花楸树的叶子随风摇摆。她系着一条好看的主妇围裙，双手交叉，眺望着马路。她在等人。

“我叫你来，你却没来。”她喃喃低语。

“什么?”我说。

她的双眼深陷到黑眼圈里，双颊消瘦，苍白得就像生面团。

“我叫你来，你却没来。”她又说了一遍。

或许是因为树上颜色艳丽的浆果，或许是因为她蓝白花边的围裙，又或许是因为斯塔长期病恹恹的模样，不管是因为什么，这个梦境对我来说都无比真实。我醒了，黎明前的天空灰蒙蒙的。我再也睡不着了，于是躺在床上，看着窗外渐渐泛白的天空。

天大亮后，我走到店里。开始做事前，我叫玛丽过来坐下。我把咖啡壶放在我们中间的桌子上，然后跟她描述那场梦。

“她病了。”玛丽说。

“我看她像个半死的人。”

“她是在叫你去看她。”

我耸了耸肩，漫不经心地说：“我好几年没跟她讲话了，不知道她为什么想见我。”

然而我回想起了童年。那时，玛丽还没来阿格斯，斯塔是我最好的朋友。我们一起长大，亲密无间，吵吵和和。我从没赢过她，虽然她没我高，但却看起来更强壮，而且每次打架都特别强悍，最后服输的总是我。然后，她会坐在我的胸膛上，用她那又长又粗的辫子打我。现在她已经剪了短发，专业的美容师把她的头发卷得像贵妇犬一样。梦里，斯塔的头发像尖钉一样竖着，一边被压得很平，发根灰白，所以我知道她已经有一阵子没去美发店了。

“我和你一起去，”玛丽说，“毕竟她是我表姐，我得去。”

我们坐在那儿，讨论具体如何安排。

多特可以照顾自己，不用担心，但我不想留她一个人在家，因为她最近很焦虑。自从在华莱士为甜菜节举办的那场比赛中被提名为公主后，多特便把一半时间用来减肥，另一半时间则在锁在抽屉里的秘密日记本上写个不停。有几次，我发现她坐在屋后台阶上，瞪着书里的某一页，眼神忧郁。还有几次，她很生气，差点把草坪修秃。她每晚到阿格斯电影院的零食柜台工作。她在影厅过道的最后面一边抽烟，一边看电影。我管不住她。她衣服上有股难闻的烟味，混合着做爆米花的油和甘草的味道。我觉得是影院放的那些电影让她有些抑郁，胡思乱想，满口脏话。我想我也许不该丢下多特去看望斯塔，但多特说我疯了。

我们决定开车到十三英里外的蓝山去看望斯塔。对我们而言，斯塔近在咫尺，却又远在天边。她搬到蓝山后从没邀请我们去吃过一顿饭。除了道听途说，我们甚至无从得知她屋里是什么样。不过既然她需要我们，我们就该去帮帮她。而且估计要在那儿住几天，所以我们带上了睡衣，运货卡车里还有玛丽做的一个单层大蛋糕和两根熏香肠。我们把肉铺交给表弟艾德里安，但他不愿意照看玛丽的狗小迪基。所以我们不得不在出城的路上去一下华莱士·费弗家，把狗寄养在他那儿。

华莱士把他那加高地下室平房①刷成了棕褐色，我不喜欢这

① 虽说是平房，但实为双层建筑，生活区域位于第二层，而房屋大门位于底层，通过大门后需上楼进入生活区域，多见于牧场和农场。

种沉闷的色调，但他说这个颜色和田野融为一体。泥土色是他家的主题色。他开门时，我们发现他自己也是一身泥土色。裤子是灰色的，衬衫的颜色与皮肤相同，肉色。

“这件衬衫不好看。”玛丽告诉他。

华莱士低下头，手指捏着衣服。同时，我知道我们不能把狗寄养在这儿。费弗家那条令人生厌的母狗目不转睛地怒视着我们，狂吠不止。小迪基浑身紧绷，躲在玛丽的臂弯里使劲地回叫着。

“我们走吧，”玛丽说，“我可不愿意看到小迪基受欺负。”

“抱歉，”我对华莱士说，“不是有意来烦你的。”

华莱士让我们代他向斯塔问好，然后挥挥手，送我们离开。现在，我们只能带着狗一起去了。在肉铺时，小迪基会冲陌生人叫，不过只是叫一叫，从不伤人。我记得斯塔很讨厌狗，于是我问玛丽斯塔是否介意我们带狗去。

“她得忍受我们的缺点啊，”玛丽说，“毕竟，是她叫你去的。”

“是呀，”我说，“可她是在梦里叫我去的。”

“都一样。”玛丽说，我知道那对她来说确实都一样。她说想在车上织毛衣，所以让我开车。我们一上路，她就拿出钩针和毛线，起针给多特的新毛衣织袖子。毛衣针咔嗒作响，让我想起玛丽的缝纫机，想起毕竟那是玛丽的母亲送给她的唯一一件礼物，可斯塔怎么能收下呢？有一次，我和斯塔在镇上偶遇，她得意地把这件事告诉了我。我跟她说她不该收下。我已人到中年，如果妈妈还活着，我可以原谅她的一切，接受那台缝纫机。但玛丽放弃了缝纫机。那是台精致的老式缝纫机，现在算是古董了。我想，要是那台缝纫机还在斯塔的车库，我们可以用卡车把它拉回来。

“玛丽，或许我们能把缝纫机要回来。”我说。

“什么缝纫机？”玛丽不会承认那是她的缝纫机。这时毛衣已经织了好几行，她正拿起来欣赏。那是件奶油色带深红线花纹的毛衣，玛丽一边织一边随意地组织毛衣的图案，那图案就像是科学家们在训练大老鼠时要求它们走的迷宫。我们默默开着车，开了几英里之后，她转向我说：“斯塔剩下的日子不多了。”

“你怎么会那么想呢？”

玛丽从口袋掏出那块砖头，然后往上面吐了口唾沫。她说，唾液干了以后，会显示一个日期的形状。她盯着那块砖，就像它会突然说话似的。我的忍耐已经到了极限。“把那东西放一边去。”我告诉她。

虽然玛丽的眼睛比刚才更加明亮锐利，但她也像个普通人，日渐衰老。让她看起来与众不同的是她的衣着，这次出行，她头上裹着带流苏的黑色丝巾。她驼着背，像个老乌龟，紫裙子被身体绷得很紧。跟往常一样，我不禁好奇她在想什么。她把狗放在膝盖上，正从一个小袋子里拿葡萄干吃。

斯塔住在蓝山唯一的新房子里，那是幢高大的白色建筑，有十个房间，上下两层。斯塔说它是殖民时期的风格，因为百叶窗常年关不上①，还有一扇沉重高大的橡木大门，门上雕刻着花纹，装有铜门环。车开到她家车道上时，斯塔正站在门前的草坪上。她跟我在梦中看到的一模一样，穿着硬挺的蕾丝围裙，双手交叉。

---

① 殖民风格的百叶窗可能与窗户的尺寸不同，被永久固定在外墙上，为房屋增添古典的氛围。

正如梦中那样，她背后是耀眼的橙色浆果。她看起来病恹恹的。我们下了车。和梦里不同的是，她把手放在屁股上，大喊了起来：

“把你那该死的狗弄出去，别碰我的月季!”

然后她走到树下，从树上扯下一大把结实的浆果，向小迪基扔去，小迪基落荒而逃。

“它只是替你浇花而已，”玛丽说，“别受不了啊。”

我想夸一夸斯塔，以缓和一下局面。斯塔最喜欢听恭维话了，但这次没管用。

“你看起来不错嘛。”我对她说。

斯塔望着我，眼神严厉。

“凋落前的叶子看起来也不错。”她说。

玛丽听到后哈哈大笑，斯塔气得脸都白了。

“我病了，”她无精打采，愤怒的眼神四下游离，说，“像只病猫。”

斯塔随后转身离开，跺着脚上了台阶，穿过立着圆柱的大门，砰的一声关上了门。玛丽捉住小迪基，我们用晾衣绳把它拴在一棵白蜡树上。我们从运货卡车里拿出我们的行李和一大块蛋糕，一起走上台阶，我在前，玛丽拎着熏香肠跟在后面。

我看了看玛丽，她一身肃穆的黑紫色，手中的香肠装在白色包装纸里。她的样子让我回想起一些东西，是什么呢？我在斯塔家的大门前停下，回头望着玛丽，然后想起来了，她像一月里冷酷的收割者①。她的黑裙子下摆拖地，仿佛看透了世间的一切。

---

① 在西方文化中，收割者是身穿黑色斗篷、手持镰刀的骷髅，代表死神。

她提香肠的样子好像香肠象征着她的使命。

斯塔家的东西都是中性的。我是说，她家没什么摆设，桌子上只放了烟灰缸，所以从摆设上根本看不出主人是男是女，或具体是什么样的人。玛丽家与这儿很不一样，你要是走进她家，马上就能看见桌上有一叠卡片，一团毛线或一本《命运》杂志①，继而想象出大概是谁住在这里。

斯塔应该在楼上，我们听到楼上卫生间传来哗哗的水声。我们走进厨房，把香肠挂在她家的食品柜里，把蛋糕放在她的富美家牌大餐桌上。我们特别希望能在厨房里看到因斯塔身体虚弱而疏于打理的迹象，但恰恰相反，她的厨房洁净明亮，盆栽也浇了水，锅刷得干干净净、摆放整齐，铁制水槽擦得发亮，甚至连瓷砖地板都刚刚打了蜡。

“我真想象不到她是怎么做到的。”我大声说，希望斯塔可以听到。但她并没有下楼迎接我们，楼上依然传来哗哗的水声。

“答案就是她肯定雇了用人呗。”玛丽说。

我们把行李放在厨房地板上。没有主人招待，我们一时间不知如何是好。我们漫无目的地在厨房里踱来踱去，后来终于累了，才在斯塔现代风格的早餐桌边坐下。

“她大概是在打扮吧。”又等了快十分钟后玛丽说。我们听着动静，水声停止了，但之后水龙头再次被打开，水汩汩地流出来，似乎她在沐浴。

---

① 《命运》杂志的主要内容是关于各种超常现象，如不明飞行物、心灵感应、鬼魂、传说动物学、非传统医学、占卜和死亡预警等。

“至少她能自己洗澡。”我说。

玛丽正望着水壶，眼神里满是期待。“我来煮点咖啡吧。她下来正好能喝到热咖啡，多舒服。”她说。

“我们吃点东西吧。”我肚子饿了，对桌上那块没切的蛋糕垂涎欲滴。

玛丽把橱柜翻了个底朝天也没找到咖啡，不过一抬头就看到餐桌上有一个贴着咖啡标签的绿色小罐。

“她自然会放在这里啊。”

“斯塔做事总是按规则进行。”我表示同意。

她正在“按规则”沐浴，冲洗每一寸肌肤。小时候，我和斯塔关系很好，常借宿在她家，知道她要扑爽身粉，不多不少，正好一勺；洗好澡，她全身都要扑上爽身粉，然后用浴巾包住，坐在床沿，把指甲修成完美的椭圆形。

“要是我，”玛丽说，她知道我在想什么，“我会把柠檬敷在脸上。”

“所以你皱纹多啊。”我不假思索地回敬她一句，我讨厌她刺探我的心思，但这句话伤了她。

“我来织毛衣吧。”过了一会儿后她示弱地说，开始在塞得满满当当的手提箱里翻找没织完的毛衣袖子，但好像找不着了。我有点不安，也许我们根本不该来这儿。我梦里的斯塔更渴望我们来，也更好客。门外，小迪基开始狂吠、哀号，可能是被拴得太紧，无法动弹。

“我把购物优惠券放在咖啡罐里，”我告诉玛丽，“一个咖啡罐正好能放两本小册子。”

玛丽眼睛一亮，把手从包里抽出来。

“那几个成套的面粉罐太小了，这么小的罐子我都用来装螺丝刀和开罐器……”

她检查着斯塔的瓶瓶罐罐，又用犀利的眼神看看我，然后听斯塔在楼上的动静，看她是否在忙。

“你去看看吧，”我说，“看看面粉罐里装的是不是面粉。”

于是，玛丽打开了那个绿色小罐子。

“你还不知道吧，”她小声说，“斯塔当然会把面粉装在面粉罐里。”突然，玛丽低下头，凑近了往罐子里看。“这是什么？”她把罐子夹在胳膊肘里托起来，另一只手从里面掏出一粒橙色胶囊，“这儿藏的全是药。”她把手伸进面粉，一番摸索，找到了更多药。我蒙了。

终于有迹象表明她现在没什么自制力了。我突然有些冲动，不过这时还能听到楼上的脚步声。

“扔掉，”我说，“这些药都不知道放了多久。她可能真的精神不正常了。”

“她会毒死自己的。”玛丽边说边着迷地盯着罐子。要是由着她的性子，她大概会拿着药跑上楼质问斯塔。“好吧。”她最后松口了。玛丽打开水槽下面的橱柜，找到垃圾桶，把罐子里的药和面粉倒了进去。

她把空罐子放回原位。斯塔下楼时，我们已把她成套的三个咖啡杯拿了出来，正在倒咖啡、切蛋糕。

“我们刚煮了点咖啡。”我很有兴致地说。

“因为家里没有现成的咖啡。”玛丽的语气中略带责备，随后她还算有礼貌地说，“蛋糕很新鲜。”

玛丽的黑色丝巾滑到前额，就像戴了一顶鸭舌帽。她盯着斯塔时的神情像在下注似的。

我快速转向斯塔，想夸夸她的外表。但她跟在院子里时一模一样，没有换衣服，发型也不对称。以前她当模特时，为了不破坏发型，整个星期都用卫生纸卷着头发睡觉，我在想她是否仍然这么做，现在看来她确实还这么做。我现在找到了她精神紧张的另一个迹象。

当她转身从冰箱里拿奶油时，我看到她脑后整洁地卷着一张粉红色方形卫生纸。她转过身来时，我什么都没说，但玛丽却对我笑。

“希望你喜欢我带来的蛋糕。”玛丽说，声音如糖浆般甜美。她说着便把那块棕黄相间的方形蛋糕摆在斯塔面前。

斯塔打开一个抽屉，拿出三张带锯齿边的白色餐巾，小心地放在我们的盘子边上，然后才坐下来和我们一块儿吃，她吃一口蛋糕，喝一口咖啡，吃第三口时，突然停下来看着手中的餐叉。

玛丽和我已吃掉了大半块。厨房看起来空荡荡的，毫无做饭的痕迹，我想难道斯塔吃的都是罐子或盒子里的东西吗？

斯塔正惊愕地盯着她叉子末端的什么东西。她放下蛋糕，用指甲从刚咬过的那块蛋糕里挑出一个透明的小碎片，放在装蛋糕的盘子边缘。

我们看到那是个被烤熟的琥珀色翅膀，单薄而易碎，上面散布着纤细的纹线。

“那是片翅膀。”玛丽看了看，放下餐叉说。

“确切地说，是印度谷螟[1]的翅膀，”斯塔说，她抿着发干的嘴唇，声音尖锐，“不过谷螟一般长不到这么大。”

玛丽出于礼貌地看了看那翅膀，不过她毫不在意，继续拿起餐叉，津津有味地吃起蛋糕。

斯塔慢慢转过头去，后脑勺上的那张卫生纸像羽毛般飘起。她注视着那块蛋糕，目光随着蛋糕从盘子转移到餐叉上，又转移到玛丽的嘴上。斯塔坐在那儿，像只愤怒的母鸡，噘着尖尖的嘴，想要啄人。

“你怎么知道那虫子叫什么啊？”我想转移斯塔的注意力，但随即想起她已逝的丈夫是研究害虫的，“路易斯教你的吗？”

“路易斯辞去健康督查员的工作后，”斯塔从牙缝中挤出这句话，眼睛跟随着那块正被玛丽送进嘴里的蛋糕，“就成了县里的昆虫学者。”我想示意玛丽别再吃蛋糕，但她已从平底盘里又拿了一块。

“放心吧，烤熟的虫子吃不坏肚子。”她告诉我们。

我不想再看着斯塔，只能慢慢抿着咖啡。后来我瞥了她一眼，她面无血色，苍白得可怕，嘴唇气得发紫。我赶紧放下杯子，做好准备。根据我早年与斯塔相处的经验，她肯定马上就要发泄怒气了。

“别把那些恶心的昆虫带到我这儿来！”斯塔尖叫着，突然跳起来，后脑勺的卫生纸被震落下来。

玛丽迟疑地看了看她的餐叉，但为时已晚。

---

① 喜温暖的害虫。

斯塔突然抄起整块蛋糕，一言不发，看都不看我们一眼，径直走出后门。我听到她走下楼梯的脚步声，还有垃圾桶的碰撞声，然后她走回屋内，砰地关上门，把空盘子扔进水槽。接着她走到玛丽身后，用力把杯子推到一边，从玛丽的手里夺过餐叉。

斯塔做得太过分。她又走到后门，想把餐叉上的蛋糕屑甩进垃圾桶。玛丽跳起来，丝巾遮住了眉毛，她为了不被遮住视线，不得不仰着脖子。

“我们该谈一谈了！”玛丽大喊道，眼里闪烁着黄色的火光，“谈谈面粉里的那些药片，自以为是的大小姐！”

斯塔满脸惊愕，跑到面粉罐那儿，啪地掀掉盖子，终于确定里面是空的。她呆呆地站了很久，凝视着金属罐底部，我觉得她受不了这样的刺激。

“你们都干了什么啊？”斯塔说，“东西呢？快告诉我！”

玛丽指了指垃圾桶，斯塔立马跪在水槽前，打开橱柜。她把垃圾桶拉出来，开始在面粉里翻找药片。白色的面粉弥漫在空气里，落了一地，扑了她一脸，手臂上落了白白的一层，她手心攥着已找到的几片药，有橙色的，有蓝色的。她把药片紧握在胸前，不让我们看到。

可怜的小迪基，我们忘了带它的食物，所以接下来的几天只能喂它剩菜剩饭，或去附近的超市买昂贵的罐头应急。养在肉铺的狗被宠坏了，现在它多半得自己找吃的。它在斯塔家院子边上的鸢尾花丛下扒了个洞，想找骨头啃。我们住在斯塔家的第一个晚上，小迪基钻进垃圾桶，把里面的蛋糕、臭虫，还有其他能吃的都吃光了。绳子根本拴不住它，只要想逃，它随时都能用尖利的小牙齿咬断绳子。它本来就是一条家犬，但当然了，我们不能把它养在家里。

斯塔讨厌它。小迪基在门前哀求时，我们可以从斯塔的眼神中看出她的厌恶。我偷偷填平小迪基挖的洞，把鸢尾花重新栽好，好让她不那么恨它。我不知道斯塔是否注意到了花被重新栽过的痕迹，因为她从没提过这事。我们现在能察觉出斯塔病了，正如我的梦告诉我的那样，可她不让我们带她去看医生。每次我说想带她去，她就说已经去过了，还拿了五年的药。有时我看见她把药片碾碎后放进杯子，或在手心晃两下再咽下去。她告诉我那是止痛药。我知道她已经吃了好几年药，所以不再追问。

本来我担心玛丽会因前一天的蛋糕事件对斯塔不满，说话刻薄。但她什么也没说，打扫干净面粉后，安心住了下来。有些女人只要看到英俊的男人就两眼放光，而玛丽则是一嗅到疾病的气味就很开心。她已摘下那条带流苏的黑色丝巾，把头发盘成细细的一圈，固定好。她身穿印着黄色花朵的连衣裙，一边给挑剔的斯塔做蛋奶糕和肉汤，一边哼着小曲儿。玛丽现在做什么都会放啤酒酵母来调味，而斯塔只会把药片碾碎，然后吞下去，可那些苦药毫无作用，只会让她坐立不安，或精力不支，整日贪睡。我们吃的所有东西都有陈腐的酵母粉味道，但斯塔几乎不在意吃了什么。

确实，一天天过去，斯塔越来越不爱动弹，也不怎么说话。我们傍晚坐在门廊上，她盖上自己最好的那几条羊毛毯，那些是很久以前弗里兹织的。这可不是好兆头。没有哪个女人会把最好的羊毛毯留给自己用，可她又能留给谁呢？

我们本打算只待几天，但延长到了几个星期。我经常离开蓝山，看看多特后再回来，但玛丽一直待在这儿，因为斯塔非常虚弱。

一天夜里，斯塔喋喋不休。

“为什么来这儿?”她问我，“你们，还有那条该死的小狗。”

“因为我梦见你病了。”我说。

“你梦见我病了。”夜幕降临，斯塔坐在摇椅上摇摇晃晃，脸如石刻刀削，“原来如此，你梦见自己有望继承我的部分财产。”

一听这句我来气了。“我们善待你是因为你母亲曾善待我们,”我告诉她，“我们来这儿，不图你任何东西。”

她晃得摇椅吱嘎作响，我俩沉默了很久。可我随即想到这么多年来她一直多么盛气凌人。我知道我控制不住自己，一冲动，便将在卡车里想到的说了出来。

“不过，你可以在遗嘱里把玛丽的母亲送她的缝纫机给她。”我说。

晃动的摇椅停了下来。斯塔张大嘴，嘴里一片漆黑，就像阁楼一样宽敞，蝙蝠都可以冲进去歇一会儿。她的嘴巴张得更大，笑了出来。要知道，自从我们到她家后，她就没笑过。突然，她噎住了，不再大笑。

“那台老古董十年前就坏了，我把它送给葛里尼一家了。”

我认识葛里尼一家人，他们是蓝山一带出了名的挥霍之徒，主要靠售卖揉成球的铝箔维持生计。我知道葛里尼的女儿根本不会踩缝纫机，不愿用它做衣物，也从没想过要用，他们大概已在某个寒冬把它劈成小块做柴火了。

我跟斯塔再没什么好说的了，便去楼上看玛丽在做什么，留下斯塔一人双臂抱在日渐消瘦的胸前，坐在摇椅里晃来晃去。

我和玛丽合住在楼上的客房里，墙上刷着比例协调的暗粉色，挂着同一棵树在不同季节的照片。有时我躺在客房的床上，几小时都睡不着，因为玛丽常常说梦话。她常常在梦里长篇大论地恐吓陌生人。“拿过来，”她说，“我以前听过那套说辞。”

一天夜里，我听着她说梦话，突然明白了她在梦里干什么。她在收尚未结清的账款。梦里，她把脚抵在别人家的前门门框上，人家要关门撞上她时，她就大声喊叫。“欠条上有你的签名，”她叫道，“我们法庭上见！”

房间里到处都是玛丽的东西，她的手提箱里装的东西多得出奇。她把那块红砖头放在床头柜上，用一块毛巾小心包住，这样它的宇宙能量就不会流失到空气里。玛丽从不收拾衣服，即使内衣内裤也不收拾，或堆或搭在书桌和椅背上，人人都可以看到。她只把那条肥大的白色棉灯笼裤挂起来，用衣夹固定在衣架上。因为斯塔不允许她把灯笼裤挂在外面，所以玛丽只能挂在衣橱门把上。红砖头后面摆着一座有缺口的绿色圣母马利亚塑像。另外，玛丽把星象书籍和毛线都放在触手可及的地方。我看她已经织好了多特的毛衣。

她举起毛衣，让我欣赏一番。

毛衣上的红条纹先是之字形，后来又是方形，方形套着方形。之字形和方形组成的条纹不知通向哪儿。

“起点在哪儿啊？”我问。

玛丽一开始没明白，我用手指顺着条纹走，想要找到出口。

玛丽见状跟我一起找，我们一起迂回穿过胸膛上的花纹，找到胳膊的背面，一直找到毛衣的两个肩膀，可就是找不到出口。

我拿起她摆在床上的一本书，随意翻看。

“夜空中充满使人疑惑的洞。”我读道。

玛丽一直对这个理论念念不忘，她很愿意解释给我听。她说，宇宙黑洞会吸入一切，甚至连空间也不例外。我想象不出来。我脑海里浮现的是其他东西，它们被迅速带入一片黑暗之中。就在当天早上，我在斯塔家发现了一些旧物。地下娱乐室后面的旧柜子里又乱又脏，结着蜘蛛网。柜子的搁板上放着旧瓶瓶罐罐：威尼斯鞋油、凡士林、椰油发油以及老鼠药，还有一本托马斯·B.科斯坦的《黑玫瑰》、一些剪报和斯塔年轻时在法戈的房租收据。那儿还有一封信，已经封好，盖了邮戳准备寄出去。我仔细看了看信封，不知道该怎么办才好。这封信是寄给明尼阿波利斯的凯瑟琳·米勒太太的。我看不出这信是多久前写的，也不知道斯塔是什么时候忘记寄出的。

我关上柜门，将信放在小提包里，然后走上楼。最后我还是决定多添几美分邮资，把这封信寄给米勒太太。可那一整天，我一想到满柜子的废旧物品，就感到悲伤。正因为有了斯塔，才会有那些旧物，可等她不在了，这些东西依然会在那儿。它们比斯塔坚持得更久，况且它们已战胜了路易斯，最终也会战胜我。它们只是一些平常的物件，却有我们无法比拟的力量。那些东西那么不起眼，却不可毁灭，然而不管斯塔的求生欲多强，她都必须死去。一想到这些，我就难过。

现在，玛丽在一旁讲话，而我却产生了一个奇怪的想法：人一生中所有接触过的东西都该在死后被埋葬，因为要是东西比人活得更久，那就没意义了。玛丽在一旁说个不停，给我讲看不见的地心引力，而我看到我们几个人的头被往上吸入太空，身边飞着我们用过的橡胶地垫和梳子，直到我们被迅速吞噬，然后消失。

一切都变成一团混乱。好像什么都不重要了。玛丽又看透了我的心思，还大声说了出来，可我根本不生气。她说，这小镇是以印第安人古墓的名字命名的，古墓里藏着死人生前用过的东西。有人在里面找到过石磨、狩猎用的箭头和各色石头做的珠宝首饰。

于是我想，埋了也没用。即使在地下，我们的物件还是活得比我们久。

狗在窗边叫。那天夜里寒冷刺骨，我发现小迪基已咬断绳子，又开始刨鸢尾花丛了。我听到斯塔在门廊处喊叫。她的声音越来越高，直至完全嘶哑，最后消失。她的椅子或其他东西翻倒在地。我听到小迪基或咆哮，或低吼。那声音也可能是斯塔发出来的，不是斯塔就是小迪基在呻吟。我和玛丽打开窗户，她伸出头张望，但天太暗，紫丁香的花枝挡住了视线，我们看不见小迪基，却能听到喘息和击打的声音。

“它找到了什么东西，”玛丽说，“要是它把草坪边的狭长花坛刨坏，斯塔会杀了它的。”

“快走！走开！”玛丽喊道。

但喘息和击打声没有停下。

玛丽在身后摸索着，有两样东西触手可及，一件是有缺口的圣母马利亚塑像，另一件是一块特别的砖头。她拿起砖头，从窗口砸下去。只听见砰的一声，然后一片寂静，小迪基哀号起来。

我们跑到楼下，月亮还没升起。我想找门廊的吊灯开关，却没找到。于是，我跟着玛丽，扶着草坪躺椅和月季支架，摸黑前行。我穿过草坪，看到她俩抱在一起的影子。玛丽的印花裙跟花丛浑然一体，可地上有个白色的影子，那是斯塔。我摸到了她的羊毛毯，那是弗里兹去世前织好的奶油色羊毛毯。

我跪在斯塔身边，弯腰看她。好几秒钟过去了，她一动不动，接着身体开始战栗。我的脑海里闪过一个可怕的想法：时候到了。局面慢慢失控，地上又干又冷，我听见斯塔对着我小声说话。

“总有一天，你也会跟鸡一起啄屎吃。”

那句话是皮特说的，意思是无论人的地位有多高，能力有多强，总有回到原点的一天。斯塔被砖头砸中了头，伤口处的头发湿湿的。是的，她说得没错，我也有一天会跟鸡一起啄屎吃。我们把斯塔抬进屋，她轻得像吐司一样。我们把她放在客厅的米黄色长沙发上，我甚至不太敢开灯，但最后玛丽开了灯，我看到斯塔的脸色极其难看，双颊发黑。

那天我彻夜坐在斯塔身边，擦拭她的额头，听着她起伏的呼吸，还把上好的羊毛毯盖在她身上。羊毛毯上的条纹似涟漪般起伏，云朵在旋转，像捕鼠器的形状。玛丽用手支着头，坐在椅子上打瞌睡。她一动不动，以至于夜深人静时，我忘记了她的存在。

我也忘记了小迪基的存在。它也被砖头打中了。我忘了我们来这儿的目的。玛丽不知什么时候开始说起梦话来，所以我知道她睡着了。

“别跟我争，”她说，“我查过你的账户了。”

听到这句话，斯塔睁开双眼，露出一丝微笑。她安详地环顾四周，最后看到了我，然后皱了皱眉。我不知道她是对我还是对别人皱眉，但不管怎样，我还是低头注视着她的面孔。

她费力地吸进一口气。我没听见她呼气的声音，因为我突然回忆起我们没结婚时斯塔是如何欺负我的。那时她骑在我身上，就如同此刻我骑在她身上一样。她噘着粉红的嘴唇，露出洁白整齐的牙齿，甩起长长的粗辫子。辫子落下来，擦过我的脸颊，掠过我的鼻子和嘴巴。柔软的辫子重重地落下来，带着橄榄肥皂的味道。但我仍像遭遇了灭顶之灾似的大叫：“停！下来！放开我！”我现在明白了，那是因为我受不了斯塔太过强势，受不了她用膝盖顶着我的胸膛、将无助的我压倒在地。

斯塔·塔普

自从她们带着满是虫子的蛋糕和辣香肠来我家，我就睡到地下室的台球桌上了。并不是因为连在二楼的尽头都能听到玛丽说梦话的声音，也不是因为塞莱斯汀常常起夜喝水、吃燕麦或煎鸡蛋，更不是因为她们不请自来。真的，我不需要她们陪伴，也不想要。我甚至希望她们生一场病，然后离开我家。我之所以睡在地下室，多半出于自身原因。比如，我很喜欢这张台球桌。我喜欢它绿色法式台面的质感，喜欢它平滑的表面，喜欢它的网兜。我可以把杂志卷起来放在网兜里，平底玻璃杯和梳子也能放进去。睡觉时，我可以闻到上小学时那种蓝色粉笔屑的味道，而我成年后则喜欢洒在桌子上的鸡尾酒和飘落的烟灰的味道。我向塞莱斯汀和玛丽解释，台球桌平整坚硬，对我的背部有好处。其实，真正原因是我喜欢睡在地下室。

我的第一任丈夫吉米把这个没窗户的大房间叫作娱乐室。他用昂贵的橡树材料做成墙板来隔音，可墙上的装饰物用的却是他那做饮料分销的朋友和开酒馆的朋友送来的废品。靠墙的那排架子上堆满了音响设备、好几抽屉唱片和一个彩电遥控器。我再婚时，路易斯在吉米的乡村音乐、流行歌曲唱片的基础上，增加了古典音乐。有时，路易斯会在地下室没装修的地方做实验，开真菌研究小组会。他添置了短波收音机，把收音机后面的墙叫作铁幕。这儿到处可见路易斯和吉米待过的痕迹，某种程度上是他俩共有的纪念馆，所以不属于他们任何一人。

地下室现在是我的。我把最喜欢的东西都搬到这儿来了。于是，以前放录音带的盒子成了我的珠宝首饰收纳盒，墨西哥茶几上摆放着爸爸的照片，放着三件叠好的最高档的山羊绒毛衣和一双意大利露跟皮鞋。我甚至打扫了与地下室一墙之隔的卫生间，先用荷兰牌去垢粉，又用莱索尔牌消毒液刷了三遍。卫生间的柜子里本来放着路易斯用来暗室洗相的化学试剂，还有吉米表兄弟们喝完的空酒瓶，我把那些都扔了出去，摆上化妆品。但我没把剩下的药片藏在那儿，那些处方药可是路易斯留给我的，我自然已给它们找了个更保险、更妥当的地方。

之前有一段时间，我四处藏药，结果后来总忘记藏在了哪儿。我想要药时找不到，不需要时它又突然出现，这可不靠谱。路易斯去世后，它们更加珍贵，就算只丢了一片，我也无法忍受。因为镇上的医生不愿意再为我开这种药。“你会上瘾的。”他们警告我。他们想让我停药，还以为我真的停了。他们不知道路易斯留下了这些药片。

地下室任何时候都是昏暗的。我不再喜欢每天早上被阳光照醒。今早，虽然知道马上就得起床见塞莱斯汀和玛丽，我还是裹在被子里，静静地躺了一会儿，闻着被子染上的地下室的土腥味。

我躺着，想象着自己可以遥控的一切。

路易斯在粗毛地毯下铺上了遥控线路，他喜欢坐在扶手椅上，按着按钮来远程操控。吉米要是能看见路易斯的杰作，一定会懒散地靠着硕大松软的地中海式沙发，震惊得赞不绝口。只要我想，我躺着就可以打开电视。要是早间新闻女主播的脸蛋模模糊糊地晃动不清，我手一动就可以让她不晃。头戴耳机就在手肘边，我可以随时打开音响和收音机，听听八声道磁带，或默默看着气压计指针不停摇摆。我可以打开头顶的蒂芙尼牌大吊灯，调节亮度，还可以打开所有啤酒灯，欣赏灯光交错的景象。有一盏啤酒灯上画着长满仙人掌的群山，一驾马车围着山头一圈圈无声地疾驰；还有一盏啤酒灯上画的是蓝色湖面上不停打转的独木舟。这些啤酒瓶有哈姆牌的，有施密特牌的，也有一些仅仅是菱形的谷物带牌①的。在地下室的另一头，吉米摆了一张 U 形调酒桌，桌上铺着厚厚的黑塑料垫。

自从玛丽想用砖头把我的脑浆砸出来的那晚起，我的头就没那么疼了，感觉像神经短路了，加上我不想让警察发现那些药片，所以没报警。我怕警察搜查我家，如果他们搜查卫生间水箱，还有路易斯外出搜集植物样本时装火柴用的防水罐子，那就会找到药片。药片所剩无几，我舍不得再吃。一个月或一个半月后，我

① 产于美国明尼苏达州的啤酒品牌，该品牌的商标上含有菱形图案。

该怎么办呢？还好那块砖头让我的末梢神经有些紊乱，我感觉这一切更容易忍受了，更舒服了。不过，我的左胳膊不好使了，我只能弯着，用右手托着肋部，就像鸡翅膀一样。

我该起床了，待会儿她们给客户送完货就要开着那辆满是血腥味和烧焦的皮毛味的卡车来接我。过一会儿，我记不清是今天还是明天了，她们要带我去观看阿格斯的甜菜游行和游行之后的加冕礼，观众要坐在硬硬的没有靠背的看台上。我起先拒绝了，但她们坚持要我去。

“你能看到多特加冕，一定会高兴。”塞莱斯汀哄着我说。

“你大概不相信，”我答道，“我一个人躺着更高兴。”

玛丽依旧面色阴沉，毕竟她之前差点杀了我。不过她决定把这一段轻描淡写地带过，拒不承担责任。她说我们被上了发条，不到发条变松就不要停下。

“你不如出去一天散散心。”玛丽的语气一点也不热情，可能正因如此我才答应。

不过对我来说，起床不是项轻松的任务。起床得用到好些肌肉，得用腿使劲，我真的宁愿躺在枕头上，把手脚裹在温暖的被窝里。娱乐室很阴凉，炎炎夏日里我倒不太介意这点。但每次挣扎着穿过偌大的房间，或双脚踏在卫生间冰冷的瓷砖上时，我还是觉得太冷了。

我翻身趴着，把腿从台球桌上放下来。我从台球桌左边的球袋里拿出一杯水，一饮而尽。我没清空台球桌里的各色台球，现在它们在暗道里滚动着。我喜欢这声音，既能分散我的注意力，又能让我平静下来。台球桌很结实，只有当我上下桌时才会晃动，发出声响。我开始从地下室这头走向那头，但今天早上还没走到沙发那儿，我就支撑不住了。我感到一丝异样，一种深深的无力感，这是被那块砖头砸中以来还未曾有过的感觉。我突然希望自己在她俩出门前就向她们要了些吃的，或者也许吉米的调酒桌那儿还有一些不新鲜的蝴蝶脆饼。但随后我才想起来，就算有，也放了十五到二十年了。不知怎的，我突然发现自己倒在地上。我不记得自己摔倒了，可我的确四肢伸开，肚子贴地，脸压在地毯的粗毛上，地毯像用粗密的羊绒线编织的草地。我无法呼喊求救，只能继续趴在那儿。不知过了多久，我才积攒了些力气，手脚并用，开始匍匐前进。我还有尊严，只不过必须把它留到更艰难的时刻，或是玛丽和塞莱斯汀在一旁看着的时候。

我想，对她们来说，死亡只是每周都会遇到的小事，是一阵哀号，一声枪响，一次重击，一把插进鸡脖子的叉子。我想，她们从未听过动物临死前发出的声音，但小时候，直到离开肉铺那段时间，我都能听到动物临死前的呼喊与惨叫。待宰的猪会发出尖叫，那声音就像邻居清晨在床上被人杀害一样；而当鸡头被砍掉时，鸡的翅膀还会使劲扑腾，地上的灰尘随之扬起，成了一团灿烂的云。

我现在仍能听到翅膀拍打的声音，翅膀疯狂地拍打着地面，希望能摆脱死亡。即使身首异处，身体也会继续如牵线木偶般舞蹈。如果这一刻降临在我身上，我不希望塞莱斯汀和玛丽听到类似的声音。这是我睡在娱乐室的另一个原因。我记得吉米当年运了一卡车的吸声瓦，那是特殊的隔音材料。把它们装好以后，吉米就在楼下把音量开到最大，开始测试隔音效果。我当时在楼上的厨房里，虽然能感觉到低音鼓的震动，但听不到任何音乐，只有微弱的如昆虫鸣叫般的声音。

我终于爬到了卫生间门口。我推开了门，打开灯。

吉米装了金属扶手。他说这是为残疾人准备的，但其实是为他那些醉醺醺的表兄弟们提供方便。他们就算把着扶手都尿不进马桶，淡蓝色的瓷砖上到处都是他们喝醉后留下的尿渍。我现在倒是庆幸有这些扶手和防滑带了。我吃力地挪到马桶前，开始每天最费力的工作——取下马桶水箱的釉面陶瓷盖子。我总怕这盖子滑动时会摔到地砖上。为了取出防水罐，我用尽力气。我终于拿了出来，把水箱盖子盖了回去，不过没完全盖上，只要不滑下去就好。我的呼吸没那么急促了，我往刷牙杯里倒满水，打开防水罐，摇晃着滑出三片药。不行，这可不行，不能吃三片，我给自己规定一天只能吃一片，于是又放回两片。然后不知怎的，我把药片都倒了出来，想看看余下的药够吃几天。结果药片所剩无几，那意味着有药可吃的日子已屈指可数。

我低头盯着这些橘黄的药片，不知盯了多久，我好像正和它们交流。只剩半瓶了。我现在就想吞一片，但它们不许我这么做，我得听听它们的声音，听听它们想告诉我什么，我必须理解它们背后的意义。所以我们注视着彼此，我俯视着它们，它们仰视着我。没一会儿，我就明白了。

它们对我说的是，没有我们，没有路易斯，你就得回到州立精神病院，回到那个吃人的室友身边。你会被针扎，你可不想在自家花园看到那幅景象。

没什么疑问了，我突然意识到自己已慢慢走到这一步。我经过许多空白后终于到达终点。我到终点了。

一切都变得简单，我吞下了所有药片。

过了一会儿，我用没受伤的那只胳膊支撑着身体，坐在马桶上。我不再提前打算了。我站起来，身体仍然蜷缩着，慢慢走到水槽边。我想要沐浴。我不去想水之外的东西，这让我没费什么力气就踏入了浴缸，打开水龙头坐了下来。随着热水喷涌而出，药片开始发挥作用，我立刻飘了起来。

我爱植物。很久以来，我一直以为植物死亡时没有痛苦。但有一次我跟玛丽探讨这个话题，她给我看了一份剪报，剪报上说植物被连根拔起时会进入休克状态，甚至会发出模糊不清的长元音，就像感受到了恐惧，这声音可以用特殊器材识别到。不过我还是喜欢植物年复一年、生生不息的特质。我不喜欢剪下来的花，只喜欢长在地里的花，喜欢这些睡莲。浴帘上用有毒染料印着睡莲，它们的纯洁感动了我。睡莲那洁白的花瓣像是牛奶做成的巨大泪珠，花瓣底下细长的叶柄是绿油油的救生索。

多美好的声音呀。水像小瀑布一般倾泻而下。我一生从没见过瀑布，甚至都没听过小溪流淌的声音。因为我家附近地势平坦，水无法汩汩流淌。但我见过河流，见过它们带来灾祸，毁坏河堤。我知道河流是一条破坏力无穷的毒舌，到了夏天就会缩小，细得像一根肮脏的泥巴做成的绳子。是的，河流跟现在包围着我的洁净之水完全不同，这股温暖有力的水振奋人心，甚至让我产生了一种奇妙的幻觉，让我觉得自己身体健康。

我从浴缸中出来，擦干身体，站在那儿，感觉药片阻断了神经。

镜子上蒙了一层雾，于是我用毛巾把它擦干，可我手臂发抖。一直等到手不再抖动，我才摘下粉红色的塑料浴帽，开始梳头。我的头发如海水般发灰，身体也消瘦了许多。但我还是从带刺绣的精致盒子里取出石榴石项链，戴在脖子上，仔细系好老式金银扣。我全身赤裸，只戴着一条项链。我想起了我的姨妈。弗里兹曾跟朋友讲过阿德莱德如何冷血地坐飞机离开她的孩子们，那是我在门后偷听到的。她们觉得阿德莱德是被痛苦逼疯了，但我理解她！我看见她被吸进云里。她消瘦得如鸟一般轻盈，她的翅膀没像鸡一样发出可怕的拍打声，根本没有声音。她不必拍打翅膀就能毫不费力地盘旋上升，与我们头顶上看不见的气流融为一体，她就这样远走高飞了。我也该跟她一样，而不是待在家里栽天蓝绣球。天蓝绣球的根那么粗硬有力，我怎么才能给它们找到合适的地方，用颜色合适的栅栏去衬托它们呢？天蓝绣球是白色的，栅栏也是白色的，真衬托不出。早知如此，我该把栅栏漆成蓝色，我该从楼上拿一件更好看的裙子。

我不喜欢这条裙子，它的白褶在卫生间的水汽里耷拉下来，腰带是淡紫色的，蕾丝花边摩擦着我的脉搏，很不舒服。它甚至让石榴石项链失去了光彩，但我还是决定戴着这条项链。我是为玛丽戴的，她从未见我戴过这条项链。不过也许她根本不在意。玛丽性格冷酷，不是个情感细腻的女人。我永远无法惹恼玛丽，要是没有多特，我甚至无法惹恼塞莱斯汀。

我只因为要办事才去过几次肉铺，有一次见到了多特。她当时正坐在柜台边吃午饭。她狼吞虎咽地吃下辣肉三明治，然后吮了吮每根手指。我说她跟她爸爸一样没有教养，她才停下来，好像对我的话产生了兴趣。于是我继续说下去，说她长得一点也不像塞莱斯汀，反而鼻子和眼睛四周长得像她奶奶阿德莱德。我这么说只是为了激怒玛丽，因为她从不提及阿德莱德。我没就此停住，接着给多特讲了阿德莱德的故事。我把故事讲得很浪漫，甚至像个传奇。多特被牢牢吸引住了，要我再讲一些。不过随后玛丽就来了，我赶紧示意多特别出声。

我瞬间从她们手中抢走了多特，就如同当年玛丽抢走了我的塞莱斯汀一样。这么多年了，我一直都没忘记那个可怕的瞬间，没忘记我脱掉上衣站在墓地的场景。

许多回忆涌上心头。其中一个很奇怪的回忆是我在看完路易斯的笔记本后才有的，我梦到了末日审判时从地底钻出来的孩子们。

我告诉他，有许多喇叭在响，到处都是警报声。市政水塔开始喷出鲜血。然后，孩子们小小的坟上草皮裂开了，他们从坟里走出来。他们小得出奇，说是骷髅也不为过，似乎是珠宝匠戴着眼镜用象牙精心雕刻而成的。如果放大很多倍，可以看到每个微小的关节都是完全对称的。但来不及被称赞一番，他们已走上阿格斯的大街小巷，骨骼渐渐被血肉包住，最终穿上了衣服。

不过，衣服是什么款式的呢？又是什么年代的呢？

我问路易斯，他们会如何面对父母呢？要是他们的父母已下了地狱，会有学校、孤儿院、继父继母或公共慈善机构来照顾他们吗？要是没有，那多恐怖啊！想想看，孩子们只能在街上流浪，在已故名单中找些熟悉的人或东西。

太凄惨了，我对路易斯说。

现在，我准备好了。项链闪闪发光，锋利的样子似乎透着恶意，正抵着我那不中用的喉咙，我已来不及改变自己。我绝不会摘下这条项链。我耸耸肩，套上裙子，胳膊的关节咯吱作响。还要整理妆容和发型，完成这些需要我全神贯注。我每移动一根手指，拿起一把梳子或一个化妆品瓶子，都很费劲。如果不是亲身经历，谁会相信这需要坚强的意志力呢？每轻轻画上一笔，我就喜不自胜。化妆的效果非常明显，有必要整理妆容。我无法弯腰把长袜往上拉，所以一定要让上半身光彩夺目。我无法穿长袜，除了欣赏白色软皮鞋的鞋尖以外，我不会向下去看大腿。

现在该关灯了。关灯。关上卫生间的门。她们一会儿就要将卡车开进院子，大声按喇叭。不管她们什么时候来，我都要上楼到前门廊等着。我要站起来迎接她们。但在爬上那铺着厚地毯、看似简单的十四级楼梯之前，我得先歇一下。我就在那儿歇口气。在这阴暗、凉爽的房间里，在吉米最喜欢的红褐色皮革沙发上倒下。事实上，很久以前，有次我和吉米在这沙发上做爱，没采取防护措施，我自己都感到惊讶，不过那是唯一一次。事后我躺在吉米的怀里，对一片空白的未来感到畏惧。

本可以有很多种可能。

爸爸一定想要外孙，弗里兹也是。虽然他们从不敢当面对我说，但我太明白他们的小暗示了。每次他们北上回家，都会仔细观察我的脸色，看我有没有温柔一些，体形有没有变化。弗里兹一看到别人家的孩子就不舍得放手，有一次还很凶地问我是不是违反了天主教教规，采取了避孕措施。

爸爸特别喜欢吉米的啤酒灯。我和吉米刚结婚那几年，爸爸总会来我们家和吉米一起喝啤酒、听音乐，观赏啤酒灯。没一会儿，他们就会醉醺醺地上楼来，跟我要三明治和酸黄瓜吃。我给他们做吃的，但从不和他们一起去地下室，因为我总觉得啤酒灯是粗俗的物件。不过现在不一样了。自从住到地下室后，我发现它们能给我慰藉。啤酒灯上的景象比任何真实的景色更能让我平静下来，几乎有催眠的功效，而在昏暗的室内观赏则更添韵味。

如果药片还没过期的话，我不知道它还要多久才会起效。我用右手按了一下开关，一盏啤酒灯随之亮起。那是我最爱的一盏，上面画着湛蓝的湖水。我一遍遍地看着那艘独木舟驶离明尼苏达州的湖岸，在平静的湖面上前行。湖畔的松树郁郁葱葱，湖水波光粼粼。小船一刻不停，我仿佛看到船下好奇的鱼儿纷纷跃起。

玛丽·阿代尔

我们开车到斯塔家时，斯塔正穿着白衣服，笔直地站在紫杉丛里，透过干瘪卷曲的针叶审视着我们。她看起来有点不耐烦，脚边放着手提包。她的双腿像是用来支撑身体的两根木棍，姿势奇怪。我把卡车开到她家车道的中间位置。“她一开始不想去，现在我们来接她，她倒嫌我们来晚了。”我对塞莱斯汀抱怨道。塞莱斯汀对斯塔要去的这个决定有点恼火。她想好好欣赏这次游行和多特的加冕礼，而不必担心斯塔突然发病。我关闭引擎，听了一会儿，然后下了车，我有预感，斯塔今天少不了闹别扭。

斯塔没打招呼，不过也没不高兴。塞莱斯汀长叹一口气，把脖子后面的头发捋到上面。她砰的一声打开卡车门，下了车，显然不情愿，却别无选择。塞莱斯汀大踏步穿过草坪，喊着斯塔的名字。我跟在后面，被小迪基的叫声分了神。小迪基被拴在房子后面，我想我该从水管里放点水给它喝，哪怕我一提这事，斯塔就会皱眉，说我们来晚了。

我和塞莱斯汀走到斯塔身边，碰了碰她的胳膊，想帮她从杂乱的树枝里走出来。

我俩同时感觉到斯塔皮肤冰凉，斯塔的表情从不暴露她的真实情况。她的双眼睁得很大，正好盯着我们停车的地方。她的嘴生气地微微张开，似乎想发出声音，却发现死神已扼住她的喉咙。塞莱斯汀把斯塔的手提包交给她，斯塔接住了，指尖扣着手提包的带子，手提包因此晃来晃去。塞莱斯汀不知所措，我也一样。我想当时我们都震惊了。我们呆呆地站着，听着狗吠，闻着夏日炎热干燥的空气，还有斯塔身上那有点刺鼻的法国香水味。真奇怪，这香水跟地下室卫生间里带瓶塞的小盒子散发出的气味一模一样。

“我们该怎么办呢？”塞莱斯汀终于开口问。

我看看塞莱斯汀，却发现她好像不是在问我，而是在问斯塔。于是我也看斯塔，好像要考虑一下她的意见。这时，我才看见斯塔戴了一条熟悉的老式红项链。项链正好挂在一根断枝上，拽着她的头往上抬。而她的两条手臂高度一致，卡在两根瘦弱、分叉的树干之间。跟往常一样，斯塔打扮得非常用心。或许她只是等我们等累了，就靠在树上休息一会儿。或许她正要在背地里骂我们：见鬼，她们迟到了。她最近常常在我们身边说脏话，比如，见鬼、该死的。要知道斯塔就连退出教会时，都没说过一个脏字。和她同住可不容易，斯塔永远躺在台球桌上。吃饭时，我们得把饭送到地下室，恭敬地端给她。即便如此，她还是挑三拣四，甚至把饭菜仔细翻查好几遍，好像怀疑我又在面条里藏了虫子。

“我觉得该扶她出来。”我说。

“扶出来之后呢？”塞莱斯汀问。

塞莱斯汀颧骨上擦了腮红，浅褐色的头发烫成波浪，披在肩后，刚刚梳过。但她看起来极度不安。

“我们可得想清楚。”我说。

“你有什么主意吗？”塞莱斯汀问。我知道塞莱斯汀有些恼火，因为斯塔偏偏在她女儿被加冕的这天早上死在紫杉丛中。我觉得她可能还没完全意识到斯塔已永远离开了。

“蓝山有殡仪馆吗？”塞莱斯汀问。

“没有，这只是个小镇而已。”我说。

我们慢慢才意识到斯塔去世意味着什么。阿格斯有家殡仪馆，是兰根沃尔特一家人开的。殡仪馆是一座淡红褐色的建筑，瓦砖铺的屋顶是西班牙风格的，窗外安着黑色铁栏杆。我简直无法想象要把斯塔留在其中一个房间里。而且今天举办甜菜游行，大家都会去，包括兰根沃尔特一家人。“今天殡仪馆根本无法派人来处理斯塔的尸体，”她说，“也没法把尸体拉过去。”

“我们把她安顿到卡车里一起走吧。”我说。

塞莱斯汀摇了摇头：“还是把她抬回房间，让她躺在沙发上吧。”

“塞莱斯汀，”我说，“你想她被殡仪馆的陌生人抬走吗？”

“不想。”塞莱斯汀说。

“带她一起走。”我又说了一遍。

然后我们默默站着，与斯塔一起陷入沉思。我听见蟋蟀正在路对面的亚麻地里鸣叫，远处的机器隆隆作响。

我伸出手抓住斯塔的胳膊肘时，终于对塞莱斯汀开口说：“你抓着另一只胳膊。”我们一起把挂在树枝上的项链解下来，斯塔的头微微向一侧倾斜，使她看起来比过去几星期都更警惕、更敏锐。她就像看到了什么迷人的景象，明知不该看却又欲罢不能。

我们把她夹在中间，扶着她走向卡车。塞莱斯汀把靠她的那半边身体架得高些，拖着我这半边往前走。斯塔很沉，这一点让我惊讶。她一直纤细瘦弱，而现在就像死神进入了她体内，在她的骨髓中灌入了细沙。我突然觉得我们永远都跨不过草地，走不到卡车那儿了。这时，斯塔的脚擦了一下地面。

“举高点，”塞莱斯汀说，“你弄脏她的鞋了。”

我使劲把她举高，可她实在太沉了。等我们走到卡车边时，我已上气不接下气、喉咙冒火了。我想把斯塔平躺着放在卡车后面，所以让塞莱斯汀扶着斯塔，我打开卡车后面的双开门。可等我往里一看，才觉得不能把她当作普通货物。

“算了，”我说，“还是让她坐在前面吧。”

“你疯了？”塞莱斯汀说。

“我没疯。”我对塞莱斯汀表示不满，觉得她就是不想坐在后座，怕刮破丝袜。我没再跟她说话，只是打开副驾驶的车门，然后跟塞莱斯汀一起使劲，想把斯塔放进去。不过，当我们到车门前时，才意识到斯塔全身僵硬，无法弯曲。我托着斯塔的上身，塞莱斯汀托着她的腿。可不管是上身先进去，还是腿先进去，她都会斜躺在副驾驶座上，像被扔进去似的。而且，我们每折腾一次，斯塔就看起来更凌乱。不过，就在我们努力尝试时，塞莱斯汀不经意碰到了斯塔背部的某个地方，就像碰到了一个隐藏的弹簧，塞莱斯汀让斯塔一下子屈身成为坐姿，奇迹发生了。斯塔坐在座位上等着，手放在膝盖上，头微微倾斜，透过挡风玻璃向前看去。

“好了，”我调匀呼吸，退了一步，感觉有点晕，“出发吧。”

塞莱斯汀没答话，我向她看了一眼，才明白为什么。她正一言不发地凝视着斯塔，泪水流下双颊，打湿了前襟。我把手帕递给她，但她接都没接，好像不知道自己在流泪。然后她用手摸了摸脸，才发现脸颊上全是泪水。

“噢!”她吃了一惊，好像弄疼了自己一样。

我把手帕放在她手里，然后绕着车走向驾驶座。塞莱斯汀弯腰为斯塔系好安全带，又把斯塔洁白的皮包放在她的膝上。然后，塞莱斯汀坐到后座，我发动引擎，驶离了斯塔家的前院。

我打开空调，关上车窗和通风孔，将我们三人封闭在同一个空间里。从蓝山到阿格斯的路两旁都是干枯贫瘠的田野，连绵不断。路面尘土飞扬，干旱使得目之所及都是一片单调的黄褐色。但外面的一切都与我们隔绝，车快得好像飘浮在半空，路边的沟渠一闪而过。很长时间内，路上只有我们一辆车，我们就安静地独自前进，沉浸在各自的世界里。结果，我忘了看速度计。

突然身后响起警笛，警灯闪烁，吓了我一跳，我赶紧转动方向盘，靠边停下，想让警车先过去，却惊讶地发现警车在我们车后停了下来。

“他朝我们走过来了。”塞莱斯汀向后看看，然后用吃惊的语气说。我已在后视镜看到了他，那是洛夫捷克警长。

“罗纳德，你好，”在他俯下身跟我说话前，我把窗户摇下来，先向他打招呼，“我以为您在甜菜游行现场做指挥呢。”

“我也以为您在那儿。”塞莱斯汀说。

“我正要去呢，”洛夫捷克说，“不过，你刚才时速超过八十英里了。”

我没说话。

“上午好，斯塔。”洛夫捷克笑着向副驾驶座上的斯塔打招呼。路易斯去世后，罗纳德·洛夫捷克就开始继续追求斯塔，甚至给她送过几盒巧克力。我之所以知道，是因为在斯塔的橱柜里看到过一摞惠特曼牌巧克力，还用玻璃纸封着。我吃过几块，挺新鲜的。不过现在，他可再也没机会了。斯塔的眼睛坚定地注视着远方。洛夫捷克低下头，看起来有点伤心，不过他早有心理准备。他翻开罚单本，又叹了口气，合上了。

“去他的！”他愤愤地说，然后挺直了腰，我只能看到他紧扣的黄棕色衬衫纽扣，“这是您第一次超速，对吧？”

我伸出头，说是的。

“那就不开罚单了，”他说，“第一次就口头警告。就这样吧。”

塞莱斯汀在后面拍拍我。“谢谢他。”她小声说。

“谢谢。”我说。

“希望我没打搅到您，塔普太太。”洛夫捷克的声音随着他的脚步声远离，他的车门被砰的一声关上。他绕过我们，疾速消失了。

“为什么不让他处理斯塔的尸体呢？”我发动引擎，问塞莱斯汀。

她没答话。

这句话一直在我脑海中回荡。这次我开得很小心，一直低于规定的最高时速。我们到了阿格斯，先沿第八大街开，然后拐弯进入主街。我想直接开到露天集市，所以没有沿主街行驶，而是驶入小路，跟在其他车后面，慢慢开到主街街角。汽车成群，有人指错了路，我们糊里糊涂地开错了。我们或许不该把车窗关那么紧，不该把空调开那么大，我没听到外面中学生乐队的演奏，没听到小丑们吹号角的声音。直到小丑们走到我们车前，我才发现卡车闯入了游行队伍。

可那时已没法回头了。我稍稍转弯，开到一辆花车后面，花车用涂了颜料的被单装饰着，上面还有一颗巨大的由铁丝做成的甜菜。这棵又大又白的甜菜在我们车前摇晃，用皱纹纸做的绿叶在我们车顶随风飘动。大甜菜跟在一辆中学生花车后面，被阵阵热风吹得左摇右摆，时不时有纸巾掉落，飘到道路两旁，或贴在我们的挡风玻璃上。游行队伍前进的速度很慢。我们身后是一个表演队形变换的仪仗队，队员们身穿金色和蓝色的制服。整个游行队伍时不时就停一下，让仪仗队队员排列出各种造型和字母。

“招招手，笑一笑，”塞莱斯汀说，“他们都在看你呢。”

的确，虽然大甜菜和礼仪队吸引了大多数观众的注意，但还有很多人好奇地向卡车里张望，向我们挥手。可能他们注意到了斯塔，看到她正庄严肃穆地坐着，脖子上的项链闪闪发光，以为她是个大人物，市政委员会委员或州长夫人。观众里不乏肉铺的顾客，他们认出了我们，也高兴地向我们挥手。

“你看，艾德里安旁边站的是殡仪馆的兰根沃尔特。”塞莱斯汀低声对我说。

“你招手吧，”我告诉塞莱斯汀，“我得用两只手把着方向盘。”

于是我们朝前移动，因为一直挂着一挡，所以引擎过热了。塞莱斯汀时不时对着窗外挥挥手。

就这样好像过了好几个小时，我们终于开到岔路上，慢慢转弯开进了露天集市。我们故意把车停在看台后面那棵高大的榆树下。这儿既凉爽，又隐蔽，不会有人在这里逗留，或注意到斯塔的异样。

我开着引擎，让空调继续运转，然后下了车。我们站在大树下，透过挡风玻璃望着斯塔。

“没别的选择，”塞莱斯汀说，“只能把她留在这儿。”

我们等了一会儿才离开，好像片刻的犹豫就是为了下定决心。没被树叶挡住的几缕阳光洒在斯塔脸上，使她的表情看起来更为警觉。她的目光穿过我们，望向我们身后的草坪，草坪上搭着货摊儿和游戏摊位。

挂满胸章的英雄

护工把拉塞尔从轮椅上抬起来，翻身放到床上，替他脱去薄薄的棉睡衣。伊莱·喀什帕坐在餐桌旁，喝着咖啡，注视着这一切。弗勒待在隔壁屋子的暗处，密切盯着护工的一举一动。她从一个破旧的手提箱中取出拉塞尔的制服，制服的绿色羊毛料子上有一股樟脑丸的气味。护工在弗勒的注视下小心地给拉塞尔穿好制服，然后使劲把他抱起来，放回轮椅上。弗勒从皮箱里取出拉塞尔的勋章，并把那些明晃晃的勋章一股脑儿全戴在他胸前。她把步枪放在一个深绿褐色的枪套里，横放在拉塞尔的大腿上。拉塞尔等着别人把他的帽子调得略斜，就跟在照相馆拍的照片中的姿势一样。

一切准备就绪，拉塞尔双手紧握轮椅扶手，他本可以自己推轮椅。护工推着他走到了炎热的晨光中，穿过长满杂草的院子，爬上陡坡，将他推进养老院的厢式货车。拉塞尔砰地关上车门。车离开养老院后便开上了乡间小路。车厢四壁没有窗户，但车顶有一块透明塑料。拉塞尔抬起头，看到了蓝天、白云，过了一会儿，又看见纵横交错的电线。车开了一小时后停下了，他听到厢式货车外有马喘气和蹬腿的声音。有人正用喇叭叫着号码，发出指令。

突然，他的轮椅被人从后面猛地拉出来，顺着斜坡一下子滑出车外。马路对面有个停车场，里面停了许多军用卡车，他看到成排的老式轿车、戴护目镜的司机，以及撑着老式阳伞的女人。一个乐队女指挥正伸展着金色皮肤的双腿，几个退伍士兵从她身边经过，相距不到几英尺。没人注意到拉塞尔。终于有个人走了过来，那是拉塞尔在阿格斯国家银行工作时的上司的儿子，那人轻轻拍拍拉塞尔的胳膊，俯身跟他说话。

“真是不同寻常的一天!”他只说了这句。

这一天非常干燥，太阳高悬头顶，被空气中成团的尘埃遮蔽了光芒。一辆吉普车牵引着美国退伍军人协会一直用的老花车隆隆驶来。护工用力将拉塞尔抬上花车，然后用束带把他笔挺地绑在两个凸起的木制掩蔽壕中间。拉塞尔身前是一片墓地，每座坟上都盖着塑料草皮，插着红罂粟。离他最近的那座坟上立着一个纯白的十字架。

很快，花车游行即将开始，由中学生做的带镶边的、不结实的花车和坐在卡丁车里的小丑们都已准备就绪。播音员高亢的嗓音已有些嘶哑，乐队也调好了音，举起了鼓和大号。

花车开动了。

马路坑坑洼洼，拉塞尔感到脸部肌肉随着花车颠簸。离他最近的那个十字架也随之摇晃。他笔挺地坐着，双手抓紧膝盖，注视着经过的人群。有把孩子架在肩上的男人，有穿着亮色连衣裙的女孩。他的花车经过商店的玻璃橱窗和银行，经过画有舞女和良宵中①的酒吧，又经过邮局。小丑的卡丁车里传来拨浪鼓声和

---

① 酒吧将酒精类饮料打折出售的夜晚。

响亮而刺耳的塑料喇叭声。喧闹声让人疲惫不已。拉塞尔使劲抬起头，让眼睛看起来炯炯有神，但下巴却不自觉地下坠。他闭上眼睛，突然，喧闹声和人群似乎都远去了。

他的思绪飘到了一场遥远的暴风雨中。低空的雷暴云砧彼此撞击，四周是一片暴风雨前的宁静。他看到前面有位体形魁梧的驼背女人慢慢行走在泥泞的道路上。他跟在她身后，发现那是自己去世多年的姐姐伊莎贝尔。她走在路上，黑发松散地垂着，穿着一条传统的印花喇叭布裙和一双流苏鹿皮鞋。她转过身，示意拉塞尔跟上她。拉塞尔迟疑了一下，尽管他已有所察觉。他感到内心如湖水般平铺开来，他的心脏慢慢停止跳动，变得麻木，并且似乎在逐渐膨胀，压迫着肋骨。

“他好像僵住了。”路边一个女人尖叫道，拉塞尔听得清清楚楚。这要是以前，他一定羞愧难当。但此时此刻，他只是睁开眼看了看周围模糊的景象，然后又闭上眼，他还能看到姐姐就在他前方不远。伊莎贝尔回过头，露出了久违的笑容。拉塞尔发现她被人打掉了一颗牙。

“等等我。”他喊道。

她扭过头去，继续向前走。道路狭窄，两旁的草已被水冲走，云层很低。他跟着她，心想也许会遇到塞莱斯汀。塞莱斯汀或许会跟他们一起走。可过了一会儿，他才意识到这不可能，因为这条路是齐佩瓦人过去常说的死亡之路，是一次为期四天的旅程，而他刚刚上路。

他觉得自己死了，内心平静，却又充满好奇。

一开始，他有点不好意思，因为自己不在僻静的地方，而是在大庭广众之下死去，随后又觉得这样也不错。况且，此时此刻他的幽默感还在，这让他很高兴。他觉得特别好笑的是，这个他曾经居住过的小镇上的所有人和美国退伍军人协会的成员正在向他这个去世的印第安人庄严致敬，于是他开始大笑，笑得浑身颤抖。

糟糕的是，他笑得太厉害，结果从那条路上摔了下来，他还没走上不归路，就睁开眼回到了现实，发现自己正在游行队伍的最后一辆花车上。他又立刻闭上双眼。但这一次路变得更窄，他走得跌跌撞撞。不管他多么用力地大喊，姐姐都径直向前走，不肯折回来帮他。

Chapter 14

1971 年

华莱士 · 费弗

多特的脾气一年比一年暴躁，她恐吓我们，制造破坏，还伤害自己。有时，她深夜两三点才回家，还有一次，她天亮才回家。她在自己的房间里抽烟，窗台上满是烟头，还总写秘密日记，用金色小钥匙锁起来不让人看。

不难猜到她在写什么。

她受人欺负，苦不堪言，正在日记本里谋划着复仇呢。她上小学时没有朋友，现在却有不少蠢蠢欲动的敌人，比如我、塞莱斯汀和玛丽。要是她不需要我们，那我们便是眼中钉、肉中刺。我们毫无保留地待她，却换来她的不屑。她会往盒子里装满报纸，还会整理日记。她当着我们的面也这么说，毫不顾忌。

我、塞莱斯汀和玛丽没什么共同点，但却被多特的怨恨逼到了同一阵营。多特从小就很难管束，可当时我们还能口头教育她。现在倒是她口头教育我们了。她一条条地数落我们的缺点，让我们备受打击。她啮噬我们的心，恨不得生吞我们，我们忧伤困惑，她却越发强硬。最重要的是，我们已不认识这个自己养大的孩子了。多特穿着渔网长袜和乙烯基材质的短裙去上学，头发弄得像个鸟窝，回家时拿着高档的消费品，虽然她在阿格斯电影院打零工，但拿的最低标准工资也绝对买不来这些。她的朋友都是那种戴着兜帽、抽烟喝酒、飙摩托车的年轻人，他们游手好闲，在街上的酒吧混日子。那种酒吧从不给圣诞节基金会捐款。

我们努力培养多特的兴趣爱好，提升她对学校体育运动和上学的兴趣，可她似乎只有开跑车兜风或单单坐在跑车里时才真正开心。这不是我观察的结果，而是塞莱斯汀的。玛丽则会说，要不是多特是她在世上唯一的亲人，她肯定会和这个侄女断绝关系。我围着多特转的原因倒和玛丽完全不同——我永远坚信多特的胆量有多大。

不错，多特那副天不怕地不怕的样子显得粗鲁，让人厌烦。她说话太过直白，经常得罪老师和同学。但多特拥有我不具备的品质。她从不担心自己与众不同，我钦佩不已。而且我爱她，想让她开心。

可光靠我还不够。

我是这么想的：如果我们这些真正爱多特的人都不给她好脸色看，那她又会怎么看自己呢？有一年春天，为了帮她，让她获得成就感，重拾自信，我送了她一个20磅的铅球，让她练习投掷。刚开始她特别喜欢，铅球一直不离手。我当时觉得这真是这辈子最好的投资。

那是第一个大旱的春天，天天都是大晴天，雨水从来没那么少过。那一整个月，多特的狐朋狗友都会开车把她送到我家所在街道的拐角处，多特就在拐角附近来来回回地投掷铅球。她说自己正在减肥，好去参加田径队选拔。她认真的表情让我觉得这是她人生的新起点。傍晚，多特要是看见我的车停在车道上，就会进来坐一会儿，这之前从未发生过。她一天不吃东西，饿得脸色煞白，都没力气数落我的不是。另外，我会消除她的怒气。我每次都让她坐在餐桌旁，给她拿一夸脱牛奶和一盘核桃仁巧克力蛋糕。她一边跟我说以后的打算，一边将食物一扫而光。

她说她以后会像电影明星一样住在海边，或像玛丽姑妈一样人间蒸发，因为玛丽跟多特说自己是乘货运列车来的。她以后会开连锁炸鸡店、开卡车、开拖拉机，会像阿德莱德奶奶一样远走高飞。她会环游世界，四处求学，或跟拉塞尔舅舅和伊莱舅舅一起住在保留地的北边。她会参加州铅球比赛，一路晋级奥林匹克运动会。阿格斯镇政府会把她的奖牌跟拉塞尔的军功章以及自己出了名的日记本一起放在县博物馆展览。

多特要么因幻想中的未来而喜不自胜，要么因残酷糟糕的现实而十分沮丧。她告诉过我别人不邀请她参加派对，帅气的小混混不搭理她，女孩往她的储物柜里塞满纸巾，上课时老师会问一些明知她答不上来的问题，连清洁工都故意多给地板打点蜡，好让她滑倒、出丑。

多特心情最糟糕时，仿佛全世界都在想方设法摧毁她。

“你总说我心态不好，”她告诉我，“你说我太悲观了，但你听听这件事！”

然后她就会联想到另一件倒霉事。

多特开始罗列她的倒霉事。她跟我唠叨时既有满足感，又十分郁闷。

“想想好的方面。”我总这么跟她说。

“那你绝对疯了。”她这么回敬我。

一天下午，我正把冬天落在草坪上的叶子耙到一边，这时多特从后门走了进来，手里拿着铅球。她把铅球往草坪上一扔，传来了低沉的撞击声。

“我进田径队了，”她郑重其事地说，但听起来不是很高兴，“他们说我适合掷铅球，因为我挺胖的。”

“胖？”我很气愤，“你身材完美，不是有张保险图表①吗？我去找来算给你看看。”

“那些都是骗人的。”多特掂了掂铅球，心不在焉地举到脖子高低，“华莱士，你肯定觉得我的想法特别荒唐，可我时常会幻想有一天被选去拍杂志封面。他们在阿格斯发现了默默无闻的我，把我带走，给我穿好看的衣服，给我做头发，然后我瞬间变成一个美人。”她突然转身蹲下，伸直胳膊，将球投了出去。铅球沿着弧线飞行，径直落在我的月季丛里。

“没想到我能投那么远。”她得意地说。她跑去捡球。我不忍心说她刚刚弄坏了我最爱的名叫“神秘气氛”的花丛。她的话让我陷入了沉思。我拿了点东西给她吃，然后就把她送走了。但那天晚上我一直心不在焉。渐渐地，我脑海里终于浮现出一个想法，钻进被窝时那个想法已经初具雏形了。

必须让华莱士特·达琳自信起来，让她梦想成真一次，让她变得完美，无与伦比。这样她才会放弃全世界都与她为敌的想法。我要给她信心，鼓励她。可要帮她实现哪个梦想呢？哪个异想天开的计划呢？哪个愿望呢？凭我一己之力做不了太多，而且她的计划又那么不切实际。可我决心已定，要做一次童话里仙女的教母，帮她实现一个愿望。要实现她哪个愿望呢？

我一一考虑了多特所有的梦想，选了最后一个。

---

① 用以展示个人哪些方面需要购买保险。

阿格斯将会有四个女王，跟扑克牌一样。现在已有白雪女王、猪肉女王、返校日女王[①]，还差一个，甜菜女王！对！甜菜女王将是四女王之首，因为在阿格斯甜菜就是国王！

这个念头一起，一切都无比清晰。我看到多特容光焕发，登上金光闪闪的舞台，皇冠在聚光灯和阳光的照耀下光彩熠熠。我看到许多深红色的必富达玫瑰，饱满鲜活。我看到多特那双像极了玛丽的琥珀色眼睛流下震惊、骄傲的泪水。我还看到我自己，因为很多时候我们做长辈的为孩子所做的付出，其实都是为了我们自己。我坐在观众席上，但其实我是幕后推手。多特敬畏又惊讶地望着我。人们拦下我，激动地跟我握手，对我说“华莱士，她太美了”、“你又成功了”或是“好久没玩得这么开心了”。我脑海中已浮现雏形，这不仅是一次加冕礼。我的脑子就这样转动起来，这将是吸引人们从各州赶来的盛大表演。这个节日长达五天，届时将有一次集市和一场大型演出，向甜菜以及最重要的甜菜女王致敬。

那天夜里我激动得无法入睡，我脑海中掠过很多可能性。我想象着用来庆祝种植甜菜这十年来给阿格斯带来翻天覆地变化的狂欢节、花车和长长的游行队伍。我计划让农场主合作社赞助一辆精美的花车，让新开的西尔斯百货商店分店也赞助一辆，再说服加盟企业提供炸鸡和汉堡这类点心。甜菜的种植规模之大已完全超出我的想象，阿格斯已成为甜菜之乡。我越想越觉得早就该庆祝了。

我坐在书桌前打字，把想法整理出来，狗在我脚边打鼾。夜晚很短，四月的天早早就亮了，晨光弥漫。我倒头大睡，可没睡几小

---

① 每年暑假，美国中学在返校节评选出的最受欢迎的学生。

时就起来了，我去找商会成员、协会主席、实干家和镇上其他有头有脸的人物，向他们表达了我的想法。他们一致热心采纳了我的提议。我们打算把它办成一年一度的狂欢节，设成旅游指南上的必看节目和本地特色活动。我们开始募捐，先从本地甜菜合作社、镇上企业那儿筹款。我们还计划在道路两旁举办大型售卖会，出售各种手工艺品。筹备活动如火如荼，完全超出我的预期。

但从想法萌生的那夜起到狂欢节当天，期间经过了数月的筹备。即便热心、感兴趣的年轻人组建了筹委会，我仍然一门心思扑在这个节日上。“华莱士，”他们跟我说，“留点活儿让我们干吧！”可我就是做不到。游行时花车谁先谁后，雇哪个年轻人清扫西部骑马俱乐部的马匹跑过的场地，每个细节我都亲力亲为，我甚至亲自起草了一条关于马粪的城市法令。

女王加冕礼是我最关心的，也是我最不敢忘的。加冕礼不仅要完美，更要尽显女王风范，这样就可以一举实现多特的梦想。我打算制作海报，制作印有女王候选人醒目照片的宣传单。我联系了由阿格斯镇西头的汤姆·B. 贝斯克经营的航空公司。汤姆是我们穆斯洛奇兄弟会[①]的会员，曾驾驶飞机给庄稼喷农药，实施人工降雨。多特加冕时，他会在看台正上方写出她的名字，他发誓保守我的秘密。有时我开车去镇上，看到车窗外海蓝色的天空，就会想象她的名字飘浮在蓝天之上。

我脑海中浮现的是华莱士特女王，而非多特。

---

① 1888 年成立于美国的兄弟会组织和服务性组织，常年支持医药、教育等慈善事业。

我不管她嘴噘得多高，脾气多倔，岁数多大，不管她的超短裙多短，妆多浓，也不管她说的话多脏，在我心里，她永远是华莱士特。有时，我坐在她出生的那张沙发上，时间似乎一下子回到了从前。我脑海中关于家庭的回忆如录影带般一帧帧地放映。小多特一次跳下两级台阶，结果总因为太着急，没看台阶或楼梯平台而摔倒；再长大些后，她大摇大摆地走在垒球场的外野区，把蒲公英干枯的花盘当作垒球来练习挥杆，蒲公英种子在空中四散飞舞；最近几年，她对人缺乏同情，班上的同学既怕她，又瞧不起她。但我知道，只要多特能加冕，全镇的人就会在闪亮的王冠之下发现她出众的领导力、与众不同的举止和容颜。女孩们会嫉妒她，男孩们会一拥而上。真希望多特昔日的对头能转而崇拜她，对她点头哈腰，为讨她欢心而甘愿做任何事。可我得确保她能加冕。

我得选票。

为了让多特加冕，我没日没夜地工作，结果身体垮了。劳累、压力和体重下降都是家常便饭。早在筹备狂欢节前，我就把自己搞得筋疲力尽。我习惯事无巨细，甚至亲自设计海报、撰写标语。我深夜还在撰写新闻稿和委员会报告。此外，我还扩充了每周的“身边那些事儿”专栏，包括介绍镇上的各种活动，附上幽默的评论和许多相关的题外话，也不乏我最近出席的一系列活动。

“别再想啦，”我在一个专栏写道，“赶快在日历上记下这段日期：1972 年 7 月 8 日至 12 日，这五天您将体验一场娱乐盛宴。游戏、花车、奖品应有尽有，当然还有一位当地的佳人加冕。”

那位佳人将是多特。

唯一不配合的就是天气，不过天气不受我控制。

我们需要一场雨，一场把土地浇透的雨。一开始，雨要慢慢地、持续均匀地下，把干土地的毛孔打开。然后雨停，让雨水聚积，停一两天后再继续下，这样能让水分到达土壤深处，存得更久，而不会太多，也不会太急，以至于在土地上冲出沟壑。我们需要一场温和的雨，一场丰收的雨，一场不紧不慢下整整一星期的雨。我们需要水。我们试过很多办法，试过人工降雨，但第一次化学制剂不对，第二次云被风吹跑了。所有人都在祈祷干旱结束，但却迎来了一连串的晴天。天气异常炎热，土地干涸开裂。这么多年来，阿格斯第一次面临作物歉收和土地抛售的情况。临近七月，我不得不承认自己身体上的变化，我已筋疲力尽，神经紧绷。我的体重迅速下降，脸颊都凹进去了。

“你只是有点神经衰弱。”医生这么对我说，给我开了肌肉松弛剂，我没吃。他建议我外出度假，我也没去。我一点都没休息，反而更加努力地工作。内心的愧疚或许让我的身体更加不济。我打印好无记名的女王提名选票，这样镇上的人去银行时都能在银行大厅投票，选出心目中的甜菜女王。然后我把选票收集起来，用不同颜色的铅笔和钢笔重填一次，用不同的“×”笔迹，花了整整一夜。在他们投下甜菜女王的终选票时，我也如法炮制。在将结果报告给节日筹委会的朋友们之前，我在卫生间练习了几遍。可念到多特的名字时，我的笑容还是不由自主地扭曲，毕竟我从未说过谎。

情况越发糟糕，旱情没有减轻。有人提议取消狂欢节，但我告诉他们开弓没有回头箭。我们邀请了州长及州长夫人，还有九个由中学生组成的游行乐队，外加一支精尖摩托车队。我们已签好了狂欢节合同，订好了摇滚乐团和波尔卡舞乐队，还预约了赛车特技表演。现场会有号称猛犸之战的撞车比赛，两辆联合拖拉机进行碰撞比赛，撞到其中一辆报废为止。有一场拖拉机牵引力比赛，还有一队警卫待命，我们本地预备役部队已准备就绪。我对他们说，狂欢节像滚雪球一样，越滚越大，停不下来。但还是有些人抬头看看干燥、发白的天空，摇摇头，然后走开了。

我不怪他们，因为甜菜种植遇到了瓶颈。可我们以前也遇到过，最终都挺过来了。我更加努力工作。我越发觉得人们面对困难时更需要痛痛快快玩一场，免得时时想着天气，张口闭口都是天气。人们引用法戈天气预报员杜威·伯奎斯特的话，还扯出民间传说中的句子，观察树的年轮和泥沼的深度。终于有一天，河流变成了一条细细的水流，河床裸露出来，上面全是死鱼和陷进去的汽车残骸，连我也希望取消节日了。酷暑耗尽了我的热情，而就在节日前一天，发生了件更糟的事，且那件事本来几乎不可能发生。我终于垮了下来。

那天早上，我在邮局撞见了塞莱斯汀。她正把手伸进信箱取信。

“真没想到!”她思忖着。她手里拿着一张传单。传单上的多特睁大眼睛看着前方，双眼像两股蒸汽一样神秘。上面还印着其他甜菜女王候选人的照片。她们笑容甜美，但长相不容易让人记住。塞莱斯汀手里还拿着一张长长的白色卡片。

“这是什么?”她边说边把卡片翻过来。

卡片上印了一个商标，“艾蒙景观系统”。商标下有一行字：“我在来的路上。”署名是卡尔。

邮局的屋顶很高，便于通风。突然，那屋顶似乎在无限上升，吸收了我们讲话的回音。标着数字的镀铜信箱门变成了无数小玻璃镜，映出我那苍老、满是皱纹的脸。我头顶半秃，浅棕色的头发已花白。现在，连新配的方形金丝框眼镜似乎也成了我留住青春的一种失败尝试。我这样子不能见他，更不能被他瞧见。

时间无法倒流或停止，终于到了狂欢节当天。那天风沙很大，异常酷热。我醒来后比睡前还要疲惫。什么都无法减轻我的疲惫感。这种疲惫感深入骨髓，我知道只能靠毅力撑过这一天。我喝了好几加仑冰镇淡茶，才撑过清早，熬过随后的游行。我手中的防水纸杯越来越薄，越来越软，纸一层层脱落。中午十二点后，饮料里所有的冰都化了，饮料桶里的水越来越多，从压力盖四周不断溢出来。我处于崩溃的边缘，本来轻松有趣的游戏对我来说都成了可怕的挑战，甚至像在死亡线上挣扎。我好不容易才熬到下午做第一个任务的时间。

狮子会设计了深水炸弹游戏，用来为社区筹集善款。游戏规则很简单，一个人坐在软垫椅子上，椅子下方几英尺处有个又深又宽的装满水的水池。大人物悬垂的脚下有个小而圆的红色控制杆支撑着椅子，控制杆被一美元可掷三次的垒球击中后会弹开，椅子会猛地往后翻，坐在上面的大人物则掉进水池，浑身湿透。镇长、警察局长、警长和镇委会成员都会轮番坐到上面。能坐上去说明社会地位高，这个水池是诸多摊位里非常受欢迎的一个。每个坐到椅子上的人都会穿上特别的服饰，我也不例外。为了给自己打气，我穿了很久以前参加多特的夏威夷主题生日派对的整套行头，包括橙色夏威夷衬衫和沙滩裤，还戴上了那顶草帽。我说服自己卡尔这时不会出现。我环顾四周，没发现他的踪影，才安心上场。刚爬上椅子，我就已经上气不接下气了，坐下时脚下的水面让我头晕目眩。

我以前竟然不知道，坐在深水炸弹游戏的椅子上想保持平衡这么难。我咬紧牙关，双手握住栏杆，有点想吐。我尽量跟朋友们开玩笑，他们每个人都掷了三个、六个，甚至九个球，都没击中。

“他坐上去了！你们不是就等着打他吗？”售票员阿尼·多增罗德大喊。阿尼是狮子会成员，反应一向有些迟钝。听到这话我快昏厥了，双手使劲抓住椅子的边缘，眼冒金星。

“让我下去吧。”我低声说。这时，我看到多特穿着绿裙子，从远处向我走来。她非常激动，活力四射。光是看见她仿佛就给我注射了强心剂，我多么喜爱她强健的体魄，她摆动胳膊时的样子，还有她自信、坚定的步伐。可惜我当时并没看出她令人恐惧的一面。

她站到我前方。其余的一切都渐渐淡出，变得模糊。那感觉就像在看一股静止的飓风。她一脸愤怒，好像马上就要爆炸，她那绿色的蓬蓬裙像个倒立的烟囱。多特走到售票员那儿，啪地甩出一张一美元的钞票：“我来三个球。”她拿了球，一咬牙，弯起胳膊，肌肉把绿网格的袖子撑得紧紧的。我不知道看多特投过多少次球了，所以最明白不过，只要她专心瞄准，就没有她打不到的好球区①。

“华莱士特?”我举起双手，“不要！求你了。”

第一个球砸了过来，我直接从椅子上滑了下去，掉进了水池。我落水时依然能听到后面两个球也击中了目标。

---

① 指击球手大臂和膝部之间的部位，投球必须投中此区。

乘客

自从种植甜菜，通上州际公路以来，阿格斯这座小镇需要的大部分货物就都由卡车运送，镇上生产的商品同样由卡车运出。人们也大多坐车通过州际公路进出。不过米勒神父可不是这样，他不太喜欢坐汽车，只在迫不得已时才长途驾驶。他是乘火车来的，从明尼阿波利斯上车，穿越州界，进入北达科他州，然后沿着一条蜿蜒的长路北上来到阿格斯。虽然这天镇上好像有什么庆祝活动，可车厢里基本是空的，全车也只有他一个人在阿格斯下车。他走下便携脚凳，列车员想伸手扶他，他挥挥手示意不用，列车员例行提醒他："神父，小心脚下。"米勒神父心里升起一阵感动和担忧。他想，这帝国建设者号①列车几乎没有乘客，怎么还能一直提供这么好的服务呢？他这么问列车员，结果列车员懊恼地拉长脸说他也不知道。两人一起在北达科他州炙热的天空下停留了一会儿。火车向前动了一下。列车员把脚凳扔上火车，随后爬上了车。不久，只剩神父一人站在阿格斯火车站边上那新砌的水泥站台上。

---

① 由美国国家铁路客运公司营运，运行在美国中西部和太平洋西北地区之间的长途列车。

他走起路来摇摇晃晃，边走边向四周张望。他从口袋里掏出一块白色大手帕，轻轻擦拭额头。这儿酷热无比，天气很干，他很快便大汗淋漓。

他母亲两天前给了他一封信，他来这儿是为了查明那封信背后的真相。一开始，他对信里写了什么并不感兴趣。他是位为人可靠、通情达理、知足常乐的神父，因善于布道和善待老人而受人爱戴。他最开始读到这封信时很恼火，也为母亲担心。不过他母亲现已病重，身体虚弱，除了担忧她自己的健康以外，没精力再操心别的了。后来，他坐在办公室读信中的一些描述时，开始好奇。他试着想象那座小镇的样子，那些亲戚和那个肉铺的样子。但现在他明白自己根本无须好奇，因为阿格斯没什么特别之处。

他拎着黑色手提行李箱，若有所思地在老车站宽大阴凉的屋檐下向前走。他穿着泡沫胶底的鞋，走在车站的八角瓷砖上一点声音也没有。他走到装有黄铜护栏的售票亭前，故意咳嗽一声，想引起那位坐在柜台后的年轻人的注意。

“附近有肉铺吗?”他问。

售票员觉得好像有，但随后又觉得那好像是个杂货店。

“那您知道附近有姓科兹卡的吗?”

售票员表示不知道，于是米勒神父走到电话亭，开始翻看电话机旁薄薄的电话号码簿。他没找到姨父和姨妈的号码，便又从西装口袋掏出斯塔·科兹卡的信，读了一遍，决定去找这家肉铺。根据她的描述，她父母开的这家肉铺应该在镇东头。

米勒神父脱下夹克，搭在一边肩膀上，走在阿格斯的大街上。他体型中等，没有赘肉，但肌肉并不发达。他平日里的锻炼就是步行，所以走起路来大步流星，只走了几个街区，就找到了肉铺。从肉铺往四周看，阿格斯已发展成一个大镇了。肉铺坐落在主干道上整洁的现代建筑之中，非常碍眼。街边柱子上那块通电的蓝色旧招牌写着店名。车道上没铺石砖，夹在两排高高的松树之间，通向一座低矮的青绿色瓦房，房顶上有几个尖尖的白铁皮做的烟囱。这家店看起来很破败，但还有人在经营。肉铺门前，靠墙生长着很多三色堇，洁白细长的天竺葵在淤泥里生机勃勃，草坪修剪得参差不齐，窗户又脏又破，还粘着胶带。他从车道尽头看见店铺正门有一块黑色告示板，上面写着亮粉色的“暂停营业”。

破旧的招牌上还写着玛丽·阿代尔的名字，可光看名字，米勒神父无法辨别她是不是自家亲戚。胸前口袋里的信是二十多年前写的，谁知道这二十多年里发生了什么呢？斯塔·科兹卡这个名字和这座老旧的建筑是他仅有的线索。

天气燥热，米勒神父的卷发有些凌乱。他用手指梳了下深红色的头发，然后低头注视着双手。他暗自觉得这双手显示出他性格中的一面。因为奇怪的是，他的双手与身体其他部分完全不一样，纤细有力，如猴子般灵活，指甲呈精致的椭圆形。这双手生得好看，却露出一丝邪恶，简直就是保险箱窃贼的手。他的手怕冷，他冬天巡视时要戴上厚厚的鹅绒手套，手才不会被冻伤。此时此刻，他在小镇的大街上看着突出的骨节和指尖，感到晕眩，他觉得这双手不是自己的。

街道远处响起了密集沉闷的鼓声、阵阵掌声、嘟嘟的喇叭声和欢呼声。犹大·米勒把手插进衣服口袋，人们聚集在他周围，挤得他无法动弹，空气中弥漫着各式各样的气味：汗味、发胶味、食物气味、柏油融化的气味，还有淡淡的碱尘味，碱尘是他经过肉铺的蓝色玻璃招牌时扬起的。他闭上眼，努力想着自己的母亲，但凯瑟琳·米勒又长又宽的严肃面庞却转过去，不再看着他。他像其他人一样使劲踮起脚尖、伸长脖子看游行队伍中身穿金粉相间的衣服的乐队女指挥、各式横幅、老式轿车和玩侧手翻的小丑们，期望只看一眼就了解这个狂欢节。可人们挤得太紧，他心跳加速。他把手从口袋里拿了出来，脸热得流汗，他的身体在别人胯部和手肘的推搡挤压下扭曲成了全新的形状。他缩起手脚，屏住呼吸，依旧无处容身。在他周围，游行的喧闹声响作一片，各种刺眼的色彩混在一起转动着，他快受不了了。他尽力不去想，可那个可怕的想法还是冒了出来。他觉得，正是这拥挤的人群把他身体各部分组合在了一起，等到游行结束，人群散开，他的身体也会随之散架。他会碎成无数个碎片，而这一次，即使是他那双灵巧的手，也无法将自己复原。

Chapter 15

1972 年

卡尔·阿代尔

我一生都轻装上路。我习惯扔掉破旧的衣服和看完的书，甚至塞莱斯汀的字条也不留着。我只有一件家具——一个高档便携音箱。我每听厌一张唱片，就把它扔在汽车旅馆的房间里。可最近几个月，我突然开始怀念自己十年前、十二年前，甚至十五年前扔掉的那些唱片，就连上周才扔掉的唱片里的曲子也会在我脑海里回荡，只有一句歌词或一个字记不起来。渐渐地，我干活时也能听到那些曲子在脑海中回响。我先前的工作是医治荷兰榆树病，除蓟马和乳浆草。现在我来到南方，在飞速发展的得克萨斯州出售并安装预制的园林景观。这是谋生，勉强糊口，我一点也不喜欢这份工作，所以我越来越不认真，开始幻想，开始幻听。在图纸上给承包商设计渗流场和化粪池时，我会突然想起一首歌，比如欧文·柏林的经典曲目《孤身一人》和《愉快谈话》；想起由雨果·温特霍特和他的乐队伴唱艾迪·费舍主唱的平缓而毫无感情色彩的音乐；想起帕蒂·佩姬的《从火车上给妈妈一个吻》；想起《轻轻地，轻轻地》；我还会想起杰伊·P. 摩根的歌声。我会情不自禁地哼唱起来，于是承包商便奇怪地看着我。

"别放在心上，"我会说，"听听看吧，能想起后面的歌词吗？"然后我唱了起来："从火车上给妈妈一个吻、一个吻，给妈妈一个吻别，从火车上给妈妈一个吻、一个吻……后面是什么来着？好像唱的是妈妈在乡下的旧习惯。"

承包商要么哈哈大笑，摇摇头，要么露出更奇怪的眼神，然后辞了我。但我已不在乎。为什么收音机再也不播以前那些经典歌曲了呢？我还想听乔·"芬格斯"·卡尔的音乐呢，还有《龙舌兰》。

端着一杯冰镇玛格丽特鸡尾酒，坐在汽车旅馆没注水的泳池旁时，我常觉得伟大的一代逝去了。但我还有许多其他想法。如今我不再粗心大意。大多数男人到了我这个年龄都会突然不满足过去所积累的一切，而我却完全相反。我想再得到以前扔掉的一切。

我想要那辆分期付了十五次款后却被收回的小汽车；我想要顾客的房子，有些我没进去过，至于那些我进去过的，我还想要里面的房间、浓浓的地板蜡味和烧焦的食物气味；我想要食物，不管它们是否被烧焦了，还想要做那些食物的女人；我想要那些女人的丈夫；我想要站在死胡同里或躺在卡车车厢里的男人，想要已有性伴侣的男人或像华莱士·费弗那样没有任何性经验的男人；我想要世上的所有人，他们彼此相爱、略有薄产、会做饭，而且还记得很久之前的歌曲。

闷闷不乐了几个月后，我才突然发现自己真正向往的是他们的未来，我想像他们一样有孩子。所以，在普莱诺①分公司的办

① 美国得克萨斯州一城市。

公室看到塞莱斯汀的字条时，我激动得大声叫了出来，把跟字条一起寄来的那张剪报到处拿给人看。剪报上是甜菜女王的候选人照片，多特的名字被圈了出来。华莱士站在候选人身后，他笑得很开心，戴着新的金丝框眼镜。我向见到的每个人炫耀剪报上的多特，结果却洋相百出。有个经理无法忍受，轻蔑地问我上次见女儿是什么时候。

我辞职了。

我一直这么潦倒，对销售这份工作也提不起兴趣。

我回到旅馆，把所有东西都装进老旧的普利茅斯车的后备厢，然后在泳池边坐了一会儿，想着下一步的计划。我常常不知何去何从，就像现在这样。不过最近，漫无目的的日子越来越多，而且这次持续的时间最久。没拿酒杯，没穿外套，戴着帽子，钥匙环里扣着的钥匙摆动着，我就这么一直坐到黄昏降临，天空变成了橙黄色，霓虹灯一个个亮起，连成弯弓或拉链的模样。可霓虹灯毫无意义，不过是一堆闪烁的形状罢了。我四周一片安静。我坐在那儿，黑暗慢慢降临，蜥蜴在地砖上爬来爬去，我越来越想不通，觉得自己的存在越来越没有意义。我和周围无意义的背景融为一体，成了一束闪烁的光。

我从未付出，也从未索取，我的人生没有意义，我一无所有。

在那怪异、不真实的黄昏中，我就这样告诉自己。我紧闭双眼，不去看黄昏；紧闭心扉，不去想这件事。我屏住呼吸，在那昏暗、萧瑟、使人窒息的一瞬间，我找回了失去已久的东西。它不是一件物品，不是一个计划，也不是一句记不起来的歌词，而是一种甜蜜的感觉，我只能用甜蜜二字来形容它。我深深呼出一口气，感到纯净极了。

我睁开眼，走下台阶，钻进车里。我全速北上，只有加油时才停一会儿。我一定要在剪报上的日期之前赶到阿格斯，见一见多特，因为我觉得甜蜜的感觉就是因她而生。其实上次见过她后我就一直担心，不知道她依旧逍遥法外，还是进了监狱。我开着车，觉得好像其他人跟这甜蜜的感觉也有千丝万缕的联系，即便是那些我以为已永远离开我的人，比如我妹妹。

我上次见我妹妹时被她打成轻微脑震荡。当时正在吃晚饭，她朝我扔了一个牡蛎罐头，正中太阳穴。我捡起罐头，揉了揉太阳穴，对她说："你真是六亲不认!"她却对我说，她没有亲人。她太固执，毫不让人。还有华莱士，他像崇拜上帝一样崇拜我，因为我是他唯一的性伴侣。他在我面前唯唯诺诺，像是贴身侍女。他会把我的衣物一一洗好、熨好，包括只穿过一次的衬衫。他给我端咖啡，榨橙汁，就因为我说我喜欢鲜榨的果汁，每晚还给我做大餐。我抽烟时，他唯恐烟灰落在我身上，总会先用手掌接住，再拂进烟灰缸。他在床上也是如此，会竭尽所能地取悦我，却没胆量让自己得到快感。我喜欢自私的人，那样我就不用担心他们在想些我弄不明白的事。华莱士存心想把我气死，虽然我觉得自己对不起他，但我知道我俩的关系不会长久。

可我现在回来了。

我带着所有家当，把后备厢和车后座塞得满满的，在狂欢节游行那天的黎明时分到达了阿格斯。我一路开过来，没有休息，手似乎粘在了方向盘上，也可能是直路开得太久，忘记该怎么转弯了。太阳出来了，天空中弥漫的尘埃将太阳光折射开去，太阳看起来格外炽烈。主干道上，所有的商品都在玻璃橱窗内的大托盘里忍受着炙烤，连路标都被晒得发出红色光晕，柏油街道热得发亮。这些街道通向公路。小镇遥远的另一头，热浪滚滚，一阵比一阵热。这时，我看见不远处有两个银色大谷仓，于是就开了过去，想把车停在谷仓的背阴处打个盹，等狂欢节开始就立马元气满满地开过去。

我开到谷仓西面的阴凉处，把车停在一片高高的野生芥菜地里。我下了车，站在杂草丛生的石子路上。天渐渐亮了，刮起了一阵风，大风吹进我的耳朵，双耳隐隐作痛。我忘了北达科他州的风有多强劲。我已很久没有踏上北达科他州的土地了，连巴德兰兹地区①也没再去过，我和塞莱斯汀是在那儿结婚的。我们请了一位太平绅士②主持婚礼，说完结婚誓言后，我就带着她和孩子去亚历克斯约翰逊酒店用晚餐，这是拉皮德城档次最高的酒店。我希望婚礼后的塞莱斯汀态度有所好转，所以有意提到我们重新住到一起的事。可塞莱斯汀只是凶巴巴地露出一口白牙，叉起一块沙拉，轻摇着蜷缩在腿上的孩子。

“可别被婚礼冲昏了头脑。”她对着我俩中间的餐桌点点头，仿佛餐桌代表了我，“刚才只是走过场。”

我看得出来，她不喜欢这场不得不结的婚，也不喜欢我们的黑山金牌的婚戒，即便那是她亲自在亚历克斯约翰逊酒店大堂买的。晚餐时，她一直转动着婚戒，仿佛它戴在手上很疼。她甚至

---

① 位于北达科他州西南部。

② 由政府委任以维持社区安宁、防止非法刑罚和处理简单法律问题的民间人士。

一度摘下婚戒，放在咖啡杯杯托上，差点被服务生连着杯托一起收走放进洗碗机。

用完晚饭，我俩就分开了，我继续四处奔波。那时我也第一次真正成为父亲。男人只有在孩子出生后才真正成为父亲，这个道理之前没人跟我说过，我也从未听说过。塞莱斯汀十月怀胎时，我不在她身边，没看到她身体上的变化，没看到她开心或抱怨，所以我内心十分平静。直到看到宝宝多特的那一刻，我才恍然醒悟，原来自己已为人父。

我驾车离开拉皮德城，行驶在不见尽头的公路上，公路位于南、北达科他两州的边界。长途驾驶时我常常哼点朗朗上口的曲子，或是和收音机说说话。但没过一会儿，我就关掉了收音机。午后周围一片安静，我处在一望无际的雪地和枯木的中心，这样的景象让我感到惬意。窗外的景色几乎一成不变，事实上，我一度以为自己静止了。车轮在稀薄的空气中高速旋转，我仿佛被悬在半空，一动不动，犹如一颗恒星。

曾经那阵大风拽着我前行，现在吹的是同样的风，唯一的不同是如今到处都种满了甜菜，阿格斯没人再种谷物了。

谷仓底部由一些四英尺长、两英尺宽的木条拼成，墙面贴的沥青纸有些已翘了起来，财务室被木板钉了起来，牢牢封死。铁路岔道两边杂草丛生，轨道磨损，甚至少了几条枕木。我可能算是非法入侵，而且就我这副模样，就算州警察把我抓起来也不能怪他们。

我看起来脏兮兮的，没刮胡子，没洗脸，还一身尘土，饥肠辘辘。我一直等到九点才去金花鼠餐厅的卡座坐下，点了咖啡和俾斯麦卷。我在那儿坐了很久，看完了整场花车游行，只不过人群拥挤，我只能看到人的后脑勺和花车顶部。我到餐厅的洗手间洗脸洗手，梳好头发，抖去夹克上的尘土。我还往眼部泼了些凉水。但我三天没刮胡子，还穿着一身廉价的蓝色西装，不管怎么看都像个睡眼蒙胧的老流浪汉。

我到露天集市后心里更难受了。游行队伍渐渐走散，一片混乱中，我进错了入口，把车停在了离加冕会场最远的地方。在旋转木马发出的一连串风琴声中，在一片嘈杂与混乱中，我下车瞎转悠，疲惫地蹒跚而行。混乱的场面让人不堪忍受，我走过一排长长的摊位，看到肉铺的卡车时，甚至有点兴奋。卡车停在未修剪的草坪上，在榆树倾斜的树阴下，斯塔孤零零地坐在副驾驶座上。

卡车车窗上满是灰尘，斯塔的脸笼罩在阴影里，有点失真，但岁月似乎未在她脸上留下痕迹。要说她这些年的变化，那就是被磨平了多余的棱角，又增添了几分姿色。她微微侧着头，眼神犀利，一股女王风范。她脖子上戴着一条华丽的红色石榴石项链。

看到那项链，我立马转过头。

有时候，一个小东西或一件小饰物就足以让所有回忆涌上心头。我已记不起上次想到母亲是什么时候。可斯塔的那条项链和母亲当年视若珍宝的那条非常像。或许是那条项链让我鼓起勇气穿过停车场，走到卡车旁，又或许是因为我看到了那条项链，于是在心底默默期许，既然斯塔这么多年来一直没变，依旧漂亮，那么我可能也没有衰老。

"你不介意吧?"我悄悄溜到驾驶座上，然后关上车门，突然感到一阵无法抗拒的倦意。车里的空调调到了高档，非常舒适，疲倦袭来，紧张和焦虑、酷热和喧闹声慢慢离我而去。我瘫坐在驾驶座上，完全放松下来。身体慢慢前倾时，我隐约听见自己对斯塔说了声对不起，我把胳膊搭在方向盘上，头伏在胳膊上休息。

“我就闭一会儿眼睛，”我听见自己说，“实在太累了。”我仿佛有一瞬间睡过去了，或是出现了幻觉，因为我抓着方向盘，便以为自己还在开车，于是吓了一跳，突然坐直了。

我看了斯塔一眼，但她还是全神贯注地注视着前方，根本没理我，于是我也朝那个方向看去。在枯草坪的另一头，一群人聚在一个木板搭成的摊位边。地上放了一个大水池，水很深，看起来一片漆黑。一个身形干瘪的人身穿花花绿绿的衣服，坐在水池上方高高的椅子上，惹人发笑。下面的人正和他开着玩笑，坐在椅子上的正是华莱士·费弗。

“原来他在那儿呢，”我说，“把自己整得像个大傻瓜。”不过其实我不是这么想的。我坐在车里，空调声很大，但依然能听到华莱士对掷球的人喊话。我听不清他说了什么，但下面的人都笑了，他们把垒球投得很偏，故意不打到控制杆上。这就是受人爱戴的华莱士，大家甚至不忍心在大热天里把他砸进水池寻开心。

我记起该有的礼节，想跟斯塔解释一下，然后就去找女儿多特，就在这时，我俯视着华莱士身后的那排摊位，发现多特就在拐角处。奇怪的是，我大老远开车来见她，可真看到她时却犹豫了，没有下车去找她。多特吃力地迈着步子，低着头，就像一头生气的公牛，所以我看清楚了她的发型，刘海是卷过的，一小缕长卷发垂下来，后脑勺的头发往内卷，还喷了一头的发胶，看起来坚不可摧。

“塞莱斯汀怎么能让她做这个发型呢！”我大声说。还有裙子。多特的上身被那件低胸长裙紧紧裹住，她走路时双脚总是踩在钟形裙摆上。她身后拖着长长的白色后摆，边走边前后摆动着又短又粗的胳膊，活动着戴着手套的双手。我敢肯定她是来找麻烦的。即使离得很远，我还是能看到她闪闪发光的眼睛。多特让我想起了刚上岸的水手，那帮危险的家伙，他们在海上被幽禁了几个月，正找机会施展拳脚呢！

她目的明确，冲到华莱士所在的游戏摊位前，毫不犹豫地走向柜台，摘下长长的白手套，买了三个垒球。她举起一个球，掂了掂分量，然后瞄准，投了出去。我看呆了，一个，两个，三个，个个都击中了控制杆，但其实一个就够了。华莱士像一道橙色光线似的掉了下去，头上的帽子也跟着飘了下去。

我立刻冲出卡车，迟疑了一下，绊了一跤，又继续跑过去。我抽烟不节制，人也老了，而且此刻背部非常疼，可我还是把所有力气都用在双腿上，飞奔过去。华莱士已经意识不清，我必须赶过去。我简直像在逃命啊。

我从人群中挤过去，和华莱士一样扑进了水池。

我跪在水池里，挪到华莱士身边。他躺在浅浅的塑料水池底部，重得像个熟睡的孩子。他看上去像在打盹，又像已经淹死了。拉他起来时，我身上还滴着水，迷迷糊糊地在水里扑腾，彻底惊呆了。华莱士伸出双手，挣扎着。我把他拉近，然后突然想起该说什么了。

“怎么没人管啊？”我说。

看台

塞莱斯汀和玛丽选择座位时摇摆不定，要么坐在看台最上面几排，那儿有用木瓦搭建起来的遮阳篷，要么坐在第一排，那儿离舞台最近，但要忍受暴晒。最终，她们决定坐在太阳底下。她俩一起坐在第一排正中央，默默不语，各想各的心事。日头很毒，而她们的人造丝裙子将热量全盘吸收，传到紧贴裙子的皮肤上。

“和烤火鸡没什么两样。”半小时后玛丽这么说。广播里通知加冕礼即将开始，于是人们三三两两地走向看台。一位红发神父坐到了第一排的一头。看台是围着本垒的半圆形，所以塞莱斯汀和玛丽可以清楚地看到那位神父。

她俩同时想到了斯塔。

“也许我们该请神父来。” 塞莱斯汀说。

“我可不确定，”玛丽抿了抿嘴说，“她离开教会了。”

“说得没错。”塞莱斯汀答道。不过，她真希望自己为斯塔最后的道别仪式做点什么，她总觉得这是她应该做的。她继续看着神父，就好像他带来了希望。他看起来很可靠，塞莱斯汀觉得如果加冕礼结束时去找他，他一定知道该怎么做。

“他们把拉塞尔推过来了，”玛丽说，“看那边。”

护工今天开了很长时间的车，才在游行快结束时赶上了拉塞尔的花车。现在，他正在坑坑洼洼的石板路上推着拉塞尔。

“拉塞尔穿那件旧制服可能会热死的。”塞莱斯汀担心地说。在她看来，好像每个人都很难受。坐在对面的神父把加冕礼的节目单叠起来扇风。塞莱斯汀和玛丽也人手一张节目单，但她们想将其好好保存，用来纪念这一天。

终于，公主们开始沿着台阶走上舞台，边走边用手提着裙子。塞莱斯汀仔细打量、比较着她们。她们身穿轻薄精巧的裙子，个个如同杂志上或商店橱窗里的模特。斯塔曾经也那么光鲜亮丽，嘴唇闪亮，头发用发胶精心定型。多特没跟她们一起上台，而是迈着大步沿垒球场的左侧垒线走来。

她的裙子好像已被高温熔化，像一株蔫掉的植物。多特甚至都没用手提着裙子，就径直踏上台阶。

“那才是我侄女。”玛丽轻声说。

在玛丽眼里，多特漂亮极了。阳光洒在多特的头发上，她的裙子在阳光下色彩斑斓，闪闪发光。玛丽觉得侄女看起来像古代的异教女神。玛丽最近正好读到《陌界解密》里亚特兰蒂斯①的灭亡，她想象得出多特手拿权杖把大海搅得天翻地覆的样子。

塞莱斯汀觉得多特看起来不舒服，甚至有点儿气急败坏。多特弓着背，脸上的汗水流淌下来，反射着阳光。她坐到最后一把折叠椅上，手攥成拳头放在大腿上，眯着眼看着闷热、苍白的天空。

其实，此刻所有人都不舒服。他们一边叹气，一边扇风，在

---

① 柏拉图的《对话录》中提到的古国。据称亚特兰蒂斯在公元前一万年逐渐变得腐化堕落，激怒众神，最终被洪水毁灭。

太阳下哭丧着脸，焦急地等镇长上台。塞莱斯汀和玛丽盯着多特，想让她看看她俩，对她俩招招手，得到一点“皇室”的关注。但多特就像待在自己的房间里一样，完全沉浸在自我世界里，看都没看她俩一眼。过了一会儿，神情紧张的华莱士突然跳起来，吸引了塞莱斯汀和玛丽的注意，卡尔跟在华莱士身后，两人的衣服都湿透了，全身冒着热气。

“她知道了。”华莱士一面在塞莱斯汀正后方的座位上坐下，一面喘息着说。卡尔故意坐在玛丽身后，动作缓慢。他点了点头，眼神疲惫，没开口说话。他审视着舞台、横幅，以及那把高于其他椅子的空折叠椅。那把椅子位于一个高台上，装饰着彩带，等待着即将加冕的女王。

“她知道什么了？”玛丽转过身来打量着卡尔，目光狡猾，看不出在想什么，“你全身湿透了。”

“我知道。”卡尔说。

“你及时赶到了。”塞莱斯汀说。

华莱士身子前倾，把头伸到两个女人中间，头发和耳朵上的水滴到了她们肩上。“多特知道了，”他绝望地说，“我策划了一切，篡改了选票，动了手脚才让她当选。”

塞莱斯汀睁大双眼，张大嘴巴。“你没那么做吧！”她惊讶地说。

玛丽无动于衷，好似时刻准备应对最坏的消息。她的目光没离开过多特，只是简单地说：“这下可惨了。”多特仍与一群盛装打扮的甜菜公主们坐在一起，她没有微笑，没有挥手，也没有露出酒窝，而是继续望着空旷的天空，像被打晕了。

“她会热晕的，”塞莱斯汀咕哝着，“他们应该快点开始。”

突然，一架飞机在垒球场的外野区发动，巨大的引擎声淹没了塞莱斯汀的说话声。台上的大人物无一例外地转头去看飞机起飞。本垒打的劣质围栏已被拆掉，被火烧过的外野区狭长而平坦，成了理想的跑道。引擎轰鸣，镇长只得扯着嗓子喊：

“欢迎……第一届……会写在……来让大家看到……履行双重职责……自从……微不足道的云朵……祝愿好运……人工降雨会……成功率……汤姆·B. 贝斯克的航空公司……技术过硬……现在……”

多特动了起来。她猛地拉起裙子，露出粗壮的小短腿，跺着脚穿过舞台，跳下台阶。踮起脚尖，跑了起来，在垒球场内野区留下一串小小的黑色钉形鞋印。她跑向外野区，跑向那架酷似机警、优雅的小鸟的白色小飞机。她跑到舱门前，没有举手示意，也没有请求许可，直接爬了进去。然后她停了一会儿，好像在和飞行员理论。现在能听到镇长的声音了，他大声喊：“喂，喂……”塞莱斯汀、玛丽、卡尔和华莱士都站了起来，随时准备冲向飞机。可飞行员往外探了探身子，跟飞机外的人群打了声招呼，就开始滑行。飞机以惊人的速度滑出，不时倾斜一下。它加快速度，发出震耳欲聋的声音，飞上了天。它飞到游戏摊位和遮阳篷上方，飞到高高的古榆树上方，飞到干涸的河床上方，飞到看台和整座小镇上方。

这位镇长之所以能成为镇长，是因为不管面临何种紧急情况，他都不会完全乱了阵脚，总能用冗长无聊的致辞做出回应。此刻，他不顾飞机的隆隆声，依旧坚持念稿子，讲述阿格斯种植甜菜的历史。人们躁动不安，坐在舞台上的人假装对致辞饶有兴趣，但其实关注点都在那架飞机上。飞机已飞得很高，甚至还消失了一会儿。不过，一会儿后它又重新出现在天空中，像一块闪闪发光的亮片。它冲进一片厚厚的云，又从另一侧飞出来，就这样穿过一片又一片云。它一会儿打转，一会儿倾斜，绕了一圈后开始写字。

地面上，玛丽伸出双手，先攥紧拳头，后又张开手指捂在脸上，仿佛拿下来她就会崩溃。塞莱斯汀因害怕而茫然无措，甚至无法冲华莱士发火。而华莱士受了惊，过于担心，全身颤抖。只有卡尔仍满脸好奇。

他们望着天空。太阳光穿过字母的缝隙照在他们脸上。飞机斜飞、滑翔，用烟雾和水汽写出了“华莱士特女王”几个大字，然后掉头飞向别处，消失在树林上空。

舞台上安静了几秒钟，镇长随即宣布多特加冕，并将刚摘的红玫瑰献给多特的母亲塞莱斯汀，塞莱斯汀当时正坐在铁丝挡球网后面。镇长与甜菜公主以及军队驻地司令官一起走下了台阶。拉塞尔坐着没动。观众陆续离开看台，他们悄声说着话，脚踩在木质台阶上，发出隆隆声。只有他们四人仍站在原地，仰望着天空，竖着耳朵听是否有飞机返回的引擎声。周围空无一人，他们四人成了一个小集体，彼此守护。他们没有低头，一直望着天空。在他们上方，多特的名字受到气流冲击，慢慢散开来，一个字母一个字母地被吸进平流层①。

---

① 飞机写的是“华莱士特”（Wallacette），共十个字母，该细节会在下一章中提到。

Chapter 16

1972 年

多特

“这太丑了！”我低头盯着她们让我穿的那条看上去湿乎乎的绿裙子说，“我觉得像恐龙蜕的皮。”

玛丽姑妈痛苦地叹了口气，我的话像刀子一样刺进了她心里。她抿起嘴唇，默默忍受着我。我妈妈则用手捂住了嘴。

“我不管，”我告诉她们，“就算这是玛丽姑妈花两百美元买的，我也不穿。”

但你知道我没坚持多久，因为我最后穿的就是那条裙子。

我站在军用停车场上，身边是用舒洁牌面巾纸盒和细铁丝做成的花车。华莱士叔叔在给司机发红色号码牌，好让他们知道自己在游行队伍中的顺序。周围一片混乱，花车司机其实都是汽车俱乐部的加油工，他们有的半醉，把头靠在挡泥板上休息，有的一旦坐在驾驶座上，便开始说说笑笑。我才不在乎他们在干吗，他们只是朋友，又不是男友或其他什么重要的人。他们也不管我随意走动。我在乎的是身上这条裙子，它简直就是现实版的拇指姑娘的噩梦。但至少我有这条白色蕾丝披肩，它像我从邻居家前窗上扯下来的窗帘，我把它裹在身上。我担心被 P. J. 、艾迪或布默那伙人看见我的裙子。他们要是看见了，一定会笑到肚皮痛。在他们眼里，生活已经足够可笑了。

还有其他“皇室”成员。她们步履轻盈地向我走来时，要么穿着简洁的白色镂空裙，要么穿着淡蓝色裙子。她们都非常苗条，棕色的皮肤一看就是涂上婴儿润肤油和碘酒①后躺在自家车库顶上晒出来的。我看见她们，不禁有些气恼。我从华莱士叔叔今天的一举一动就能看出来，今天是属于我的。他已经知道结果了。毫无疑问，我也知道今天谁会被加冕。因此，此时此刻我真希望能独占花车。

几个国民警卫队士兵接替了华莱士叔叔的指挥工作，一位身着挺括的深绿褐色军装、身材修长的警卫引导我们排好队。花车司机们看见穿军装的警卫，就不再嬉皮笑脸。我们五个女生登上了花车。所谓花车，其实就是拖车的底盘。破裂的木制底板上钉着旧床单，零星点缀着圣诞节剩下的拉花彩带，就成了花车。花车上有五个用床单包好的干草垫，是给我们五个人坐的。车尾是一块巨大的白色扇形纸板，上面写着“女王和她的臣下”。有个干草垫比其余的高些，我坐了上去，其余的公主则簇拥坐在矮些的干草垫上。

消防队把河里仅剩的最后一点水洒到了路面上，所以路面还是湿的，但这不足以抑制扬尘。我能感受到干旱的天气迎面扑来，让我脸上一紧。今早，我和华莱士叔叔一起开车到镇上，我看见地面仿佛都被抬高了。尘土在低空飞扬，如同在火光中闪耀的烟

① 涂抹婴儿润肤油和碘酒混合物可以使皮肤快速晒黑。

雾。我问："今天天气预报怎么说的?"

"不下雨,"他回答，"而且太阳更毒。"说这话时，他的脸似乎也萎蔫缩小了，好像干旱的天气也快让他枯萎了。

花车开始移动了。我看见半条街外有位身材健硕的疗养院护工，他正把拉塞尔舅舅从特制的穹顶厢式货车里抬出来。拉塞尔被束带绑在轮椅上，束带仿佛已与他的制服融为一体。他戴上了所有勋章，胸前亮闪闪的。坐在轮椅上的拉塞尔被弄得一颠一颠的，护工把他推到花车边上，轮椅被推得一边高一边低，拉塞尔还因此从轮椅上掉下去一次。

我起身，站在移动的花车边缘叫喊：

"他需要喝水！你看不出来他渴了吗？给他点水喝!"

人们纷纷转头，我指着拉塞尔又喊了一遍，这时有个退伍军人协会的人拿着装满水的水壶小跑了过去。我似乎已当上女王，指挥若定。那人和护工一起小心地把拉塞尔抬到指定位置，放在那个假的战场中间，战场上点缀着罂粟花。那些罂粟花是退伍军人们用塑料和铁丝做的，他们每年都会做一些出售。拉塞尔仰起头来，好把水咽下去，我看见他咽了好几口。随后，整个游行队伍开始沿着大街前进。拉塞尔被固定在两个掩蔽壕之间，身边摆着交叉放置的步枪①，他的眼睛盯着前方牵引花车的国民警卫队吉普车。

P. J. 按了按喇叭，于是我重新坐回到干草垫上。这时我已把蕾丝披肩放到一边，我心里很清楚，那些女王候选人现在正肆无

---

① 两把交叉的步枪是美国步兵的标志。

忌惮地盯着我那条像植物一样的裙子。不过我懒得理她们，开始按体育老师说的，把手像雨刷一样挥来挥去。我的体育老师参加过北达科他州的小姐比赛。反复挥手，微笑，微笑，微笑。

大街很宽，可已停满了车，花车两侧严严实实地挤了三排人。我们经过时，人们向我们挥手示意，手离我们的脸只有几英寸，我们也默默朝他们挥手，手掌离他们的手只有几英寸。这种幻想出的高贵感像泡泡似的包裹着我们，让我们又聋又哑，把我们同自己的粉丝隔绝开来。就这样，我清清楚楚地听到了人们对我的非议。

"你觉得谁能当上女王呢？"

"哦，那个，就是看上去挺壮的那个，红头发。"

"不可能。"

"真的，肯定是她。我听说了。我哥哥认识那个叫费弗的。"

"那又怎样呢？"

"他在选票上动了手脚，让她获得提名，又自己数选票。"

"他俩是亲戚吗？"

"她好像是他的侄女吧。"

"哦。"

"她妈妈就是那个大个子印第安人，六英尺高的那个。"

"她可真不像她妈。"

起初，我觉得自己仿佛失去了知觉，四周的一切都在旋转，一片模糊。我继续挥手，可人群越来越模糊。我保持微笑，笑到脸颊发疼。慢慢地，我的思绪变得清晰起来。我开始勇敢地面对现实，比如，花车上的其他几个女孩也听到了这段对话，于是，我若无其事地偷偷瞥了她们一眼，结果四个公主全都转过头来，正目光贪婪地看着我。我能看出来，她们既生气又开心，同时迫不及待地想把这消息公之于众。

我沉浸在自己的世界里无法自拔。其实我已隐约猜到这都是华莱士叔叔一手策划的。可谁愿意承认这种事呢？所以我一直没承认。我以为他至少会格外小心，严守秘密。可现在呢？这已成了最新的八卦。其中一位公主开始说话了，声音像鸭子乱叫。

“这不公平，不公平。”她边说边微笑着挥手。她的头在长长的脖子上晃来晃去。我决定，作为女王，要砍掉她的头。“应该说出去，让大家都知道。”她会继续说的。

“去说啊，”我对着她的耳朵大喊，“你以为我想当女王吗？”

她双手抱着头，难过地看着我，可其他几人接过了话头。

“为什么不呢？你怎会不想？你能拿到每家商店的礼品券，还能一直保留着王冠。《阿格斯哨兵报》还会专门报道你，肯定会给你拍一张可爱的照片。你现在就像穿着窗帘布，拍照时最好继续穿着。真的，你这衣服看上去就像捣烂的生菜。”

听着她们的对话，我几乎要爆发了。

“这他妈的可是设计师的原创！”我尖叫道。她们不再大声说话，最多只敢小声嘀咕，声音小到我刚好能听见她们在说什么。

“我敢肯定你是用优惠券买的。”

“我知道她在哪儿买的——大福克斯市①的‘大女孩’商店，这衣服摆在橱窗里，正好在打折。我去那家店时看到了，有个模

---

① 美国北达科他州东部城市。

特穿着这条裙子，脖子上挂着‘一折出售’的小牌子。”

至于这条裙子是在哪儿买的，我觉得她说的可能是真的。玛丽姑妈喜欢去“大女孩”商店买东西。她块头大得像个水泥地窖，很难买到合适的衣服，而且那儿的折扣力度向来很大。

“我杀了你们!”我威胁道，真希望自己能让她们当场窒息。但我堵不住她们的嘴，她们听出了我的语气不够坚定。我的声音里也带有明显的阴郁和沮丧，我从未这么绝望过。

我看见队伍最前边的花车和乐队已到露天集市门口，正在转弯入场。它们动作缓慢，转弯也很笨拙，仿佛游行的最后一部分永远结束不了。我们不得不听着刺耳的小号、中学生乐队的鼓声和冗长的《日瓦戈医生》主题曲①大联唱。好不容易等到中学生乐队演奏结束，传统民俗乐队又开始了。这些演奏的老年人坐在运干草的马车里，而且奇怪的是，他们的背心和帽子都是用压扁的啤酒罐做的。他们举起乐器，点了三下头，然后开始演奏。音乐走调了，像风声一样缺少乐感。

也许被糟糕的音乐影响了，我坐在花车上，开始思考如何报仇。

我以前只对华莱士叔叔生过一次气，那次我可没让他好过。可那是很久以前的事了，而且那次我也只是有些不高兴，恼怒而已。这次可就严重了。他怎么能这样对我呢？我边琢磨着边从花

① 该主题曲为《拉娜之歌》，为日戈瓦医生的情人拉娜所作，表达了对生活的热爱。

车上爬下来。我们在游行队伍的最后。一层红色的迷雾①蒙上了我的双眼。

露天集市里摆了各式摊位，四健会②的摊位上有好些牛犊和非常干净的猪，天主教女儿协会③则搭了一个玩宾果游戏的摊位，游戏已到高潮，边上还有个馅饼摊。还有各式狂欢节游戏，奖品是那些从来没人赢到过的巨大的粉色狗狗玩偶。露天集市里弥漫着咸甜的香气，有刚出锅的爆米花、棉花糖、湖蓝色枫糖浆和一英尺长的热狗。我觉得如果不停下吃点东西的话就会马上晕倒，但我还是一直往前冲。主持人开始用大喇叭喊话，人群渐渐向看台涌去。我绕着摊位的边沿跑，经过了榆树树阴下的摊位。我知道华莱士叔叔一定在附近参加慈善活动，参与组织或在柜台后面干活。果不其然，很容易找到他。我看到他像个木头鸭子似的坐在半空④，那简直是世界上最容易投中的靶子。我买了三个球，玩深水炸弹游戏。

我拿起第一个球，耳朵里听到主持人正召集大家去看台就坐，参加即将开始的甜菜女王加冕礼。

"华莱士特，不要，求你了！"华莱士叔叔喊道。

在他喊我名字的那一刻，我眼前红色的迷雾如幕布般落下。

"你告诉别人了！"我大喊，"骗子！"

---

① "红色的迷雾"或指多特的怒火。

② 创立于1902年，是美国农业部的农业合作推广体系所管理的一个非营利性青年组织。它的使命是"让年轻人在青春时期尽可能发展自身潜力"，四健代表健全头脑、健全心胸、健全双手、健全身体。

③ 1903年成立的美国最大的女性组织之一，致力于宗教、慈善和教育事业。

④ 习语，形容非常容易受到攻击。

最后一个球划过空中的一瞬间，我感觉爽极了。可当水花溅起，我转身离去时，简直无法相信自己刚才干了什么。我跑向看台，羞愧难当。华莱士叔叔的脸又苍老又消瘦，我不忍心去想。我想逃跑，想跳进 P. J. 的经典跑车里，让他载我去加拿大。先是拉塞尔遭殃，现在华莱士落水，马上就轮到我倒大霉了。我觉得自己不必经历这一切，真的不必。我可以飞快穿过卖罐头的摊位，躲进牛棚。我看到垒球场边上有一架准备起飞的飞机。当我走上台时，镇长、拉塞尔舅舅和公主们已在台上就坐。即便此刻，我还在想也许可以假装抽搐，救护车就会闪着警示灯呼啸而来，穿白大褂的男医生会冲出来抢救我。他们会像抬饲料袋一样，把我扔上担架，再弄进救护车，动作粗鲁，就像对待拉塞尔一样。但我没那么做，因为我脑海中正在慢慢浮现一个更好的点子。

太阳像一个闪着白光的大火球，看台的木板都晒焦了，舞台上的铝制折叠椅热得像火炉盖。我坐下后才发现这裙子不太吸热，也算有点用处。我理顺绿裙子的裙褶，当隔热垫用。我坐在舞台上，在家人和所有小镇居民的注视下，脑海里的计划慢慢成形了，仿佛水到渠成。我看见一条线，阿德莱德奶奶牵着线的一端，而另一端则从我爸爸手里传给了我。这条线就是飞翔。

我知道前方的看台上坐着家人，他们的眼睛像是设好的圈套。但我偏偏不看他们，而是转向拉塞尔。他坐在滚烫的椅子上，嘴唇扭曲，一缕头发挡在额前。他脸上的棕色皱纹深如沟壑，纵横交错，如同干涸的大地。

“我非常荣幸地，”镇长边说边调整了一下麦克风，“欢迎大家参加第一届甜菜节。”

快没时间了。

“女王得飞起来！”我朝飞行员汤姆·B. 贝斯克喊道，“这是用来做宣传的花招。快点，起飞！”

他允许了我跳进驾驶舱。我们在垒球场滑行时，我对他说我是驾驶飞机的老手，正在考飞行执照。可当我们上升到大约一百英尺时，我吓得双眼紧闭，把头埋在双腿之间，汤姆很惊讶。飞机左右摇摆，不停颤抖、转动，像狂欢节火箭一样。我失重了，头脑发晕。我重新坐直，张开嘴巴，朝他尖叫，让他放我下去。他不答应。他得在天上写我的名字——我那总共有十个字母长的糟糕透顶的名字。

我慢慢深呼吸，直到透过挡风玻璃，看到外面归于平静，才敢动一下。我微微挪动身体，调整自己，惊讶地发现因为挪动或惊吓，我难受得厉害，已感觉不到害怕了。天空如此广袤，平坦的世界向一侧倾斜，天空和大地漫无边际，这景象让我惊讶不已。犁过的地里升起一股股炽热的气流，每当飞机颠簸着穿过气流，每当想象地上的人群是怎么看着我们时，我就大喊大叫起来。只有这样我才能转移一部分注意力，不让自己吐出来。飞到字母上方时，我喊得特别大声，汤姆·B. 贝斯克朝我大喊，说我把他的耳朵都震聋了。我在飞机上干的唯一一件正事就是协助人工降雨。我们飞向正西方，那儿的云层正在聚拢。我一字不落地按照汤姆的指令，把碘化银弹药筒装进信号枪里，然后在他进行仪表飞行①时，我把枪伸到窗外。我的手握着枪管的光滑部分，喉咙里

① 飞行员按仪表的指示操纵飞机、判断飞机状态和测定飞机位置。

有股金属味。我注视着汤姆的手，看他的双手沉稳地控制着操作面板，我便集中注意力开枪。一小时后，我们结束了人工降雨，回到看台上方盘旋。

我下定决心，降落时不管多害怕都要睁大眼睛。那样我就可以将景象尽收眼底，俯冲时，我看到疾速移动的大地、狂欢节队伍和露天集市，一切都突然变大，就像一幅模糊的油画。减速时，这幅油画又突然变清晰。我们停在了垒球场左外野区的半圆形看台上。

汤姆拿出写字夹板，开始写飞行日志。他好像没注意到我自己爬出了机舱，或许他讨厌我，巴不得我赶紧离开。但我双脚踩在了大地上，开心极了，所以不在乎汤姆·B. 贝斯克的反应，也不在乎周围的空气多么闷热潮湿。我又被裙子裹得喘不上气了。裙子被汗水浸湿了，穿在身上发痒，像是黏了一张满是芒刺的床单。但我依然可以飞奔过三垒线，我要回家。起初我重心不稳，踉踉跄跄，但没一会儿就调整过来了。舞台上空空如也，椅子横七竖八地放着，彩带也掉到了地上。看台上只有稀稀拉拉的几个人，他们边乘凉边吃着鸡腿和派。没人对我指指点点，也没人注意到我。他们没有起立欢迎女王，也没有激动地朝我尖叫，这是我没想到的。镇长走了，公主们走了，拉塞尔走了，华莱士走了，就连玛丽姑妈也走了。我被暴投①的垒球打中，停下了脚步。

我在飞机上时以为他们一定会倒吸一口气，大喊大叫，用手遮住眼睛并祈祷。我以为他们会一直等我，或者至少等飞机安然

① 偏离本垒板致接球手无法接住的投球。

降落。但他们没有。

我感到孤独时才会有这种并不完全正确的想法。但我被遗弃而产生的孤独感很快就消失了，因为当我站在那儿更仔细地看着看台时，我看到有个人在等我。那是我的妈妈。刹那间，我想就这样一刻不停地凝视着她。她皮肤粗糙，脸庞像矿石般具有磁性，深深吸引着我。深褐色的眼睛虽长在深色的面孔上，却饱含期待。我从她眼中看到了母爱的力量。她沉甸甸的爱让人无力承受，像个不断铺开、变大的包袱，还像我身上这条不可理喻的破裙子。那爱让人羞愧难当。我向她走去，仿佛被她牵引着，不能自已。她走下台阶，站在休息区旁，把那束有些萎焉的玫瑰递给我，半开的花朵无力地顺着花茎耷拉下来。

“我们走吧，”她说，“我琢磨着你穿这双鞋能走路吗？”

我脱下鞋。我的脚底像帆布一样耐磨，我们向前走去。妈妈说我得为斯塔姑妈的事儿做好准备，不过我根本没停下，而是穿过如绵羊般四散闲逛、热得发晕的人群，走到如平底锅般滚烫的柏油马路和人行道上。柏油有些黏脚，热量透过我脚上的老茧传到身上。我们回家时路过了华莱士叔叔家，妈妈告诉我玛丽姑妈正在殡仪馆，快为我急疯了。说完后她没再说话，让她难以开口的不是这事。

“他回来了，对吧？”我说，“他在家等着呢。”

但他没有。华莱士叔叔凉爽的房子大门紧锁，妈妈用下巴示意说：“那是他的车。”

那是一款老旧、没有任何装饰的车。保险杠坏了，焊过的地方没涂漆，还落了一层厚厚的、干燥的灰尘。车停在停车位上，随时可以顺畅无阻地倒出去。

我穿上高跟鞋，路旁的多刺植物修剪得很短，像玻璃一样锋利。我扶着妈妈的胳膊走，以免失去平衡。头顶的云朵绵延不断。我们一同呼吸着大地上炽热的空气。我的裙子让我奇痒难忍，一进家门我就把它脱了。

我穿上柔软的旧T恤和牛仔短裤，走进厨房。妈妈已把长袜向下卷到脚踝，还解下了那条系得很紧的腰带。她从冰箱里拿出一盒橙汁，我们坐在餐桌旁，边喝边聊今天发生的一切，然后逐渐跑题了。夜幕降临，没有月亮，一片漆黑，安静而闷热。妈妈做饭时我坐在原位，一动不动。我吃着她做的鸡蛋吐司，喝着她亲手倒的牛奶。

我想靠在她怀里，就像麦子倒在微风中一样。但我没有，我径直走上楼，独自躺在床上，盯着天花板看了好久，感受夜的深沉。远处人来车往的声音渐渐消逝，我仿佛乘着一叶孤舟渐行渐远。我几乎睡着了，可这时却听到了声音。

那声音刚开始很微弱，似乎正轻抚着树叶。随后屋顶传来的响声越来越大，越来越清晰，排水槽发出咔嗒咔嗒的声音。起风了。风穿过纱窗，吹得门砰砰直响，窗帘也飘了起来，如扬起的风帆。尘土和水的味道充满这昏暗的房子，那是雨水的味道。

我将这味道吸进肺里，心想，她躺在隔壁的房间里，一定也和我一样，掀开被子，睁大眼睛，等待着。